渡——你

一世安暖

北以 ♥ 著

中国广播影视出版社

目录
CONTENTS

渡你一世安暖
DUNIYISHIANNUAN

Chapter 1 乌 鸦

沈木兮抬起手腕看了下时间，距离下课还有四分钟。

讲台上戴着一副老式古董眼镜的公共课教授还在滔滔不绝地讲着，周围却传来窸窸窣窣收拾书本的声音，很小，又很乱，听得人心烦。

沈木兮撑起额角看向窗外，正巧有只乌鸦飞了过来，在窗台上歇脚，不偏不倚地落进她的视线。看来今天一定没好事。她淡淡地别开眼，再次看向腕表时，只有1分钟了。把课本和笔记本塞进包里，她径直站起身，迈上台阶转身往后门的方向走去。

"喂，那个女同学，还没到下课时间，你这是……"耳边飘来那位教授苍老却认真的声音。

沈木兮穿过长长的走廊，在后门口停下，转身迎向讲台上那道带着警示的目光。

铃声响了。

沈木兮勾了勾唇角，推门出去。隔着那扇门，她听到里面有欢呼声，还掺杂着几声尖锐的口哨声，或许，还有老教授的怒哼。

当然，最多的一定还是议论声。

因为她是沈木兮啊！

因为她姓沈！

迈下教学楼的最后一级台阶，沈木兮整理了一下身上宽松的外套，低头从包里取出手机，准备给沈木腾发信息。这时对面有群人嬉笑着拥了过来，那些染了异样色彩的目光全都直勾勾地锁定在了她的身上。

沈木兮有些不耐烦地蹙起眉心，还未等她躲开这群人，就见一个抱着一束玫瑰的男生正在对她笑，露着一口小白牙。几秒钟的对视，她隐约记起来，面前的人，好像……拒绝过一次了？

那人身后站了十来个男生，勾肩搭背，嬉笑耳语，身上还穿着校篮球队的队服，与其说是来助威的，不如说是来围观的。

看好戏吗？沈木兮几可不闻地轻哼了一声。

"我是大三文学系的苏恒，学妹，我喜欢你！"

那束花又往她面前凑了凑，对面的男生望着她的眼睛很亮，似乎饱含期待。玫瑰花瓣上还沾着水滴，颜色鲜艳得似乎不属于这个季节。

沈木兮拿起夹在花束中的浅黄色信笺，上面字迹清秀，还写了一句她最熟悉不过的情诗：*山有木兮木有枝，心悦卿兮卿不知。*

沈木兮忽然就觉得这个年纪真是幼稚。把卡片折好又放回花束里，她取出一支玫瑰凑到鼻尖轻轻闻了一下，然后倾过身子在男生耳边好心提醒道："真是不好意思，玫瑰我只喜欢保加利亚玫瑰谷空运过来的，而且，除了黑玫瑰，其他颜色的玫瑰我总是觉得好像和月季花没差别。"

看着男生骤然黯淡下来的眸光，沈木兮极轻地弯了下唇角，又把玫瑰插回花束后，她迈下台阶转身离开。

那群围观者像是看到了意料之中的一幕，只是低低地骂了几句什么算是发泄和对男生的安慰，很快一群人便若无其事地吹着口哨走远了。

沈木兮罔若未闻似的，脸上看不出一丝情绪。她拿出手机，解锁，继续给沈木腾发信息：*冰箱里有饺子，不用等我吃饭，作业自己按时完成。*

这几乎是每天傍晚时分都雷打不动的一种仪式。

手机刚放进口袋便开始振动。是沈木腾的电话，她接起。

"姐，我吃饺子都快吃吐了，所有的面食也都吃得够够的了，今晚吃牛排行吗？几分熟都行，不不不，只要不是全熟就行。"电话那端传来少年特有的青涩与稚嫩的声音，总是让人狠不下心拒绝。

沈木兮放在口袋里的另一只手用力地攥了攥，像是想抓住什么，只是指甲嵌进手心，终究是空的，没有任何可以让她抓住的东西。她沉默着，垂下眼，无意识地看向脚下那几片碎了一地的斑驳又枯黄的叶子，散在青白色的石板上，苍白而无力。

她轻声应他："那好，我待会儿叫外卖给你送回去。"

挂掉电话，她取出卡包，一张张地翻看里面的贵宾卡，最后，终于翻到了那张伊丽莎白西餐厅的卡。倒了三次公交车，她站在餐厅高大华丽的旋转门外已经是一个小时之后了。

门口的侍者还记得她，向她微微点头，面无表情地叫了一声："沈小姐。"

然后她清楚地听到，自己才刚穿过旋转门，那位小门童就跟对面的同事嘀咕了一声什么。至于是什么呢，她已经听了太多，都麻木了。

"帮我打包一份牛排。"随意地找了个靠窗的位置坐下，她取出那张贵宾卡递给面前的服务生，又补充了一句，"要今天特价的那种，九分熟。"

服务生看着她手上那张银色的顶级贵宾储值卡，嘴角几可不查地撇了一下道："好的，我先帮沈小姐查下余额。"

她低呵一声，喉咙忽然涌出一种让人窒息的苦涩。

"再帮我倒一杯白开水，谢谢。"

服务生微微弯了下身子，转身走了。

几分钟后，那人端着一杯白开水回来，放到她手边，又字字清晰地解释道："沈小姐的卡里只剩 280 元，今天的特价牛排是 299 元，经理说是帮您打了折，余下的钱您就无须再补了。"

沈木兮低头轻笑了声道："好啊，替我谢谢你们经理。待会儿能帮我送下餐吗？我把地址写给你。"

服务生仍旧是一副训练有素的官腔，客套地拒绝道："不好意思，按照餐厅规定，您的消费没有达到送餐标准。"服务生说完就走了，转身便立刻换了张脸，卑躬屈膝地去招待着她斜对面那位面容精致的太太。

沈木兮望着手边那杯还荡着淡淡水波的白开水，发现已经没有迫切地想要去冲刷那股苦涩之感了。

这就是她活了十八年，却从未看清过真实面貌的人情与现实。

提着打包好的食物穿过那扇旋转门的时候，她又想起来四个月前的生日宴，也是这家餐厅，也是这些侍者，什么都没变，却又什么都变了。

最近半个月总是有风，干冷的风刮过皮肤，像是生了锈的刀子，钝钝的，却能把人的心都吹凉了。她拢了拢身上的外套，低下头快步往公交站牌的方向走去。

脚下那层枯黄的叶子被风轻轻一卷就飘了起来，在空中打了几个滚，又扑簌摔了回去。没有分量的存在，就注定要随波逐流，这是连一片落叶都懂的道理。

倒了几班公交车，到家的时候天都黑透了，空中的云沉闷闷地压下来，月亮也被厚重的云层遮住，似乎怎么也挣脱不出来。触目所及都是黑色，像极了今天下午看见的那只乌鸦。

沈木腾正趴在客厅那张简易的书桌前认真地埋头写着什么，见沈木兮进门，他抬头喊了一声："姐。"

少年的声音疲倦而虚软，心口猛地一涨，沈木兮低下头，别开与他对视的目光，缓慢地眨了眨眼，散去眼底复杂的情绪波动。再抬头，她弯起唇角朝他笑一下，走过去看了一眼他面前放的两张模拟试卷，确认他的确在学习，又把餐盒放到旁边，叮嘱他道："先吃完饭再写作业，自己用微波炉加热一下。我去做家教了，待会儿早点睡，不用等我。"

时间就要来不及了，她交代完，转身就要走，沈木腾又突然拉住了她的胳膊。她回头，少年的眼睛明亮且纯粹，是她面对那些暗无天际的黑夜里，唯一的光。

"姐你吃饭了吗？我把牛排给你留一半回来吃吧，你看你最近瘦的，衣服都变大了。"

她怔了一下，眼睛立马就湿润了，喉咙哽咽，差点忘记该怎么发出声音。

"我晚上不吃饭的，你自己吃。"

沈木腾还说了一句什么，她没听到，那扇防盗门在身后发出一声沉闷的响声，楼道里坏了许久的声控灯忽然亮了。她抬头看了眼那盏昏黄的白炽灯，用力抿紧了嘴唇，她要保护好他，她要看他健健康康地长大，她没有退路，更不能软弱！

这个小区太老了，没有物业，没有保安，就连路边的灯都是昏暗的，明明灭灭，好像随时都会彻底罢工一样。暗夜里的灌木丛看起来像是一只只蛰伏的小兽，沉默地等待着猎物的出现，沈木兮呼吸有点乱，脚步也乱，几乎是小跑着跑到了小区门口的马路上。

她不是第一次这样走夜路了，可是总也习惯不了。

拿出手机看眼时间，已经七点了，上班马上就要迟到，倒公车一定来不及，她只好伸手拦下一辆出租车。报了地址，那司机透过后视镜意味深长地打量了她两眼之后踩下油门绝尘而去。

还是迟到了。

她穿过员工通道直接进了更衣室换好工装，这才绕去酒吧大堂找领班解释。

意料之中的，免不了又被一阵训斥。

她低头听着，双手用力地绞着衬衣下摆，一句话也不敢反驳。

好在吧台的调酒师司影打了个响指叫她道："木兮，把这几杯酒给7号卡座的客人送去。"

领班这才不耐烦地摆摆手，示意她赶紧过去工作。

沈木兮勾起唇角对司影笑了笑算是感谢，她将那三杯威士忌在托盘放好，侧身小心地穿过熙攘的人群往7号桌的方向走去。

台上的重金属摇滚正是高潮，似乎在这个地方，地板的震动才是证明音乐的唯一方式。她觉得自己就是一个异类，因为她每次看到这个乐队的时候总在心疼他们手中的吉他和贝斯。她也已经很久没有摸过吉他了。

视线所及，都是形形色色的餍食男女，斑驳迷离的光影从他们脸上扑簌跃过，那些人神色各异，却又仿佛都是同一种表情，沈木兮用力地闭了下眼睛，她觉得自己已经看不清这个世界了。

7号桌是两个男人。

隔着那道浅薄的纱帘，她只是淡淡地拂过去一眼，并未看清什么，落在眸底的是一个不太真切的轮廓，稍作停顿，她深吸一口气，迈上台阶，低头将三杯酒依次放到木桌上，转身准备离开。

"Waiter."

不知是谁叫了一声。

沈木兮回身，无意识地先往自己对面的软座看去。那个男人恰好也抬起头来，清淡的视线与她相撞。她感觉到心脏很用力地"砰"了一下。

男人上身是一件白色的衬衣，扣子解开了两颗，随意地敞着，可以若隐若现地看到颈侧精致微凸的锁骨。表情寡淡的一张脸，薄唇微抿着，看不出情绪，或许是角度问题，微绷的下颌那里被右上方的暖灯晕开了一道浅浅的阴影，像是明暗的分隔线，光影映衬之下，那脸部轮廓愈发俊朗深刻，那双眼睛漆黑、深邃，带着一丝说不出的郁色，有光影从眼底经过，却仍是一片凉薄，像是细沙砸进深海，泛不起一丝涟漪。他的长腿任意地交叠着，身子也是闲闲散散地倚在沙发软靠上，明明是一副慵懒姿态，被他做来却又莫名地给人一种说不出的压迫感。

他在看她，安静的，审视的。

她像是被那束目光钉在了原地，忽然就忘了自己是为什么转身。

"嘿，美女。"眼前忽然伸出一只手，轻晃几下，剪断了那道笔直沉郁的目光。

沈木兮瞬间回过神来，像是从一场虚幻悠远的梦里突然惊醒一样，她不动声色地舒了口气，听这声音，原来刚才是她看错了人，那声 Waiter 是旁边这人叫的。眼睛往旁边看去，嘴里也应着："您好。"

那人笑眯眯地上下打量她一圈，声音里痞气尽显："新来的？以前没见过你啊？"

她下意识往后退了一步，与对方拉开距离，低下头道："是，我刚来两个星期。"

那人却直接起身逼近，轻佻地勾起她的下巴，眼睛半眯起来，不怀好意地细细打量了一下她的脸，又"啧啧"两声道："那看来我是两个星期没来了。"

沈木兮脸色立马沉了下来，她拧眉，用力扯掉那只捏在自己下巴上的手。

"咦，这是不是沈家那丫头？"那人像是想起什么，脸色微变，诧异而惊喜，随即又看向沙发上的男人，似乎是想让他帮忙确认一下。

沙发上的男人淡淡地看她一眼，没说话。

沈木兮咬了咬牙，缓慢而清晰地说："我是。"

"我就说看着眼熟呢，你生日宴那天我还去了呢，丫头是不是缺钱花了？陪哥哥喝一杯，随你开价，怎么样？"那人说着就要伸手揽过她的肩膀。

"滚！"

沈木兮侧着身子躲开，却再也抑制不住那已经翻涌成灾的酸涩，眼底浮现出一抹骇人的猩红。天知道她忍了多久。她转身正欲离开，胳膊却猝不及防地被一个极大的力度扯过，她心脏像要炸开似的，尚来不及反应，整个人已经重重地摔进一个男人怀里。

大概是她忽略了，她转身的时候，背后那道骤然加深的眸光。

膝盖在钝钝地疼着，磕在了木桌一角。她眉心迅速拧成一个郁结，咬紧了牙，狠狠地盯着面前那双眼睛。

那张脸慢慢贴了下来，是一张没有温度的、寡淡而凉薄的脸，距离她近在咫尺，几乎要碰到鼻尖。有极淡的烟草味道在笼罩逼近，空气里还掺杂了另外一种清冽，像是百利甜酒，又像是一种特制的香水。

那双眼睛深邃得怎么都看不到眼底，又像是一池寒潭，让人不敢轻易探究与触碰。与她此刻似燃着篝火的眼睛形成了强烈的反差。

她抗拒、害怕、厌恶，还有忍不住地瑟瑟发抖。

他不知是从她的眼底看到了什么，像是被锁住了，怎么都不肯移开眼睛。

她看到他的眉心微敛了一下。

"那么，给你20万，怎么样？"

浓重的酒精气息喷洒而下，清晰萦绕在鼻尖，挥之不散，伴随着这句话一起刺激到了她紧绷的神经线。几乎是没有犹豫，沈木兮抬手一个耳光便甩了过去。

男人随着这不小的力度侧了下头，鼻尖也像是轻轻蹭过她的，有一瞬间的沁凉擦过皮肤，手上困着她的力度却是仍旧没有放松，她拧了拧眉，索性顺着这姿势对着那道棱角分明的锁骨用力咬了下去。

那男人果然轻轻地"嘶"了一声，随即松开了困住她肩膀的那只手。

"我没瞎吧，遇白，这丫头敢打你？"杨言似乎是怔愣了好久，一直到沈木兮走远了，终于才回过神来，却是诧异极了。

"不只打了……"季遇白摸了摸锁骨上那道牙印，须臾，忽然就笑了。

杨言却一副惊悚模样地看着他，显然两个人不在同一频道。

"不过，我刚才也就说说而已，你这玩笑开的，难道想让人家小姑娘卖身？"

季遇白慢慢眯起眼睛，视线追寻到那抹正穿过人群的纤瘦身影，那抹身影清冷高傲的气质明明就与这里的声色犬马格格不入。心口猛地胀痛了一下，有什么东西瞬间就涌了出来。他轻吸一口气，揉了下眉心，眸底渐渐染上了一抹沉沉的隐晦。

他捞过手边那杯酒抿了一口，淡淡道："沈长安的女儿，骨子里和他还真有那么几分相像。"

杨言听了忽然认真起来，简直与几分钟前判若两人："你还是别祸害人家小姑娘了，沈长安跳楼之后没多久他老婆就得抑郁症也自杀了，现在只剩两个孩子，其实也挺可怜的，但是那沈长安他不懂得规矩也怪不得别人，啧啧，就是这俩孩子倒霉了。"

季遇白微眯起眸子睨他一眼，意味不明。手中那杯酒泛着浅褐色的微波，像是记忆中那个人瞳孔的颜色。他近乎呢喃，醉了般的低语道："那团火，烧到我了。"

杨言没听清，好奇地凑过身子问："遇白，你说什么？"

"回家，累了。"季遇白大概是真的醉了，手中那杯酒被随手扔回木桌，杯底不稳地晃了晃，液体倾洒，落在桌面，竟是同样的颜色。他望着那处潮湿的水渍，用力地闭了闭眼睛，指背在脸颊处轻擦而过，还有些刺刺的疼。

醒了，很快又醉了。

就快十年了，早该如此清晰的痛一次。可从来没人给他这样一个机会。酒精带给大多数人的，是麻醉。带给他的，却是鲜少的清醒。他从来都知道自己想要的是什么。可即使如此确定，他还是把自己困在了原地，别人进不来，他也出不去，一个隐形的囚笼，甚至是只有他自己才能看得到的铜墙铁壁。

周围所有的一切，都没有颜色，或者，是灰色的，飘满了吹不散的雾霾，很厚。他每天都会看到不同的人，见到很多张脸。没有表情，没有温度。那些人眼中的他，高高在上、不可一世。他以为自己早就已经习惯了这样的颜色，终其一生，也都该如此。但是刚刚，他从沈木兮的眼底看到了其他的色彩，鲜艳的、燃烧的，是火焰的炽热。

她讨厌他，憎恨他，咬牙切齿。她抽他一个耳光，她狠狠地咬他。他没想把她怎么样，那句话，不过是个幌子罢了。他觉得他大概是生病了，因为，他很希望可以有人这样对他。他可以清晰地感受到他身体最深处有什么东西被轻轻地撼动了。

或许，是他被酒精唤醒的那抹灵魂——那抹需要被救赎，却从来没有人发现的灵魂。

沈木兮匆匆地拿了外套就跑出了酒吧。

"真恶心。"她嘴里低低地骂了一句，垂着头往公交车站走去，边走边发泄似的踢着路边散落的叶子。

这份工作估计又要丢了。正出神，旁边一辆公交车从身侧开过，沈木兮抬头看了眼，脚上立马加快了速度，一路小跑着跟到了公交站，可还是晚了几步，那辆公交车已经开走了。很不巧，这路公交车要半个小时才有一辆。出门又忘记戴围巾了，她搓了搓冻得有些发僵的手，把外套领子竖了起来，脸也往里面缩了缩。还是冷。取卡包翻公交卡的时候，她怔愣地对着那些 logo 各异的贵宾卡看了一会儿，然后一张张地抽了出来，悉数扔进了身后的垃圾桶。估计是都用不到了。

迎面又是一辆车驶过，黑色的大切诺基，她记得这款车型，沈木腾不知从哪看到的，缠着爸爸很久，说等自己上高中了就要买一辆，那时她好奇，也多看了几眼，便记住了。

那车速度极快，她的眼睛被那刺眼的车灯晃了一下，吃痛地眯起来，本能地拿手背挡了挡。头发随着那股强大的气流胡乱地纠缠起来，起了静电，又软趴趴地黏到外套上，脚边破败的落叶被带起一层，扑簌着落到她的肩膀和头上。

她站在那里，被吹得像个傻子。一直看着那辆车开远了，她才低下头，抓了抓头发，拍掉了那几片叶子。

"不会慢点儿开？"季遇白边说边向副驾的后视镜看了眼。

那个不大的身影正在飞速后退，逐渐与夜色混为一体，长发肆意地飘着，满是张扬的青春，似乎每根发丝都在叫嚣着属于她这个年纪的那股劲儿。黑色风衣立领遮挡下的那张小脸在这夜里白得扎眼，身子清瘦得更像是一阵风就能吹倒似的。就是这样的年纪。

"呦，遇白你这是要还俗了？都开始怜香惜玉了。"杨言笑得不怀好意，斜眼睨着他。

季遇白被唤回思绪，平静地扫他一眼道："还俗也得先把你办了。"

"什么？！"杨言惊得差点就把下巴磕到了方向盘上，"小心我那些女朋友饶不了你。"

季遇白哼笑一声："我有洁癖，放心。"

沈木兮下了最后一班公交车的时候已经九点多。照例还是要穿过那条幽静晕暗的小路，她神思昏沉地垂着头，竟也忘了害怕，一路如常地走回了家。她推开家门的时候，沈木腾自己已经收拾了残羹剩饭，正趴在桌子上看武侠小说。

客厅只开了一盏暖灯，橘黄色的光影洒了一地，只有书桌上的台灯明晃晃地亮着。

她一边低头换鞋一边他："小腾，作业都写完了吗？不许照答案抄！"

少年把脸从书里抬起来，有些不乐意地嘟哝着："姐，你怎么就不信我，我真的会好好学习的，等我长大了我要保护你的。"

沈木兮怔了一下，少年的话像是融进了她心尖的一股暖流，可仅在下一秒，又急速冷成了冰碴，刺得她难受。

沈木腾见她站在原地红了眼圈，脸色一沉，放下小说就跑了过来道："姐，你哭了？是不是你做家教的那孩子不听话？不听话就揍他，没事，打不过还有我。"

"外面风太大了。"她急忙收了收眼泪，又若无其事地揉着他的头，牵起一抹笑。

沈木腾这样长大和懂事她没有一丝一毫觉得宽心，反而只让她意识到自己做得远远不够。她要撑起他们的家，哪怕这个家里只剩他们两个人了。

"姐。"沈木腾从她手里接过包挂到衣架上，弯着唇角笑了一声，"姐，其实牛排也不好吃，我以后不吃了，周末的时候我跟你学学做饭吧，以后你去上班我就在家做饭。"

沈木兮心里突然一紧，像是心脏被一双手拼命地撕扯开又揉到了一起，细细密密的疼意袭遍全身，让她有些喘不过气来。

现实就是这么残酷，她的小腾，今天说要做饭给她吃。

她总觉得，似乎就在昨天，他还是那个矮她一半、抢了她的芝士蛋糕吃掉还去找爸妈告状的小屁孩。她还不想他这么快就长大，她多希望他的少年时光可以长一点，不要这么早就看到这个社会的容貌。可是她还来不及给他编织一个舒适的结界，他就已经牵起了她的手，说要和她一起闯荡。

沈木兮回身把门关好，不动声色地抹了下潮湿的眼角，轻吸一口气道："恐怕我们要一起学了，你觉得你姐会做饭吗？"

"也对。"沈木腾撇撇嘴，又揽过她的肩膀，嘚瑟地挑着眉，"我肯定比你学得快，那说好了，这周末一起去买菜啊。"

她笑着把他的脑袋用力摁下去说："好啊，你别半途而废就行。"

"才不会！"沈木腾垂下手，往书桌的方向大步流星地走过去，"又学了一个撩妹技能，以后骗小姑娘保准一骗一个准。"

没等沈木兮瞪他，他先自己扭头笑了起来，露出了一口小白牙。

第二天是周六，沈木腾的学习比较紧张，每周只有周日一天假期，看他喝完牛奶出了门，沈木兮也拿了包随后出去。

今天是没课的，只是下午有一场名人讲座，主讲人是学校特意请来的一位年轻企业家，据说刚上过《人物周刊》，并被评为当代最具潜力与魄力的创业者。她对这些仪式化的场合一点都不感兴趣，但是导员特意强调了，任何人不可以缺席。似乎已经可以预见了，又是那些千篇一律的演讲稿。

她周六上午的工作的确是做家教，是给一个五年级的小男孩补习英文，九点半开始，十一点半结束，再吃过午饭，赶回学校的时间刚刚合适。

简单地布置完作业，沈木兮跟小孩告别。

一推开书房门就闻到了厨房飘来的阵阵饭菜的香味，孩子的妈妈和保姆一起在厨房忙碌着，水煮沸的声音、炒锅翻炒的声音、二人的闲聊，糅合在一起，真是满满的人间烟火。

沈木兮望着那个方向愣了下神，随后才跟小孩摆手再见，她又从衣架上取了外套穿上，垂着头关门出去。

那个世界不属于她。

楼下就有个便利店，她进去买了一个三明治和一瓶矿泉水，坐在窗边小口小口地吞咽，像是什么味道都吃不出来，但是为了维持生命，又必须要吃一样。

沈木兮回到学校的时候还没到两点。校门口挂着一个横排条幅，红色的，很夸张，她抬头看了看，只抓到了两个关键词：季遇白，蓝衫资本。

她又在学校草坪上闲逛了一会儿才去演播厅签到。本以为自己来早了，没想到硕大的演播厅已经座无虚席了。目光环视了一圈，只剩后排还有几个空座，她随便找了一个，迈上台阶坐了进去。

讲座还没开始，但是大家的热情似乎已经很高了，交头接耳，兴奋难耐，像是参加哪位明星的演唱会一样。她有点不解，而且原本就兴致缺缺，于是坐了会儿便从包里取出手机和耳机，渐渐就阖上了眼睛。

听了没几首歌。两点钟，台上的灯光瞬时亮了起来，明晃晃的，衬得观众席这边立马就暗了。

沈木兮睁开半阖的眼睛看了看台上，老校长正拿着麦克风开始讲话。把手机音量调大了两个格，她又阖上了眼睛。

不知过了多久，耳边开始传来一个低沉清润的男音，伴随着耳机里慢节奏的英文歌，一起徐徐地敲击着耳膜，一下一下，像是催眠曲，她想睁开眼睛看看，却又被潜意识的梦境给拉了回去，根本睁不开眼。

后来，就什么声音都听不到了。直到有只带着热汗的手一把握住了她的手，她的手凉得厉害，像是被烫到了，她立马就惊醒了。旁边那个胖胖的女孩难掩激动，似乎还没有意识到她的动作有丝毫不妥。

"他是不是很帅？"

他？

沈木兮抽回手，下意识往台上看去。

远远的，那人正站在红色幕布中央，一袭笔挺的黑色西装，庄重而正式，额发整齐地梳起，那张脸在光影的照耀下显得俊朗而精致，偏偏脸上的表情却一副慵懒恣意的模样，与平日里严肃拘谨的讲座形成极致的反差。

瞳孔慢慢聚焦，沈木兮微眯起眼睛细细地看向那张脸。

昨天晚上在酒吧的那个男人？不知怎的，她竟条件反射般地想起那人皮肤轻擦过自己鼻尖时的冰凉触感。心脏用力地跳了一下。她不知道自己这是怎么了。

"道貌岸然。"沈木兮低低地骂了一句，深吸一口气，将目光从那道身影上移开。

这下她更没有兴趣继续听下去了。思绪还未彻底平复，手机就在这时忽然震动起来，她拿过来看，是沈木腾的班主任。说不出原因，看到来电显示时她心一下子慌得厉害。按下接听键，她压低了声音跟那边打着招呼。对方只说了两句话就匆匆挂断了。沈木腾把同学打伤了，现在在医院。大脑陷入了短暂的空白之后，她几乎是小跑着向门口的方向跑去。

台上的那道目光随之看了过来，那人似乎是也怔了一下，短暂的沉默，他继续说："黑夜再长，也总会天亮。在太阳出来之前，其实你可以试着去点亮一盏灯，又或者，去牵住一只会陪你等待的手。"

台下顿时掌声四起。

沈木兮正跑到门口，听到这句话时她回头看了一眼。

太远了，台上那人的面容已经有些晦涩不明，只剩一个看不真切的轮廓，但她肯定那道深邃的目光，笔直而准确地迎上了她的目光。

Chapter 2 约 定

　　赶到医院的时候已经是半个小时之后。

　　沈木腾正耷拉着脑袋恹恹地坐在病房外面，班主任徐老师沉着脸在训斥着什么，小孩一言不发，手垂在腿边用力攥着，时不时地点下头。

　　沈木兮呼吸急促地跑过去，一把拉过沈木腾，目光在他身上快速的逡巡了一遍："你有没有受伤？"

　　沈木腾抬头，内疚地看着她，没说话。

　　沈木兮看到他额头上鼓起的一个小包，立马心疼地湿了眼眶："走，我先带你去包扎。"

　　"沈小姐！"徐老师有点坐不住了，冷着声音提醒了一句，"您先不要忙着护短了，这次是您弟弟先动的手，把人打得可不轻。"

　　沈木腾的眸光瞬时就黯淡了下去，有气无力地叫了她一声："姐……"他看了沈木兮一眼，又极快地别开，不敢与她对视，"对不起，姐，我又给你惹麻烦了。"

　　沈木兮揉了揉他的头，牵起他的手，看向徐老师，难为情地扯了下唇角说："今天麻烦您了，剩下的事情我来解决就行，小腾以后还要您多帮忙看着点。"

　　徐老师无奈地叹了口气，摇了摇头，也没说话，转身走了。

沈木兮还是拉着他先去包扎了额头的伤口。

"姐，那小子说咱爸，他说咱爸是……"

"小腾！"沈木兮沉声打断他，"学会接受现实。"

他们说的都是事实，所以无可反驳。

她不能再哄着他了，因为如果他连最起码的接受都做不到，他只会永远地走不出这片阴影。

倏地，那个男人的那句话就这么突然的浮现在了脑海。

一盏灯，一只手。

可是，他们什么都没有啊，连影子都抓不到。

靠在墙角摁了摁眉心，沈木兮定了定神，推开病房门走了进去。

床上那孩子头上缠着一圈圈的纱布，裹得像个木乃伊，嘴上却是不停地吃着旁边那女人喂过来的东西。怎么看怎么像是……演戏。

那女人见她进去，立马变了脸色，速度快得跟换脸谱似的："沈家的沈小姐吧？您弟弟把我儿子打得可不轻，怎么着，您说要私了还是走法律程序？"

沈木兮反感地拧起眉，定睛看向女人，语气不卑不亢，纠正道："您好，我叫沈木兮，不用叫什么沈小姐。"轻轻地握了下沈木腾渗着薄汗的手，她又平静地问，"请问私了的话，您开什么条件？"

那个女人怔了一下，似乎是没想到面前的姑娘会这么冷静，于是很快又像模像样地拢了拢耳边的头发道："我儿子现在是中度脑震荡，除去住院费医药费不说，这段时间学习肯定也得耽误，加上精神损失费……"

"您直接开个价。"沈木兮心口涌出一股恶心，低声打断她。

"50万。"那女人抬高下巴，说得也直接。

沈木兮低下头，极淡地笑了一声："那走法律程序呢？"

"那就简单了。"女人一副势在必得的模样，眼里冒着金光，"以我们家的条件，请个好点的律师，让他进去蹲几年简直易如反掌，或者我家儿子发发善心，只给他档案里留个底也有可能，就是你家这小公子哥可怜了，年纪轻轻的……"

沈木腾用力地握了握拳，嘴唇咬得惨白，刚想上前一步就被沈木兮拉住。

沈木兮深吸一口气道："您给我半天的时间。"

走出医院的每一步都像是踩在棉花上，虚浮的，完全不知道接下来会踩到什么，腿也一阵阵发软，唯一的真实感就是沈木腾那只渗着细汗的手心，让她清晰地意识到，她没有其他的选择。

下午难得有阳光，光线穿透过厚重的云团，只剩薄薄的一层。

"姐，他们就是故意的。"沈木腾气得腮帮子鼓鼓的，还是那副年少轻狂的模样。

她叹一口气，想起他们转身离开的时候，病床上那孩子得意地冲沈木腾扬了扬下巴。

"可你打了人是真的，那小孩看着眼熟，以前是不是被你欺负过？"

沈木腾声音立马削弱了几分，脑袋垂下去道："我没有欺负他，以前是他自己死乞白赖非要跟着我的。"

沈木兮眼睛望着前方，有些失了神。

沈木腾又小声地问了一句："姐，我们现在有 50 万吗？"

50 万！沈木兮低下头自嘲般地笑了一声："早知道这样，当初该想办法把家里的那把吉他拿出来的。"

沈木腾没话了，头垂得更低。

沈木兮已经不知道是第几次在深呼吸着慰藉自己了。她揉了揉弟弟的头，故作轻松道："小腾你自己先回家吧，不用担心这件事，我来想办法。放心，在你能保护我之前，都让我来保护你。"

终于把沈木腾塞进了出租车，沈木兮才拿出手机，开始一个个地翻着通讯录。翻了没一半她又拧着眉合上了。

家里刚出事的时候，她给那几个和爸爸平日里关系不错的叔叔打过电话，想让他们帮帮忙调查一下爸爸的事情，可得到的答复呢，不是人在国外，就是电话通着没人接，对了，还有一个直接说没钱的。

她已经感觉不到绝望了，因为比这更绝望的事情都已经经历过了。低下头，她看到了自己的影子，黑色的，被拉得长长的，就跟在自己身侧。

如果非要有一个选择，她一定毫不犹豫地让沈木腾做那个活在阳光下的人。她想起了那个男人，那个她抽过一个耳光，觉得恶心，道貌岸然的男人。

打了车回到学校。沈木兮刚好赶上了讲座的收尾。

台上跑过去一群捧着鲜花的女生，拍照、签名，真是颇有几分大明星开演唱会的气氛。心下嘲讽，她低笑一声，摇了下头，面无表情地转身去了学校的停车坪。

估摸着那人一定会被热情的粉丝围堵个一时半刻，却没想到她刚到停车场，远远地就看到那群女生围着那人往这边走来。不知怎的，她忽然就想起一句话，万花丛中过，片叶不沾身？只是这句话形容他，怕是最不合适的。

"那片花"离她越来越近，被围在中间的那个男人的轮廓也渐渐清晰起来。

他微低着头，并未看向前方，那样子倒像是害怕一不小心会踩到谁似的，倒是他旁边的那个男人，春光满面地笑着与旁人攀谈，还时不时就亲昵地来个摸头，这两个人……真是形成了一种鲜明的对比。

还是杨言先看到了沈木兮，他轻轻地撞了撞季遇白的胳膊，诧异道："喂，你说，沈家那丫头不会是在等我们吧？"

季遇白这才抬起头。

那个清瘦的身影就这么安静地映进眸底。还是昨晚站在路边等车时的那件黑色风衣，很肥大，像是还能再装下一个她。长发被风卷起，吹散成一朵深色的墨菊花。双手都放进了口袋，似乎很紧张，整个人都紧绷成一根弦。她看着自己的方向，眼睛却没有焦点，总在飘忽不定地闪躲什么。

很狼狈。和昨晚比简直大相径庭。

他眯了眯眼，没有说话。

越来越近。

沈木兮看清了他的眼眸，却是没有深入探究的勇气。她只知道，他在看她，似乎有些困惑。

那束目光落在她身上，清冷的、审视的，她觉得自己站在这里，仿佛已经被剥光了所有的衣物。可笑又可悲。从她站在这里起，她便已经狠狠地抽了自己一个耳光。

她深吸了一口气，咬了下唇，把手从口袋里拿出。身后的车子突然响了一声。她微怔，转身去看。

大切诺基？昨晚她等车时路边经过的那辆？

没顾那群女生异样的目光和指指点点的议论，她径自拉开后排车门坐了进去。

季遇白似乎怔了一下，挑了挑眉，随即又低下头，几可不察地弯了弯唇角，拉开后座另一侧车门也坐了进去。

杨言疯了。

那群女生也疯了。

季遇白淡淡地看了沈木兮一眼，没将任何情绪外露，声音清冷而疏离，像是碎掉的冰凌，"沈小姐有什么事吗？"

"有。"她强迫自己与他对视，"不需要叫我沈小姐，我叫沈木兮。"

"哦。"男人轻点一下头，没了下文。

仿佛就像她突然出现在这里，突然做出这一系列举动，于他而言，都是多余的。沈木兮用力地抿了抿唇，喉咙被哽住，她低下头，拼命下咽，不知试了多少次，终于发出声音："20万，我同意。"

刚拉开车门钻进车里的杨言听闻就是一怔，他偷偷地从后视镜看了看后面的战况，正对上季遇白那冷冷的眼神。

"开车。"

"……"老拿我当司机使，这话没毛病，杨言心道。

沈木兮身子不自在地缩成一团，紧贴着车门，她默不作声地用力蜷起手掌，再舒展开，一次又一次。她似乎已经看到了自己的灵魂正在一步一步走进泥潭，越陷越深，终究会进入一个万劫不复的旋涡，支离破碎。整个人像是被绑到了木桩上，正煎熬的等待着临刑的火把。

漫长的沉默过后，一直到车子驶出学校大门，那人才开口："不好意思，我改变主意了。"

她听到自己的心脏很用力地跳了几下。庆幸、害怕、困惑？她根本来不及去思考。

"季先生，如果是因为昨晚的失礼，我向你道歉，对不起。或者，你可以打回来。"

她甚至差点就无意识地给他下跪。她已经走投无路，无论如何，她都要守护好她唯一的亲人，不管……怎样的低声下气，又或者是多么肮脏的交易。

男人的手忽然伸了过去，轻轻地捏住了她冰凉的下巴，微微上抬。

她看到他微眯起眼睛，眸色深晦。

他的指腹很热，她的身子却在他碰到自己皮肤的一瞬间就僵住。她连呼吸都滞住了。她闭上眼睛，眉心紧蹙成结，不敢发出任何声音，沉默等待着即将到来的行刑。她在回来的路上便已经做好了所有的准备。可下巴上的温热忽然离开了，那指腹轻轻地压过她的唇角，又蜻蜓点水般地擦过了唇瓣。

他放开了她。因为他并没有看到他想要的东西。

她闭紧了眼眸，只剩下恐慌。

热度离开，男人清冷的声音重新拂过耳际，生硬地将她扯回现实："这就害怕了？"

她缓慢睁开眼，吃力地咽了下喉咙，又迷茫地摇摇头。

"我是个商人，所以，之前的条件，现在想来总觉得有点亏了。"男人审视的目光落在她的脸上，沉默片刻，继续说，"两百万，换个条件，如何？"

正在专心开车的杨言像是被吓到了，突然用力地咳了起来，差点没把车子撞到树上。

沈木兮错愕而抗拒地看着季遇白，眼睛一眨没眨。大脑像是迅速闪过很多念头，却没丝毫停留，最终仍是一片空白。良久，她才艰难地开了口，似乎想向他确认一件她觉得肮脏、晦涩，却又不得不面对的，他最可能提出的条件："你的意思是……"她咬着唇想着接下来的措辞。

季遇白定定地看了她两秒，忽然低笑一声。他说："你想太多了，我家里养了一只狗，一直没有时间照顾它，所以想请沈小姐帮忙照顾两年。"

多么冠冕堂皇的措辞。真是可笑。

沈木兮低呵一声，极轻地摇了摇头。换不换条件又有什么区别呢？唇瓣蠕动了几次，她才终于找回自己的声音："那就谢谢季先生了。"

"不过……"季遇白顿了下，"我想知道你来找我的原因。"

"一点私事。"她说。

季遇白眯了眯眼，似乎对这个回答不太满意："我希望知道我的钱花到了哪里。"

她皱眉，有些犹豫，但还是告诉了他实情："我弟把人打伤了，对方要赔偿。"

一直沉默的杨言终于找到了自己插话的机会，他用力地一拍方向盘，激动地说："那句成语叫什么来着，虎落平阳被犬欺？"

季遇白从后视镜看他一眼，脸色微沉，低声说："停车。"

季遇白从钱夹里取出一张卡递给沈木兮。

黑色的，指尖触上去很凉，像极了第一眼和这个男人对视时一样的凉。

沈木兮低头接过卡，指尖无意识地轻颤了颤。

薄薄的一张卡而已，可只要接过来，压在心口的，便是一块巨石。

她第一次开始说服自己，要学会认命。抬头对上男人淡如清茶的目光，她微微颔首："谢谢。"

两百万，也不知该高兴，还是该悲哀。

拉开车门下去，周遭骤然降低的温度让她瞬间清醒，她抓着门框，表情困惑："那我什么时候……过去照顾那只狗狗？"

季遇白刚移开的目光又因为这句话重新锁定在她的脸上。

那双眼睛已经氤氲了层水汽，是潮湿的，深处还藏了一道光，就这么迷茫而担忧地看着他，很像一种小动物——清晨找不到家的小麋鹿。她的眉心拧了一个小小的结，在这张白得血色尽失的小脸上衬得越发可怜，不知怎的，忽然就有种让人很想过去抚平的冲动。

他不知道自己在心疼什么，又或者，在心软什么。

这个世界上可怜的人太多，他救赎不过来。更何况，很可笑的是，他也是这可怜之人中的一个。又究竟是谁来救赎谁？谁能够救赎得了谁？

季遇白抿了抿唇，从她的脸上移开视线。

"我明天下午在学校门口等你。"他的声音低而冷，可也字字清晰。

沈木兮眨了下眼，点点头，发现自己已经说不出话，只能沉默地把门关好，迅速转身，抬手盖住脸。

杨言没有即刻启动车子，从后视镜看了季遇白很久，却见这人双眸紧阖，不发一言，似乎并没有什么需要解释的。

"喂，我说，你家什么时候养狗了啊？"

季遇白闻言才睁开眼，从后视镜冷淡地看他一眼，很是平静地道："为了配合你的虎落平阳被犬欺。"

被犬欺……

杨言这才反应过来，他好像一竿子打翻了一船人，而且还包括了他自己……他尴尬地清了清嗓子，有种想把语文老师找来重新温习一下功课的冲动。

季遇白扭头，看向那抹站在路边拦车的清瘦身影，揉了揉眉心，渐渐露出一丝倦色，沉声道："你也下去。"

杨言有些崩溃了："不至于吧？大哥，就一句话而已。"

"你跟她去把事情解决了。"

杨言已经不满足于后视镜中的对视，直接转了身子过来道："要去一起去啊，凭啥我自己去，人是来找你的，要管也不归我管啊。"

季遇白有些不耐烦地蹙起眉道："我去买只狗。"

杨言又一次疯了。他觉得自己这两天一定是撞邪了。

"你这是真的打算照顾这姑娘两年？我说，两百万给就给了，人可以不管的，我又不是不知道你，都单身这么多年了，再怎么也不能栽到一个小姑娘身上吧？我劝你啊，还是别招人家了。"

季遇白沉沉地闭了下眼睛，再睁开时，那眼底已经无波无澜，一片平静。

"这么多年了，难得有个让我想靠近的人。"顿了一下，他又说，"这次是她来招我的。"

杨言已经彻底凌乱到说不出一句话了。

季遇白见他还愣着，又轻描淡写地提醒一句："还不下车？待会儿人跟丢了你家的投资就别想要了。"

杨言愤恨地剜他一眼道："哼，算你狠。"

他麻利地拉开车门跳下去，看着那个黑色的身影刚坐进了一辆车内，急急忙忙伸手又拦了辆车，跟上。

沈木兮下车的时候才发现外面又起风了。

医院门口的几棵木棉树已经光秃秃得没了生气，枝丫上仅剩的几片叶子被这风一卷就随之脆弱地飘零下来。她伸手接过了一片叶子，上面泛着点点的黄斑，看起来像是污渍一样，她用手揉了揉，又自嘲地笑了，揉不掉的啊，哪怕最后碎了一地，该在的，也还是在的。

这一路她都不知道自己是怎么过来的。仿佛灵魂已经不属于自己，都空了。这幅躯壳，活着，只剩了一个再简单不过的原因。

裹了裹身上的大衣，她低着头往住院部走去。

走廊里处处弥漫着消毒水的味道，刺激得眼睛都有些泛酸。她知道，自己没办法回头，身后的路早已经断了，或许，这是她唯一的浮木。

那间病房就在走廊深处。她靠紧墙壁，闭上眼睛深深地呼吸了两次，才抬手叩响门。

那个女人正在剥着橘子，慢条斯理地、细致地撕着那白色的纹路。见她进来，也只是淡淡地掀了下眼皮，漫不经心地抛出一句："沈小姐考虑好了？"

沈木兮不得不承认，金钱，的确在某些时候会给人带来底气。

"给我卡号，我待会儿转钱给你。"

那女人慢悠悠地给孩子喂了一片橘子，有些不以为然道："儿子，这个姐姐说的，你同意吗？"

那孩子戏谑地扬着眉看了沈木兮一眼，然后摇摇头。

女人满意地笑了，回头看她道："沈小姐啊，我儿子觉得还是走法律程序比较好。"

沈木兮狠狠皱起眉，她凝视着女人得意的笑容半晌，终究是忍了，舒展开眉眼，低着头，态度诚恳地说："如果是因为之前的一些事情惹您和您孩子不高兴了，我代表沈家，也代表小腾给您道歉。他还只是个十几岁的孩子，希望您能站在父母的角度也原谅他一次。有什么问题，您可以都冲我来。"

"代表沈家？你这口气不小嘛。"女人放下手里的橘子，轻轻地拂了拂手，"你妈妈当时也真是够清高的，我们想约人家喝个下午茶都要排着长队呢，沈小姐现在这么低声下气地站在我面前，我可是会折寿的。"

杨言推门进来的时候正听到这女人阴阳怪气地说到最后一句。他沉默地看了沈木兮一眼，拔高声音："丫头，你出去等我。"

沈木兮站在那里一动没动，指甲用力地抠进了手心里，像是没有听到般。

杨言蹙眉，直接搂过人的肩膀，把人带出了病房。

沈木兮像个提线木偶，没了思想、没了生气，甚至连来人是谁都忘记了看。他带着她走，她便走，他停下来，她便也不动了。

　　杨言一向吊儿郎当的脸上也难得浮现出少有的凝重。他又拍了拍她肩膀，她才缓慢地抬起头，湿漉漉的黑眼睛盯着他，迷茫而空洞、像是把灵魂弄丢了。

　　这样的沈木兮，是陌生的。

　　几个月前的那场生日宴可谓空前盛大，沈家小姐的成人礼，本市几乎所有的大人物都应邀赴会，季遇白没什么兴趣，一个人跑去国外度假了，他则被父亲拉了过去，打算借势让他多认识一些朋友。

　　那时候的沈木兮说是被捧在手心的小公主都有点逊色，沈家就差把她当成一个小女王来供着了。谁曾想几乎是一夜之间曾经的沈家就落败成了这番境界。若是放在之前，怕是一定不会有人这么为难她。

　　杨言叹了口气，忽然就有点觉得自己昨天晚上真是像个禽兽了。他转身推开病房门，一个人走了进去。

　　……

　　不过两分钟，那个嚣张跋扈的女人已经堆了满脸的讪笑，对她点头示好："沈小姐，之前是个误会，这件事就是小孩子之间的插科打诨，我已经教训过我家孩子了，那些话，您就当我犯浑了，跟您开个玩笑，沈小姐千万不要放在心上才对。"

　　沈木兮看了杨言一眼，对方朝她耸了耸肩膀。

　　她大概也能猜到一些什么。沉默几秒，她仍旧诚恳地低头道："对不起。"

　　其实，这声对不起，是说给自己听的。

　　与杨言一前一后地出了住院部的大门，沈木兮停下脚步，同样转身对杨言微微颔首，机械得如同没了血肉与温度。

　　"刚才谢谢你，也替我……谢谢季先生。"

　　这下轮到杨言有些局促失神了，他轻咳了一声，想拍沈木兮的肩膀，手伸了一半，又收回来，抓了抓自己的头发，不自在地笑起来："昨晚还逗你呢，行了，算是将功补过吧，至于你的季先生，回头你自己谢吧，走啦，小美女，回见！"

沈木兮一直看着那道背影消失在了甬道转角后，才缓慢地收回目光。

眼睛很涩，她眨了眨，却发现已经没什么泪可流了。

沈木兮到家的时候暮色已微浓。漫天红霞都淡了，黑暗笼罩下来，无边无涯。她抬头望天，忽然就冒出个奇怪的念头，会不会有一个夜，是等不到天亮的。

沈木腾一听到门被推开，立马就跑了过来，一脸担忧地看着沈木兮道："姐，怎么样了？实在不行就让他们告我好了，我不怕。"

她轻描淡写地说："傻孩子，已经解决了，姐还帮你找了一个寄宿制的学校，明天上午就给你办转学手续。"

沈木腾愣了一下，有些难以置信，很快又绷着脸直摇头，孩子气地道："我不去，我要跟你在一起。"

"换一个全新的环境对你来说是最合适的，"沈木兮低头换了拖鞋，拉着他去沙发坐下，继续说，"我以后也要做很多兼职，会很忙，根本没有时间照顾你，而且认识一些新的朋友对你是有好处的，小腾，你要听话！"

沈木腾垂着头，闷闷不乐，在心里挣扎了好久，半晌才闷声挤出一句话："好，那你不忙了要经常去看我。"

她笑着揉着他的头道："一周至少一次。"

沈木腾这才稍微宽了心："姐，你真的给了他们50万？"

"没……"她正在倒水的那只手僵了一下，杯子的凉意从手心开始细细地蔓延，一直穿破心脏，让人阵阵发寒，"爸爸的一个朋友刚好认识他们，帮忙说了几句话。"

她听见自己这么说了一句。

杨言打车去蓝衫总部的时候看到季遇白的车已经停在公司门口了。他几乎是一路哼笑着上了顶层，心里被一种叫作惩恶扬善的自豪感占据得满满的，似乎完全记不得自己在今天之前也归属于"恶"那一边。

推开门正准备邀功之际，一见到办公室里那个熟悉的身影他却立马愣住了，愣得十分彻底。

季遇白的黑色西装外套已经脱掉，里面是一件湖蓝色的衬衫，衬衫平整合身，没有一丝褶皱，下摆收进西裤，越发凸显了他笔直挺拔的身形。他气质明明清冷倨傲，此刻怀里却正抱着一团奶油色毛茸茸的小东西，那只平常只用来签字，连开车都觉得麻烦的修长指骨正轻柔地给小东西顺着毛，反差最大的，是那双眼眸里居然是满满的温柔。

杨言很确定，这样的季遇白，他有很多年没有见到。

"遇白，你知道你现在这副模样被传出去之后，会有多少女人想做你怀里的那只狗吗？"

季遇白抬头扫过来一眼，习惯性地皱眉，毫不客气地说："滚。"

杨言仍旧无法相信自己的眼睛，站在原地叹着气摇头。

"事情解决了？"

"当然。"杨言找回那种奇怪的正义感，扬着眉几步走过去，很自然地想接过那团毛茸茸的小东西也试试手感，却被季遇白闪身躲去了一边。他郁闷地翻了个白眼，抬腿坐到身后的办公桌上，吊儿郎当地晃着脚开始复述自己的英勇事迹，"那孩子是程家的小公子哥，就是你前段时间刚投资的那家什么广告公司，我就跟他们说，沈家的人，你们之前动不了，以后也照样动不了，小心我们沈小姐不想陪你们玩了，一个不高兴就让她遇白哥把蓝衫的投资给撤了，看你们还嘚瑟个什么劲儿，然后就搞定了。"

季遇白听到了想要的结果，自动屏蔽掉杨言其余的废话。

杨言过完嘴瘾，沉默地盯着他眉眼低垂仍在耐心逗狗的侧脸半晌，又不确定地问了一遍："你这是来真的啊？明天就去接那丫头？"

季遇白正穿梭在那团毛茸茸里的手指顿了一下，抬眼，眸色清淡地看着杨言道："当然，要不然小家伙谁来照顾？"

Chapter 3 软 软

　　沈木兮帮沈木腾办理完了转学的相关手续并把他安顿好之后，已经是下午了，她也该收拾行李了。她的行李并不多，连一个箱子都没有装满。

　　听着防盗门锁"咔嚓"的一声，像是生了锈，有点晦涩。拿在手里的那串钥匙很冰，几乎和她手心的温度一样。

　　走了几步，她又回头看了看那扇锈迹斑驳的铁门。转身的时候，她在心里轻轻地说了声再见。

　　对这个地方，也对自己。

　　季遇白正倚在车门上吸烟，青白色的烟雾被风一吹就散了，楼梯上那个吃力的提着箱子深一脚浅一脚的轮廓也渐渐清晰，只是她并未往这边看过来，而是低着头直接往小区门口的方向走去。

　　他无声地笑了笑，抵在车门上的手指轻轻地敲了两声，微眯着眸子看着那个清瘦的背影，像在思考什么。半晌，他摁灭了烟头，坐回车里，不远不近地跟着那个身影，一直看她在路边拦了一辆出租车，这才加快了速度，隔着几米的距离跟在那辆车后面。直到出租车停在了学校门口。他没有立刻开过去，而是在拐角处停了下来。

　　沈木兮拉着箱子靠到了墙角的梧桐树下，过了一会儿，又把箱子放到一旁，支撑着双腿坐在上面，她大概是有点冷，两只小手蜷着送到嘴边呼着气。她穿得太单薄了。旁边时不时经过几个人都像是在对她指指点点说着什么。她却只低着头，眼睛盯着地下的一层落叶，看得出神。

季遇白转手把车里的暖风打开，又停了几分钟才开过去。

沈木兮记得这辆车，她有些紧张地站起来，目光有些飘忽不定，双手仍旧紧紧地蜷着垂在腿侧。

副驾驶的车窗降下来，季遇白先开了后备厢的车锁，这才扭头看过去。

"季先生……"嘴唇冻得都有些发紫了，所以她声音轻得像是被风一吹就能散了。

季遇白拉开车门下去，没说话，径自走到她身后，提起那个行李箱。

"我来就行。"沈木兮伸手去接，不可避免地碰到了季遇白的手指，那种热度与她此刻皮肤的冰凉比起来，就像是雪花碰到了火把似的。

季遇白低头去看她，她立马缩回了手，又低下头，乖巧得不像话。

季遇白的语气到底是柔软了下来："去车里等着。"

她似乎只能照做，咬了下嘴唇，拉开副驾驶的车门侧身坐了进去。

季遇白放好行李箱坐回车里的时候，就见沈木兮缩成一团，紧靠着门框，像是下一秒自己就能吃了她一样，弄得他有些想笑。又将出风口方向调了一下，他启动车子驶离了这条小路。

余光扫到她发紫的嘴唇渐渐恢复了常态，他才开口："刚处理完工作，所以来晚了。"

沈木兮转头看过来，就见这人正目不斜视地盯着前面的路况，似乎对待任何事物都是一副意兴阑珊的模样。

"我也刚到。"

他轻轻地"哦"了一声，便不再说话了。

半晌，身子终于暖了过来。

一直到车停在了商场门口。

她怔了一下："季先生要去买东西吗？"

季遇白将车泊好，解下安全带，侧头看过来，她的眼眸轻软而泛着微红，此刻正怯生生地看着他，仍旧充满了防备与不安。

"我想，是沈小姐需要买东西。"

她抿了下唇角，一板一眼地纠正："我叫沈木兮。"

她不想再听到别人称呼她为沈小姐了。那三个字像是一根刺，尖锐的、有毒的刺，就梗在心里，碰一次，疼一次，偏还滴不出血来。

这句话却不知戳中了他哪个笑点。季遇白低低地笑了两声，学着她的语气，也纠正她："我叫季遇白。"

她像是不知道该说什么了，看了他几秒又局促地移开目光，气氛有点僵住了。

季遇白倒也耐心，轻轻地敲了敲方向盘，打破了沉默："去买几件棉衣，还有生活用品，家里什么都没有。"

她下意识先摸了摸身侧的手包，然后才拉开车门下去。

那张卡里的钱她已经动了，用来给沈木腾交一系列的学费、住宿费，虽然没花太多，可是哪怕只用那张卡花了一分钱，那也代表着，他们的交易已经正式开始了。即使已经想了一个晚上了，可此刻她心里还是难免堵得慌，压在心口的那个石块就这么横着，慢慢就生了根。

她本以为季遇白会在车里等，谁知刚迈进大门，那个男人就站在了她身侧，双手闲适地插进口袋里，并刻意放慢了步子，跟着她的速度。

她很想说，她自己去就可以。张了张嘴，她发现自己说不出来。她没有立场，或者说，没有资格。

简单地买了一些日用品，她拿出钱包准备刷卡，旁边那人却比她快了一步。

他说："我来。"

她手里还捏着那张黑色的银行卡，眼睛紧紧地盯着，不知在想什么。

季遇白低头签了字，拎过那个袋子，并没有深想，说道："难道不一样吗？"

听到这句话，她像是瞬间就释然了，对啊，一样的，都是这个男人的钱，她还有什么清高可装的？注定无法全身而退啊，也就没什么好挣扎的。沈木腾会好好的，这就够了。

沈木兮还是垂着头，径自往商场门口的方向走。

季遇白却转身进了一家女装店。

她回头去看，就见那人跟导购员指了指自己的方向，嘴里说了几句什么。

站在原地顿了顿，她垂下头木然地走了进去。

导购很快地选了一堆衣服迎过来，从内搭的毛衣到羊毛衫和棉衣，笑着介绍了一遍后便询问她的意见。

她下意识地侧头去看季遇白，那人正双手抄兜倚在前台，仍旧是面无表情的一张脸，像是永远都看不到他任何情绪的显露。

见她看过来，他只微微挑眉道："不想试？那就看看颜色，喜欢就直接买吧。"

她的确不想试。

"都包起来吧。"她说。

这次她没有再推辞，看着季遇白刷了卡，拎过那些袋子，她低着头跟在他身边往外走。

季遇白打开后备厢去放东西，她抬腿跟过去，轻声叫他："季先生。"

"沈小姐？"他抬头看了她一眼，尾音上扬，却听不出是什么意味。

她忍不住皱眉，又要纠正："我叫……"

季遇白打断她："沈木兮。"

那声音很明显是染了笑意。

碰巧一阵风吹来，她眯了眯眼睛，抬头看着他，有些无助和困惑，问道："我应该叫你什么？"

风太大，她的长发有几缕被吹到了季遇白的肩头，她看到后立马匆忙地抬手去别开，惊慌失措的模样像个被抢了糖果的小孩。可那双眼睛却是蒙了灰，满是不属于这个年纪的色彩，他看得清清楚楚。

他耐心地低头看着她，循循善诱道："我叫季遇白。"见她抿了抿唇角，面露难色，他又问，"沈木兮，我叫什么？"

"季遇白。"她顺着他的思路，慢慢地，轻轻地，终于叫出来这三个字。

夕阳的最后一抹余晖也被暮色吞噬掉。

男人提着拉杆箱，她拎着那几个袋子，低着头跟在他身后。刷卡进了电梯，他按下十三楼。电梯里的数字在慢慢地叠加着，她的心却一点点地往下落着，像是掉进了万丈深渊似的。

她无意识地又往墙角缩了缩。

季遇白低头去看她，目光里有他自己都不曾意识到的柔软，像是想了好一会，半晌才说："不用紧张，那只小狗很乖。"

他越是这样说，她就越想哭。她一边在心里说自己没出息，一边红了眼眶。

季遇白忍不住微微蹙眉，低声说："前天晚上的事情，对不起，那天喝了点酒。"

这算什么？

她诧异极了，这个男人居然会对她说出"对不起"这三个字。

好在电梯到了。

季遇白似乎也没有等她回答的意思，直接提着箱子走了出去。见她慢慢地跟过来，他一边摁着密码一边念给她，末了又提醒道："如果记不住的话就先存手机里。"

看了看他的侧脸，她点头说："好。"

她拿出刚买的拖鞋换上。

季遇白直接将她的箱子拎进了中间的房间，等她跟进去，便问："次卧，没问题吧？"

沈木兮忽地愣了一下，次卧？

还未开口，男人又问："想住主卧？"

沈木兮发现这个男人尾音上扬总是会带着笑意，可是又太浅，浅得会让人觉得那只是自己的错觉。她心跳有些乱，尽量平静地问："你住哪里？"

"你隔壁。"

季遇白说完就转身出去了，房门被轻轻带上的那一瞬，沈木兮紧张了一路的心情这才稍微松懈下来。把自己为数不多的行李大致地收拾了一番，这才细细地打量起房间。

似乎所有的摆设都是新的，还没有人动过，整体格局很简单，灰白的冷色调，倒是很像这个男人的气质。窗口延伸出来一些做了一个小小的飘窗，随意地扔着两个卡通抱枕，窗帘是银灰色，尾部吊着长长的流苏，这会儿正整洁地拢在窗子两侧。

只是想起那个男人在电梯里的那句话，她又有些不明白了。无论如何，他都没有理由跟她去道歉的，尤其是在这样的情形之下。她理解不了，也消化不了。可又很明显，她现在也并不需要考虑太多，因为都是徒劳。

揉了揉太阳穴，她推开门出去。

季遇白正站在高大的落地窗前，只留下一个背影。窗外是这座城市华灯初上的幕布，流光溢彩，灯红酒绿。他身上飘了一层薄薄的月光，落在柔软的针织毛衣上，竟是一种别样的柔软。他安静地站在那里，宛若天成，像个俯瞰众生的落魄王者。

似乎是感受到了什么，他转过身来。

一瞬间的四目相对，沈木兮立马移开眼。

目光向下落去，她这才看到，他的怀里抱着一只小松狮，真的是很小的一只，奶油色的一小团，看起来软软的。

季遇白轻轻地帮它顺了顺毛，然后向沈木兮走过来。

"抱抱它？"

沈木兮伸手接过那团小东西，小心翼翼地，怀里的小家伙似乎是快睡着了，正半阖着眼，一副懒洋洋的模样。她也学着季遇白的样子，轻轻地将手指覆上去，帮它顺着毛，软绵绵的，触感好极了，指尖处的皮肤传来微微的痒意，她无意识地弯了弯唇角。

"它叫什么名字？"

季遇白退后两步，身子斜倚在沙发上扶手上，双手闲散地插在口袋里，他盯着那小东西半响，才淡淡开口："还没想好，你来取吧。"

沈木兮难免惊讶，她探究地看向季遇白，但在这个男人的脸上却仍旧捕捉不到一丝异样，似乎什么事情于他来说都是漫不经心的。

想了一会，她问："叫软软行吗？"

季遇白难得怔了一下，随即低低地笑起来："好。"

看得出来，这个男人是鲜少会笑的，她还以为是名字取的太难听了，又推脱道："算了，还是你来取吧。"

男人笑意未减："不用，这个名字就很好。"

晚餐是在楼下餐厅叫的外卖，一条清蒸鲈鱼，两个素菜和一份豆花汤，沈木兮只简单尝了几口便放下了筷子，她近几个月都没有吃晚饭的习惯，先不说有没有胃口，单就和这个男人坐在一起吃饭……她总觉得有种无形的压迫感。他周身浑然天成般的气质总让人无法轻易去靠近与探究，他的情绪隐藏得太深，总让她觉得自己在他面前近乎透明，这让她如坐针毡。

男人轻抬眼皮看她一眼，淡淡问："不合胃口？"

她摇摇头，有些想逃开，声音轻软地道："我没有吃晚餐的习惯，现在要去喂软软吗？"

"我喂过了。"男人边说着边拿起刀叉给鲈鱼剔骨，他手指修长白皙，骨节分明，动作偏又优雅极了，慢条斯理的，像在拿着画笔完成一件艺术品一样，沈木兮看着看着便移不开眼了。

以前一家人一起吃饭的时候，这件事情都是家里的保姆茹姨来做，她那时候还总打趣，说这样看起来对鱼很残忍。

而此刻，却完全是另外一种意境。

直到那刀叉送到自己面前，一块清淡嫩滑的鱼肉放到了她的餐盘里，她才回过神。

"季先生？"她有些受宠若惊地抬头看着他。

"沈小姐？"季遇白抬头，微挑着眼尾迎上她的视线。

她低下头，轻咬了下嘴唇，有些艰难地出声："季……遇白。"

男人索性放下手里的刀叉，好整以暇地靠到椅背上睨着她，眼底尽是笑意："我的名字很拗口？还是太难听？"

"不是。"她刚抬起头，一遇上他的视线又慌乱地别开眼，说不清自己是怎么了，低着头用力地闭了闭眼睛才说，"我还不太习惯。"

对面的人极轻地笑了一声，看了她一会儿，才说："没关系，你有两年的时间来习惯。"

她像是被那两个字狠狠地敲打回了现实。那会是她从此刻起的一道枷锁，沉重的，黑暗的。会是伴随她一生的阴影，抹不掉的阴影。

眼眶用力地酸了一下，她眨了眨眼，并不敢抬头，声音小得连自己都听不分明："我吃好了，先去陪软软了。"

身后的椅子差点被她撞倒，她逃似的躲去了客厅。

软软正趴在茶几旁边的地毯上半眯着眼，一副将睡未睡的模样。

沈木兮一把将它捞进怀里，像是找到了自己的保护盾。

软软立马就醒了，毛茸茸的小脑袋往她怀里用力地蹭了蹭，瞪着圆溜溜的眼睛直直地看着她。

沈木兮却一直在神游，目光有些涣散地盯着脚下那烟灰色的地毯，大脑控制不住地想着过会儿会发生的事情，心跳已经彻底乱了频率，就连安抚着软软的那只手都在忍不住发抖。连季遇白在餐厅收拾餐桌和洗碗她都没能听到。一直到他站在她旁边，居高临下地看了她好一会儿，她才猛地回过神。

她的喉咙突然就像被扼住了一样，胸腔剧烈地起伏着，像是刚从噩梦中醒来，眼底写满了来不及隐藏的恐惧。

季遇白微微皱了下眉道："去洗澡休息吧。"

她都忘了自己是怎么从客厅去了卧室，又怎么拿了睡衣和洗漱用品去了浴室。

彻底清醒过来的时候是在半个小时之后，热水器里的水不知是不是用光了，水温在慢慢变凉，擦掉脸上的水珠，她深吸一口气，这才关了蓬头。

从浴室回到房间的时候，她看到季遇白正躺在落地窗前的那张藤椅上看杂志，软软就趴在他的腿上，该是睡着了，一动不动。从她的角度只能看到他的侧脸，像是很专注的模样。

沈木兮只停留了几秒便轻轻地回了卧室。她的第一反应是先把门反锁了。

心猿意马地吹干了头发，她又扭头看向那门锁，用力地闭了闭眼睛，在心里拼命地挣扎一番之后又将门锁打开，思绪像是长了一团杂草，怎么都理不清。她已经数不清是第几次深吸气再吐出，去凝神倾听客厅的声响。

外面很静，静到她似乎都产生了幻觉，仿佛可以听到那本杂志翻页的声音。她盯着那扇门，放轻呼吸，在等待。

时间滑动得很慢，被无限拉长。

良久，客厅的顶灯骤然暗了。脚步声渐渐响起，一点点逼近。她听见自己的心脏用力一跳，频率骤时便乱了，耳膜被牵扯，剧烈震动，仿佛要被敲碎了。

她屏息，抿紧了唇，床单被攥出两道深深的褶皱。然后是门被叩响了。她双腿已经有些发软，慢慢从床边滑下，额头不合时宜地冒出一层薄汗，狠狠咬一下唇瓣，她拉开房门。

季遇白怀里抱着软软，修长白皙的手指还在轻轻地帮它顺着毛，垂着眸，淡然沉静地看着她说："软软晚上跟你睡行吗？"

她很明显地怔了一下，那团疯长的杂草居然瞬间止住，她愣愣地看着他，忘了说话。

季遇白微微挑了下眉，是一个探究的意味。

她浅松一口气，木然地伸手接过那团小东西，轻轻地说："可以的。"

季遇白又看了她一眼，唇瓣像是动了下，欲言又止，终归也没有说什么，转身回了旁边的卧室。

她杵在原地深深地呼吸着，乱跳的心脏没有丝毫平稳，就连脑海中所有的设定也全都乱了，乱得一塌糊涂。

把软软放在飘窗上安置好，她又在房间转了两圈，才推开房门走了出去。

客厅的顶灯已经暗了，只剩走廊里那盏橘色的小暖灯散发着微弱的光芒。主卧的门是半掩着的。她推门进去，季遇白没在。浴室有水声传出来，沈木兮深呼吸了一口气，过去拉开了那扇氤氲了一层水汽的玻璃门。她非常清楚自己此刻在做什么。

隔着一团团厚重的雾气，男人的身体她并未看清，鼻尖吸入的空气似乎都是潮湿的，带着一股清冽的淡香，和酒吧那次的气息一样。她不敢说话，慢慢地把门关好，双手背到身后用力地蜷着，后背贴上那扇湿漉漉的门，眼睛努力地盯着男人那张似是云雾缭绕之后远山般的脸。

她在试探。

水声骤然停了。

那团白雾一点点散去，男人渐渐清晰的身体轮廓被勾勒出来。

她还是先看清了那双眼睛。像是被清水濯洗过，亮得灼人，那眸底像是汇聚了一团薄薄的光，都是她看不懂的情绪。几乎是无意识的，余光又看到了他轻微起伏的胸膛，以及刚刚滚动了一下的喉结。像是第一次见他，她就忘了自己为什么转身。

这个男人，她不得不承认，他身上的确有一种令人无法忽视的气质，忧郁的、漫不经心的、清冷的，像是古堡里神秘的王子，引人驻足，却又矜贵得生人勿进。

"木兮……"季遇白难得多怔了几秒钟，他从旁边拿过浴巾从腰际裹住，颇有些无奈地叫她，"我在洗澡。"

沈木兮立马红了脸，她收起自己已经控制不住的目光，慌乱得一个转身差点就撞到身后的玻璃上。

"我知道！"她觉得舌头都不是自己的了，"我们……"

雾气很快消散不见，面前的女孩穿着一条修身的黑色背心裙，少女的身材被勾勒得青涩且美好，裙摆刚刚盖过大腿根，谈不上性感，却足以引人遐想，纤细白皙的双腿就这么暴露在眼前……偏偏就是这样勾人不自知的模样最易诱人犯罪。本就清瘦的身子，腰际更是盈盈一握般，微卷的长发随意地搭着，让他立马就想起下午那几缕发丝吹到肩膀轻挠过皮肤的触感，痒痒的，很轻柔。

不能再看了，季遇白强迫自己别开眼，有些无奈地揉了揉眉心。

"我说过的所有话，都按照字面意思去理解。"

他本以为时间长了她自己便能了解了，只是现在看来，以她的性格……他似乎必须要这么明明白白地告诉她。只是一想到这姑娘之前清高得不可一世的模样，几天之内做出这番巨大的改变，也不知道心里该有多挣扎。但这不是他的本意，他也并没有想要从她身上真的得到什么。

至于为什么把她带回家，从小姑娘的角度想，他想要给她一场为期两年的守护，从自己的角度想，他只是想要一场最后的流放。

一辈子，仅一次的两年。

他是一个被判了无期徒刑的罪人，他的余生已经立下了誓约，但他自私地给自己留了十年，将时间推到三十一岁，在这个十年的尾巴里，又那么刚好，他遇见了这个让他想要试着去守护的小姑娘。

哪怕，自己能给的，只有钱。

"什么意思？"沈木兮疑惑地转过身子。

几乎是同时，季遇白也向她的方向看去。

季遇白皱了皱眉，他声音压得不能再低了："木兮，我只说最后一遍，我说过的所有话，都按照字面意思去理解。"

她顿在那里，像是被人抽空了所有的思绪，眼底只余这张脸，鼻翼间是他好闻的气息，耳际拂过的也都是他沙哑得近乎性感的声音。

"对……对不起。"沈木兮后知后觉地才明白了他那句话的意思，推开门逃似的跑回了卧室。

沈木兮这一夜都在做着各种光怪陆离的噩梦，甚至像是几个不同的梦境都串到了一起。由于睡眠质量不佳，以至于第二天她竟然睡到了十点钟才醒。她拥着薄被坐起来，擦了擦额头的细汗，先看向飘窗那里，软软并没有在卧室。拖着有些发虚的身子爬下床，沈木兮先贴着门听了一下，客厅静悄悄的，没有一点声音，这才推开门探出身子。

季遇白应该是去上班了。

她重重松了口气，转身关门的时候才发现上面贴了一张便笺：**早餐放在微波炉，加热两分钟就可以，软软已经喂过了。**

男人的字迹刚劲有力，内敛而沉稳，她叫不上来这属于哪种字体，看了两遍，却也觉得赏心悦目。

沈木兮把它揭下来，随手扔进了垃圾桶，走进客厅后不知想起什么，折身回去又捡了起来。

软软正一副餍足的模样懒洋洋地窝在藤椅上晒太阳，细细软软的毛发染了一层微光，被阳光一晒，像个温软的小毛球。

沈木兮看了几秒钟后忽然反应过来，季遇白早晨应该是去自己房间把软软抱出来的……

她第一反应是先低头看了看自己身上的裙子。她觉得大脑又乱了。季遇白真的是花两百万让自己来照顾这个小家伙两年？一想到昨晚的情景，她脸颊立马又不受控制地烧起一片红晕。他拒绝了她，她该庆幸的。可这并不合常理。

用冷水洗了一把脸，她去厨房打开微波炉。

一个三明治，加了培根和煎蛋，还有一碗青菜粥。

微波炉加热的时间，她靠在流理台上大致环视了一下厨房，厨具齐全且整洁，冰箱储存的食材不多，却也都是新鲜的，皆是近期采购。

一个经常自己下厨的单身男人？

微波炉清脆地响起提示音，打断了她的沉思。

她心不在焉地填了填肚子，去洗碗的时候又想起来昨晚好像是他自己收拾的餐桌？沈木兮觉得，自己真的需要跟他谈一谈。只是短短几个月的时间，她已经见识了这个社会太多的人情冷暖，当然不能否定好人的确存在，可是，能遇到的概率太小了，不是吗？
更何况，她与季遇白的第一次见面是不太愉快的。

今天下午一点半开始有一堂选修课，沈木兮点完到之后趁老教
授写板书的空从后门又偷偷溜了出去。司影一周前给她介绍了一个
车展模特的兼职工作，今天下午两点半开始，六点半结束，四个小
时的时薪为三百块钱。季遇白给她的那张卡被她放到了卧室的床头
抽屉里，虽然那笔钱足够她与沈木腾很长一段时间的生活费，但是
不到万不得已，那些钱她并不打算拿出来用。

到展览中心的时候不过两点，司影已经到了，见她进了更衣室，
便晃了晃手里的袋子，示意她过去。

她从家搬出来的时候太过匆忙，只简单地拿了几套必备的衣物，
并没有适合展览要穿的礼服，司影已经接过很多次这种兼职了，便
直接从家给她带了一套过来。

一条香槟色的燕尾裙，前端的下摆长度刚到膝盖，后面则将将
拖地，抹胸设计，并不会露太多，但瘦削的肩膀和精致的锁骨却无
所遁形。

据司影的介绍，这已经是她所有的礼服中最保守的一件了。

司影已经化好了妆，见沈木兮换完衣服出来时，意料之中的，
还是被惊艳到了。

香槟色是很挑人的，若气质不佳很容易穿出老土或者艳俗的效
果，但沈木兮举手投足间的清冷纯美的气质却将这个颜色驾驭得游
刃有余。她骨子里始终是骄傲的，眼角眉梢的那种贵气都是经时间
洗练出来的，即使有一天没落了，混迹人群，擦肩而过也好，只余
一个背影也好，你总能轻易地被她吸引到。

其实在这之前，司影从来没有想过自己能够跟沈木兮成为朋友。

她在酒吧做调酒师，拿着微薄的工资，以最卑微的姿态徘徊在
这座城市的边缘。沈家出事，当时被炒得满城风雨，她自然也无意
中听到了一些关于沈家破败的传闻。当她看到了穿着小香外套去酒
吧应聘服务生的沈木兮时，她毫不含糊地承认，自己被震惊了，她

没有可怜，因为她没资格，只是纯粹地欣赏，她喜欢看沈木兮神色淡然地端着酒水穿梭在那些或贪婪，或放纵，或落寞的人群中，那是一种异样的风景，又或许，只有她发现了。

王尔德说过，我们都生活在阴沟里，但仍有人仰望星空。

司影总觉得，沈木兮是美好的，无关她之前的生活与身份，是她的灵魂，是很深处的东西，在淡淡地闪着光，像是亮成了一颗星。

杨言时不时就从后视镜看一眼后座阖着眼假寐的季遇白。最后终于是忍不住了，他轻咳一声，喉咙动了下道："遇白，昨晚情况如何，给兄弟说说呗，我保证不外传。"

半梦半醒之间，季遇白先想起了昨晚的那一幕。明明就害怕得要命，还偏偏上赶着去赴刑……殊不知，那副小表情真的可爱得紧。

他无意识地轻笑了一声。

杨言一直偷偷观察着自己问完那个问题后季遇白的反应，本来都做好准备受他一记白眼了，没想到，这人竟然笑了，还笑得这么春风荡漾。

杨言激动地指方向盘，兴奋到嘴巴张了好久愣是忘了自己要说什么，缓了缓才道："苍天有眼啊，遇白，你终于不是老……"后面的两个字是生生被那记迟来的白眼逼回去的，"我懂，不可说，不可说。"杨言戏谑地笑着，也是第一次被他瞪了一眼之后还能笑得这么开心。他面色虽不正经，话语调侃，可其实，内心的高兴是由衷的。

"她是去照顾软软的。"后座那人轻描淡写地说了一句，又阖上眼，重新恢复了那副兴致缺缺的模样。

杨言不可思议地瞪大了眼睛："软软是什么鬼？我说遇白你就算是给你家二弟起外号也不能起个这样的名字吧？哪有男人这么说自己的？"

"再废话你就下车！"季遇白捞过一本杂志不偏不倚地摔了过去，正砸在杨言的头上。

杨言揉了揉头，低低地骂了一句，嘴上却是不依不饶地继续追问："你不会真的花两百万买个'花瓶'吧? 还打算照顾这'花瓶'两年? 你看不腻我想着都腻了!"

"没人让你想。"

杨言："……"

车子在展览中心的门口停下，杨言泊好车，几步走到季遇白身边，苦口婆心地劝着："你不是喜欢那丫头吗? 喜欢就去追，追到了就在一起啊，你自己都说了，这么多年了也没有哪个女人让你想靠近了，现在的机会多合适啊。"

季遇白微微拧眉，声音一下就沉了："我给不了她未来。"

杨言忍不住抓了抓头发，在大脑里盘算了半晌，艰难地措辞："遇白，蓝衫都走了快十年了吧，你也该放下了。你找了她那么久，更何况蓝衫资本和季遇白，这几个字不管是在电视广播还是在网络上都已经够火了吧，她要是想回来肯定早就已经回来了，而且当年也……"

季遇白的脚步生硬地停在原地，他根本没有勇气去听杨言接下来的那句宽恕便道："不管她回不回来，这都是我欠她的。沈木兮，我能给她的，只有这两年。"

说到这里，他的声音一下就轻了，无力得不像这个男人该有的样子，"还有最后两年，我好像真的找不到她了。"

杨言欲言又止地咬了咬嘴唇，心里不甘地想难得这么认真地去纠结一件事情。

季遇白拍了拍他的肩膀，继而转移了话题："有计划选哪款车吗?"

两人转了弯，进入了展厅会场。

杨言的目光立马被场上光鲜亮丽的车模吸引去了，心不在焉地搪塞了一句："什么计划不计划的，你知道的，我这人比较相信一见钟情。至于价位，一百万左右的都没问题，亏了你家的投资到位了，要不然老爷子是铁定不会同意我换车的。"

季遇白也没表现出任何意外，大致巡视了一圈场内的车型，目光逡巡至那个穿着香槟色礼服的高挑身影时立马顿住了。他微微眯起眼睛，又确认了一遍。

沈木兮身边围了一大圈的记者，几乎场内一半的记者都聚集在了她面前，闪光灯不停地在眼前晃过，还有几个记者贴身过来有些不怀好意地换着角度专拍她的大腿和毫无遮拦的肩膀。她局促地想要闪躲，却发现根本没有可以为自己遮挡的地方。

司影在旁边的展位上对着她无奈地抿了抿唇角，对于这些事情司影已经司空见惯，于是示意她忍一忍。

杨言回过神来发现季遇白正信步走向会场中间，立马小跑着跟了过去。

这么顺着季遇白的方向望去杨言才瞬间明白过来发生了什么。

季遇白从一旁的销售人员手中拿过那辆车的钥匙，又转身对刚跑着跟过来的杨言说："捷豹F-TYPE，V8，5.0排量，最大马力495PS，极光白，跑车车型，价位大概一百二十万，我觉得这应该是你一见钟情的车型吧。你去办手续，车我先开走了，明天开我车自己去公司换。"

杨言完全没有反应过来地站在原地凌乱着。

沈木兮余光扫到那个清隽的背影时便移不开眼了，只见那人跟杨言交代完什么后，便转身笔直地迎上她的目光，几秒钟的对视，那人又移开了目光。

她还来不及反应，便听车门解了锁，那人绕过车头，拉开她身旁副驾驶的车门，微微侧头，示意她坐进去。

她又一次忘记自己当下在做什么了，好像这个男人就是天生的狩猎者，而她则是一只茫然无助的小兽，只能被征服，也只有他能征服，命中注定，别无选择。

……

杨言后知后觉地抱怨了一句："这叫什么事儿啊，不知道的还以为你是车展请来的托！"看着那辆白色的小跑车在一堆乱糟糟的记者中突破重围慢慢驶离会场，杨言一阵腹诽后也只能拿着钱包认命地随工作人员去办理相关手续了。

车子下了立交桥，慢慢汇入主车流，往前看去，是一眼望不到边的车海，车内开了暖风，有淡淡的皮革味道扩散开来。

"今天没课？"季遇白微微侧头看了她一眼。

十八岁的年纪，正介于女孩与女人之间，粉黛未施则清秀灵气，稍加妆点则明艳动人。

沈木兮不知道自己在紧张什么，一对上他的眼睛心跳立马就乱了。

"我点完到就溜了。你怎么会来这里？"

季遇白极淡地笑了一声，移开视线道："陪杨言买车。"

沈木兮轻轻地"哦"了一声，觉得自己问的这个问题还挺白痴的，于是没再说话。

车内的气氛安静得有些压抑。她双手有一下没一下地绞着，眼睛也不知该看哪里比较合适，甚至莫名其妙地生出一种逃课被家长逮个正着的焦虑心情。车里暖气开得很足，即使她穿着与此时天气有些不合时宜的礼服也丝毫没有觉得冷。倒是等红灯的空，季遇白脱掉了外套扔到后座。她不动声色看了他一眼，才反应过来，原来这个男人一直在照顾她的温度。

季遇白抬手解开了衬衫最上面的两颗扣子，露出棱角分明的锁骨，声音很淡地开了口，听不出意味："把不喜欢的兼职都推掉吧，没课了就回家陪软软。"

不喜欢的兼职。其实现在做的所有事情都是她不喜欢的。

沉默了一下，她说："好。"

车子平稳驶出车流，开进了超市的地下停车场。

沈木兮有些惊讶地侧过头去看了看季遇白，还没开口，旁边的人就先回答了她想要问的问题。

"我去买点晚上要吃的食材。"

难道他想让自己做饭？

沈木兮有些心虚地说："可是我不会做饭。"

季遇白正专注地看着后视镜将车子倒进车位，听到这句话时淡淡地勾了下唇角："我知道。"还是他一贯的语气。

泊好车后，他大致扫了眼沈木兮身上的礼服，习惯性地皱了皱眉，低声道："自己在车里等可以吗？"

沈木兮怔了一下，对上他探究的目光后又立马了然，脸颊浮上一层红晕，她低下头小声地说了句："可以的。"

季遇白却没有立刻拉开车门下去，他别开眼，透过挡风玻璃和车窗又环视了一下周围。地下停车场的光线很暗，只有入口的方向透进来一丝薄薄的光，此时也并不是购物的高峰时段，硕大的停车场空荡荡的，只稀稀疏疏地停了为数不多的几辆车，光线不免有些昏暗。

他看着缩在副驾驶仍旧对自己抗拒且疏离的沈木兮，放轻声音道："会不会害怕？"

不知是不是受了此刻氛围的感染，这声音拂过沈木兮耳际，竟柔软得不可思议。低沉而清凛，是这个年纪的男人特有的磁性，尾音上扬，又多了一丝不易察觉的宠溺。她觉得心跳像是慢了一拍。她从没听过这个男人用这种语调说话。她下意识抬头去看，正遇上他的目光，那双眸子并没有很亮，一如既往的深邃，却又是她此时唯一的光。她差点就陷进去。

呼吸不知是何原因，顿时便收紧了，她微微张开了唇瓣，小口地调整呼吸，摇摇头道："不会害怕。"

季遇白薄唇微抿了一下，目光还停在她的脸上没有移开，似乎能把她看穿，沉默须臾，他说："我很快就回来。"

一直到看着那道颀长的身影进了电梯，沈木兮才长长地松了口气。

心跳用了很久才恢复平稳，但是刚刚的那种感觉……她摁了摁额角，心里暗自嘀咕，她想她一定是疯了。

超市不知是在装修还是什么，总有几声沉闷的撞击声时不时从某个方位传来，沈木兮趴着车窗往外看，却只看到昏暗一片，只有远处几辆白色的私家车异常扎眼，周围并没有丝毫异常。声音若说是从楼上传来的也有可能，她默默地安慰了自己一句，便低头开始从手机里翻出常听的几首音乐。今天出门忘记戴耳机了，所以音乐只能开外放。

那会儿说不害怕其实是假的，这么待了几分钟后沈木兮索性闭上眼睛不去看外面，一直紧绷的大脑也在这轻缓的音乐声中逐渐放松下来。

也不知过了多久，眼前忽然晃过一抹刺眼的白光。沈木兮拿手背遮到眼前挡了挡，微眯着的眼睛慢慢睁开，视线恢复清明，就见对面不知什么时候停了一辆红色的牧马人，车里坐着几个看起来不太正经的男人，正对着自己吹口哨，交头接耳，笑得不怀好意。

见她睁开眼睛，那车灯才关掉了，一扇车门被拉开，副驾的那个男人嬉笑着向她走过来。

沈木兮心下一紧，下意识地先去拉了拉车门，好在季遇白走的时候是将车锁了的。她深吸一口气，在心里默念，没事……没事的。

那男人走过来敲了敲车窗，接着一张令人作呕的脸就快贴到车窗上了，他嘴里说着什么沈木兮没听太清，但单看这张脸就已经够她恶心了，男人眼底的邪念明显且张扬，她忍不住缩了缩身子，往左手边挪动。她手里用力地握着手机，正犹豫着要不要给季遇白打电话，旁边那人就开始没完没了地敲着车窗，脸上表情变了变，像是不耐烦了，露出些凶狠，龇牙裂目。

身子挪不动了，受到旁边的阻碍，她已经没办法冷静了，手抖着划开屏幕，关掉了音乐，翻出那个名字，还没摁下拨号键，就听车锁响了一声，有光线从眼前一闪而过，很快消失。

心脏用力地跳了一下，她抬头，隔着挡风玻璃，远远地就看到了刚从电梯走出来的季遇白。

他的西装外套还扔在车后座，上身只穿了一件纯白的衬衫，熨帖地勾勒着男人的身形，衬衫下摆收进了黑色的西裤，袖口则随意地翻折起一个弧度，隐隐露着线条紧致的手腕。他的左手拎着这个超市最大号的购物袋，右手则将车锁环在食指绕了个圈，又松松垮垮地放进口袋里。

周围那些聒噪的声音像是立马就消失了一样，安静到她似乎能听到他向自己走近的脚步声，沉稳、有力，和她此刻心脏跳动的频率一样。

说不清原因，那人分明只是一个恣意的姿态，他明明什么都没做，只是安静地朝她走来，她却莫名地觉得内心不再焦虑不安。这个念头只持续了几秒，像是一阵电流涌进了心脏，又转瞬即逝。

他，怎么会带给自己这样的感觉？不应该的，这太荒唐了，不是吗？

季遇白经过对面那辆车时只是低眸淡淡地拂了眼那车牌，又面无表情地从站在副驾车窗旁的那人身上一扫而过，然后径自开了后备厢，把购物袋放进去，将最上面的一双棉质拖鞋拿在手里，之后又绕过来拉开驾驶室车门。他全程甚至没有任何异样的情绪显露，可他周身清冷而倨傲的气场已经足矣震慑一切。

那几个男人低低地说了几句什么，便悻悻地开车停到了别处。

季遇白侧头去看沈木兮，她脸上仍旧还挂着那副惊慌失措的模样，没有缓过神，唇瓣微张着，手里用力地握着手机，眼底的惧怕涨得满满的，眼角也有些湿润。她这样一副可怜兮兮的样子，看得他心都化了。几乎是无意识地，他想抬手过去揉一揉她的头，手指微动，又忍住了。

他勾了唇，极淡地道："没事，我回来了。"

沈木兮却像是被定在原地，失了神，没有听到，没有动作，唯一一双眼睛是还在认真地盯着他看。

季遇白看了眼手里的棉质拖鞋，再看一眼无动于衷的沈木兮，有些无奈，只能低下身子，把拖鞋放到她的脚边道："把高跟鞋换了吧。"

眼眶一下就湿润了，她差点没忍住。有多久了，没人会去关心她会不会难过，所有人都像是在躲避细菌和病毒一样对她敬而远之，待她走开，再指着她的后背恨不得戳出无数个血淋淋的洞来。

大家似乎都忘了，她也才十八岁而已，刚刚成年，就经历了几近天崩地裂的家庭变故，她眼睁睁地看着那个漂亮的城堡一夕之间坍塌倒地，她还要逼着自己从废墟里爬起来，满目疮痍，她没有选择，因为她还有沈木腾要照顾，那个比自己更脆弱的孩子。但是那些人做了什么？他们围观了这一幕，幸灾乐祸，还在捡起碎掉的石块无休止地砸到他们身上。

眨了眨眼，眼底潮气尽散，她低下头脱掉了高跟鞋，将酸胀的双脚伸到了软绵绵的拖鞋里，嘴里艰涩地挤出两个字，带着些不易察觉的哭腔："谢谢。"

季遇白看了她一眼，没说话。

车子重新启动，掉头开往停车场出口，滑行向上，亮光尽现，视野重新变得开阔，超市门口人际熙攘，一派繁华。不会有人注意到她刚刚经历过什么，也根本没人会去在意她，她变成了尘埃，是这世间最平凡的千万分之一。开不了花，也只能活在泥土里。

"木兮。"季遇白轻轻地叫了她一声，正好打断了她的沉思，他说，"不要想太多，你现在只要好好读书就可以了。"

她轻提一口气，开口的声音微颤："那你呢，你到底想要什么？"

她眼眸潮湿而猩红地盯着他，有些迫切地想要得到一个答案。这是她酝酿了许久的一句话，不是冲动，也不害怕他的任何回答。她等不及了，尤其是在此时的这种心情下。

季遇白微蹙了下眉，没有回答，也没有看她。他眯起眼睛，望向车海的目光有些失神。

红灯，车子平稳停下。

季遇白侧头去看她，他的眼神变得安静而悠远，像是云雾缭绕之后的远山，历经过风雨，岿然不动，升华为了一种超脱世俗的梵音，安抚着山下那个受了伤的孩子。

她好像听到了他的眼睛在说着什么。

"陪你等天亮。"

这个男人清冷的声音重新飘过耳际。

她记得了，上次在学校的那场讲座，他说过黑夜再长，也总会天亮。在太阳出来之前，其实你可以试着去点亮一盏灯，又或者，去牵住一只会陪你等待的手。

这个答案却是意料之外的，她错愕之余忽然就笑了一声，她毫不避讳地继续追问："为什么？"

"因为……"季遇白移开眼，静默片刻，眸色像是沉了，有什么情绪从眼底一晃而过，"因为我也在等一个天亮。"

其实他的内心是无比清楚的，他的那片天空早就已经暗了，暗得很彻底，再不见天日。可是旁边的小姑娘不一样，只要熬过这段日子，等待她的，会是最明媚的未来。而他，很愿意去作为她照亮前路的灯，或者，递给她一只也许并不会很温暖的手掌。

沈木兮抿紧唇角，她还想问什么，却又不知道该怎么开口。这句话太过晦涩不明，其中的深意就像这个男人一样，她听不懂，看不透，可眼下却又只能亦步亦趋地在这条路上走下去，没有退路。这无疑让她更加心慌。

绿灯亮了，季遇白重新启动车子。

旁边小姑娘的情绪浮动太过明显，他想了想，自己似乎是忽略了她的年纪与阅历，刚刚的回答更是与她想要的答案背道而驰，便索性又补充了一句："两百万算是借给你的，以后有钱了再还我。至于利息，就拿照顾软软来抵，怎么样？"

沈木兮狠狠地怔了一下。

她第一次开始认真地考虑，她对这个男人的看法是不是只停留在了第一次见面的时候？他昨天解释过了，那天喝了酒，而且他们第一次见面又是在酒吧。可以……理解的吧？但她仍旧是不懂他这样做的理由。软软只是一个幌子，她心里再清楚不过。可至少现在，他又很用心地编织了一个让她心安理得的网。

对于她现在的处境，这个网是安全的，或许，还会有那么一些温暖。思及此，沈木兮笑了一声，像是被吹散了那层灰色的雾，眼睛逐渐明亮起来，变得干净如初。

"可是作为一个商人，这样的投资真的不会亏本吗？"

听着好像是自己那天在车上的原话？季遇白忍不住弯了下唇角，侧目看她道："当然不会。"他语气十分笃定，"我从来不做亏本的生意。"

沈木兮看着他仍旧清清淡淡不含情绪的那张脸，轻轻地眨了眨眼。她不想再追问什么了，因为心里的很多东西都已经明朗，像是晒过了太阳般，终于重见天日。她欠他的，只是两百万，再无其他。至于这个男人想要的天亮，她此刻无暇顾及，而她的天亮，她忽然就有了放手追寻的勇气。

心里那根绷了太久，扯得都有些疼的弦一下子就被从两端释放，她长长地舒了口气，一直紧张着的身子也舒展开来，若不是考虑到这辆车的空间太小，她都想伸一个大大的懒腰了。

她每个微小的情绪波动都被旁人尽收眼底，季遇白松了一口气，唇角荡起一个极小的弧度，不易察觉。之前是他考虑不周，好在现在还不晚。看来这种相处模式，应该是最适合不过了。

车子在公寓车库停好，沈木兮一手拎着高跟鞋推门下车。此刻她觉得地上像铺了松软的地毯一样，无论怎么踩都是舒适的，她反手关好车门，脚步轻快地就要往电梯的方向走去。

看她难得这么开心的模样，季遇白站在原地略一思忖，还是叫她道："木兮。"

她只走出了几步，听到声音后立马转回身子，唇角还洋溢着由心而发的笑，那双眸子清亮得灼灼如桃华，像是闪着光，能直接照进人的心底。

他怔了一下，忽然就想起了在酒吧第一次见她的模样，那么瘦小的一个人，面无表情地穿梭在摇曳的人群中向他走来，像是看破了世俗，又像是厌恶了一切，甚至一度让他觉得那有些像是缩小版的自己。

她的固执和坚韧都写在了脸上，是他一眼就能够看到的东西。而那双眼睛里，勾画出了一团火的形状，他几乎难以自制地想让那团火烧得更旺。

他想被烧一次，哪怕会被烫得很疼。

那是一种身体最深处的触动，关乎灵魂的蠢蠢欲动，而他能清晰确定下来的是，这些年，也只有她而已。

他独自走过了那十年的五分之四，这条路太过漫长，风霜很冷，他的心都被风干冰冻，他无数次地摔到，再爬起来，心身俱疲。终于到了最后，他远目望去，隐约看到了那扇石门，却在这时意料之外地遇见了她，她在废墟里挣扎，满目疮痍地站在自己面前，她像是佛祖派来了却他最后心愿的那个小仙女，陪他走完这寥寥两年，令他余生再无痴怨与留恋。

季遇白晃了晃手里的外套，沈木兮立马就会意了，脸颊迅速覆上一层淡淡的粉，低下头几步跑过来，接过那件外套搭在了自己裸露的肩上。

布料是凉的，并不温暖，像是冬天的棉被，总需要你先用自己的体温感染它，最终才可以抱团取暖。

Chapter 5 眼　泪

　　季遇白打开后备厢拿了东西，又几步过去跟上她的速度。

　　电梯很快就来了，两人几乎是同时伸手去摁向"13"那个键，季遇白先收回手，顺势将手闲散地放进口袋里，唇角挂着淡淡的笑意。沈木兮摁完后摸了摸鼻尖就垂下眼睛盯着自己脚上那双毛茸茸的拖鞋，一言不发。只有两个人的狭小空间里，气氛不知不觉变得微妙了起来，像是有什么东西开始慢慢发酵，静悄悄的，不为人知。

　　电梯很快到了 13 楼，沈木兮拎着高跟鞋先走了出去，然后站到门口停下。有了刚才的"小事故"，这次她还是决定等等比较好。

　　季遇白停在她的身边，看小姑娘局促地站着，低着头，没了下一步动作，他也不去输密码，一只手拎着购物袋，另一只手还抄在兜里，耐心地问她："密码还没记住？"

　　她其实是记住了的，但是现在……好像只能说是没记住。于是，她点了点头。

　　本以为季遇白下一步一定是抬手输入密码，谁知他竟然说了一句："那就换成你的生日吧，以后我来记。"

　　沈木兮又怔住了，而且还怔得很彻底。

　　季遇白弯了下唇角，很小的弧度，单纯的出于好笑，很快他移开视线，开始更换密码。输过了原始密码，他边输入新的密码边低喃着重复了一遍，又问她："这个日期对吗？"

他明明都记住了的，刚才还说什么，以后他来记……

她傻傻地抬头看着他，问了一个更傻的问题："你怎么会知道我的生日？"

这人勾着唇角淡淡地笑了："你的十八岁成人礼，很遗憾那天我没有参加，但是请帖还是收到了。"

面前的门"嘀"的一声打开了，见她愣愣地看着自己，没有动身的意思，季遇白无奈地抿了下唇角，拎着购物袋抬腿先迈了进去，低头换拖鞋。

沈木兮站在他的身后继续追问着，执拗得不得了："那天你为什么没有参加呢？"

季遇白换好了拖鞋，转身看向她，客厅没开灯，有些暗，他离她仅一步之遥，站在黑暗里，脸上拂过一缕楼道晕黄的光线，明暗之间，那张脸越发深邃精致，完美得像是一件遗世独立的艺术品。

"我去威尼斯旅行了，现在想来，我应该晚一天再去的。"

沈木兮本在对着这张脸发愣，被这句话唤醒后目光瞬时变得闪烁起来，脸上也难掩激动："对啊，你当时去了多好，因为我过完生日的第二天也去威尼斯了！"她的高兴只持续了几秒钟，话说完之后便意识到，自己……不能这样的。

沈木兮有些不自在地低下头，连季遇白刚刚究竟是何种反应都没来得及看清，懊恼地揉了揉鼻尖，把手里的高跟鞋放进鞋柜，又将脚上的拖鞋换成了那双居家的，等她重新抬起头时季遇白已经拎着东西去厨房了，似乎对她刚刚的那句话以及过激的表现并没有显露出任何在意。她不知道自己在失落什么，望着那道消失在厨房门口的身影竟然有些难过，抬手摸到墙边的顶灯开关，按亮。

软软从客厅慢吞吞地挪了过来，窝在她的脚踝上蹭了蹭，像在撒娇似的，她回身把门关好，这才弯腰把小东西捞进怀里。似乎心情明亮了周围所有的事物也都跟着变好了。

她忽然发现，这团小东西真是软绵绵的让人爱不释手。

沈木兮将礼服换掉，抱着软软倚在藤椅上，微眯起眼睛看向天边的落日。

天空变成了一个巨大的调色板，被层层分隔成了几种不同的色彩，余晖的橘色、正欲褪去的浅蓝色、隐约浮现的灰白色，以及最远方那抹渐渐吞噬而来的暗黑色。

原来生活还是美好的，她就站在这里，站在夕阳之下。她不用畏惧阳光，也不是什么阴影。她还是她，只是欠了这个男人一笔数目可观的钱而已。

沈木兮轻轻吐出一口气。她好像一点儿都不用担心明天还会发生什么让她猝不及防的事情了。这种由衷的放松，是近四个月从来没有过的。

怀里的软软小声地叫了一声，她才倏地回过神，自己来这里之后名义上是照顾软软的，但是好像还一次都没有喂过它！思及此，她便抱着小家伙起身往厨房走去。

季遇白正在心无旁骛地洗着手里的芥蓝。他的衬衫袖口高高卷起至手肘处，露着线条紧致的手腕，那几颗翠绿的芥蓝在他修长的手指间似乎都变成了一件用心雕琢的艺术品，上面还沾着透亮的水珠，新鲜得像是被他亲手赋予了生命。

她从未见过男人下厨，至少她长这么大，在家的时候爸爸是从未下厨做过菜的。而季遇白，似乎这些事情由他来做，沈木兮总是忍不住想拿家里的保姆茹姨和他去做比较，茹姨择菜和洗菜，像是打架似的……而这人，却优雅得不像话。

她看着看着便又移不开眼睛了。

季遇白一早就发现她站在门口了，也不说话，只是安静地把那几颗芥蓝全都洗干净放到旁边的竹篮里之后，又拿毛巾擦了擦手，这才转身去看门口发呆的小姑娘。

沈木兮意识到自己的偷看被人发现了，脸颊开始以肉眼可见的速度慢慢涨红，见自己反应过来，季遇白脸上似笑非笑，又微挑了下眉，似乎在等她开口。

她羞窘得差点就不会说话了："我是想先喂软软吃饭。"

"它的狗粮和牛奶放在上面储物柜的第二个格子里。"季遇白移动身子，从门口退开，靠到了流理台前，示意她自己来取。毕竟有些话已经说出口了，既然要做就要做得真实一点，如果软软一直都是自己来喂的话，小姑娘一定又该多想了吧？

沈木兮抿了下唇角，从门口侧身过去，在这不太宽裕的空间里十分地小心翼翼，可手臂还是不经意地蹭到了他的，有些凉，像是还有几滴水珠没有擦干净。她不知道自己的感官触觉什么时候变得这么敏锐了，轻微的触碰都能让她乱了心跳。

她蹲下身子将软软放到地上，自己踮着脚打开了最上层储物柜的门，伸手想去取狗粮和牛奶出来，有些吃力，她第一次觉得，自己一米六二的身高原来真是不够用，也不知道以后还会不会再长了。

季遇白这次没有帮她，看她自己将东西取出来，又耐心地交代了软软现在的食量以及每天的用餐次数。

等她喂完了软软，他才指了指流理台下面的储物柜说："狗粮以后放这里。"

沈木兮冲他眨了眨眼，颇有些无奈，然后还是弯下身子照做了。

放置好狗粮，她一脸轻松地站起身看着他，那模样像是完成了一件巨大的工程似的："所以除了照顾软软我还需要做什么其他的事情吗？"

季遇白身子闲散地斜倚在她的对面，仍旧还是高她半个头不止，这会儿见她眉目舒展，也弯了下唇角："做你喜欢做的事情就好，其他的都不需要。"

沈木兮抿唇一笑，是很活泼的表情，她指了指他身后的青菜，有些调皮地道："我喜欢洗菜啊，洗碗也是喜欢的。"

这么自然的表情，说得跟真的似的。季遇白也没有拆穿，只是顺着她话反问她："我以为你还会继续说你喜欢做饭呢。"

"这个……"沈木兮顿了下，低头摸了摸鼻尖，有些不好意思，"这个以后也许会喜欢的。"

季遇白低低地笑了，站直身子道："那好，把软软抱去客厅，我来提前培养你，过来帮忙吧。"

沈木兮安置完软软回到厨房的时候季遇白已经放好了平底锅，下面燃着一团小小的火焰。

她看了看砧板旁边腌制好的两块牛排，难免有些吃惊："你要自己煎牛排吗？"

季遇白往锅底放了一层调和油，然后转身有条不紊地切着洋葱丁，并未回答她那个傻傻的问题，只是问她："你吃几分熟？"

"七分。"沈木兮说完后就自觉地翻折起毛衣袖口，打算接过他手里正在切洋葱的工作。

"木兮。"他眨了下眼睛，大概是有些被洋葱的水汽辣到，并没有将刀递给她，只是说，"去帮我往平底锅里放两片黄油。"

"好啊。"

沈木兮从那些瓶瓶罐罐中看了好一会儿才找到了黄油，刚拿到手里，打开盖子，还没放呢，就听他又低声叫她，有些无奈的语气："木兮，先洗手。"

她"咯咯"地笑了两声，放下手里的黄油认真地洗了手，又伸到他眼前晃了晃，像在交作业似的，这才重新夹起黄油放到锅里。

"下一步呢？"沈木兮正乐在其中呢，还想着学会了以后可以做给沈木腾吃了。

季遇白切完了洋葱丁，放下手里的刀用力地闭了下眼睛，再睁开时正有一滴眼泪从眼角处滑落。他并未在意，转身往锅底放了几片蒜片，又取了腌制好的牛排放进去。

沈木兮正等着他安排下一步工作呢，这人却没了动静自己都做了，抬眼不经意地看到他被洋葱辣到的眼睛，便扯了一张纸巾来，也没有多想，直接将那滴正滑到鼻翼的泪珠轻轻地擦了去。

季遇白怔了一下，手里的动作也停住了，垂下眸去看她，那眼底还是蕴含着些湿意，清澈而明亮。

那张纸巾还捏在她的手里，她忽然就意识到，这个男人其实也有这样的一面，他只是个普通人，一定也会因为某些事情而开心或者难过，他并不是淡漠的，也不是凉薄的，而他呈现给大部分人的，其实只是一张面具而已。他应该也会孤单的吧，和大多数人一样。

就这么看着这双眼睛，她心底那最后一道防线轰然崩塌，再无防备。

她似乎还想得看得更深入，季遇白却淡淡地别开眼，声音掺杂了一丝不易察觉的沙哑："木兮，去外面等吧，马上就好了。"

沈木兮勾起唇角笑了笑，目光明媚而灼人，有些调皮地说："遇白，我看到你的眼泪了，这张纸巾我要好好珍藏。"

这是她第三次叫他的名字，这是她第一次只叫他的名字。

沈木兮说完就转身往自己的卧室走去，手里捧着那张纸巾跟宝贝似的。

季遇白看着那个清瘦的背影弯了弯唇角，无声地笑了。见过他眼泪的女人，她……是第二个，虽然是以这种方式。可是要将纸巾收藏起来的，她却是第一个。所以沈木兮问他，这样的投资会不会亏本，他可以很笃定地回答她，当然不会。

哪怕只是两年。

原来有些东西，真的是只需要一瞬间便可以决定。

沈木兮回房后就将那张带着一滴泪痕的纸巾放进了一个小木盒里，一起放在里面的还有这个男人早晨亲手写下的便笺。

暮色已经笼罩了整片天空，月朗星疏，澄净如洗，和今天的夕阳一样美。

她靠在飘窗上，看着这片夜色忽然就觉得黑暗不那么难熬了，因为或迟或早，天总会亮的。如今，她又多了一张可以短暂地将自己庇护起来的网，似乎，还可以取暖。她开始相信了这个男人的那句话。

过了一会儿，估摸着时间差不多了，她收回思绪准备出去。

门刚拉开，就见季遇白正保持着一只手停在半空准备叩门的姿势，见到门刚好打开了，他似乎也怔了一下，随即又淡淡一笑，低声叫她："吃饭了。"

沈木兮笑着点头，又轻快地跑到洗手间洗了手才去桌前坐下。

除了两份菲力牛排之外，中间还放了一盘看起来翠绿爽口的白灼芥蓝。季遇白就坐在她的对面，两套餐具摆放整齐。

她切下一小块牛排放进嘴里尝了尝，肉质鲜嫩，汤汁带了一丝淡淡的甜味，细品还有很轻的红酒香气，加上胡椒的微辣，竟毫不逊色于那些西餐厅餐牌首页的主厨推荐。

沈木兮赞叹之余抬头去看对面的男人，就见他正低头切着牛排，慢条斯理地，那刀叉在他修长的指尖似乎都变成了画笔，所及之处勾勒出的轮廓都是一件完美的艺术品，像是昨晚给鲈鱼剔骨一样，优雅极了。

她从小就被教育各种餐桌礼仪，但她并不喜欢那些一板一眼的东西，所以除了在外人居多的宴会上，她并不是一个合格的淑女名媛，但季遇白的优雅却又是内敛的，由内及外散发出的气质，只能说明他本身就是这样。她不喜欢做这些事情，但由他来做，她却觉得格外的赏心悦目。

"我可以跟你学习做饭吗？"她声音脆脆的，透着很明显的期待。

"你可以试着学一学。"季遇白停下手里的动作抬头看向她，眉眼间含着淡淡的笑意，"我会就可以了，所以你学不会也没关系。"话落，似乎是想起什么，他顿了下，垂下眼眸，没再看她，又补充了一句，"至少这两年里可以。"

沈木兮并未来得及看清他眼底一闪而过的情绪是什么，她目前也还没有太多想要去深究的好奇，只是"哦"了一声，就继续低下头安静地吃着牛排。

周围一下子静了许多，耳边也只剩下刀叉滑过餐盘时发出的轻微声响，仅一天的时间而已，却有天翻地覆般的转变，明明昨晚的这种氛围她还觉得局促不安，甚至想要逃离，可如今，虽远谈不上像家人般其乐融融，却也让人身心放松，同时，她内心无比清楚，这些感受，都是对面这个男人赋予她的。

她开始觉得很庆幸，她在那晚的酒吧遇到了他，也幸好是他。像是冥冥之中就注定好的一样，每一步，每一个转折，下一个路口会遇到什么人。就在那个转身，在她看到他第一眼时，或者说，在她忘记自己为什么转身之际，也许就注定了他们一定会因为某些东西而紧紧纠缠到一起。

例如现在，他成了她的债主？或许，还是最会做饭的债主……

"木兮。"季遇白忽然叫了她一声，像是突然想到了什么，手里的刀叉也还没有来得及放下，"为什么从音乐系转到法学系？"

沈木兮正在切着牛排的手闻言便停下了，她抬起头，眼睛很亮，有什么东西藏在里面，是一种野草般的坚韧，她认真地回答他："我想保护所有我爱的人。"

她的这句话，她此刻的神情，都让季遇白想到了当年的自己，他没有保护好蓝衫，所以她走了，去了一个他怎么都找不到的地方。而他欠她的，唯有用自己的余生来补偿。他总归是要一个人的，终其一生，也都该如此。那种深深的无力感又一次将胸腔涨满，沉闷得有些喘不过气来。

"还有，保护好自己。"他补充给她。

用完餐之后沈木兮抢先一步占了洗碗槽，像是害怕季遇白会跟她抢似的，就连洗碗的速度都近乎争分夺秒。

季遇白双手抄进兜里，整个人随意地靠在了门上，看她这副模样忍不住笑了："木兮，以后我做饭你洗碗好了，刚好这不是我喜欢做的，没人跟你抢，放心。"

"好啊。"沈木兮欢快地应着，手里的动作这才放心地慢了下来。

到底就是个单纯的小孩子而已，季遇白看着她，目光柔软。

额前的碎发不听话地掉下来一缕，挠得脸颊一阵微痒，她抬起胳膊去拨了一下，却是没什么作用，手上又都是白色的泡沫，她似乎也懒得冲洗了。想到还在门口站着的人，沈木兮心下微动，笑着转身去看他，还未开口，就见那人像是看懂了她的心思，走过来微微倾身，抬手将她脸颊的碎发别到了耳后。

他的指尖微凉，就这么轻柔地滑过她脸侧的皮肤，像是春天柔软的风，吹得她心口都是痒痒的。她盯着他的眼睛看得入迷，深邃的、清澈的，却再也不是凉薄的。

有什么东西，变了。

似乎只是几秒钟的对视，季遇白淡淡地别开眼，刚垂下的手又拎起她的一只胳膊，将那快要掉下来的袖口向上翻折了几个弧度，一直露到手肘。

沈木兮愉悦地眨了眨眼，将另外一只胳膊也伸到他面前，小孩儿似的说："这个也要，左右都要对称着。"

季遇白轻轻地笑，那双如深井般的眼睛像是被扔进了小石子，晕开了一圈又一圈激滟的微波。两只袖口都翻折到了同一高度，见她还站着不动，季遇白轻拍了下她的额头，低声叫她："快去洗碗。"

他的手背有些凉，贴上她温热的额头，虽是轻轻擦过，也惹得她一个激灵，脸颊烫了烫，不知道红了没有，她转回身，头埋得更低了。

洗碗这件事，她第一次觉得，原来这么有趣。

……

这个男人的生活似乎并没有什么娱乐性的活动，沈木兮洗完澡出来经过客厅的时候就见他仍旧是躺在落地窗前的藤椅上翻着杂志，闲闲散散的模样，甚至从这个角度看去还像是有些心不在焉。软软乖乖地趴在他的腿上，一动不动地缩成了一小团。

那一方像是属于她的人间烟火，安静的、安心的。

窗外是漫天的星辰，像是漆黑的幕布上镶了星星点点的小钻石，他就在这璀璨之下，却又是远比这星辰更加耀目的存在。

例如现在，她是有些管不住自己的腿了。

她从未对谁有过这种感觉，例如第一眼见他，她会忘了自己为何转身，例如见他做任何事情，她都会被哪怕一个不经意的动作看得移不开眼，例如现在，只要他出现在她的眼底，她便忍不住想要去靠近。

她是一个不会隐藏的人，喜欢与讨厌分得很明朗，同时，也表现得很直白。父母总是教育她要喜怒不形于色，可她却一直都没有学会，大概骨子里的她更向往真实和自由多一些吧，也许有一天她也会被迫改掉这些，可是现在，至少对于他，她还是想顺其自然。大概也和昨晚的小插曲给了她足够的安全感有关。

沈木兮走过去，在他身边蹲下，将软软捞进怀里，或许是发丝的水滴掉到了它身上，软软一下就醒了，歪着头在她怀里蹭了蹭。她轻轻地帮它顺毛，垂眸看着它笑，小声说着："抱你回房间睡好不好？"

季遇白安静地看着她现在的模样，像是放下了全身的防备，露出了最轻松的神态，她此刻干干净净的笑容，就像是一只轻柔的羽毛，会安抚人心、会疗伤。

他合上手里的杂志，坐直了身子，轻声道："木兮，晚安。"

她抬头，对上他的目光，眼睛笑得弯起来："遇白，晚安。"

沈木兮第二天起床后，先把司影的礼服装裱送去了她住的地方。

司影去开门的时候还一副似醒非醒的模样，看到沈木兮之后，先愣了一下，随即又立马把她拉进房间，脸上都是藏不住的好奇："昨天那位金主什么情况？真被我说中了吗？"

司影昨天开玩笑说，估计会有土豪在买车的同时也会想要把她买走。沈木兮脸蛋一下就烧起来了。

"我们认识，司影。"她给她解释。

"难怪。"司影松了口气，拉着她去沙发坐下，自顾自地说着，"我说你怎么会随便跟一个陌生人走呢，不过你们离开之后大家都疯了，尤其是那些记者，说那位金主好像是什么资本的创始人，叫季遇白？看大家的反应估计是挺厉害的一人物。"

"蓝衫资本。"她一板一眼地给司影纠正。

司影狡黠地笑了笑，顺势揽过她的肩膀道："说说，你跟那位季先生发展到哪一步了？"

沈木兮愣了一秒，随即又紧张地摆手解释："我们就是很普通的……就是……"她想说她与季遇白是朋友关系，又觉得似乎不合适，说是债主或雇佣关系，难免又会引人遐想，她磕磕巴巴地卡在那里，半晌，对司影无奈地一摆手，"我也不知道该怎么解释了。"

殊不知，她这会儿的表现落在外人眼里更像是欲盖弥彰，司影这下更好奇了："他在追你？虽然年纪大一点，不过年纪大的男人比较会疼人，比现在这些小屁孩靠谱多了，对了，你一定要先搞清楚他有没有结婚或者有没有准备结婚的对象，千万别被……"

沈木兮哭笑不得，只能打断她道："司影，你想多了，我们没有发展到那一步，就是认识而已。"

司影不以为然，看了看她涨红的脸蛋，撇了撇嘴说："什么关系不是从认识慢慢发展起来的，反正你千万保护好自己，别被老男人给骗了还傻乎乎的乐在其中。"

老男人……

沈木兮嗔道："他不老！"

司影一副"我就说没这么简单吧"的表情慢慢地点了点头："一百万的车都二话没说买走了，我就知道有情况！"

沈木兮无可奈何地睨了她一眼，站起身搪塞着往外走："我今天还有课，不跟你瞎掰了。"

司影不置可否，又对着她近乎落荒而逃的背影喊了一句："记住我跟你说的话……"

沈木兮换了两次公交车才到了学校。

今天上午和下午都是有课的，距离上课还有一个来小时，因为一直没有住校，她便先去了图书馆打发时间。意料之中的是，她仍旧是那些人眼中的焦点，像是几个月前刚开学时一样，无论她出现在哪里，背后总有无数只眼睛在对她毫无顾忌地上下打量。而今天，似乎又多了一个其他的原因？

那天没来得及多想，但是今天想来，她那天在车前等他的时候，他正被"那片花"围得紧紧密密的，而她就在众目睽睽之下拉开车门坐了进去，也不知道当时那些女生心里都是怎么想的，又是怎么嗤之以鼻或者妒火中烧的？她觉得，这个学校的热点估计都要被自己承包了。

这不，她安安静静地坐在角落里翻着书，对面那个穿着Valentino最新秋款驼色羊毛大衣的女生往这个方向看了两眼之后便身姿款款地向她走来。

女人永远最了解女人。

沈木兮合上手里的书，面色平和地看着她坐到了自己对面，又把手上那个小香包轻轻地放在桌上。

"沈小姐，我是戚静。"

戚静，她记得了，据传是大二最热门的人物之一，身上从来都是国际大牌的最新款，上课通常会被当作秀场来对待，至于眼角，好像是开过两次才变成了现在的模样？她不喜欢八卦这些东西，因为她也是大家口中的热门人物，一个学校的热点一共就这么几个，似乎想不知道都难，通常情况下，许多信息都不用特意去打听便可以了解个一二，因为议论的人真的太多了。至于真真假假，今天这么一看，她心里便有数了。

她微微一笑，不温不火道："有事？"

戚静精心勾画的红唇漾起一抹恰到好处的笑容，但是再昂贵的口红也丝毫掩盖不住她身上的气息。

"听说沈小姐和季先生很熟，能不能介绍我和季先生认识一下？今晚有时间吗？我请你们吃个饭？"

沈木兮当下立马了然，眼角的余光已经看到了四周正慢慢聚集起来的目光。她继续微笑，语气平缓："季先生不太喜欢在餐厅吃饭，他一般晚餐都是在家自己做。"

戚静唇边的笑容很明显的凝固了一下，她似乎完全没有想到当初高傲矜贵的沈家大小姐听到这句意有所指的话竟然丝毫没有反驳之意，但是巧了，她也不是那么好打发的主儿。

于是，她将身子微微前倾，微挑着眼角看着沈木兮，一副胜券在握的得意模样："我们来做个交易怎么样？介绍我和季先生认识，或者我将昨天在车展上拍到你上了季先生的车那几张图片上传到校园的帖子上。"

沈木兮听完这句话丝毫没表现出任何慌乱，唇角的笑容反而更大了，她也倾身过去，贴在戚静耳边小声提醒："季先生喜欢货真价实的东西，还有啊，我不得不提醒你，你绝不适合季先生。"

戚静脸色骤然一沉，血色尽褪，唇瓣动了动，却像被哽住了一样，一句话也没说出来，她目光阴鸷地看着沈木兮悠闲地收起压在包包下面的书，淡淡地转身离开了。

……

上午的课接近尾声的时候，沈木兮就听到周围的同学开始小声议论着什么。她抬眼大致环视了一圈，又低下头打开手机，开始刷校园论坛。看来戚静还算是有这么一个优点，说话算话？那张帖子里上传的图片清晰度……堪称专业。下面跟帖的人越来越多，也不知道是水军居多还是……

她转着笔，点了点额角，无视四周那些时不时扫过来的异样目光，看着那些花样繁多的骂帖极轻地哼了一声。手指滑回屏幕顶端，她将那张他拉开车门看向她的图片放大，细细看了看，很遗憾，这个男人还是那副冷冷淡淡的模样，看不出情绪。

沈木兮盯着照片多看了会儿，无声地弯了弯唇角，将那张带着水印的照片保存到了手机里。这些事情于她来说就是家常便饭，是戚静把她想得过于清高和脆弱了。她现在只是一个为了沈木腾可以不顾一切的姐姐，如此而已。

中午仍旧是一个人吃饭。

下午的天色开始变得阴沉沉的，云层被压得很低，窗外时不时有暗影拂过，黑压压的像是被一块巨大的乌云遮住了眼睛，怎么都拨不开。只是四点钟的光景，外面却暗得像是入了夜。这个节气，也不知道待会儿是要下雨还是要下雪。

台上的讲师在布置作业，沈木兮一句都没听进去，她看着窗外，眉心紧拧，胸口哽住了一块东西，就快把她闷死了，她一次次地深吸气，像是个濒死的病人。

这堂课漫长得像是过了一个世纪那么久。

好不容易挨到下课，沈木兮几乎是一路跑着去的学校门口，中途撞到了几个抱着篮球的男生，那些人低低地骂了几句后又像是发现了什么重大新闻似的兴奋地吹着口哨，满嘴的不堪入耳。

她来不及等公交车，伸手拦下一辆出租车钻了进去。跟司机报完地址后她又怔了怔，沈木腾不在家，她要回的，是季遇白的公寓。

窗外是急速掠过的行人和建筑物，全部都是昏暗一片，就连提前亮起的路灯也像是被蒙上了一层厚纱，暗淡得看不真切。

这还没到家，雨就开始下了。没有循序渐进，突然的倾盆大雨，像是酝酿了许久，倾泻如洪，仿佛要淹没了这座城市一样。

内心的恐惧急速扩大，一点点蔓延了她全身上下的每个细胞。沈木兮开始控制不住地浑身发抖，身上忽冷忽热，细汗涔涔。她不敢看向窗外，甚至连声音都不敢听到。身上的外套用力地拢了又拢，她把领子竖起来，脸埋进去，紧紧地缩着身子，抱着自己，扣住胳膊的手都疼了，可还是没办法平静下来。

四个月前的一幕幕像是老电影的慢镜头，一帧一帧地从眼前晃过。

也是这样的一场大雨，似乎是要清洗什么，一会儿就都被冲走了，什么都没有留下……

司机从后视镜里打量了她几眼，困惑得微微皱眉，似乎是想说什么，却终究也没有开口。

她没有带伞，从公寓跑进电梯的一路，身上已经被淋得湿透，手机在包里一直响着，她听到了，却不敢去看，连拿出来都不敢。她缩在电梯一角，身子靠在冰凉的墙壁上，抿紧了唇角。她害怕这场雨又要带走什么，可她身边已经没有什么是可以被带走的，她只剩沈木腾了。

那是她的命。

电梯里的数字在慢慢叠加着，很快就到了 13 楼。

她迈出电梯，手一抖，包掉了，她又哆嗦着蹲下去，捡起来。她站在门口，手指不听使唤地连密码都输错了两次。不能再错了，第三次就该自动报警了。沈木兮深深吸进一口气，用力地咬住嘴唇，默念着自己的生日，指尖也小心翼翼地去摁下相应的数字。

门终于开了。

软软早就听到声音了，这会儿正蹲在门口眼巴巴地望着沈木兮，也不知是饿了还是怎么了。

沈木兮踢掉了脚上沾了泥渍的小皮靴，连拖鞋都没有来得及穿，扔下包，弯身抱起软软光脚跑进了卧室。

季遇白今天回来得比较晚，听完了公司的月终总结例会，又连续开了两个越洋视频会议，所有的工作结束之后，他才注意到外面下雨了。他一只手还拿着显示无人接听的手机，另一只手放下手里的东西在密码区输入密码。

门开了，他看到沈木兮的鞋子凌乱地扔在门口，上面还沾着一层已经干涸的泥巴。挂掉了那个一直无人接听的电话，他低头换了拖鞋，把她的包捡起来挂好，走进客厅。

家里静悄悄的，耳边只能听到窗外浅浅的雨声带着凉意袭来。

软软听到声音从卧室里钻出来，圆滚滚的，紧贴着他的脚踝一直蹭来蹭去。

季遇白弯下身子拍了拍它的头："乖，自己去玩一会儿。"

沈木兮的卧室并没有锁门，只是虚掩着，他轻叩了两声，没等到回应，便直接推门进去，这才看到那个蜷成一小团窝在床角瑟瑟发抖的身影。

他怔了一下，走过拉开她紧紧攥着的被角，把她的头露出来，试探着叫她："木兮，我回来了。"

沈木兮有些迟钝地睁开眼睛，迷茫而无助，脸上早已经哭得满是泪痕，头发也沾湿了几缕，凌乱地贴在脸颊上，狼狈得不得了。她怔怔地看着他，也不知是不是哭累了，眨了眨眼，一下就没了动静。

季遇白默不作声地松了口气，弯了下唇角，像看个小孩子似的看着她，抬手将她脸颊的湿发拨开，开口时的笑意都沉沉的："因为今天论坛的事情？我听说你把我的生活习惯解析得很透彻，还以为有多坚强，怎么就哭了？"

她慢吞吞地拥着被子坐起来，从他脸上移开目光落到床边的被单上，眼睛变得空洞无神，像是迷了路的小动物。她摇了摇头，又将头垂下，紧紧埋进膝盖。

季遇白皱了下眉，沉默了一会儿，想起了什么，耐心问她道：

"害怕下雨？"

　　半晌，才听小姑娘闷闷地说："几个月前，爸妈走的时候，都是在下雨，都是这么大的雨。"

　　终究就是个小孩子，再怎么佯装坚强也还是会害怕的小孩子。

　　季遇白极轻地叹了口气，伸手将她揽进怀里，那么小小的一团，蜷得紧紧的，双手还在用力地抱着膝盖，所以他很轻松地将她整个人都揽进了怀里，又抬手揉了揉她潮湿的头发，轻声哄着："这是今年的最后一场雨，不怕。"

　　这是他给的承诺，关乎天气，也关乎对她的守护。

Chapter 6 吉 他

　　这个男人的怀抱是温暖的，带着他身上特有的一种像是木质香水的气息，竟让她逐渐安心下来。

　　她试着松开抱住膝盖的双臂去环住他的腰，然后慢慢地，慢慢地，环得更紧些。她很冷，是从身体最深处散发出来的寒冷，恐惧和难过侵袭着浑身上下的每个角落，就快把她吞噬了。这个男人却是热的，他就站在床边，她的头就紧紧地贴在他正跳动着的胸腔上。

　　她闭紧了眼睛，一直紧绷的神经无意识地放松下来，没有人给过她这样一个拥抱。仅隔着一层衬衫的距离，她能清晰地感受到他皮肤传来的源源热度，他每一次沉稳有力的心跳。

　　体温是会传染的，身上那些寒意褪去，她混沌的神思也逐渐清晰。

　　沈木兮睁开眼睛，像是刚从梦魇中醒来一样，她看到了他的衬衫上被自己的湿发晕开了的阴影，她蓦地松开环在他腰间的手，下意识地先捂住了自己瞬间就滚烫起来的脸，感觉到搭在自己肩膀的那双手移开了，她才慢慢地拿开手，有些不知所措地抬头去看他。

　　这下好了，她已经窘得连害怕都忘了。

　　还冷吗？脸蛋就要被自己烫熟了……

　　季遇白好笑地多看了她几秒，又抬手轻擦了一下鼻尖，是个不经意的小动作。

"去洗个热水澡吧。"

没等沈木兮回应，他又低下头看了看床下，直接转身出了卧室。一分钟后，他手里拿着她的拖鞋，弯身放到了她的脚边。

沈木兮垂着头，神色纠结地用力咬着嘴唇，她已经不知道自己该怎么面对这个男人了。

好在季遇白也没继续停留，放下拖鞋后便直接出去了。

她已经习惯了将自己软弱和不堪的一面隐藏起来，甚至这四个月里她都不曾在沈木腾面前掉过一滴眼泪。但是刚刚，她竟然没有推开他，甚至还主动去抱住他，抱了那么久？

……

她不知道自己在浴室待了多久，擦着湿漉漉的头发从洗手间出来的时候就见餐桌上已经摆好了几道家常菜。

沈木兮越过餐厅推开自己卧室的门，一看到面前这一幕立马就怔在了原地。

季遇白正倾着身子在帮她更换湿掉的床单和被子。他还穿着那件被她发丝晕湿的衬衫，因为一直垂着头，额前的碎发就随意地耷拢下来，是他从不在人前展现的随意的一面。他修长白皙的手指细致地铺着床单，耐心地抚平了每一道褶皱。那床绵软温暖的被子在他指尖的触碰下，像是一朵盛开了的圣洁纯白的花。

沈木兮眼睛一下就湿润了。

她从未想过，会有一个男人为她做这些事情，更不曾想，这个男人会是季遇白。

季遇白铺好床转身的时候才看到站在门口的沈木兮。她像是在门口站了好久，眼圈是红的，眼睛很亮，望着他的模样，有些呆。

他几步走过去，她这才恍惚了一下，脚步往后挪了挪，抬头认真地跟他说："遇白，谢谢你。"

季遇白安静地看她几秒，笑了："木兮，应该是我谢谢你，帮我断了那些烦人的烂桃花。"

沈木兮先是一愣，随后又是有些惊讶："你去找戚静了？"

他身子往门边随意一倚，双手抄进兜里，难得有些戏谑的模样：
"怎么不说是她去找我了？"

沈木兮一想到自己今天逞口舌之快应付戚静的那几句话会被季
遇白听到，立马就懊恼地低下了头，摸了摸鼻尖，像是犯了错的小
孩子，声音轻得都快听不到了："她都跟你说了？"

今天面对戚静时的那种气势她此刻是一点都找不到了。

季遇白眯了眯眼，忽然抬手捏起她的下巴，迫使她与自己对视。
他像那天在车上时一样，深深地盯着面前这双眼睛，像是在欣赏一
件价值连城的古玩，细致入微。

沈木兮整个人都僵住了，眼睛定定地看着他，垂在腿侧的双手
紧张地用力握成拳，一动都不敢动。

不过几秒钟的对视，季遇白就松开了手，重新抄进口袋，勾了
下唇角："我告诉她，你说得都对。"

沈木兮反应慢了一拍地眨了眨眼，然后毫不隐藏地松了口气，
清晰到他都听到了她吐出那口气的声音。这个姑娘是一直都这样真
实吗？季遇白忽觉得她怎么能这么可爱？

他安静地审视着她现在的模样，唇角带笑，看她有些不自在地
给自己解释："我以为说完那些之后她就不会去找你了。"

"木兮，不是所有的女人去找我，我都会见的。"见她迷茫地瞪了
瞪眼睛，他又说，"我见她，自然是为了那几张帖子。"

沈木兮这才有些迟钝地后知后觉，季遇白是公众人物，那些帖
子真的发布之后，其实带来影响最大的不是自己，而是他。她懊恼
地叹着气，头垂得更低了，只觉得是自己一时冲动闯了祸，内疚地
给他道歉："对不起，这件事情是我没有处理好。"

季遇白脸上没有丝毫愠色，反而低低地笑了："你的点评，总体来
说我很满意，木兮，如果以后还有类似的事情，都交给你来处理好了。"

沈木兮忽然反应过来，原来说了这么多，这人只是在拿那句话
和自己开玩笑？

她有些没好气地抬起头瞪他一眼："下次我会直接告诉那些人，
季先生不喜欢女人。"

　　他唇角的笑意更大，甚至还抬手轻拨了下她额前的刘海："沈小姐，那就不好玩了，以后我们或许会成为情敌。"

　　"坏蛋！"沈木兮把擦过头发还有些潮湿的毛巾发泄似的扔到他身上，转身赌气地哼了一声，怄着火自己去餐厅坐下。

　　季遇白垂了下头，将那块毛巾拿在手里，一直疲乏的大脑似乎在这短短几分钟之内竟全然放松下来。

　　沈木兮看着那些餐具上的标志才知道这是楼下那家餐厅送来的外卖，不是季遇白做的，她那会儿还奇怪呢，自己洗澡应该也没有洗太久，他怎么会这么快就做好了晚饭呢？

　　季遇白把毛巾挂回洗手间，在她对面坐下，先给她盛了一小碗熬得浓白的鱼头汤，又提醒她道："汤里放了白胡椒，可以驱寒，今天要喝两碗，要不然该感冒了。"

　　沈木兮还没消气，绷着脸反驳他："我跟戚静说了，季先生晚餐都是在家自己做，看来是说错了，今天季先生点的是外卖。"

　　季遇白不置可否，只是淡淡地笑着，将那碗汤放在她面前："因为点外卖的话你可以不用洗碗，这些餐具待会儿会有服务生上来收走。"他抬头看着她还在气鼓鼓的样子，完全一副小孩子模样，又说，"沈小姐，既然说了这句话，那以后你要准备好每天洗碗了。"

　　沈木兮侧着头，也不理他，端起那碗汤捧在手心吹了吹，连汤匙都不用，直接送到嘴边喝了一小口。这碗还没来得及放下，歪头就打了一个喷嚏。

　　季遇白一时失笑，抽了纸巾递给她，有些无奈："木兮，我说了，里面是放了白胡椒的。"

　　她小脸皱成了一团，接过纸巾揉了揉鼻尖，抬起头时眼角余光却先扫到了客厅墙角放着的那个琴盒。

　　她扭头诧异地去看季遇白，这人没等她开口，直接说："补给你的生日礼物。"

　　沈木兮按捺不住自己的好奇心，小跑过去，一眼就看到了那黑棕色皮质琴盒边缘"Martin"的特有标志，和她之前用的那把吉他是同一个品牌。

她收到过各种各样的礼物，有从天南海北收集来的许多稀罕玩意，可是不得不说，她此刻的期待是从未有过的。她一个个打开那锁扣，翻开盖子，那把 Martin D-100 Deluxe 就这么惊艳地出现在眼前。

这是她一直想要的一把吉他，可当年却很遗憾地没有买到，因为是限量版，无论是质地的选材，还是琴颈的巴洛克镶嵌纹饰，以及整体琴形的矜贵高雅，她一眼看去便觉得喜欢极了，当时因为没有买到还郁闷了好多天。她从来没想到自己竟然还有机会见到这把吉他，更何况是在现在的情境之下。

这种惊喜，无疑是最深得她心的。

沈木兮小心翼翼地把它取出来，手指一点点地从琴头抚摸而下，那精致的花纹，象牙质琴桥，琴身镶有的每一颗珍珠，所有别具匠心的小设计都让她爱不释手。

她喜欢音乐，之前的梦想便是背着吉他走遍全世界。可是现在她却不得不舍弃这个梦想，因为她需要生活，她还有一个亲人需要照顾。

她改了专业，去学那本身就枯燥烧脑的法学，她做着不喜欢的兼职，每天都过着不喜欢的生活，甚至时间长了，她都快要忘了自己究竟喜欢什么。一直到季遇白的出现，他告诉她，木兮，做你喜欢做的事情。她还是觉得自己像是一片落叶，可又不同于一片落叶，因为她飘落下来的时候刚好落到了他的手心。

"木兮！"季遇白站在她身后，将她全部的欣喜与满足都尽收眼底，"你之前用的那把型号的吉他已经停产了，目前市面上还买不到，刚好有个朋友收藏了这把，你试试手感还习惯吗？"

沈木兮都顾不上回头了，就那么坐在地上，把吉他抱在怀里拨动了琴弦，只是轻轻地弹了两下，就发现音质甚至比她之前那把更加清透。

她过了会才转过身子抬头去看季遇白，眼底的雀跃和欢欣藏都藏不住。

"遇白，我以后把钱一起还给你好吗？"

他笑着摇了摇头："这是送给你的生日礼物，不需要还。"

沈木兮的目光立马黯淡下来，她低下头，手里仍旧一下下地抚摸着那琴身，刚才还清脆的声音顿时弱了些："可是这份礼物太贵重了，这样会让我过意不去。"

季遇白微抿了下唇角，皱着眉略一思忖，又改口道："木兮，过意不去的话就给我唱支歌吧。"

"唱歌给你听吗？"沈木兮微怔之后目光重新闪烁起来，"好啊，那我以后每天晚上都唱歌给你听。"

有了这个小插曲，沈木兮连晚饭都吃得心猿意马。

窗外的雨还在下着，她却已经完全忘记了几个小时前的恐惧与害怕，早早地放下筷子，笑得眉眼弯弯，不厌其烦地问着："遇白，你到底喜欢听什么歌呢？你们那个年代喜欢的歌手是不是王菲和陈奕迅？周杰伦喜欢吗？"

季遇白哭笑不得，看她一会儿，无奈地说："唱你喜欢的歌就行。"

沈木兮却一本正经地解释："如果是三岁一个代沟的话，我们之间差了十岁，那就是三个代沟了，我喜欢的歌你不喜欢怎么办？"

季遇白似乎被呛了一下，放下手里喝了一半的汤，侧头轻咳了两声，佯装生气地睨了她一眼："是不是一定要听我说出一首光辉岁月你才满意？嗯？"

沈木兮"咯咯"地笑着，像个恶作剧得逞的小孩子，忙不迭地摆手："我在开玩笑呢，其实我就很喜欢周杰伦的歌啊，王菲的也喜欢，我们没有代沟，一个都没有。"

Chapter 7 晴 天

　　季遇白去洗澡之前，先看着餐厅的服务生上来收走了那些外卖的餐具。

　　沈木兮将琴盒放到了卧室飘窗上，又抱着吉他回到沙发上坐下，已经几个月没有摸过琴的手多少有些生疏了，她眉眼低垂着，指尖轻抚过琴弦，嘴里似有若无地哼着连不成调的曲子，跟着自己的节奏微微点着头。落地窗前的窗帘被季遇白拉得严严实实的，她像是被包裹进了一个安全的小世界里，甚至连雨声都听不到了，耳蜗只有轻缓的琴音阵阵拂过。

　　似乎手里的吉他是美的，连弹出的旋律都跟着变美了。

　　渐渐找到那种感觉了。

　　她眨了眨眼，从音乐中恢复清明，低垂着头，边拨动着琴弦边细细观摩着琴面勾画别致的花纹，忍不住又弯起唇角。

　　她太喜欢这把吉他了。

　　季遇白边抓着还有些潮湿的头发边低着头朝落地窗的方向走过来。

　　他刻意没有穿睡衣，只是换了一件纯白的 V 领 T 恤和灰色的休闲裤，一副日常的家居打扮。他的头发应该是没有吹干，只拿毛巾随意地擦了擦，凌乱且随意，额发柔软地垂下来，散乱地盖住了眼睛，发丝还带着湿意，是自然的黑色。他的身材是极好的，双腿笔直而修长，随着每次的走动，柔软的料子擦过皮肤又分离，隐隐勾勒出男人的身形，他无疑是偏瘦的，可又不是那种单薄的清瘦，肌肉紧实而不浮夸，她只搬来两天，还没有完全了解他的生活习惯，也不知道他都什么时间去锻炼身体，但是他是注重保养的，无论身材还是日常的饮食，这点仅从他的气质便可以轻易看出。

沈木兮没有见过此时这样的他。

随意的，慵懒的，甚至说是普通的。

对，普通的。

这样会让她觉得自己和他的差距其实没有那么大。

季遇白从她面前经过，停在落地窗的藤椅前时，余光留意到沈木兮还呆愣地保持着刚刚的姿势看向他，一动没动。

他停下抓着头发的手，又转身向她走近几步，居高临下地对上她的视线，看她蒙了一下，又慌乱地躲开，忽然就笑了，带了几分调侃："不认识我了？"

沈木兮尴尬地抿了下唇角，又赶忙摇摇头，笑眯眯地转移话题："遇白，你好像年轻了几岁。"她甚至都有冲动想给现在的季遇白拍张照片然后传给司影看看，这怎么会是司影口中的老男人！

季遇白无奈地敛了下眉，似乎一时间也不知道该如何接话了，想了想才说："为了配合你待会儿要唱的你们这个年代的歌。"

沈木兮窘意全无，忍不住"咯咯"地笑了两声。

软软从藤椅上爬过来，贴着季遇白的脚踝有一下没一下地撒着娇，他弯下腰把小家伙捞进怀里，一边轻轻地给它顺着毛，一边走到藤椅前坐下，轻声说："从小培养你的艺术细胞怎么样？"

这语气……怎么跟哄孩子似的？

沈木兮刚要调侃他，忽地又想起什么，脸色一变，惊呼一声："我今天忘记喂软软了！"

季遇白唇角勾了一下，不易察觉，又很快落下。他倒也没有丝毫愠意，还在面色如常地跟她开玩笑："软软已经生你气了。"

沈木兮终于舍得放下怀里的吉他了，她走过去蹲在季遇白的身边，也伸手去揉软软的头，有些不好意思地问："所以你喂过了是吗？"

季遇白也不看她，拍了拍小家伙的脑袋："你问问软软？"

然后小家伙十分配合地扭过头懒洋洋地看了沈木兮一眼，又傲娇地别过脸去。

"喊。"沈木兮不屑地哼了一声，放下心来，又窝回沙发把吉他抱进怀里。她先拨了拨琴弦，又一本正经地清清喉咙："季先生真的不要点歌？还需要再考虑一下吗？"

季遇白捏了捏软软的小耳朵说："沈小姐临场发挥就好。"

她撇了撇嘴，从旁边拿了一个蒲团放到藤椅右边，距离季遇白一步之遥，自己盘腿坐上去，怀里抱着吉他，认真地问他："那就周杰伦的《晴天》怎么样？"

季遇白意料之中地点了点头。

沈木兮深深地吸了两口气，然后垂下头开始认真地拨着琴弦。其实她还是很紧张的，开头那几句甚至声音都在微微颤抖着。音乐大概真的可以让人进入一个忘我的境界。

或许是有些太过投入了，她唱了一半的时候才重新抬起头，下意识地看向藤椅上的人，就见他正阖着眼睛，眉心都舒展开了，薄唇自然地抿着，神色安然，似乎……很享受的表情？

沈木兮满足地弯了弯唇角，又垂下头继续唱着。

她的声音格外清透，因为哭过，此刻又带了一丝不易察觉的沙哑，这首歌被她唱得很轻缓，加上这琴音悠扬的伴奏，听起来是莫名舒服的质感。

一直到整首歌曲完毕了。

沈木兮松了口气，指尖还未离开琴弦，抬起头刚要问问他的意见，唇瓣张开了，却见藤椅上的人似乎是睡着了。她轻轻地把吉他放到旁边的地毯上，拿开拖鞋光着脚小心翼翼地移步过去，倾下身子，将手掌放到他紧闭着的眼前晃了晃，发现真的是毫无反应。

沈木兮像是发现了新大陆，兴奋得心跳一下子就乱了。她大胆地观察着这张脸，隔着一指间的距离开始勾画，从精致的下颌开始，微抿的薄唇，高挺的鼻翼，再往上，最勾人的竟然是他的睫毛……那么长，以前从来没有发现过。

沈木兮咬了下唇，收回手，小心地后退了两步，深呼吸着转过身，放轻脚步去卧室取了一条毛毯出来。

把软软从他身上抱下来放到沙发上，她将那张毯子小心翼翼地搭在他身上。手指刚松开毯角，身子正欲离开之际，这人却忽然睁开眼睛，不知是被她惊醒还是做了噩梦。

那眸色很深，有些凉，都是她看不懂的情绪，他紧紧地盯着她的眼睛，冷硬的，尖锐的，一时分不清梦境与现实。

她忘了躲开，也忘了自己是盖完毯子正准备站起身子，像是被这束深沉的目光定住了，动弹不得。

两人安静地对视着，一个躺着，一个坐着，像是进入了另一个世界，周围都空了，只剩他，还有她。

沈木兮忘了呼吸，脸蛋憋得绯红，季遇白忽然松了口气，用力地闭了下眼睛，抬手去揉了揉眉心。

沈木兮也回过神来，不自在地抓了抓头发，低着头跑回蒲团上坐下。

"你睡着了。"

"我睡着了。"

两人几乎同时开口。

沈木兮默然地摸了摸鼻尖，那种不自在的氛围更加浓了，季遇白也难得有些尴尬地清了下喉咙。

"我唱歌像催眠曲吗？怎么你一听就睡着了？"

季遇白微怔，又轻轻地笑了两声，坐直身子说："怎么不说像安眠药？或许还能治好我的失眠。"

沈木兮有些惊讶地愣了一下："你经常失眠吗？"

季遇白也没有否认，只是"嗯"了一声，然后从藤椅上起身，径自一把拉开落地窗前的灰色窗帘，然后他转回身对她笑了："木兮，雨停了。"

她顺着他的目光向外看去，那星空像是被谁的手特意点缀过，繁星点点，每一颗都在固执地闪烁着自己的光彩，织了一张让人不愿逃离的网。那轮凉月像是被大雨冲刷过，虔诚，圣洁，清白色的月光透过厚重的落地玻璃，洒在这个男人身上，令他周身像是披了一身薄光。

他像是渡她的那尊佛，渡她安心，渡她温暖。就像几个小时前，他拉上窗帘，为她挡去那骇人的雨声和风浪；就像现在，他拉开这窗帘，将这最美的星空与月华全部赠予她面前。

他刚刚说，木兮，雨停了。

她又想起那天，他说过，天总会亮。

沈木兮第二天破天荒地睡到七点钟就自然醒了，又把头埋进被子里磨蹭了好一会儿，她才慢吞吞地起床穿好衣服。

软软早就睡醒了，一直趴在枕边懒洋洋地瞪着眼睛看她，见她对自己勾了勾手，便跃着身子扑了过去，潮湿的小舌头轻轻地舔舐着她的手心，似乎在提醒她自己已经饿了好久了。

沈木兮把它放去客厅，自己钻进了洗手间洗漱。

刷牙刷了一半的时候，门外忽然传来输入密码的"滴答"声，季遇白没在卧室？沈木兮疑惑着，手里还拎着牙杯，牙刷还含在口中，探出半个身子往门口的方向看去。

季遇白正低头换鞋，似乎是听到了脚步声，也抬头往这边看了过来。

沈木兮本以为他还在睡觉，还想着今天可以试着熬一锅粥，学学怎么做早餐，但是看到面前这一幕她才知道自己错得有多离谱。

季遇白身上是一套黑色的阿迪运动套装，脖颈上挂了一条白色的毛巾，额头似乎还冒着一层细密的汗珠，房间光线微弱，他的皮肤却蕴含着一层薄薄的亮意，俨然一副刚刚晨跑结束的模样。

他手里拎了两杯豆浆，还有一个纸袋，里面放的不知道是什么，大概……是今天的早餐吧，估计是晨跑的时候顺路买回来的。要知道此时已是初冬，沈木兮觉得自己七点钟起床已经是奇迹了，没想到他竟然已经结束了晨跑……

季遇白似乎也没有想到会在进门的时候看到沈木兮，还是刷牙刷了一半，嘴里含着牙刷的沈木兮。

他换好拖鞋，并没有立马走进客厅，而是站在原地安静地看向她。

她呆萌的一副没睡醒的模样，头发随意地扎了一个低马尾，睡眼惺忪地看着自己发呆，杵在那里一动不动，也不知道在想什么。

就是个可爱的小丫头。

他忍不住笑了，把门关好，迎着她的视线朝她走近，然后在距她仅剩一步之遥处站定，微微挑眉，有些玩味地说道："每次换完衣服都会不认识我？"

沈木兮第一反应是窘了个大红脸，接着便立马缩回洗手间，又顺手把门带上。

洗完脸再推门出来的时候餐桌上已经摆好了早餐：两份生煎，一碟小菜，两杯豆浆，简单得像是日常生活的一个缩影。

这样的平淡，于她来说，已经足矣。

季遇白拿着给软软泡好的早餐从厨房出来，小家伙早就等不及了，抓了抓他的拖鞋，又乖巧地蹲在了原地，一副"赶快伺候朕用膳"的傲娇模样。

沈木兮对着小家伙撇了撇嘴，心里嘀咕了一句"下辈子你应该投胎成猫咪才对……这么会撒娇"。几乎下一秒，她又突然反应过来，这人怎么又把喂软软的工作独揽了呢？

"遇白。"她有些委屈，抱怨着，"下次让我喂软软好吗？"

季遇白正蹲在地上看小家伙狼吞虎咽，听到这句话才站起身，竟有些抱歉："木兮，我忘了，以后注意。"

这人……

沈木兮过了会儿才发觉这句话哪里怪怪的，明明是他帮自己做了该完成的工作，怎么最后倒好像是自己不高兴了，又让他去赔着不是？

她豆浆喝了一半，咬着吸管陷入了沉思。

这是什么逻辑？

　　季遇白不经意地抬头，见她又在发呆，看了她几秒，无奈地伸过筷子轻轻地敲了敲她面前的餐盘："木兮，我在考虑，要不要带你一起晨跑？"短短一个早晨，她已经两次在发呆了。

　　"好啊。"沈木兮瞬间回神，也顾不得考虑刚才那个逻辑问题了，笑着看过来。

　　"确定你可以坚持？"季遇白放下手中的筷子，探究地看向她。

　　"一周两次可以吗？"沈木兮又吸了一大口豆浆，咕咚咕咚地咽了两下，有些兴奋，"我上午没课时候跟你一起去跑步，然后跑完回来再补个回笼觉，好不好？"

　　关于回笼觉这个问题倒是和他的生活习惯不谋而合，季遇白淡淡一笑："那记得提前一天晚上告诉我，我叫你起床。"

　　沈木兮忙不迭地点头，满心满眼的欢喜。

Chapter 8 往 事

　　季遇白喝掉纸杯里最后的豆浆，单手搭在餐桌上，食指轻敲，安静地看着对面的沈木兮毫不含蓄的吃相，无意识地弯了下唇角。

　　沈木兮解决掉了最后一只生煎，又把豆浆捞进手里，咬着吸管一抬头，正撞进他笑意沉沉的眼底，呼吸不由得一滞，刚咽进喉咙的豆浆差点没呛到自己。她扭头轻咳了两声，抽过纸巾压了压唇角，再转头看过来时脸颊还有一丝绯红，阴阳怪气地说："让季先生见笑了，我下次注意自己的吃相。"

　　季遇白低笑一声，幽幽地回她："吃东西而已，有什么需要注意的，再说了，能让我见笑的人本也不多。"

　　沈木兮心头像是被什么东西拨了拨，那是一根弦，从未有人拨动过的一根弦。她不动声色地看了季遇白几秒，这人脸上平静得很，一如既往的闲散模样，倒显得她反应有些过激了。

　　她收回目光，忙不迭地站起身收拾餐桌以掩饰自己心里那场小躁动，又口吻随意地问："是不是觉得我和大家口中的沈家大小姐形象严重不符？"

　　季遇白看得有趣，这会儿还在好整以暇地直直锁着她，唇角微勾："大家口中的沈家大小姐是什么形象？其实我之前还真的没有听说过。"

沈木兮抱着几个盘子往厨房走，听到这句话后自嘲一笑，眼底迅速拂过一丝落寞与苍白："没听说过最好了，反正也都是假的。"真真假假，最终不过一场泡沫，风一吹，碎了，化入泥土，杳无痕迹，连鸿毛都比不上。

季遇白勾了下唇角，没说话，拿起两个装豆浆的纸杯跟在她身后，扔进厨房的垃圾桶。看着小姑娘打开水龙头，低着眼，目光有些涣散地盯着洗洁精的泡沫出了神。他身子往后靠，倚在流理台上，从兜里摸出烟盒，取出一支，含在嘴里，眉眼低垂着，金属制打火机在手里"咔嚓"一声响，吐出淡蓝色的火舌，轻轻地摇曳着，烧着谁的心。

沈木兮被这声音打断，浮浮沉沉的思绪被强行拉回，她扭头看他。

男人抬手将烟夹在指间，指骨白皙而修长，那抹刚刚燃起的猩红越发刺眼，像是烙进了那白皙指尖里的一个疤，热而烫。他眼睛半眯着，唇边缓缓地溢出一团青灰色的烟雾，眸光越发迷离而喑哑。他也在看她，像是看了好久，中间飘着薄薄的一层雾，那双眼睛里有什么东西像是变了，晦涩不明，她努力去看，还是没看清。

"才十几岁而已，总记着那些做什么，重新开始吧。"

那团烟雾稀释在空气里，渐渐散了，烟草味道并不重，淡淡地萦绕在鼻尖，她轻轻吸入鼻腔一些，竟也不反感。

男人还在看着她，眸光清淡，看不出情绪，指间的香烟安静地燃烧着，与世无扰。他单手撑在流理台上，懒懒的，一条腿微勾着，一条腿支在地上，显得格外修长。他靠在那里，像是个颓废的贵族。她差点沉迷。

"谁说我十几岁，我都奔二的人了。"沈木兮不服气，瓮声瓮气地反驳了一句。

季遇白一勾唇，舌尖像是顶了下腮帮，她还没看清这个意味不明的浅笑，就见他忽然大步向她走来，那股烟草的气息迅速靠近，她呼吸忍不住收紧，眼睛微微睁大，他夹着香烟的那只手顺势搭到了她左侧肩头，没什么力度，只是轻轻一扣，她就知道，自己胸腔里的那只小鹿一定就快撞死了，她唇瓣微张，连呼吸都忘了，她在哪里，她也晕晕乎乎得看不清了。

她被锁在那里，像是醉了一样。

这个男人的声音来自头顶上方，带了几分玩味，是性感的微哑，不疾不徐："那我就是奔三的人了，刚好大你十岁。"

身后洗碗池的水声骤停，压在肩膀上的手掌随之垂下，季遇白低笑一声，又两步退回去，重新倚上流理台，手里不知何时多了一个烟灰缸，夹着烟的那只手轻轻地掸了下烟灰，又咬进嘴里吸了一口，微眯起的眸子有些戏谑，缓慢地吐出烟圈，下巴微抬："又不喜欢洗碗了？刚刚水都要把厨房淹了。"

沈木兮脚下一软，像是突然被从太空扔回了现实，差点没站稳，双手扣住身后的洗碗池，迅速地转了身。

天知道她刚刚经历了什么！

心跳还是紊乱失序，擂鼓般像要将胸腔敲碎，她深深地吸进去一口气，探进手把水池的塞子按下，听着轻微的水流冲击声响起，像是找到了自己的掩护盾，又深吸一口气吐出，小声抱怨："谁让你抽烟的？扰乱我思绪。"

季遇白挑眉："难道不是刚好打断了你的发呆？"

沈木兮垂头洗着碗，从脸颊一直蔓延到耳后的燥热渐渐褪去，她闷闷地说："奔三的人，你都不用上班吗？还站在这里？"

身后安静了一会儿，她正欲回头看，然后见一只手从右边探过来，季遇白把烟灰缸放在池边，然后道："洗完去换衣服，我送你去学校。"

这人说完就走了，连拒绝的机会都没给她。

沈木兮轻轻地哼了一声，把洗好的盘碟挂到沥水架上，换水，又继续把他的烟灰缸洗干净。

换好衣服收拾整齐后已经临近八点半。

听到声响，季遇白坐在沙发上回头看她："好了？"

沈木兮点了下头，往门口走，边走边问："你上班不会迟到吗？我自己坐公车去就可以的，九点四十才上课。"

季遇白刚要说话，就听沈木兮又惊呼一声："咦，我的鞋呢？"

"不是脏了？我送去洗了，先穿别的。"季遇白几步过去，站在了她旁边，又问，"昨天怎么回来的？"

沈木兮从鞋柜拿出另外一双小皮靴，单手撑着墙壁闷头换鞋："打车回来的。"

"待会儿把课表发我一份，以后让司机去接你。"

沈木兮怔了一下，忙摇头说："不用的，我自己回来就行。"

季遇白也没继续坚持，想了想又说："以后天气不好的时候别乱跑，在学校等我。"

沈木兮还想拒绝，张了张嘴，又觉得自己好像太矫情了，便"哦"了一声，把怀里的书放进包里，往墙角让了让。

软软拖着圆滚滚的小肚子跑过来，一直在季遇白脚踝蹭来蹭去，绵绵白白的一小团，跟他冷硬的黑裤俨然形成了一种极致的反差，季遇白倒也耐心，弯下身子拍它："乖，自己去玩，不上班怎么给你买狗粮？"

沈木兮顿时就被惊讶到了，这人原来也会这样开玩笑？还是跟一只狗？

软软不理会他，继续蹭了两下之后索性咬住了他的裤脚，一副"我赖定你了"的撒娇模样。

沈木兮站在这一人一狗旁边深受打击，她扶了下额头，没好气地拿小皮靴的圆头做样子踢了踢软软："喂，你才这么小就开始重色轻友了？每天抱你睡觉的人是我！"

季遇白哈哈直笑："可能软软觉得你比较像是后妈。"

沈木兮黑了黑脸，却无力反驳，她深刻地意识到，关于对软软的喂食必须要提上日程了。

季遇白把车子停在了距离学校门口不到一百米的后街胡同里。

昨天雨下得太大，这会儿地面仍旧坑坑洼洼的，蓄了不少水，石板被冲洗过，呈现出最原始的青白色，前些日子一直堆在那几棵梧桐树下的枯叶都只剩薄薄一层了，不知道是被人收走了还是被那场大雨冲到了什么地方。

沈木兮解下安全带，侧身拉了下车门，发现车锁还没开，她挑了挑眉，看向季遇白。

隔着挡风玻璃，这人不知在看什么，看得失神，却又是说不出来的柔软与平易近人。

似乎是感受到了她的注视，搭在方向盘上的手指动了动，他回过神，侧头对上她的视线，声音平缓："论坛的事情已经过去了，之前是我没考虑到这一点，包括上次去学校门口接你。"

沈木兮莞尔，稀松平常的模样说："没关系，我都习惯了，他们就喜欢这些东西，想说就说吧，无所谓，没给你惹麻烦就行。"

季遇白眸色深了深，眉心渐渐蹙起，眼底的情绪变得有些复杂。

沈木兮刚还弯着的唇角立马落了回去，又不知所措地抿紧，努力回想自己刚刚有哪句话说得不合时宜了。

"木兮。"他嗓音变得低沉，很郑重地叫她，像个长辈般，"这些东西不需要去习惯。"

她想了一会儿才明白过来他想要说什么，松开那只生了一层薄汗的小手，自嘲一笑，眼底都是她这个年纪不该有的暗沉："我爸刚出事的时候我也还做不到这样呢，人家暗戳戳地指指我，议论两句什么，我能扯着嗓子跟人家拼命，再连续哭上好几天，不习惯怎么办，我还能天天的什么都不做了，抱着纸巾哭得像个傻子一样？说就说呗，爱说什么说什么，我又不会少块肉，等他们说烦了，找到下一个热门话题了，自然就不说了。"她像是打开了发泄口，难得把心里的苦水倒出来晒晒，轻轻地哼了一声，又说，"我当时那些玩得不错的朋友，高中同学、发小，一见我家出事了，恨不得全躲国外去，我打了几个电话，搪塞我的那些地名我转着地球仪都没找齐。"她说完了，垂下头，安静地绞着手指，唇角还是弯着一个很小的弧度，看得人心里真不是个滋味。

季遇白收回了想说的话，神色沉沉地低眸看了她一会儿，到底是动容了，抬手过去揉了揉她的头，声音轻轻道："我最不喜欢的就是出国，一年也去不了几次。"

"啊？"沈木兮蒙蒙地抬头，困惑地看着他，她没听懂这句话的意思，甚至觉得好像还有些前言不搭后语？

该是想哭，还忍着，小姑娘眼底噙的那层水汽亮得都晃到他了。他笑了笑，没解释，打开车锁，抬了抬下巴，催促道："快下车吧，待会儿我迟到了得扣工资了。"

沈木兮翻了个白眼："大 Boss 的工资，敢扣的那是想死了。"

季遇白低低地笑出声，小丫头的性格看来和他想象中并不太相符，不过如此看来，她似乎也已经完全放下防备，把自己最真实的一面展露出来了。至于那些不需要的习惯，看来也得由他带着她慢慢戒掉了。

直到沈木兮的背影消失在拐角，季遇白才掉头驶出后街。

沈木兮垂着头，专注地望着地面，尽量绕开那些小水洼，一路也没在意那些三两成群的女生在交头接耳什么。

一直到她站在了教学楼门口。

戚静扭扭捏捏地推了推身后的两个女生，面色难堪，精致的妆容丝毫掩盖不住她脸上的局促与不安，她扭着头不知道说了几句什么，待沈木兮走近，又一脸灿烂地笑着跟她招了招手："沈小姐，能耽误你几分钟的时间吗？"

沈木兮眯了下眼，停下脚步，眉眼清冷，问道："有事？"

戚静笑得有些僵硬，一脸地讨好："是这样的，我想跟你道个歉，关于昨天图书馆的那件事，还有我不懂事擅自发上去的帖子，我们去咖啡厅坐会儿？或者中午我请你吃个饭可以吗？我知道西城刚开了一家不错的法国餐厅，刚好……"

沈木兮抬腕看了下时间，打断她，不温不火地说："我要去上课了，道歉就免了吧，反正帖子都发过了，大家该知道的也都知道了。"

戚静笑容一僵，弯起的唇角立马落了回去。

心里暗暗给季遇白点了个赞，沈木兮淡淡地扫了戚静一眼，提步迈上台阶。

"我会再发帖子澄清的！"戚静有些急了，对教学楼前渐渐聚集起来的好事群众置若罔闻，声音一下就拔高了，"沈小姐得饶人处且饶人吧，能先把论坛里关于我的那些帖子删掉吗？你如果还是没消气，随便你换其他的什么方式都可以，我奉陪到底。"说到最后，她声音颤抖着，掺杂了哭腔，楚楚可怜。

跟在她身后的两个女生黑沉着脸，气得直跺脚，嘴里振振有词地给戚静打抱不平，当然，声音很小。

沈木兮早在她喊出第一句话时就停下了，也没转身，背对着她听完了这段话后便大概了解了季遇白是怎么处理的这件事，想了想，她转过身，平静地说："帖子不是我发的，我会跟季先生去讲，至于删不删，那是他的事情，或者你可以直接去找他求情。"

戚静没说话，懊恼地咬着嘴唇，推开身后那两个女生作势挽过来安抚的手，红着眼低头绕过围观人群走了。

沈木兮从包里摸到手机，边往教室走边打开论坛。

呵！季遇白做事够狠的，论坛里放了不下二十条戚静的黑料，这还不是重点，重点是一条比一条劲爆。

她从上滑到下地大致浏览了一遍，想起刚刚那个跟自己差不多年纪的女孩，心里一阵反胃。她很想可怜她，但戚静这种人，她实在是可怜不起来。

走进教室，人还没几个，座位几乎都是空的，随意找了个靠后的位置坐下，距离上课时间还有二十来分钟，沈木兮把书和笔记本准备好，趴在课桌上无聊地转了会圆珠笔，人还在这儿，其实心思早就飘得不知道去哪了。

想了想，还是打开手机给季遇白发信息：**戚静给我道歉了，把那张帖子删掉吧。**

信息发送成功，她锁了屏，几乎是抱着不会收到回复的心理，继续趴在桌子上转笔。

季遇白大概是在开车，过了几分钟才回复信息，只有四个字：**这么好哄？**

"什么鬼！"沈木兮奇怪地嘀咕了一句，刚还漫不经心趴在桌上的姿势立马坐直了，支着下巴想了几秒钟，手指飞快地打着字：**戚**

静说让我得饶人处且饶人，我觉得她心里一定还后补了一句送给我，多行不义必自毙。

季遇白收到她第一条短信的时候便直接将车停到了路边，这才不到一分钟，手机果然又亮了。望着后面那句"多行不义必自毙"，他忍不住低笑出声，似乎都想到了沈木兮打出这句话时严肃且一本正经的小模样。

沈木兮本以为这人得过一会儿才有时间回复信息，没想到手机屏幕还没自动黑掉，短信又来了：**被人欺负了，你要欺负回来。**

这次她倒是没嘀咕什么，望着这短短一句话，抿着唇无声地笑了起来。

她咬了咬嘴唇，继续给他回复：**谢谢季先生替我报仇，不过我们还是得饶人处且饶人吧，目的达到了就行，她都哭了。**

季遇白油盐不进：**她哭了，跟我有关系吗?**

沈木兮无奈又好笑，托着下巴的手滑到了脸颊上，这次只发了两个字：**遇白。**

她正叹着气，想着怎么说才能让这人把帖子删掉，没想到短信刚刚发送过去，手机便来了电话。她怔了怔，又抬眼看了看四周，然后身子往下倾着，做贼似的，滑下接听。

"木兮。"电话那边是低沉清润的男音透着微弱的电波传来，是半个小时前还真切地在她耳边萦绕的熟悉的声音。

她心脏用力跳了一下，忽然就觉得有点神奇。

撩了下刘海，她压低音调，一只手遮着手机，一只手遮着嘴巴，轻声问他："你怎么突然又打电话来了?"

那边安静了几秒，又理所当然地问："不是你在叫我?"

沈木兮："……"

她已经不知道该怎么和这位有三个代沟的大叔沟通了。

又抬眼瞥了下四周，距离上课时间越来越近，身边也零零散散地又坐进来一些同学，她吞了下喉咙，觉得自己要速战速决了，索性直接开门见山地说："那张帖子你就删了吧，我真的已经不生气了，没打算跟她计较。"

那边沉默了一下，似乎是在犹豫，过了会儿才说："那就中午删，我们的帖子挂了两个小时，她的，就加倍吧。"

不知道为什么，听到他自然地念出"我们"这两个字时，沈木兮的心跳一下就又乱了。

旁边走过来一位同学，从她身后侧过，想坐去里面，轻轻地擦到了她的后背，她才倏地回神，又淡了语气顺着刚刚那句话吐槽他："都说最毒妇人心，这是因为他们没遇到你，看来以后我要处处小心了，指不定哪天被打击报复的人就变成我了，别到时候我连自己怎么死的都不知道。"

那边哈哈地笑，伴随着轻微的电流声，这个男人的声音好听得让她心头都痒痒的。

"木兮，就算你再不听话，我也只会帮你欺负别人。"

沈木兮像是被这手机烫到了，这句话带了热度似的，竟让她从耳根到脸颊腾地一下就烧了个绯红，她抓了抓头发，嗔他一句："我上课了，挂了。"

有些慌乱地赶忙挂断电话，她眼睛四周转了转，翻开课本，整张脸都贴了进去，就快把自己煮熟了。

事实证明，这个男人的这句话，他真的做到了，而且是有始有终地做到了再也没人敢欺负她为止。

沈木兮因这句话一整节课都心猿意马的，愣是连被教授点名都差点反应不过来。

中午在餐厅吃饭的时候，司影发微信叫她今天没课了去酒吧找她，似乎还在担心她，沈木兮一边搅着餐盒里的咖喱鸡浇饭，一边看着屏幕味味地笑。隔着一张桌子，有两个女生嫌弃地斜看过来，又掩嘴面色不善地嘀咕了几句什么，她眯了眯眼，往那个方向瞥了眼，没理，站直身子，一只手拎着餐盒，一只手举过手机，送到嘴边语音回复司影："我下午没课了就过去。"话落，她走到两个女生桌边，把餐盒放下，又面色淡然地对着短发的那个女生扬了扬下巴："麻烦坐里面去一点。"

两个女生脸上一阵红一阵白，不明所以地抬头看着她，怔了半天，那个短发女生才支支吾吾地问："你……你做什么？"

沈木兮挑了下眉，手指搭在自己餐盒旁边的桌角轻轻敲了敲，一脸的云淡风轻："吃饭啊，要不然，我还专成来听你们骂我不成？"

两个女生面色骤然一凛，扭头对视一眼后都拿起自己的餐盘直接从餐桌另一端灰溜溜地走了。

沈木兮轻轻地哼了哼，一直看着那两个身影躲到了餐厅最西北角，这才收回目光。餐盒里剩了一半的咖喱鸡也没什么胃口吃了，她索性拐去垃圾桶那里倒掉，又洗了手，走出餐厅。

初冬的阳光再明媚，也并不怎么温暖。

沈木兮抬头，迎着那白日眯了眯眼，今天难得没有雾霾，空气稀透，天空是淡淡的蓝，云彩很白，特别大的一团，慢悠悠地浮动着，依附着天，也俯瞰着人间。又想起了什么，她摸出手机，打开短信息，支着下巴抿紧了唇角，措辞犹豫了一下，给季遇白发信息：**我刚刚欺负人了**。点击发送，手机返回桌面，锁屏，她弯了下唇角，是个满足的小表情，脚步轻快地往图书馆的方向走去。

另一边。

季遇白还在与台湾分公司的负责人肯特进行视频会议。

肯特正在汇报着最新的财务数据，抑扬顿挫，条理清晰。季遇白双腿微敞地陷在沙发里，手臂撑在膝盖，眉眼低垂着，两只手散散地绞在一起，完全不似正在开会的样子，只是时不时地点下头，示意对方自己在听。末了，做完口头总结，肯特从那几张报表中抬起头，又最后确定了一遍："老板，我们真的要着手投资这间工作室？您下一步是准备进军娱乐产业吗？"

刚换了个坐姿，正欲低眉点烟的男人手里动作顿了一下，打火机的盖子已经弹开，却就此止住了动作，重新将烟夹回指间，清冷的眸子转向屏幕上的略微困惑的那双眼睛，声音听不出任何情绪："娱乐产业暂时没有计划，目前只做这一间工作室，随越那边谈得怎么样了？"

　　肯特面露难色，声音明显地弱了下来："我找他谈过一次，随先生说，您不懂音乐，现在却莫名其妙地做工作室，不知道您是不是心血来潮，他说自己散漫久了，怕是习惯不了寄人篱下的工作，还说……"肯特眼神飘忽了一下，声音戛然而止，战战兢兢地看了季遇白一眼，低下头，不说话了。

　　季遇白极轻地笑了一声，丝毫没有觉得意外，指间的烟重新含进嘴里，垂眸点燃，浅吸了一口，身子重重地摔进沙发软靠，吐出烟雾，眼睛半眯着望向百叶窗的方向，声音懒懒的，像是含了笑意，不细听根本听不出来："说什么？"

　　对面一直垂着头的肯特恍惚了一下，又透过大屏幕看了眼自家Boss，迅速地判断出自家Boss目前心情似乎还不错，清了下喉咙，他小声说："随先生说，他不想陪您玩。"

　　百叶窗半阖着，微暖的光线从缝隙里越进来，落在木质地板上，一地斑驳，明暗之间，季遇白又想起了酒吧那晚，旷野般的灰色地带，忽然被划开一道口子，明媚而热烈地烧到了他的一双眼。

　　放在茶几上的手机振动了一声，他收起思绪，将烟垂进烟灰缸掸了掸，捞过手机，看到屏幕上那个名字上，嘴角几可不察地弯了一下，是极小的一个弧度。

　　对面的肯特索性也不畏惧了，今天的Boss看起来心情还不错，或者说，是反常的不错，他支起下巴，认真地瞧着屏幕里那道影像。

　　不是吧？Boss竟然笑了？还笑出声了？！

　　肯特惊讶得脸都有些扭曲了，不可思议地瞪着眼睛，看自家Boss笑得一脸和煦地低头把玩手机。

　　谁知还不到一分钟，那双眼睛忽然从手机屏幕移开，冷冷地睨了他一眼，他立马回神，扭头轻咳了两声以作掩饰，开口时还有些不顺畅："那什么，老板，没事的话您先去吃午饭，随先生那边我会继续找他谈的。"

　　"过两天我发一份文件给你，你把文件交给他，应该就没什么问题了，再帮我转告他一句话，工作室未来会全权交给他负责，我们只是投资，专业上的事情一律不会过问。"

肯特忙不迭地低头应下，大屏幕"唰"的一下就暗了，他扯着领带松了口气，恨不得立刻去跟总公司的同事八卦一下，大 Boss 这是——春天来了？

……

沈木兮从食堂门口没走出几步就听手机响了一声，驻足打开短信，只有四个字，外加一个标点符号：**干得漂亮**。

沈木兮下课后便直接搭上了去酒吧的公交车，倒了两班车，站在酒吧门口的时候天色正渐渐暗下来，门口负责接待的服务生还记得她，这会儿微微一笑算是打过招呼，沈木兮提步穿过悠长的夹道往内厅走，空着的那只手随意地放进口袋里，像是忽然感受到了什么，她顿了下，低头看了看自己的衣服，是季遇白那天带她去商场买的羊毛大衣。再看看脚下这条不算陌生的路，不到一周的时间，原来有些东西竟然可以发生天翻地覆般的改变。

她勾了下唇角，心情有些复杂。

酒吧在这个时间只是刚进入营业准备状态，整个内厅的客人寥寥无几，或是在安静地聊天或是喝酒，音响里流淌着轻音乐，灯光还没正式开启疯狂模式，很柔和地摇曳着，缓慢地划亮黑暗，又散开，是单调的白色和暖色，不会迷了人眼。

她第一次发觉，原来这间酒吧竟还可以渲染出一种慢生活的慵懒步调。也对，她的身份变了，心情，似乎也变了。

移开目光，她从舞池旁边穿过往吧台走去。她这才看到，吧台外圈已经坐了一个男人，司影正掩嘴笑着，两个人不知道在聊些什么，似乎都兴致很高。

光线微暗，她从后面走来，并不看清那人的脸，但是这个背影似乎有些眼熟？沈木兮眯了眯眼，与吧台的距离正逐渐缩短，她大脑中迅速闪过一个名字。

司影与他聊得正起劲，一直到沈木兮走近了才注意到她："Hey，baby，坐，我先给你倒杯果汁。"司影笑靥如花地跟她摆手，招呼她坐下。

杨言已经喝得微醺，这会儿听着身后的动静也慢慢地转了身子过来。

入目是一张粉黛未施的素颜，眼睛不大，但那双明眸却格外灵动，眼尾细长，微微上挑，标准的鹅蛋脸，唇色很淡，似乎是连口红都没打，透着诱人的粉，下巴并不是削薄的网红款，弧度很柔和，自然却精致。光影缓缓掠过，那皮肤白得都晃眼。

杨言闭了闭眼睛，重新睁开时已经快把自己是谁都忘了。他一只手支着头，另一只手伸了过来，眼睛半眯着说："妹妹，自己来玩的？咱凑个局，一起嗨成不？就喝酒，其他的什么都不做。"

沈木兮轻松地侧了下身子，躲开了他的咸猪手，慢悠悠地坐到他旁边的高脚椅上，倒也极有兴致，对他微微一笑，淡着声音问："杨言，那辆捷豹开得还顺手吗？"

听到自己名字的杨言猛地一怔，立马收起那副不正经的嘴脸，揉了揉眼，又迷茫地对着沈木兮愣了足足五秒钟，看清对面是谁后尴尬地低声咒自己一声，便整个人直接摔了下去，地板都颤了颤。

沈木兮哈哈直笑，司影拿着一杯蔓越莓果汁，又扔进一根吸管递给她，便探过身子往吧台外面看，诧异道："他怎么了？"

沈木兮咬着吸管一边喝果汁，一边轻轻一哼："自己踩着自己尾巴了。"

杨言一边揉着屁股一边从地上爬起来，这么一吓一摔地连酒都醒了一半，他指着沈木兮，郁闷还不好发作："你怎么来了？遇白呢？"

说得好像她必须形影不离地跟在那人身后一样，沈木兮扫了他一眼，不屑道："酒吧你家开的？我怎么不能来了？"

杨言一乐，摸着高脚椅又坐回去，视线从上到下地扫了她一遍，"啧啧"两声："小丫头最近脾气见长啊，我还以为得被遇白治得服服帖帖的呢。"

司影听出了些什么，在二人中间一个劲儿地清嗓子，眼睛好奇得都亮了起来。

沈木兮今天心情好，咬着吸管又喝了一大口果汁，微微仰了下脸，不甘示弱地回嘴："遇白只是告诉我，若被人欺负了，要欺负回去。"

"什么？我没听错吧？能这么说难得啊！"杨言兴奋地转了下椅子，想往沈木兮这边凑过来，但他动作太大，又差点儿一个不稳地摔下去，他慌乱地用手撑在了吧台上，稳了身子，这才避免了再一次与地砖亲密接触，定了定神，他继续刚才的话题，故作正经道："遇白也是你叫的？小丫头片子，他大你十岁，不叫叔叔也得叫哥哥，懂不懂？"

沈木兮沉着声音回他一句："跟你没关系，少管闲事！"

她转了转高脚椅，换了方向，索性也不理杨言了。司影兴奋难耐地冲她勾手，她就知道司影想问什么，轻轻地叹口气，她凑过身子，覆到司影耳边，索性先她一步开口："我欠他钱，现在在还债。"

司影愣了一下，还有些失望，竟忘了二人刚刚是在耳语，声调如常地问了句："不是在追你啊？"

杨言在旁边不悦地"喊"了一声："我招谁惹谁了？我这破车子是怎么买的？这得亏那天没站一布加迪威龙跟前，要不然小爷我非得被逼得卖身去！"

沈木兮咪咪地笑了，司影晃她胳膊，严肃地说："怎么还债的？他现在有没有女朋友？结婚了吗？"

杨言在一旁打岔："结个屁婚，他估计准备去当和尚了，白瞎了那张脸了。"

沈木兮低了下头，抿着唇，没笑出声，心里忽然就有点开心。

杨言把面前已经空了的酒杯往旁边一推："别干愣着了，沈木兮，还有你，来酒吧了喝什么果汁啊？都给我换成酒，今天是我一年一度的失恋日，小爷请客，都给我嗨个够！"

司影蹙了下眉，本还想着跟沈木兮聊天，现在身边偏多了一个聒噪个不停的灯泡，还跟她抢人，于是不耐烦地瞪他一眼："我上班呢，木兮不喝酒，没人跟你嗨，你自己把妹去吧！"

沈木兮抓到了一个关键词，转着椅子过去，轻轻地踢了踢他："喂，什么叫一年一度的失恋日？你失恋还能固定时间？"

杨言看了她一眼，又打了个响指，对司影眨眨眼："上酒，我要Whiskies，你们两个先喝点Galliano，咱们慢慢加，走，换地儿！"

杨言说着就跳下高脚椅，脚刚挨地，却一个没站稳差点又摔了，沈木兮眼疾手快地扶了他一把，还没等她先放手，杨言就先扯开她的手腕自己往后退了退，含混不清的嘟哝："你别碰我，遇白有洁癖。"

沈木兮："……"

看他一脚深一脚浅地晃荡着身子往里走，沈木兮转头对司影耸了耸肩，有些无奈："怎么办？"

司影还没说话，杨言就扭过头来又喊了一句："你们倒是赶紧的啊，良宵苦短，磨蹭什么呢！"不等她们拒绝，他又跟领班摆手，"你们吧台调酒的那姑娘，今天晚上请假，陪爷喝酒，你赶紧给我换个人去代班！"

沈木兮扶着额头长长地吐出一口气，再转身，司影已经脱掉灰色的马甲扔在了一旁，上身只剩那件白衬衫，弯腰从吧台钻了出来："走吧，木兮，喝点就喝点，反正也有人请客。"

沈木兮想了想，点了下头，算是同意了。

领班从酒吧那头急急忙忙地跑过来，扶了杨言一把，讪笑着："杨小爷说了算，我这就打电话找人替她，您喝高兴了就行。"

沈木兮还记得这人跟自己鸡蛋里挑骨头的事呢，现在看她点头哈腰地奉承模样心里格外顺畅，正想着，就听揽着自己肩膀的司影喊她："我们这桌先来一杯Whiskies，两杯Galliano，劳烦筱姐了。"

筱姐跟变脸演员似的，目光从杨言身上移开后立马沉了脸，伸手用力地指了指她们，还没来得及说话，杨言就推开她道："赶紧上酒去，你在这儿扶着我干吗啊？"

沈木兮和司影强忍着笑，勾肩搭背地绕过气白了脸的筱姐，跟着杨言去了老位置，还是上次的7号雅座。沈木兮先抬眼看了看一周前季遇白坐过的软座，心里竟莫名地升腾起一种奇怪的归属感。

这是他们第一次见面的地方，也是这段债务关系开始的源头。

杨言还是坐的老位置，沈木兮犹豫了一下，直接坐进了中间的软座。

酒上得有点慢，杨言在那儿靠着，头整个仰在软靠上，神思昏沉，双眸紧闭，司影看了他一眼，没理会，又继续问沈木兮："他让你怎么还债了？我跟你讲的那些你别不走心。"

听到这些，沈木兮自己都觉得有些好笑，她低头玩着木桌上的骰子，声音极淡，听起来有些漫不经心："钱我还得还他，现在只是在还利息，帮他照顾一只小狗，两年。"

"什么？"司影太过诧异，"木兮，亏了吧，利息就把你困了两年，钱最后还要还？资本家就是吸血鬼，这话说得一点没错！你借他多少钱啊？利息还成这样？"

"两百万。"沈木兮轻轻地笑了笑，没再细细解释了，其实这正是她想要的啊，如果季遇白真的不让她还钱，她才会过意不去呢，毕竟，他帮了她很多，以至于到现在，她都不清楚这个男人究竟想从她这里得到什么。

司影叹着气去揉眉心，无奈极了："木兮，你就这么把自己卖了？"

沈木兮把骰子往司影的方向扔过去，反驳道："才不是，我真的就是过去照顾那只小狗的，别的什么都没有。"

"这都什么年代了！"杨言似乎是闭目养神够了，这会儿垂下挡在眼前的手，把骰子捞过来，"你们这么含蓄不累吗？大大方方谈个恋爱不好吗？我都怀疑你们是不是从古代穿越过来的！不拜堂都不知道自己老婆长什么样！"

沈木兮踢他一脚，脸颊一下就红了："胡说什么呢，你还没讲呢，什么叫一年一度的失恋日啊？"

杨言恍惚了一下，又扭头掀着薄纱看了眼外面，不耐烦道："问题这么多，想听就先走一个，酒来了。"

筱姐亲自端着三杯酒送了进来，笑容可掬地在三人面前各放了一杯，又故作亲昵地跟杨言说道："杨小爷待会儿有事随时喊我，我就在这附近，你招手就行。"

杨言不耐烦道:"不招手,爷喜欢打响指,不行啊?"

沈木兮和司影强忍着笑,脸都憋红了,看筱姐黑着脸退出去,又特别默契地对着她的背影做了个鬼脸。

杨言把满满的一杯酒捞进手里,招呼她们道:"先走一个啊,看不惯那女的,待会儿一杯一杯地加,折腾死她。"

沈木兮和司影眼睛一亮,拿起酒杯,三人碰了碰,都喝下一大口。

沈木兮抿抿嘴,感觉这种酒味道还不错,又踢了踢杨言,迫不及待地催他,"快讲快讲,我最喜欢听故事了!"

司影也支起下巴,安静地看着杨言。

"一年一度,就是每年的今天,小爷都不和女人约会。失恋不懂吗?失恋就是你喜欢的人不在了,再也不回来了。"杨言一直耷拉着脑袋,一字一句说得很慢,沉默了一下,又捞过酒杯,一口干完剩下的半杯酒。

沈木兮和司影都安静了好一会,谁也没说话。

气氛有些怪异。

杨言忽然抬起头,把手里的杯子往司影那边一扔,还是那副大爷的口气:"给我叫酒,不是看不惯那女的吗?整她,叫吧!"

司影又看了他两秒,情绪微变,转头对外面打了个响指。

沈木兮看着杨言一脸的颓废样,勾了下唇角,声音很平静:"再也不回来了?死了?"

杨言扭头定定地看着她,眼底有抹很明显的猩红,不知是酒意还是什么,胳膊还撑在膝盖上,两只手交叉着,保持着这个姿势,半晌没动,他什么都没说,可又像是说了很多。他的目光渐渐暗了,一点点地垂下头,把脸埋进了身体里,那个动作幅度很小,但却像是耗尽了他所有的力气,明明近在眼前的一个人,沈木兮却觉得他们之间似乎横着一堵一辈子都过不去的墙。

见多了这个男人吊儿郎当的模样,此刻,她从他的身上,却突然看到了一个男人的深情与悲恸,不是表面的,是深入了灵魂的那种,它隐藏得太深,你剥掉一层,什么都看不出来,再剥掉一层,也许还是什么都没有，可只要它寻着机会露出些许痕迹，便无论如何也藏不住了。

原来那些成天挂着坏人面具的人，其实很多都是吓唬人的，他们往往内心柔软得连自己都照顾不好。那些所谓的好人呢，也许他们中有的人摘了面具，那獠牙能直接把你脖子咬断了。

季遇白也是个戴了面具的坏人，还是个教她怎么欺负人的坏人，真坏，这世界上，没人比他更坏了。

沈木兮眼睛一下就湿润了，吸了吸鼻子，低头把酒捞过来，一口也干了。

季遇白刚推掉一杯酒，低头把手机按亮，发现仍旧没有收到信息回复。手贴上后颈揉了揉，站起身，跟饭局上的几个男人点了下头道："家里还有点事，先失陪了，这次算我的，你们继续。"

几个男人纷纷起身，神色微动，打算开口留一留，却见男人表情极冷淡，接过侍者递来的大衣，连头都没回，直接步出了包厢。

待侍者将门重新关好，那串脚步声也被隔绝在外，消失在这静匿的暗夜里。

几个男人互相对视一眼，都慢慢地坐回去，刚刚还在热忱的话题这会儿也戛然而止。不知谁开了个头，问了一句："季总这是身边有女朋友了？"

旁边的人纷纷摆手："你听的哪门子小道消息？这小子就没找过女朋友，这么些年了，什么时候见他身边有过女人啊？"那人继续说，"沈长安家的那个千金，你们没听说？不过这也说得过去，消息刚有人传出来，立马就被压下去了，犬子刚好跟那个丫头一个学校，我也是听他无意地提了这么一句，谁知道是真是假。"

那几个人来了兴致："那丫头不才刚办完成人礼吗？原来季总这是喜欢小姑娘啊？"

"啧啧，口味就是独特。"

"年轻人的思想，咱们是跟不上，要不然他当年能让蓝衫资本一夜成名？这小子眼界大着呢，赌了一次，成就了一生。"

"这季家的家事估计也不简单，任谁翻都翻不出个所以然，这里头的水，浅不了！"

旁边一个一直没插话的人沉着脸打断道："还有心情研究人家的家事呢，这次投资到底有几成的把握？"

"没看出来人家今晚心思都没在这啊？改天再约一个时间接着聊聊，谁让咱想要人家投资呢？这不咱们这几个上了岁数的都得给人小年轻点头哈腰了！"

……

助理去停车场取车，季遇白孤身站在会所门口。月光很凉，落在灰白色的地面薄薄一层，男人的身影隐在夜色里，修长而挺拔，他微低着头，神色晦暗不明，从口袋摸到手机，拨通那个电话。

响了许久，那边才终于接起，还未开口，就先听到了一阵嘈乱的音乐声，还有 DJ 喊麦的声音掺杂在其中。

他蹙了下眉，沉声叫她："木兮，你在哪？"

那边似乎是还没反应过来电话已经接通了，过了好久才传来一道软软糯糯的，调子拉得很长的声音："喂。"

季遇白把手机拿离耳边，抬手捏了下眉心，刚喝过几杯酒，这会神思还有些迷惘，吐出一口气，抬头看了眼那轮凉月，重新把手机贴回来，声音已然放轻了许多："在哪？我去接你。"

那边小小地"嗯"了两声，没音了。他拿开手机看了眼，还没挂断，又沉声叫她："木兮，说话。"

电话像是被人抢走了，一个熟悉的男音传来："我说，行不行啊，遇白哥哥，你这是查岗吗？局散了啊？赶紧过来，老地方等着你，咱们无醉不……"杨言的"归"字还没念完，电话已经被挂断，他愤愤地看着通话结束的屏幕，咬了咬牙，忍不住骂了一句脏话。

沈木兮晃着小手摸了几次才摸到手机，一把抢过来，含含糊糊地骂他："去你的，别欺负我们！"

"没天理，这都什么世道！"杨言满脸不爽，拿酒杯跟沈木兮碰了一下，见她半眯着眼，软趴趴地要往一旁的软靠上躺，又抬腿踢她一脚，"睡你个头，待会儿有人伺候你洗澡睡觉，赶紧陪爷喝酒！"

沈木兮像是说了句什么，动了动唇瓣，听不清，一开口就被那疯狂的鼓点声淹没了。

杨言瞪着眼睛还要踢她，杯子忽然被对面那人碰响，很轻的一声，却又莫名清晰。

他转头看过去，司影冲他笑了一下，吐字还很清楚："还有我呢，我跟你喝。"

杨言反应有点慢，怔怔地看了对面的人一会儿，又笑了，还是痞里痞气的："没看出来，你酒量不错嘛，比这丫头片子强多了。"

司影没说话，弯了下唇，捏着杯子，一口干掉了剩下的半杯Whisky。

杨言抬手，晃晃悠悠地对她竖了竖大拇指，司影看着他，垂了下眼，探出半个身子，又喊筱姐："三杯Whiskies."

面前的人像已经恍惚地出现了重影，杨言用力地闭了闭眼睛，还是无济于事，身子往后一靠，虚软地嘟哝了一句："你牛。"

司影把桌上凌乱地扔了一堆的空酒杯慢悠悠地捡起来，扶正，并排摆好，嘴上清淡地笑着，也说了句什么，语气还有些自嘲。

沈木兮头靠在软座的这端离司影很近，像是听到了几个字，她眯了眯眼，根本无法确定焦点，整个人像是被挂到了地球仪上，这会儿正转来转去，头晕眼花，呕了一下，又吐不出来，压压胸口，吐字含混不清："你刚刚说什么？"

司影皮肤温度很凉，这会儿指腹点在她额头上轻轻一推："睡你的，怎么这么多事儿呢！"

沈木兮一个激灵，抿紧唇角，抱住自己的胳膊，腿又往软座上缩了缩，慢慢地闭上了眼睛。

季遇白轻车熟路地直接来7号雅座提人。

杨言正捏着杯子一小口一小口地往下咽着Whisky，心里嘀咕，今晚这真是碰上高手了，传说中的千杯不醉，看来只能在酒吧找。

面前忽然矗立了一道黑压压的身影，半封闭的雅座内光线骤然一暗，大团的光影被隔绝在男人身后，低气压迅速将这小空间充斥得满满的，杨言呼吸滞了一下，扔下杯子，捏着喉咙咳了咳，连来人的容貌都没看清，似乎也不需要看了，那会儿还嚣张跋扈的气焰现在连渣都不剩了，软着声音解释："遇白，我没拐人，这是偶遇，特别纯粹的偶遇！你也知道今天是什么日子，我……我就是心情不好。"

季遇白冷冷地扫他一眼，醉成这个德行，到底也是发不出什么火，又看了旁边的司影一眼，这个姑娘似乎还很清醒，这会儿正平静地看着自己。两道审视的目光相撞，她微微一笑："木兮你带走吧，这个交给我了，我送他。"

季遇白的目光在她脸上多停了两秒，几可不察地眯了下眼，从口袋里取了一张名片出来，俯身放到桌上，淡声说："这是我助理电话，待会儿结束了，打这个电话，有人接他。"

司影点了下头，身子往后靠了靠，让出足够的通道："没问题。"

季遇白看了眼软座上歪歪扭扭躺着的人，又蹙了下眉，侧身过去，抬手解开大衣的两颗纽扣，弓下身子，将人横抱进怀里，又将人整个脑袋都用大衣盖住，就差找床棉被把人裹起来了。临下台阶，他又扭头沉声提醒杨言："别给自己找事，差不多就行了。"

杨言不甚在意，还是笑得一脸痞气："我都给你送东风了，趁着这酒劲就别含蓄了，该表白的赶紧表白！明天我亲自去查岗！遇白叔叔，别让我失望……"

季遇白脸色一黑，又睨了他一眼，没吱声，扭头走了。

一直到从舞池旁边的人潮里穿过，小姑娘的脚可能是被人撞到了，身子动了动，才不满地"哼"了一声，自己寻着温暖又往他怀里钻了钻，小脸挨着内搭的衬衫轻轻地喘着气儿，气息打在男人紧绷的胸腔上，又麻又痒，正好是离心脏最近的位置，季遇白呼吸有些乱，脚下步子迈得更大了。

怀里的人打了个喷嚏，又皱着小脸揉了揉鼻尖。

从内厅转弯，两步迈上通往正门的夹道。

大概是有客人进门，门被推开，灌进一阵过堂风，临近深夜的温度骤然降至零下，又是刚从内厅出来，温差过大，沈木兮冷得缩了下身子，两只垂在腹部的手挪了挪，寻着男人的后背一点点试探着环过去，轻轻圈住，又满足地"哼"了一声，重新安静下来。

季遇白身子僵了一下，脚步慢下来，垂眸看了眼怀里这张醉得绯红的小脸，到底是没了脾气，竟还有些想笑。

助理陈铭见大老板抱着人出来，立马搓了搓手，跑过去拉开后排车门，看着人坐进去，又钻进驾驶座摆弄暖风，调了温度，启动车子驶离这条街。

这车后排座椅宽敞，小姑娘自己睡在上面完全没有问题，季遇白看那双小手从自己身上垂了下来，便一只手托着腿，一只手托着后背，把人往旁边挪了一下，将身子平放到椅子上，正要将手撤出来，小姑娘又扭了下身子，还扯住了他一只手腕，唇瓣动了动，好像说了句什么。季遇白想了想，又把人捞回来，放到自己腿上，身子提起来一些，枕着自己的肩膀，没再松手。

车内温度渐渐升高，小姑娘不知道是燥热还是做梦了，身子一个劲儿地扭来扭去，嘴里也开始呓语。

季遇白一开始没在意，低头看了看那张皱巴巴的小脸，又移开目光。

小姑娘似乎是觉得被冷落了，生气了，搭在另一侧车门上的一只脚忽然用力地踢了一下。陈铭吓了一跳，从后视镜弱弱地扫过来一眼，季遇白看他一眼，声音很轻，怕吵到小姑娘："没事。"他低下脸，将耳朵附在小姑娘唇边，低声问她，"木兮，怎么了？"

小姑娘不知道是不是闻到了什么熟悉的味道，这会仰了下脸，用力地凑上去吸了吸鼻子，和他靠得更近了，季遇白感觉浑身一僵，正下意识要躲开，就听小姑娘含混不清地吐出一句："把鞋子脱了……"

那唇瓣一张一合全都从他耳廓擦过，气息又湿又热，小姑娘声音还软软的，季遇白觉得一阵烦躁。

杨言这浑蛋真是活够了！

心里低骂了一句，他直起背，望向窗外长长地吐出一口气，一只手把小姑娘的身子固定在自己怀里，倾身弯过去，拎着她腾空的脚踝放到椅子上，拉下小皮靴的侧拉链，把两只小脚丫解放出来。

　　小姑娘满足了，欢脱地蹬了蹬脚算是回应。

　　脚丫真是小，似乎自己一个手掌就能握住。小姑娘穿了一双纯黑色船袜，这会脚踝全都裸着，纤纤玉足，又细又白。

　　他将手心贴过去试了下，温度还不算低，应该是不冷，放心地坐回身子，微微调整了下姿势，让怀里的小姑娘更舒服些，自己也神情疲惫地闭上了眼睛。

　　前面开车的陈铭都差点一激动把车开进绿化带了，这女人是大老板上辈子的女儿转世吧？

Chapter 9 哭 泣

　　车子停在公寓楼下，陈铭把车门拉开，看大老板抱着人出来，又轻声问了一句："季总，我现在回去把杨小爷送回家吗？"

　　季遇白刚转过身去，听到这句话时脚步顿了一下，没回头："不用了，直接回去休息吧。"

　　陈铭挑了下眉，有些意外，也不敢多问，很快应了一句："知道了季总。"

　　进了电梯，季遇白拿手臂托着她的腿弯，探过手按下了楼层，再收回手掌。

　　小姑娘又皱着小脸抱怨了一声："脖子……疼……"

　　电梯只有两个人，安静到毫不吃力就将这轻软的声音收入耳际，季遇白垂眸看她一眼，被气笑了。

　　站在门外，抱着人吃力地输入密码，季遇白觉得，照这样下去，自己有必要换一个指纹锁了。门刚打开，软软就圆滚滚地扭着身子蹭了过来，毛发凌乱，小眼睛滴溜溜地转着，拿小爪子一下下地挠着他的拖鞋，像是在怄气，季遇白低头看了小家伙一眼，无奈地叹气："你后妈不仅不顾家，连你也不管了。"反脚把门踢上，绕过似乎还不甘心的小东西，直接把怀里的人抱去了她的卧室，轻放到了床上安置好。

　　这一路都不带睁开眼睛的丫头这会儿身子挨到床反倒醒了。

　　沈木兮睁开眼，迷茫地盯着季遇白看了好半天，不知道想起了什么，瘪着嘴一吸鼻子就要哭，眼泪来得也快，那双眸子说红就红了，泪珠也不掉，就在眼眶里含着，小模样可怜得人心都能化了。

　　季遇白挑了下眉，这丫头是准备发酒疯？

　　他站在床边，手抄进口袋里，居高临下地睨着她，眼底噙着笑，似乎饶有兴致。然后只见小姑娘满脸委屈地瘪着嘴冲他伸出胳膊，两只小手腾在半空，还指尖向下朝自己的方向勾了勾。

　　季遇白哭笑不得，又好奇这丫头下一步想做什么，想了一下，索性倾着身子过去，双手撑在她身体两侧的床上，对上她湿漉漉的眼睛，这双眼睛之前还能看到热烫的火，现在全是水，他淡了声音问她："又想说什么？嗯？"

　　沈木兮望着这张被放大了几倍的俊颜眨了眨眼，像是完全确定了信号，刚还腾空在他身体两侧的手忽然向中间靠拢，又向他靠近了些，季遇白浑身都绷紧了，眸色骤然一暗，鼻翼间都是迷离的酒气萦绕，甜酒和Whiskies的混合，在这空寥的暗夜里，一闻就能醉人。

　　当然这还不是最主要的，小姑娘突然对着他软软地喊了声："坏叔叔。"

　　坏——叔叔？

　　重新睁开眼睛，脸色恢复了以往的清冷，他冷冷一笑，很好。

　　季遇白差点折返回去把杨言给杀了。

　　黑着脸喂了软软，没什么好气地将小东西关进书房，季遇白又折返回来检查了一下沈木兮这边的情况。只见沈木兮躺得四仰八叉，像个小型的章鱼，被子又踢开了，这会儿挂在床沿一个角，剩下的都垂在地上一团，枕头扔到了床下一个，手里抓着一个。他站在床边，扶着额头长长地吐出一口气，看来沈家大小姐……还真是名声在外。

　　沈木兮这一睡便直接睡到了第二天中午。像是噩梦惊醒般，她腾地一下从床上弹起来，扯开被子看了眼自己身上睡乱的毛衣，又微张着嘴巴不敢相信地探出头去打量了一下四周的房间格局。

是回家了，没错。

问题是，她是怎么回来的呢？

闷闷地抓着头发，她侧过身子看向床边，没有自己的鞋子，甚至连拖鞋也没有，难道是被人抬回来的？懊恼地咬了咬嘴唇，又拍拍额头试图让自己彻底清醒过来，摸到闹钟看了眼时间，沈木兮苦丧地皱起脸，爬下床，光着脚丫开门走出去。

客厅拉着厚厚的窗帘，这会儿光线稀薄，暗得跟黄昏似的，也没见软软的身影，静悄悄的甚至让人有些心慌。

她轻着脚步跑去季遇白的卧室门口，将耳朵贴在门上听了听，里面安安静静的，听不出究竟有没有人在。她拧了下门把手，没锁，成功将门推开一条缝隙，探进脑袋往里面巴望了一眼。

人还在睡着？

那人呈侧躺姿势，身子背对着门口的方向，房间幽暗，从她此刻的角度，只能看到一个身材颀长的轮廓，听到门被推开，竟然也毫无反应。

她放下心来，脚步轻轻地绕去床头，蹲下看了眼面前这个双眸紧闭的男人，咬了咬嘴唇，纠结几分钟，犹犹豫豫地喊了一声："遇白？"

床上的人没反应，连动都没动一下，似乎睡得很沉。

她咽了下喉咙，声音拔高了一点，尾音上挑，又喊："遇白？"

床上的人这才拧了下眉心，似乎是有些不耐烦，过了会儿，眼睛慢慢睁开。

四目相对。

季遇白看清床头蹲着的小丫头后，仍旧没什么好脸色，当下就翻身过去，背对着她，哑声扔下一句："洗完澡再跟我说话。"

沈木兮埋头嗅了嗅自己沾了酒气的毛衣，发酵了一夜，还真是挺难闻的，瘪着嘴"哦"了一声，站起身，直接去了外面的洗手间。

把自己拾掇好，脏衣服扔进洗衣机，换了一套居家的纯棉长裤长衫，又把头发吹干，沈木兮又乖乖巧巧地重新蹲到季遇白床头，脸上笑得跟开了朵花似的："遇白，我洗好了。"

季遇白似乎是又睡着了，听着这声音过了会儿才睁开眼睛，眼皮沉沉的，脸上倦意很浓，侧躺着看了小姑娘一会儿，才慢慢坐起身子，抓了下头发，靠到床头，从旁边捞过水杯，咽了一口水润喉，一套流程走完了，这才理她，不难听出还有些火气："睡够了？"

沈木兮还是笑，笑得一脸讨好，注意到房间光线太暗，便起身跑去窗边把窗帘拉开，又跑回来蹲好，不答反问："昨天晚上你接我回来的吗？"

季遇白挑了下眉，脸色缓和了一些："喝断片了？"

沈木兮用力地点头："我昨天……没做什么吧？"

季遇白懂了她这无事献殷勤的动机，勾了下唇角，似笑非笑，下巴点点床沿："坐。"

沈木兮蹲在地上有好一会儿了，小腿早就酸麻了，这会儿听到特赦，立马得令坐到了床上，眼珠滴溜溜地盯着他，精神好得不得了。

季遇白被她整得没了脾气，才幽幽地说了句："做了挺多的。"他说完，就一脸平静地看着她。

小姑娘果然被吓到了，瞪了下眼睛，脸上一阵白一阵红地迅速变了两个颜色，唇角紧紧抿着，立马就笑不出来了。半晌，她移开目光，垂下头，紧紧地盯住手边的薄被，又抓住一个被角，攥紧，小声问他："比如呢？"

季遇白毫不留情地把那个被角用力一扯，从小姑娘手里拉回，轻笑道："我都说不出口。"

沈木兮身子随着那股不小的力道被动地往床上一扑，还好她及时撑住了，重新坐好，窘着脸想了想，身子又滑了下去，重新蹲回床边，一张小脸皱得就快哭了，跟他解释："我是被杨言逼的，我说不喝，他们非让我喝，我是一杯就醉的酒量，所以我其实就喝了一杯就睡那里了，后来发生了什么我一点都不知道。"

"一杯酒……"季遇白轻轻地哼了一声，斜睨她一眼，"哪位调酒师这么厉害，一杯酒能调出 Whisky 和甜酒两种口味？"

"这你都知道？"沈木兮这下彻底没辙了，腿一软，直接坐到了地板上，心里虽然慌了，却还在嘴硬，"可我是被逼的，这是真的。"

"木兮，你知不知道中国有句老话叫作'酒后吐真言'？"季遇白不紧不慢地说，顿了下，又逗她道，"不是想听故事？不是就喜欢听故事？"

沈木兮这才真的意识到事态的严重性了，趴在床边哇的一声就哭了。

她喝醉酒后怎么样她心里是一点底都没有，可偏偏他还是喜欢喝酒的感觉。就拿四个月前的生日宴会来说，会场外人太多，她没喝尽兴，应付完客人，宴会结束回家后，她拉着沈木腾偷跑去地下酒窖，把门一反锁，两个小孩在里面喝到半夜，第二天被家里管家发现，才把他们从酒窖拎了出去。沈木腾睡醒之后隔了半个月没搭理她，并且发誓，以后再也不会跟她一起喝酒了，至于原因，沈木腾到现在都没告诉她，不管她用任何事物来做交换，沈木腾一提起这件事就一脸见了鬼的模样，闭口不谈，所以她只知道自己喝醉后很难搞，具体怎么个难搞法她却毫不清楚。

这无疑是很可怕的，所以对于昨晚发生的事情，她……真的好想死。关键……对方不是别人，是季遇白啊……

季遇白淡淡地看了她两眼，一开始以为她是装的，没在意，后来见她眼泪都把床单晕湿了，这才怔了一下，拿开被子，起身坐去床边，揉揉小姑娘脑袋，见没反应，便直接提着脖子把人从地上拎起来，把她别开的脸蛋转过来，再看眼睛，还真是红了，委屈得不得了。就算再窝火，这会儿也前功尽弃了，更别说刚刚还是装的。

"我骗你呢，你昨晚回来就睡了，什么都没做，听故事那是杨言告诉我的。"

季遇白抽过一张纸巾，一只手困住她乱动的小手，一只手给她擦着眼泪，心里越发觉得好笑。

沈木兮又挣了挣，鼻头都红了，鼻音很重，瓮声瓮气的："你骗我，我喝醉以后可不像话了，肯定不会回来就睡的！"

季遇白挑了下眉，迅速摘出一个重点："看来这是有前科？跟谁？"说着，他把纸巾揉了揉，随手扔到角落的垃圾桶里，顿了顿，又把困住小姑娘的手松开，他起身过去把垃圾桶踢到床头柜的另一侧，坐回来，继续刚刚的问题，"嗯？"

小姑娘自己伸手扯了张纸巾，抹着眼角，闷声说："跟我弟弟。"

季遇白低笑一声，没说话了。

"所以我昨天回来到底干吗了？"小姑娘这下有底气了，似乎一哭，立马就摇身一变成了女王，语气都咄咄逼人。

"也没干吗，就是吵着要听故事。"

沈木兮揉了揉鼻尖，安静下来，歪着头看他："还有呢？"

季遇白用了点力度地拍她后脑勺一下："你听故事都听到天亮了，这还不够？"

沈木兮在听到了事实真相后心里过意不去，整个人都变得乖巧得不像话，主动帮季遇白把床铺好，脏衣服放进洗衣机，看他去洗手间洗漱了，又叫了楼下餐厅的外卖，等餐的空，还顺带把家里的垃圾都收到了一起，放到门口。

季遇白擦着头发走出来，站在床头，发现垃圾桶空了，怔了一瞬，神色微变，推门出去，就见小丫头窝在沙发上正看电视，听见声音，还扭头对自己笑："外卖我点过了，待会儿就可以吃午饭了。"

他心里暗松了一口气，还真就是个什么都不懂的小丫头片子。

把毛巾挂回洗手间，他走到客厅，从她面前经过，陷进沙发里，问她："木兮，家里有没有少了点什么？"

沈木兮愣了愣，不明所以："少什么？"

季遇白神色变得很无奈，薄唇动了动，又抿紧，把目光移开，沉着脸不看她了。

沈木兮眨着眼困惑地盯着他线条紧绷的侧脸，迷茫了好一会儿，突然惊呼一声，伸手去抓他胳膊："软软呢？遇白，软软呢？"

季遇白看了眼小姑娘紧抓自己胳膊的小手，皮肤相融间的触感清晰而柔软，他喉结咽了下，定了定神，拿开小姑娘的手，站起身，也不看她，淡淡地扔下一句："饿死了。"

沈木兮差点就哭了，急急忙忙跳下沙发，连拖鞋都没顾得穿，跟在他身后，扯着他毛衣，轻声软语地保证："遇白，遇白，我错了，我以后再也不去乱喝酒了，你把软软藏哪儿去了？"

季遇白双手抄进兜里，任小姑娘在背后抓着自己衣服，面上却毫不动容，慢悠悠地往书房走，走到门口，停下脚步，小姑娘还在垂着头自责地保证着，一时没反应过来，身子一下就撞到了他的后背，吃痛地闷哼一声，又松开手去揉额头，季遇白笑一下，有些冷道："木兮，不叫叔叔了？"

沈木兮脸一黑，揉着额头的动作立马停下了，抬起眼皮瞪他："你又骗我？你还说我昨天只听故事了！"

"谁骗你了？"季遇白扫她一眼，回头推开书房门，不冷不热道，"你昨天就是一直喊着叔叔讲故事，把我喊烦了我才给你讲的。"

沈木兮闷闷地对着他后背砸了一下，再低头，就见小可怜已经从书房里面钻了出来，一副受了委屈的狼狈模样，毛发凌乱地支棱着，小眼睛滴溜溜转了几下，毫无亮意，也不撒娇了，绕过两人径自跑开了。

沈木兮懊恼地跺了跺脚，又反应过来自己没穿鞋，倒吸一口凉气，嘴里愤愤地嘀咕："就怪杨言，都怪他那个什么一年一度失恋日，哼！"也顾不上季遇白口中的"叔叔讲故事"了，转身就去追软软，把小家伙捞起来抱进怀里，又跑去沙发坐下，一下下地给它顺毛，说着好话安抚着。

季遇白无奈至极，望着沙发上那位后妈的背影，扶着额头冷静了一会儿，又认命地去厨房储物柜拿东西给软软泡狗粮。最后他拿着小瓷碗，放到茶几下的地毯上，双手抄进兜里，下巴点了点地下，一副着实不想跟她讲话的模样，淡淡道："说你是后妈你还真不想反驳了？摸几下它就不饿了？"

沈木兮自觉理亏，没吱声，垂着头也不敢看他了，把软软放下去，小家伙果真是饿极了，扑过去一通扫荡，平日里的优雅傲娇这会儿一点都没了。

蹲在地上没站起来，她垂头丧气的，拉着季遇白的裤边扯了扯："遇白，我真知道错了。"

门铃响了两声，大概是那会儿点的外卖到了，沈木兮腾地一下站起身，想抓住将功赎罪的机会，眼睛都亮了，跟还在气头上的男人示好："我去拿，遇白，你什么都不用做，去餐厅等着就行。"说着就往门口跑。

季遇白一把抓住她的衣领，直接把人拎了回来，沉着脸训她："去洗手！这都什么坏毛病？"

"哦。"沈木兮摊开手心看了看，果真是有根软软的毛发掉在了掌心里，她又抬头看了一眼神色阴鸷的季遇白，撇了下嘴，是个委屈的表情，接着便乖乖地穿好拖鞋垂着头往洗手间走。

听着身后那串脚步声拐了弯，季遇白才忍不住笑了一声，去门口开门，取了外卖。

他从开始吃到最后都没跟沈木兮说一句话。

沈木兮夹着牛腩放到嘴里嚼了嚼，皱着眉像模像样地点评："这家厨师真不专业，还不如你做得好吃呢！"

季遇白连眼皮都没抬，夹过一块牛腩，放到嘴里吃得津津有味。

沈木兮绷起小脸，皱眉不悦地看着他，筷子插在米饭里无意识地戳了戳，正掉出来几粒米粒。季遇白抬头看了她一眼，仍旧是那副冷冷清清的模样，随即又有意无意地扫过她碗边的米饭粒，继续低头吃饭。

沈木兮对着他翻个白眼，捡起掉在桌边的米饭粒直接赌气似的塞到了嘴里，闷头再也不说话了。

低气压地吃完这顿午餐，沈木兮起身就往卧室走，小腮帮子还在胀得鼓鼓的。

季遇白身子往后一靠，双手环到胸前，问她："不洗碗了？"

看来这是已经生气到了连自己名字都不想叫了吗？

她脚步停下来，没转身，扭头斜了他一眼："不是待会儿会有服务生来收走吗？"

季遇白没理会这是自己的原话，还是冷着声音训她："人家给你做顿饭容易吗？把碗洗了去。"

沈木兮委屈地眼眶一红，又在心里把杨言骂了一遍，这才转身走回去，垮着小脸把餐桌收拾了，抱起盘子放到洗碗池，闷闷地垂着头往里面倒洗洁精。

季遇白捏着个烟灰缸走进来，往对面的流理台上一靠，一只脚支地，一只脚微勾着，点了根烟，安静地看她洗碗。

洗碗池里泡沫柔软而细腻，沈木兮却越洗越火大，尤其是身后的人还有闲情逸致地吸着烟欣赏这一幕，于是她把手上的泡沫一甩，回身怒视他："季遇白，你是虐待狂吗？"她不就喝了次酒，耍了个甚至不算酒疯的无赖吗，这人有必要处处针对她吗？

季遇白眼睛眯了眯，青白色的烟雾挡在两人中间，像是一道迷离的墙，小姑娘绷着脸发火的模样又着实可爱，他多看了两秒，低头笑了一下："什么？"

沈木兮发现自己每次见到这个男人吸烟都总是愣会儿神，甚至她差点就忘了刚刚说过的话，她眨了眨眼，回神，没好气道："我说你是虐——待——狂！"

季遇白把指间的香烟垂到烟灰缸上掸了掸，放在流理台，朝着她几步走过去，还是像上次那样，先把水龙头关掉，又屈指在她额头上重重一弹，挑眉道："水不要钱？每次跟我讲话都不知道先把水龙头关掉？嗯？"

沈木兮身子往后躲了躲，想去揉额头，无奈手上还沾着泡沫，看了眼两人的距离，自己像是被他圈到了怀里一样，脚下又往后退了一步，竟无意识地红了脸，声音也弱了几分："谁让你抽烟了？"

季遇白看着她，目光略带玩味："抽烟跟你关水龙头有关系？"

沈木兮哼了一声："以后我洗碗你不许看着！"

季遇白往后靠过去，双手抄进兜里，斜睨她："我看不看跟你有关系？"

沈木兮意识到他这次好像是动了真格的，立马就有点傻眼了，呆愣地看着他，不知所措地抿紧了唇角，眼眶说红就红。

季遇白蹙了下眉，发现自己好像玩过火了，伸手捞过小姑娘后脑勺，将人往自己面前带了带，手捧在脸上，压低身子，揉了揉她泛红的眼角，声音一瞬就软了下来："真哭了？"

沈木兮瞪着湿漉漉的眼睛看他，不说话，轻哼了一声，小脸紧绷着，倔强的小模样，像朵含苞待放的睡莲。

"逗你呢，傻姑娘。"季遇白低低一笑，侧身打开水龙头，握着小姑娘的手腕，将其放水流下把泡沫冲干净，抽了纸巾把水吸干，又扶着肩膀把人拎开，"行了，剩下的我洗，去歇着吧。"

沈木兮撇撇嘴，又嘀咕了一句："虐待狂！"说完就气呼呼地回卧室换衣服了。

面上生气，回到卧室锁好门，沈木兮又摸了摸自己的脸，刚刚他手心捧过的地方，早已经红得无所遁形了。连衣服都换得心猿意马。

等她收拾好自己，开门去客厅的时候，服务生刚好把餐具收走，季遇白关了门，一转身就看到站在次卧门口望着自己的小姑娘。

灰蓝色的高领毛衣，宽松款型，是那天他带她去商场时买的那件，今天该是第一次穿，这个颜色与小姑娘气质很搭，清新脱俗，更像个小仙儿了。那张小脸还是微绷着，眼圈有些淡淡的红，不细看看不出来。黑色铅笔裤勾勒之下的那双腿仍旧瘦得可怜，养了这么久，似乎一点养肥的趋势都没有。

他多看了两秒，又收起目光，顺势把手抄进兜里，朝她慢慢走近，他淡声提醒："今天周六。"

小姑娘点了点头，没什么表情："我知道。"

她也朝他走，只不过两人碰面时，小姑娘又侧身一步，像是故意的，与他擦肩而过。

季遇白哭笑不得，转过身去问她："有事要出去？"

小姑娘站在门口，在鞋柜里里外外逡巡了一遍，发现自己鞋子又没了。

"我鞋呢？"她显然还有些窝火，这人拿她作乐了小半天。

"在车里，昨晚没顾得上拿，先穿其他的。"

季遇白往门口走，看小姑娘听到这句话后明显愣了一下，眼睛微微睁大，甚至……有点恐慌。

"为什么在车里？你把我鞋脱了干吗？"

季遇白走过去拍了她后脑勺一下："不脱你能把车门给踩个洞出来。"

沈木兮自然是记不起昨晚到底发生了什么，自己又究竟出了多少洋相，她低下头，没火了，脸颊微微发热，小声地"哦"一声，又弯着身子在鞋柜里扫了一眼："上次送去干洗的那双鞋子也没送回来吗？"

季遇白也往鞋柜上看了一眼："其他的鞋子呢？没有了吗？"

沈木兮站起身，摇摇头："放在家了，我没带过来。"

这小可怜，季遇白揉了揉她的头，眼角眉梢尽是怜爱："待会儿带你去买鞋，我现在去楼下给你拿。"

似乎也没有其他的选择了，沈木兮窘窘地摸了摸鼻尖，往后靠到墙角，给他让出足够的空间来。

季遇白低头换鞋的空，沈木兮犹豫着，扯扯他的毛衣，有些不好意思地开口："你昨天怎么把我运回来的？"

运？

季遇白勾了下唇角，没抬头："我找酒吧的保安把你抬回来的。"

沈木兮愣了一下，知道这人又在跟自己开玩笑，瞪他一眼："你怎么不报警让警察叔叔把我抬回来？"

季遇白换好了鞋，直起身，比她高了一个头还不止，居高临下地睨着她，眼底含着玩味的笑意："我怕你的警察叔叔会把我这个坏叔叔抓走，到时候没人给你这小侄女讲故事了怎么办？"

沈木兮气得黑了脸，冷哼一声，低下头，不看他了。

季遇白从衣架上取了大衣，挂在手弯上，打开门道："我去给你拿鞋子，回去等会儿。"

"我不！"沈木兮忽然抬头，扶住门沿，不让他关，听不出是赌气还是认真的，"昨天怎么把我抬上来的，你今天就怎么把我抬下去！"

季遇白垂下那只正欲关门的手，挑了下眉："你确定？"

沈木兮一仰头，轻轻一哼，算是回应。

下一秒，人还没把头低回来，就被季遇白抱住大腿整个扛到了肩膀上。

沈木兮惊了一下，已经腾空的两条小腿对着空气一阵乱踢，不敢置信地喊他："你就这么把我扛回来的？"

季遇白把她掉到地上的拖鞋往鞋柜旁踢了踢，没理她，一只手压在腿弯把人在肩膀上扛好，空出来的一只手把门锁好，转身两步走到电梯外，按下按钮，心想，早知道这样可以空出一只手，昨晚还真就不用那么吃力了。

电梯到了，季遇白扛着人进去，轻松地按下一楼的按钮，沈木兮还在挣扎，小手握成拳往他后背上砸，气呼呼的："你放我下来，我不跟你闹了。"

"下来？你光着脚过去？"

电梯门阖上，沈木兮想了想，安静了下来，脚也不乱踢了，小手也不锤了，像是受了重刑后终于妥协的俘虏，轻轻地拍了拍他的背，闷声说："你真的是虐待狂，我以后再也不敢招惹你了。"

季遇白笑了一声，胸腔微微一荡，没说话。

她趴在男人背上，看着他身上针织粗花套头毛衣，看起来冷硬的质地，手心覆上去，竟是柔软而温暖的，和这个男人一样，谁也想不到他凉薄的眼睛之下藏的会是这样一个慈悲的灵魂。

电梯缓缓下降，窄小的空间里仿佛只余了两个人的心跳声在此起彼伏，谁的更快一点呢？又好像这两颗心脏跳动在相同的频率之上，不分彼此，不分你我。她安然地闭上了眼睛，像是找到了一个舒适的盔甲，他给了她一个安全的树洞，帮她疗伤，抵御严寒与风浪。她知道，她一定会渐渐依赖上这个树洞，也许，还会爱上这个树洞的主人。又或者，什么都不说，什么都不做，一直这样，也挺好。她从来没有欠过谁的钱，但这次，她突然想赖账了。

季遇白微微侧头，看了眼安静地趴在自己肩膀上的小姑娘，唇角弯了一下，眸底是从未有过的柔软。

Chapter10 牵 手

沈木兮被直接扔到了车后排的座椅上，她的小皮靴就规整地放在脚垫那里，她揉了揉被季遇白箍得有些酸痛的膝盖，又朝外看了一眼，季遇白没关车门，就站在外面双手环胸，好整以暇地冲她点了点头："要跟下楼一样，怎么给你脱的怎么给你穿回去吗？"

沈木兮白了他一眼，越发觉得这人之前果真是戴了一张面具，接触时间久了，也就原形毕露了，她弯下身子，把鞋子捞过来，自己穿好。

殊不知，季遇白和她有着相同的想法。

穿好了小皮靴，她满意地晃了晃脚，歪过身子要去拉车门。

季遇白轻轻一拦，扶住车门，阻止了她关门的动作，问她："会开车吗？"

沈木兮怔了一瞬，不懂他要做什么，如实地点了点头："会啊，就是开得不怎么多，尤其是这几个月都没碰过。"

"下来。"季遇白从大衣口袋里取出钥匙，直接扔给她，"你去开车。"

沈木兮低头看了眼正掉到自己大腿上的钥匙，捡起来诧异地问他："为什么是我？你又没喝酒？"

季遇白看了她一眼，目光竟有些幽怨："疲劳驾驶也是违反交规的。"没等她回应，这人已经拉开副驾驶的车门矮身坐了进去。

沈木兮猫着身子探过去个脑袋，看着季遇白将副驾驶的座椅角度往下调了一些，自顾自地绑好安全带，然后躺好——自始至终看都没看旁边不足十厘米之内的她，反而直接闭上了眼睛。

"喂！"沈木兮敲了敲他的椅背，不满地抱怨，"你都没问我出去做什么吗？也没问我要不要带着你出去，直接跟过来，还把车扔给我开，这是怎么回事？"

"除了去跟男朋友约会之外，还有什么是不能带着我去的吗？"季遇白睁开眼睛，深深地盯住她。小姑娘的脸正停在他视线之上，从后面探过来的小脑袋，这么看去是和平日里完全相反的角度，倒也……是别样的风景。

沈木兮被堵了一下，唇瓣微张着，眼神飘来飘去，躲了半晌也没想好怎么回答这个问题，最后似乎是有些气急败坏了，咬了咬嘴唇，又莫名地红了脸，结结巴巴地说："我……我又没男朋友，跟谁约会啊。"

季遇白勾了勾唇角，忍俊不禁，差点就没忍住凑过去吻一吻他可爱的小姑娘，他说："我知道，逗你的。"

沈木兮已经成功被这几句话转移了注意力，那会儿还在纠结什么来着？全忘了。她烦躁地揉了揉额头，直接跳了下去，拉开驾驶座的车门坐进去。

她说的都是实话，车她的确会开，但是开得并不多，之前出门无论远近家里的司机都会亲自接送，只有刚学会开车的前两个月她心血来潮地嚷着让爸爸给她买了一辆适合女孩子开的 MINI-Cooper，周末出去逛街开 Party 的时候自己正好过过车瘾，但其实每次妈妈都不放心，会派家里的司机开车在后面一路跟随她，以防路上真的遇到什么意外也好第一时间赶去处理。要说她摸过方向盘的次数，大概也就几十次？总之超不过一百次。

车子还没启动，她刚把钥匙插好，心跳就已经抑制不住地加快了，要说不紧张都是自己骗自己，舔了下有些干燥的唇瓣，她扭头，向旁边似乎真的很疲乏的男人说道："遇白，你确定要我开？或者我们打车出门怎么样？我的车技可能会让你失望，不，应该说，一定会让你失望。"而且小MINI和大切诺基？这两种车型悬殊对于新手来说似乎根本就无法放到一起去衡量吧？

季遇白慢慢睁开眼睛，眸色很淡，目光柔软极了，他安静地看着她，并不回答她的问题，不知道在想什么。

沈木兮面露难色，又解释道："我之前只开过小MINI，你放心让我开车带你去冒险吗？"

"木兮，我一点都不怕死。"他忽然很平静地说了这么一句，甚至他脸上的情绪都没有出现任何波动，像只是在叙述一件今天晚餐吃什么的小事一样。

沈木兮愣了，因为她清晰地感觉到，季遇白并没有像之前一样跟她开玩笑。她不敢承认，她在他的眼睛里看到了什么。无欲无求，安然世外，或者说，是放下了一切的洒脱。

她不知道她为什么会从他的眼睛里看到这些情绪，可这些东西难道不该是那些迟暮的老人，看破世俗的僧者才该有的吗？他明明还那么年轻，他还不到三十岁，他的事业那么成功，他不该这样的啊！倏地，她又想起初见他第一眼时，他眸底那抹浓到化不开的郁色。心脏像是突然被人狠狠划开了一道口子，钝钝地疼着，一下又一下。

她皱起眉心，强迫自己移开视线，剪断了两道目光之间越发深晦的纠缠。她不知道自己是怎么了，心里就是特别的难过，从未有过的难过。

像是，他不久之后就会离开，把自己关到一个谁都找不到他的地方一样。

像是，死亡，对于他来说，一点都不可怕，甚至，是一种解脱。

她不敢再想了。

男人清润的声音把她重新拉回现实，季遇白问她："木兮，你怕死吗？"

她用力地闭上眼睛，与视觉同时陷入黑暗的还有她已经放空的大脑。

"我不怕死！"短暂的沉默后，她重新睁开眼睛，思绪百转千回，终得大梦初醒般平静，"可是我害怕小腾一个人会过不好。"

沈木腾是她的命，更是支撑她全部信念的灵魂。其实她真的有想过，如果沈家只有她一个孩子，她那时候应该也会和爸妈一起走了的。她的情绪骤然低落下来，眼睛立马就红了。

在这狭窄的空间里，两个同样濒临过绝望，徘徊在悬崖边缘的灵魂却紧紧相拥在了一起。

"木兮，你和小腾未来都会过得很好，还记得我说过的那句话吗？天总会亮的。"男人不知道什么时候解开了安全带，侧着身子靠过来，轻轻地揉了揉她的头，他的掌心温暖而干燥，从她的发间缓缓滑落，缱绻而缠绵，最后放到了她的面前，"我把手给你了，要牵住吗？"

那双手就落在了她的眼底，她看到了他手心那深深浅浅的掌纹，那些掌纹似乎有些乱，没有规则地编织了一张网。这张网很小，又很柔软，她眨了眨眼睛，忽然就掉了一滴眼泪，正碎在那张网里，男人手心微微颤了一下，像是承受住了那滴眼泪所蕴含的重量。

她的泪，亦是她的人，也是她的心，融入进了皮肤，最后再深刻深入了每一寸骨血。

她把手放了上去，慢慢抬起头。

男人微微笑了，倾过身子，揽着她抱到怀里，下巴抵在她的肩膀，轻声告诉她："木兮，你什么都不需要想，更不用有任何压力，你还是你，我们也还是我们，我给你的，不过是天亮前的一只手，懂吗？"

她闭上眼睛，安心地将头靠到了男人的肩膀上，小声却又虔诚地说："谢谢你，遇白。"

她什么都没有问，虽然她明明很在意那句"你还是你，我们也还是我们。"

车子成功停在了酒吧门口已经是一个小时之后，沈木兮长长地吐出一口气，熄了火。再扭头看副驾驶的男人，竟然真的如此放心她的车技，可以睡得这么沉？

昨晚季遇白走得急，带她回家的时候直接将人抱走了，大衣和包都扔在了酒吧，手机也同样没有幸免。她解开车锁，打算自己去酒吧取东西，没料想，这轻轻的"咔嚓"一声，季遇白却还是醒了。

胳膊被人拉住，季遇白睁开眼睛，声音还带着刚睡醒的低哑："木兮，我跟你进去。"他很快地解了安全带，坐起身子，又闭上眼睛揉了揉眉心。

看他那么疲倦的样子，沈木兮对自己昨晚的"叔叔讲故事"更加内疚到无地自容了。到底是有多磨人，能把人熬成这样？自己今天还毫不知情地跑去卧室给人叫起早？

沈木兮懊恼地把头磕向了方向盘，可额头才刚贴过去，脖子又被人拎起来。

季遇白已经从右边绕了过来，他拉开驾驶座的车门，身子倚靠在车上，一只手还拎着她的脖子，好整以暇地睨着她，眼神似乎能把人心看透一样，脸上似笑非笑，"下次我喝多了，换你给我唱一夜的歌，怎么样？"

沈木兮特别实诚地点点头："我今天晚上补给你都行，连续补一周都可以的。"

季遇白低笑一声，又催她："赶快下来，待会儿不是还要去超市？"说着，就松开了困着她的那只手。

沈木兮动身一跳下去，就被男人敞开双臂直接揽进了怀里，一套动作，熟悉得像是做过了很多次一样。

季遇白将手搭到她的肩膀压好大衣的一角，带着懵懵的她往酒吧门口走，见小姑娘动作僵硬，还一直怔愣地抬头盯着自己，他低头，跟她对视，开口时声音刻意染了些训斥的意味："出门不知道穿外套？"

这人！明明是他二话没说直接把自己扔到肩膀上的！

沈木兮低下头，努着嘴轻轻一哼，不想跟他扯皮。

下午阳光柔和，风很轻，刮过皮肤，竟像极了春天的温柔。她悄悄地抬手抓住男人的毛衣一角，微微笑了。

酒吧还没营业，这会儿只有为数不多的几个员工在值班。

司影并没有在吧台，因为她的手机也落下了，所以没机会先通知司影一声，只能直接跑过来了。她环视了一圈内厅，终于看到了一个熟悉的身影，于是她钻出男人大衣的紧密包裹，冲西北角挥了挥手："筱姐，我昨天有东西忘带了！"

筱姐慢悠悠地往这边看一眼，似乎有些不以为然，一直到走近了，注意到斜倚在吧台正安静地注视着沈木兮的男人，这张脸似乎有些眼熟？她多看了几眼，凝神想了想，也没想出个所以然，索性放弃，躬身进吧台，把沈木兮的大衣和包都给她递了出来。

沈木兮先接过衣服，径自往身上穿，季遇白自然而然地接过了筱姐刚送出来的包，拿在了手里。看小姑娘衣服还没穿好，抬手帮她把没顾上整理的翻领折好，顺带又帮她把滑进了毛衣里的一缕头发挑了出来，垂到身后。

沈木兮系好大衣的腰带，接过季遇白手里的包，冲他狡黠地眨眨眼，用口型念给他："谢谢遇白叔叔。"

季遇白自然是看懂了，勾了下唇角，拍她后脑勺一下算是回应，索性手也没再放开，直接顺势推着人往外走。

直到看那一高一矮的两个背影消失在内厅拐角，筱姐才后知后觉地拍了一下旁边的小服务生，有些讶异道："刚刚那个男人，是不是跟杨小爷一块来过几次，叫季……季遇白？是这个名字吧？好像是什么风投公司的创始人来着。"

服务生手里捧着手机躲了躲，随口揶揄一句："待会儿等司影来了你问问她不就知道了。"

"别给我提这个臭丫头！"筱姐脸色骤然沉下来，"昨晚都快被他们玩死了，前后跑了不下三十趟，要不是有位金主在里面……"忽然想起什么，她话锋一转，神色微变，"司影昨天晚上是不是跟杨小爷一块走的？"

小服务生从屏幕上移开眼，无谓地耸了耸肩道："这不是很正常的事情吗？"

沈木兮拉开驾驶座的车门，正想坐进去，又转身看着男人，再次确认了一遍："现在还是我开吗？你……还要继续睡觉？"

看她小心翼翼的模样，季遇白笑了一下，没说话，绕过车头，拉开副驾驶的车门，兀自坐进去，算是给她的回答。

沈木兮努了下嘴，也爬进了驾驶座。

把手机取出来扔到中控台上，又把包包放到了后座，沈木兮启动车子。

季遇白调好椅背角度，刚闭上眼睛，放在大衣口袋里的手机就开始"嗡嗡"的震动起来。

沈木兮看了他一眼，见他有些不耐烦地皱了下眉，取出手机放到耳边后又闭上了眼睛，意兴阑珊。

那边是杨言的声音传来，起伏很大，似乎是在激动地叙述一件什么大事，时不时还爆两个粗口。

季遇白安静地听着，良久，一直到那边彻底没了动静，他揉了揉眉心，睁开眼睛，淡声说："我想到了。"

那边沉默了一下，随即是更加汹涌的一通爆发，杨言泄愤的声音在这密闭的小空间里格外清晰，沈木兮似乎听到了什么，她把车子靠边停下，困惑地对着季遇白微微挑眉。季遇白那边还在听杨言发泄，看到沈木兮正疑惑地看着他，顿了顿，便从中控台拿过她的手机递给她。

沈木兮不解地皱了下眉，接过手机解锁。有一条司影发来的未读信息，时间显示是上午十一点十三分发送的。她点开，看了一眼信息内容后错愕得差点把手机掉到脚底。

她一时无法接受，下意识扯了扯季遇白的大衣袖口，季遇白抬起眼皮看着她，解开安全带，坐直身子，探过胳膊，揉了揉她的头，又对电话这边说："昨晚临走前提醒你了。"

那边是杨言抓狂地吼了一嗓子，沈木兮在旁边听得清清楚楚，季遇白皱眉将手机拿离耳边，等他发泄完了，才重新开口："你先冷静一下，晚点再说，挂了。"把手机放回口袋，季遇白揉着沈木兮头发的那只手才垂了下来，见小姑娘脸上情绪复杂，他轻轻一笑："杨言这次是阴沟里翻船了。"

"可是，司影她……"沈木兮蹙起眉，顿了一下，似乎是不知道该怎么开口，"司影……她好像是动了真格呢。"

季遇白不置可否，问她："昨晚你们都听杨言讲过他的那段过去了？"

沈木兮用力地点点头。

季遇白移开目光看向正前方，像是陷入了回忆里，双眸有些失神，微光拂过，那双眸子晦暗不明，藏了太多的东西，还落了尘。良久，他淡声说："那也不排除这种可能性，但是，现在的问题是，杨言觉得自己的'一世英明'毁于一旦了，脸上挂不住。"

"他这是不想负责吗？"沈木兮忍不住用力地捶了下方向盘，心里窝火，"凭什么啊？难道他没有错吗？"

季遇白低低一笑，收回视线，颇有深意地看了她一会儿。小姑娘紧绷着脸，眉心蹙个结，小模样可爱得不得了，抓着方向盘的小手骨节都泛着青白，可想而知有多用力了。他幽幽地说道："的确，这事一个巴掌拍不响。"

沈木兮后知后觉地发现自己这句话似乎有些不合时宜，她腾地红了脸，一抬头，正撞上季遇白似笑非笑的眼睛。

"季遇白！"她生气地喊他一声，"我没别的意思，就是……就是……"她就是了半天，嘴唇都要被自己咬破了，也不知道心里究竟想表达什么。

"木兮，别管了，他们都是成年人，而且，这里数你小。"季遇白瞧着好笑，想多逗她一会儿，又怕小姑娘真气坏了，只好作罢，"感情的事情，让他们自己处理，你不许去添乱。"

沈木兮又皱着小脸看了他一会儿，索性整个人趴到了方向盘上，似乎还是没办法说服自己接受这件事情。

季遇白拉开车门下去，绕去驾驶座，将小姑娘散在肩膀上的长发顺到一旁，又捏了捏她白皙的颈子："木兮，我来开车。"

沈木兮哼哼两声，不知道自己究竟在气什么，抬头看了看他，却还在那儿趴着，一动没动。

"你这朋友，还真是有点意思。"季遇白说着，目光向下扫，直接倾过身子将人抱了起来，绕过车头往副驾驶走。沈木兮怔愣地抬手环住他的脖子，紧张得连话都不会说了，一边还担心自己心脏跳得太快会被人察觉。

季遇白把她放进去，手还托在她的腿弯没有抽离，他弓着背，身子探进来了一半，他离她很近，她都不用低头就能看到他微微耸动的喉结，就着这个姿势，他接着上句话，继续说："木兮，你不许跟她学，以后无论遇见谁，都不能这样做，再喜欢，也不可以去冒险。"

这个问题不知道为什么会突然转移到了她的身上，男人的声音低沉，语气像是长辈的告诫般郑重，沈木兮深深地看着他的眼睛，像是看进了一汪深海，她找不到路，也靠不了岸。她只能听话地点头，心里的某些思绪却瞬间变得更加复杂。

说到底，他和她之间，总归是横出了一道沟壑的。不是很宽，却也无法轻易跨越。至少现在，她还找不到迈出去那一步的勇气。他就是把她当了个小孩子的，无须质疑。

车子重新启动，沈木兮又捞过手机，重新打开那条信息：**木兮，经过昨晚，我发现自己好像真的爱上这个男人了，我们一起的时候，是十二点十七分，我没打乱他的原则。**

沈木兮盯着屏幕看了好一会儿，犹犹豫豫地输入了一长段话，看一遍，又删除，重新输入，反反复复，最后也只发了一句：**司影，你后悔了吗？**

信息发送成功，那边却迟迟没有回复。

沈木兮心情很乱，不知是因为司影的事情，还是因为自己心底某些刚刚萌芽的小悸动。她看着旁边开车的男人，问他："杨言是真的打算一直这么玩下去吗？"

"没遇到那个让他收心的人而已。"季遇白眯了下眼睛，眸光微敛，沉默少顷，又说，"或许这次也是个转折，毕竟这些年不只是他在玩，那些女人也都是一样的，说白了，就是没人付出真心。"

她点了点头，似懂非懂，目光正要从男人侧脸移开，旁边这人却忽然扭头盯住她，两道视线紧密相撞，让她还有些猝不及防，心跳都瞬时漏了一拍，男人戏谑地笑道："小丫头，我说的这些，能听懂吗？"

"大叔！"沈木兮瞪他一眼，心里的那层想法在听到这句话后更是确定了，她反应有些过激地嚷他，"我已经成年了，不是小孩子！"

前面路口正巧是红灯，车子稳稳停下，季遇白笑了一下，有些玩味："那好，你给我讲讲，你都懂些什么？"

沈木兮气呼呼地别过脸不看他了，小手握得紧紧的，垂在腿侧，像只被激怒的小兔子，随时会爆发一样，殊不知，在旁人看来，兔子终归是兔子，再怎么武装也都是软绵绵的一小团，没有任何杀伤力。

季遇白低低地笑："说你小，你还不承认？"

沈木兮哼哼两声，就是不说话。

车子停在地下停车场，季遇白解了车锁，见她还保持着别着脸的姿势贴着窗子，哭笑不得："木兮，小心待会儿脖子扭不回来了。"

沈木兮先摸了摸自己的脸蛋，发现还是有些发烫，估摸着应该不会太明显了，余光扫了男人一眼，才拉开车门跳下去。

两人一前一后地进了电梯。

沈木兮往角落里一缩，低着头，从口袋摸到手机，按亮，发现司影还是没回信息。

季遇白靠到她身边，双手放到大衣口袋里，下巴点了点，淡淡地说："去按楼层。"

沈木兮绷着脸抬抬眼皮，不服气道："你最后进来的，你为什么不按？"

男人勾了下唇角，似笑非笑地睨着她："就是喜欢欺负你。"

沈木兮回他一个笑脸，一字一句道："我记得有人教过我，被人欺负了，要欺负回来。"

季遇白哈哈直笑，揉了揉她的头道："小丫头，学得挺快。"

电梯停在二楼，季遇白去推了一辆购物车，跟到沈木兮身后。

周六的超市客流量明显比平日里多出了几倍，室内温度也调得较高，沈木兮逛了一会儿就已经闷出了一身薄汗，她放慢脚步，边走着边脱掉了大衣，衣服刚挂在手腕，就被身后的男人拿了去。

沈木兮回头看他，心里暖暖的，又调皮地用口型对他喊了一句："谢谢遇白叔叔。"

男人没理这茬，下巴点了点购物车道："抓好，小心待会儿走丢了。"

"怎么会走丢！"沈木兮边抱怨边抓住了购物车的支架，"不要总把我当成小孩子。"

季遇白眉眼温润地笑了："那就换种说法，别让我跟丢了。"

沈木兮满意地点了点头，像模像样地说："年轻人会适当走慢一点等等老年人的。"

还真就是个小机灵鬼。

零食专区，沈木兮照着沈木腾爱吃的那些零食分别选了一些扔进购物车，没多会儿就堆了一座小山出来，想着家里冷冷清清的茶几，她回头看了看一直默不作声的男人问："遇白，你有爱吃的零食吗？"

这人还在记着刚刚的那句话，无奈地摊了下手："老年人不爱吃这些你们年轻人的零食。"

"喊。"沈木兮懒得跟他计较，又扔了两袋牛角包到购物车，"这是明天的早餐。"

季遇白安静地看着她挑选商品的侧脸，心里早已柔软得一塌糊涂。

又买了一些水果和晚上要煮的食材，最后购物车都要堆不下了，沈木兮索性全程站到购物车旁边，一只手探过去虚虚地揽住最上面的几个包装袋，以防待会儿稍有不慎掉出来。季遇白推着购物车慢慢地往收银台的方向走去，目光一刻都舍不得从小姑娘脸上移开，看得多了，沈木兮察觉到什么，忽然扭头跟他对视："我这样很傻吗？为什么要一直笑？"

季遇白很平静地点评道："木兮，你越来越不像后妈了。"

"我本来就不是后妈！"沈木兮反驳，"我是软软的姐姐。"

男人顺着她的话点了下头："嗯，我是软软的叔叔。"

……

车子停下，排在收银台的队尾，季遇白伸手扣住小姑娘纤细的手腕把人往回拉，带到自己身边："待会儿让人家以为你要插队。"

沈木兮低头看了眼男人紧贴在自己皮肤上的那只手，心里像是架起了一个小鼓，咚咚地立马就跳乱了节奏，刚刚他说了什么根本就没听到。他每一次无意地靠近都总能瞬间把她点燃，从皮肤到血液，一股脑都热了。

男人似乎并未在意，自然地松开手，搭到购物车上，跟着队伍的移动往前走动了一步，又问她："明天准备什么时间去学校看小腾？"

沈木兮反应有些慢地"嗯"了一下，找回自己的思路："我明天没课，什么时间去都可以。"

"那就吃过午饭去，刚好不会影响他上课。"

沈木兮点了点头，又想到什么："我自己打车去就行，你周末有什么活动就去做好了，不用送我的。"

"老年人的周末，读书、看报、散步、遛狗。"季遇白低头看她，眼底是一层柔软的光，像要把她吸进去，"我比他们多一项，想蹭个车出去兜兜风，可以吗？小司机？"

沈木兮陷在他柔软清澈的眸底，差点忘了呼吸。

季遇白勾了下唇角，扶着她的后脑勺带着她往前面走了一步："昨天晚上没有唱歌，今晚要一次唱两首，准备好了吗？"

沈木兮用力地点点头，满心期待地扯着他的袖口晃了晃："你要点歌吗？"

"待会儿告诉你，我要想一下。"

这人难得不再说随便了，沈木兮激动得眼睛都亮了起来，口不择言道："或者你今晚把自己喝醉了，我给你唱歌到天亮啊？"

后脑又被人用了些力度地拍了一下，季遇白垂眸睨她一眼："你真不知道男人喝多了有多危险吗？昨晚的事情难道不够给你长教训？"

沈木兮扯着他的袖口，还在傻乎乎地不服气："昨晚明明是女人喝多了也很危险好吗？杨言不就被司影给欺负了？"

季遇白被这傻姑娘给气笑了。

Chapter 11 星　火

　　购物袋用了两个，全部装得鼓鼓的。

　　沈木兮把自己的大衣接过来挂到手弯，看季遇白一只手拎过一个购物袋，像是很轻松的样子。她看了好几眼，尤其是在自己两手空空的前提下，心里总觉得有些过意不去。季遇白似乎感受到了，直接将右手边那个装满了零食的袋子递给她一半，看小姑娘眼睛亮了一下，忙不迭地接过来，忍不住笑了一声："木兮，看来你才是受虐狂。"

　　沈木兮也没反驳，眼睛都笑弯了："我是在照顾老年人的身体。"说到这里，沈木兮忽然又想起一件事情，"遇白，我明天跟你一起去晨跑吧。"

　　电梯到了，旁边的几个女人蜂拥而上，沈木兮往里面巴望了一眼，发现还有空余，便直接拎着一半的购物袋迈了进去，季遇白本是想等下一趟电梯的，这会儿也直接被手上那购物袋的牵扯力度带了一下，索性便随小姑娘去了。两人一站进电梯就显得有些拥挤。

　　季遇白想起自己还没回答小姑娘的问题，带着人往角落里靠了靠，一人拎了一半的购物袋横到中间，垂眸看她："七点钟开始，七点半结束，半个小时，能坚持吗？"

　　沈木兮懵了一下，似乎没反应过来这句话的意思，旁边的几个女人也因为这清润的音色忍不住都看向角落里的二人。

季遇白感受到那几道灼热的探视，尴尬地清了下喉咙，又补充："明天的晨跑。"

小姑娘也恍然大悟："可以啊，明天我一定准时起床。"

电梯很快便到了。

季遇白将沈木兮手里的购物袋全都拎了过来，提醒她："把衣服穿好，下面风大。"

沈木兮听话地穿着衣服，跟在男人身后走出电梯。

"我们现在回家吗？"

季遇白把购物袋放到后备厢，拉开车门坐进去说："去旁边的商场，你需要再买几双鞋子，还有，以后晨跑要穿的衣服好像也要买吧？"

"我跟你穿同款可以吗？"沈木兮满心期待地看着他。

季遇白笑了一下，启动车子，看着后视镜倒出车位，有些漫不经心地问："不会觉得有三个代沟了？"

沈木兮乖巧地摇头，嘴上还在不依不饶的追问："可以吗？到底行不行……"

半个小时之后，季遇白一只手拎着阿迪的手提袋，另一只手扣在小姑娘脑后，带着她走出了专卖店。

"为什么要跟我穿同款？嗯？"

沈木兮回答得一本正经："因为跑丢了好找啊。"

还以为她要讲出什么令自己震惊的理由呢，季遇白低低地笑了："跑丢了就自己回家，家门口还能找不到路了？"

小姑娘固执地摇头："一起出门，就得一起回家。"

"季总！"迎面转角处忽然飘来一道温婉的女声，正打断了二人的闲侃。

沈木兮扭头看过去。

一个看起来约莫也就二十五岁左右的女人正朝他们的方向走来，妆容精致，身姿款款，眼睛像是含了水，一颦一笑都是成熟女人的柔媚。

季遇白的一只手还扣在她的脑后，这会儿非但没有垂下，指腹还搭在她的头上轻轻地点了点，不知有意无意。

沈木兮抬眼看他，面无表情地说："又是你的追求者？"

季遇白好笑地挑了挑眉："又？"

沈木兮权当他这是默认了，撇了下嘴："都是烂桃花，喜欢这款吗？需不需要我帮你挡一挡？"

季遇白温柔地垂眸看着她，轻轻摇头："不喜欢。"

女人高跟鞋与地板的碰撞发出有规律的"嗒嗒"声，临近二人了，慢了一瞬，随即又恢复。

韩棠棠看了眼十指交叉垂在二人中间的两只手，怔了怔神，脸色微变，再抬头，强迫自己收起思绪，客套地寒暄着："季总，真巧，家父最近还念叨呢，想请你去家里做客，明天有约了吗？我先提前排个队？"

"不巧，明天……"季遇白刚开口，就被旁边的小丫头打断了。

沈木兮可怜巴巴地抿了下唇角："遇白，那我们就改天再去看电影好了，你先去赴约吧，我没关系的。"

入戏还真是快，季遇白配合地低头对她笑，声音里都是掩盖不住的宠溺："不是你先约我的？"

韩棠棠早在面前这小丫头自然地喊出"遇白"两个字时就仿佛被人兜头浇了一盆冰水，凉彻心脏。再看男人低头温柔地对小丫头笑的样子，她用力蜷起手掌，连指尖陷进了手心都毫无察觉。

她喜欢这个男人三年，从那场慈善酒会上第一眼看到便一发不可收拾，可无论她有意无意地暗示或直白地表达，这个男人却从未做出过一丝回应，甚至就连对她的称呼从来也只是淡漠又疏离的"韩小姐"。说白了，就算是她愿意献出一切，或许他也只会淡淡地看她一眼，再无其他。或者说，他会看她一眼，也只是出于韩家这层关系。

这个男人清冷倨傲，可他值得她去仰望与钦慕，他是当下投行神话般的存在，他的私生活干净得像是一张白纸，他是她们圈子里单身名媛津津乐道的青年才俊，她不是没有设想过，这样一个近乎完美的男人最终会属于一个什么样的女人。她只是没想到，自己最后败给的，竟然是一个看起来不到二十岁的小丫头？

季遇白从小姑娘笑得天真无害的小脸上移开视线，看向对面脸色灰白的女人时又恢复了以往的清冷，淡淡道："不好意思，韩小姐，明天有约了，韩伯父那边，改日我再登门拜访。"

果真还是一如既往地推辞，甚至连借口都懒得更换。

韩棠棠垂了下眼，又强扯出一个优雅的笑容："那好，季总再见。"

沈木兮对她礼貌地微微颔首，虽无敌意，落到她的眼底，却成了天大的讥讽，像是一根浸了毒液的刺，梗到了心脏，拔出来，疼，不拔，也疼。

二人手牵手走远了。

韩棠棠手猛地一抖，像是有什么东西活生生被从身体里撕开拱手让人了一样，手里的 Prada 掉到了地上，她动作僵硬地弯身捡起来，拿出手机，拨通一个电话，开口时声音都有些发颤："季遇白身边跟的那个女人，我要全部的资料。"说到底，就是不甘心。

沈木兮拉着季遇白的大手，牵得紧紧的，还时不时地晃一晃，季遇白低头看了看，想笑，又忍回去，刻意压低声音训她："木兮，人都看不见了，还不放手？"

沈木兮哼哼两声，不知道自己哪来的脾气："烂桃花这么多，你能保证下一个拐角不会再冒出来一个吗？"

季遇白没忍住，低低地笑起来："所以，以后走哪都得带着你了？"

小姑娘调皮地跟他眨眼："管吃管住，我没意见哦！"

这小机灵鬼。

手上拎的几个袋子放到后备厢，季遇白把牵在一起的两只手微微抬高了一点，提醒她："木兮，你还不放手？"

小姑娘想了想说："我数到三，我们一起放。"

季遇白失笑："小丫头事情真多。"

沈木兮把两只手抬高到了胸前，晃一晃道："我数了哦……三！"

说完，小姑娘就快速地缩回了自己的手，"咯咯"地笑了两声，逃似的跑到副驾驶，拉开车门钻了进去。

季遇白垂眸，翻过手心，看着突然空出来指隙，微微蜷了蜷，眸色晦暗不明。

你看，抓到了，再失去，不管时间长短，都像是从你身体最柔软的地方硬生生脱离出来一样，又疼，又空，所以，就这样吧，她还是她，他们还是他们。

两年而已，那么短。

第一眼遇见，是开始，亦是分离的倒计时。

车子开进公寓，天边最后一抹亮意也被暮色吞噬，不知什么时候，连夜晚都开始变得温柔。没了那条黑黢黢的小路，没了蛰伏在夜色里像是小兽的灌木丛，家里的门没有铁锈，楼道整洁而干净，迈进房间，会有一团软绵绵的小东西在脚边打滚撒娇，生活美好得像是她的梦里幻想出来的样子。

后脑被男人轻轻拍了一下，季遇白换好拖鞋，站在她身后，见小姑娘又发呆了，只能动手把人拍醒："我去做饭，水果放到冰箱，零食自己找地方归类，听到没？"

沈木兮揉了揉自己头，皱着小脸装得像模像样："拍傻了怎么办？你干吗老是打我的脑袋？"

季遇白拎着两个购物袋从她身边擦过，往厨房走，回答得漫不经心："要不然打哪？你告诉我？"

沈木兮噎了一下，细想之后发现这句话似乎也在理。她拎着那几个手提袋跑去卧室放好，又直奔了厨房。

季遇白已经把煮晚餐要用的食材都放到流理台了，购物袋里剩下的水果和蔬菜都是需要放到冰箱里的。

沈木兮把毛衣袖子翻折起来，露出纤细白皙的小臂，双侧冰箱门都打开，哼着小曲先把里面所剩不多的果汁牛奶整理了一遍，又分门别类地将刚买来的水果蔬菜一格格地放置好。看着空荡荡的冰箱被填满，她心里竟莫名地涌出一种满足感来，搓了搓被冷气吹得有些汗毛林立的胳膊，她关好冰箱门，又把小手送到嘴边呼了呼热气："忽然想吃冰淇淋了。"

季遇白扭头看了她一眼，手上切着香葱的动作顿了顿："冻傻了？"

沈木兮撇了撇嘴，看他说完后又扭头继续切香葱了，悄悄放轻脚步跑去他身后，踮起脚，将冰凉的小手往他颈子上一贴，看他果真轻轻地"嘶"了一声，自己恶作剧得逞，忍不住"咯咯"地笑起来。

后来……煮意面的任务就全都交到了她的身上。

季遇白全程倚在厨房门口，双手环胸，面色阴鸷，淡淡地念给她哪些配菜需要切成什么样，肉酱怎么炒，面需要煮多久，最后看她把厨房鼓捣成了战场……小姑娘皱着脸就快哭了，跟他诉苦道："你就是虐待狂……"

这顿晚餐吃得着实是印象深刻，估计能让人记一辈子的黑暗料理。

饭后，沈木兮抱着盘子任命地去厨房继续受虐，季遇白则还是老样子，闲适地往身后的流理台一靠，指间夹着烟，安静地看她洗碗。

放在餐桌上的手机响了一声，是短信。

沈木兮回身，冲他瘪瘪嘴："遇白叔叔去帮我拿一下手机可以吗？"

季遇白低笑，把烟垂到烟灰缸里，起身去拿手机，不经意间却扫到了屏幕刚好显示的信息。

沈木兮手上沾着泡沫还没冲洗，见这人唇角含笑地看着自己手机屏幕走进来，立马就恼了，气呼呼地喊他："谁让你看我信息的？"

季遇白看完了那几条信息，把手机扔到流理台上，身子倚回去，烟重新夹回指间，又缓缓地吸了一口，半眯着眼眸看够了发怒的小白兔，这才安抚小姑娘的情绪道："其实不看，我也知道你问的那些傻乎乎的问题。"

这一安抚，小姑娘火气更大了。

"季遇白！"她连名带姓地喊他，咬字清晰，绷着脸，眼底又燃起了两团小小的火苗。

男人觉得有趣，先看了眼小姑娘身后的水龙头，发现这次是已经关好了的，似乎是没给他走近一步的机会，想了想，他把指间的烟掐了，扔到烟灰缸里，冲小姑娘勾了勾手说："木兮，你来。"

沈木兮回身冷静地洗干净手，上前两步，疑惑地仰头看着他，不知道他想做什么。

只见他眼神极温柔，他唇瓣动了动，声音低哑而轻，入了她的耳，便是致命的蛊惑，他说："木兮生气的样子这么可爱，我以后更喜欢欺负你了。"

沈木兮已经心跳失序到大脑一片空白了，似乎身体的每一滴血液，每一个细胞都在叫嚣着，她踮了踮脚，差点就闭上眼睛想要吻他。

有那么一个瞬间，她觉得自己像是疯了一样。

突然男人的指腹离开她的皮肤，屈指，轻轻地刮过她的鼻尖低笑："木兮，我是坏叔叔，别忘了。"

他是已经意识到了什么，所以刻意在警告她吗？

被抽离的理智瞬间回笼，沈木兮轻轻地吐出一口气，身上不知何时竟毫无意识地出了一层薄汗。从耳根到脸颊全都又热又烫，她低下头，有些不知所措。还在渗着水珠的小手被人捏住一个指尖拎了起来，她怔怔地抬起头。男人眼眉低垂，额发柔软地贴下来，遮住了眼睛，看不出真实的情绪，他手里不知什么时候多了一张纸巾，将她湿漉漉的小手裹进去，细细地擦干净，每根手指，每个指隙，又重复着同样的动作，拎起另外一只小手，再用一张干燥的纸巾包裹住，隔着那层薄薄的柔软，她清晰地感觉到来自男人掌心的热度，那是她贪恋的温暖。

她想她就是爱上他了，很确定很确定，也许这份爱从他第一次给自己依靠就已经开始了。她没有司影那般果断决绝，可其实，她也是冲动的。她没有喜欢过谁，更不知道爱上一个人会是什么样，这种感觉是新奇的，是一种萌动，同时，也让她有些心慌。他总是把她当个小孩子，这该怎么改变？

　　两张湿掉的纸巾被揉成一团扔进了垃圾桶，季遇白摸了摸她的头："先去洗漱，待会儿准备唱歌给我听？"

　　"哦。"沈木兮低着头应了一声，换了个人似的，小步往厨房门口挪动。

　　过了会儿，她又跑回来，看男人刚刚把自己洗了一半的盘子洗好，正放到沥水架上，她小声地清了清喉咙，找回自己的声音道："你还没告诉我，你想听什么歌？"

　　男人扭头看了她一眼，又收回目光，视线下移，看不清情绪，过了几秒钟，淡声问她："王菲的《传奇》，会唱吗？"

　　"会啊。"沈木兮跟男人比了个 OK 的手势，"等我半个小时，我去洗澡换衣服。"

　　头发吹得半干，她坐在床边，又塞上耳机温习了一遍那首歌。因为是经典曲目，她几年前就已经学会了，但是太久没唱，无论歌词还是调子都有些生疏，这会儿重新听过一遍，加上之前的记忆，唱下来大概已经没什么问题了。

　　抱着吉他去客厅的时候，季遇白正躺在那张软藤椅上假寐，软软窝在他的怀里，小小的一团，男人修长白皙的手指搭在那柔软的毛发里，养眼极了。

　　她这次没再抱着蒲团跑去他身边，而是盘腿陷在沙发里，拨了下琴弦，轻声叫他："遇白，我开始了。"

　　男人轻轻地"嗯"了一声，似乎有些疲惫，不知有没有睁开眼睛。

　　她抬头，看了眼男人的侧脸，落地窗外的月光很白，洒在那张脸上薄薄一层，柔软了那清冷的轮廓，勾勒出了他最温柔的模样，他安然地闭着眼睛，像个熟睡的大男孩。

　　她低下头，目光移到手里的吉他上，缓缓开口低吟：

　　只是因为在人群中多看了你一眼，

　　再也没能忘掉你容颜，

　　梦想着偶然能有一天再相见，

　　从此我开始孤单思念。

　　……

宁愿相信我们前世有缘，
今生的爱情故事不会再改变，
宁愿用这一生等你发现，
我一直在你身边从未走远，
只是因为在人群中多看了你一眼。

拨在琴弦的指尖停止轻拂，沈木兮望向藤椅的方向，男人不知是不是又睡着了，似乎还保持着最开始的姿势一动没动。

她犹豫着，要不要叫醒他回房去睡，还是像上次一样拿毛毯帮他盖好，脚尖才刚垂下，挨到柔软的地毯，男人忽然说了一句："唱得很好听。"

她松了口气，放下吉他走到男人身边，蹲下，支起下巴，闷闷地问他："你最近还会失眠吗？"

男人慢慢睁开眼睛，眸底是和暗夜一样的深邃，他安静地眨眼，看着她，眼中不含任何情绪，纯粹得像是窗外同样在凝视凉月的星子。

虔诚的，怜爱的。

她也没再说话了，唇瓣微微抿合，享受着他的注视，也同样安静地回望着他。

他们像是在彼此的眼睛里进入了一个全新的世界，这里没有其他人，不会被打扰，可以想爱就爱，他终于说服自己放下那段沉甸甸的记忆。她的小姑娘，她可爱得像个小精灵，是上天派来拯救他的小仙女，她身上穿着白色的长裙，头上戴了一个用五色野花编织的发圈，抱着吉他，坐在河边悠悠地荡着脚，边唱歌边扭头对他笑。

他二十岁那年，她还是个小不点，被人捧在摇篮里，磕不得，碰不得，是个娇贵的小公主，就是那一年，横在他们中间，深不见底，慢慢变成了一道沟壑。他回不了头，她呢，他希望她可以跨出那一步，跟上他的脚步，可是跟上了又能怎么样，他最后，还是会把她丢掉的。总归他还是自私的，可是覆水难收啊，就像她刚刚唱过的那句歌词，多看了一眼，只一眼，便深深地刻到了灵魂里。

这是一场预料不到结局的冒险，他既想推开她，又想靠近她，他想把自己所有的不为人知都告诉她，可他又害怕，小姑娘真的动了那份心思又该怎么办。

他就是那个彻头彻尾的坏人。

他又是这天底下最可怜的坏人。

他贪婪地想要一场有她陪伴的流放，只两年，她的一辈子那么长，他也只要两年而已。如果这真的可以当作一场交易，他会还她余生无忧，渡她一世安暖。

他的小姑娘，又会不会原谅他这一场荒唐？

"木兮。"他坐起身子，轻声唤她，"来我身边。"

沈木兮什么都没问，乖顺地从地上站起来，向他走近，停在他面前。

季遇白伸出双臂，环过她的腰际，将头贴过去靠在了她的小腹上。

沈木兮怔了一瞬，身子都有些僵了，她没有挣扎，感觉男人的手压到了自己腰后，低头只见男人的整张脸都埋在了自己身体里。她试着轻轻地深呼吸，缓解自己的紧张，抬手，抱住了他的头。

他的发质柔软，还有些潮，是她从未触摸过的触感。他抱着她，竟脆弱得像个受了伤的孩子。

她连呼吸都不敢用力，生怕扰了这份清幽。

良久，他缓缓开口，是回答她不知多久之前的那个问题："木兮，我还会失眠，几乎每天晚上都在失眠，我有点累了。"

声音竟已经沙哑得连不成音。

沈木兮心疼得湿了眼眶，插在他发间的双手轻轻地安抚着，她说："以后我去卧室给你唱歌好不好，每天都看你睡着了再走，这样你就不会失眠了。"

男人圈在她腰间的力度忽然收紧了："两年，烦我了怎么办？"

她清晰地感觉到男人说出每个字时，透过柔软的睡衣喷洒在自己皮肤上的湿润与淡淡的热度。

这样的距离，让她莫名的贪恋。

她轻轻一笑，并不懂男人话语中的深意："怎么会，再长都不会烦的，看来我要学会很多首歌才行，要不然你听烦了怎么办？"

"不会再长了。"

环在腰间的手臂骤然松了，她愣了愣，男人已经站起身，揉了揉她的头发，转身往卧室走，声音低哑而晦涩："从今晚开始吧。"

饶是他转身的速度再快，她也看到了，那一闪而过的瞬间，男人眼底的那抹猩红。

关于他的故事，她觉得她总有一天会听他亲自讲给自己听的。那个时候，她还是她，而他们，一定不只是现在的他们。

沈木兮看了看舒适地窝在藤椅里的软软，抱着吉他，推门去他的卧室。

房间的顶灯已经熄了，只有床头那盏橘黄色的暖灯还在晕洒着薄薄的亮意，微不足道，却又烘染得刚刚好。窗帘不知是何时拉好的，像是与世隔绝般，整个卧室静匿而安宁。

季遇白侧身躺在床上，被子盖到了胸口，枕着胳膊，安静地看着她推门进来。他背着光，看不清表情，可她又清晰地感受到，他内心那化不开的忧郁，是比这黑暗还要压抑的沉重。她心里说不上来的沉闷，被感染得甚至忘了自己的心情，满心满眼，都是他。

究竟会是怎样一段过往，能够让这个她必须仰望的男人难过成这样？

她坐在床边，透过层层晦暗去看男人的眼睛，轻轻地道："遇白，你还有什么想听的歌吗？"她还不能够替他分担什么，这是她此时唯一可以为他做的事情。

他像是笑了一下，声音终于恢复清淡："什么都可以。"

她转过头，深深地呼吸着给自己鼓励："那好，现在这首歌是我想唱给你听的。"

不等男人说话，或者，他本也不会说什么，沈木兮低头，轻轻地拨动琴弦，低吟着：

我是宇宙间的尘埃，

漂泊在这茫茫人海，

偶然掉入谁的胸怀，

从此以后不再离开。

……

是什么 让我遇见这样的你，

是什么 让我不再怀疑自己，

是什么 让我不再害怕失去。

……

若时间注定要让你离开，

我又该怎么学会不依赖。

……

唱着唱着，眼睛就红了，她没有办法去抹掉眼角滑出的泪珠，只能任它慢慢流淌，滑过皮肤，有些凉，还微微的痒，那湿润在下巴稍一停顿，最后碎在了这黑暗里，杳无踪迹。声音像是也有些沙哑了，唱出来的调子可能已经变了质，但是她不想停下来，唇瓣的张张合合，指尖的每一次轻拂，那所有的歌词，全部都是她亲口告诉这个男人的心声。

这是她此时此刻唯一能够给予自己全部的勇气，再无保留。

或许他会明白，或许，他明白了，也会假装不明白。但是那都不重要。

最后的琴音轻轻一荡，很快就消散在了这沉抑的夜里，被谁收了去。她扭头，发现男人已经阖上了眼睛，枕在耳边的手臂也不知何时垂了下来，像是睡熟了的样子。

她把吉他放在床边，身子轻轻地滑下去，连拖鞋都没穿，总怕一个不小心把他吵醒，脚步很轻地绕到他的身后，将那盏暖灯关掉。

房间骤时陷入了彻底的黑暗，所有的光线来源均被隔绝，她顾不得返回去把吉他抱走，只能伸出胳膊，一边摸索着一边凭感觉往门口的方向移动。

终于摸到了门框。

门拉开了一条小小的缝隙，客厅的一丝亮光立马涌了进来，她侧着身子出去，临关门，又看了眼床上熟睡中的男人，暗暗吁出一口气，幸好没有把他吵醒，轻声关了门，又把客厅所有的灯关掉，才溜回了自己的房间。

听着那声轻微的关门声，主卧男人翻了个身，又继续阖上眼睛。

沈木兮在床上躺好，把手机捞过来，打开那条一直没机会回复的信息。司影说，什么都不做她才会后悔。

沈木兮这次只编辑了一遍就直接回复了：可能有一天我也会体会到跟你一样的心情。

这是实话。

心血来潮，她又看了一眼上面的信息记录，想起季遇白对着自己手机唇角含笑的模样，轻轻一哼，嘀咕一句："哪有那么傻？"

酒吧这会儿估计正是小高潮，想着司影一时半会儿也没时间和自己聊天，她把手机调成静音模式，扔到了床头，关灯开始酝酿睡意。

沈木兮在第二天早晨是直接被季遇白拎着起床的。

昨晚来不及拿走，放在他床边的吉他这会儿被他靠到了飘窗一角，男人单手拉开窗帘，弧度很小，清晨熹光微薄，这会儿喷涌进了房间也丝毫不会晃眼，是一抹柔和的亮意。

将手里那双粉白条纹相间的小拖鞋弯身放到地上，季遇白坐在床头把玩着她扔在枕边的手机，忽而没什么温度地笑了一声："连闹钟都没设置，你以为自己睡到自然醒还有时间去晨跑？"

"我失眠了。"沈木兮拥着被子靠在床上，睡眼惺忪，迷茫地看他好一会儿，又闷闷地抱怨了一声。

"给你五分钟，穿不好衣服我就不等了。"

这人把手机扔给她，起身就推门出去了，也没等她反应。

看着门被轻轻带上，男人颀长的背影被彻底阻隔在外，她辘辘一下爬下床，没顾得穿鞋，从衣柜里翻出昨天新买的运动套装迅速把自己塞进去，嘴里咬着发圈，两只手代替了梳子，随意抓着头发，用脚尖把门踢开，高高地扎了个马尾，忙不迭地冲门口正在换鞋的男人喊："遇白，我好了。"生怕自己晚了一秒，这人就真走了似的。

男人刚刚把运动鞋穿好，手里还拎着她的，是比自己脚上那双小了几码的同色同款，扔到自己脚边，下巴点了点，冷冰冰的语气："还剩三十秒，鞋子换不好我也不等。"

沈木兮翻了个白眼，脚踩一双船袜就往门口小跑过去，在男人身边站定，二话没说，先不管不顾地两只手抓紧他的胳膊，一来是害怕这人真的说走就走了，二来是为了换鞋子时平衡身体。

季遇白低头看了看那细细白白紧扣住自己胳膊的两只手，用力地骨节都泛着淡青色了，抬手，抓着她的手腕扯开，在她骤然怔愣的目光中忽然蹲下身去，一只手握住她纤细的脚踝，帮她把穿了一半的运动鞋成功穿好，发现小姑娘身体明显地僵了一下，小腿都跟着一抖，不知是吓得还是什么，他没抬头，兀自给她系好鞋带，淡淡地说了句："你的三十秒已经用完了，现在用的是我的时间。"说到底，还是逗她的。

另外一只鞋子的鞋带同样系好，对称的蝴蝶结，手指轻撩了一下，很满意，他才站起身，刚要习惯性地揉揉她的头，再一看，小姑娘今天扎的是个高马尾，揉不得，笑了一声，不知道是笑自己还是笑什么，已经抬起的手又贴过去扶着她的后脑勺，就直接把呆呆的小丫头给带出了门。

等电梯的空，沈木兮上下看了眼自己的这套行头，又看了看旁边跟自己完完全全同款的男人，心里像装了个蜜罐似的，说不出的又甜又腻，面上却隐藏得很深，还像模像样地点评了一句："我已经把你的真实年龄给成功拉低了。"

男人垂眸瞥了她一眼，不甚在意，眼角几可不察地弯了一下，电梯门打开，他继续推着小姑娘后脑勺把人往里面带，按过了楼层，看着电梯门缓缓闭合了，这才轻描淡写地说："智商要是也被你拉低了可就不好了。"

沈木兮气得直哼哼："怎么不说音乐素养也可能会被我提高了呢？"

男人双手往口袋里一抄，身子懒懒地倚到电梯壁上，垂眸睨着她，眼底噙笑，颇有些无奈："木兮，别太自大，你的音乐素养还有待提高。"看小姑娘气得要跺脚，狠狠地瞪着自己，跟看敌人似的，他又笑着补充道，"不过还是治好了我的失眠。"

小姑娘不想搭理他了，别开脸，自己鼓着腮帮子离他远远的，往电梯另一头靠去。虽然明明也就几平方米的小空间，即使站得再远不过也就一个跨步的距离，但这是态度问题。

季遇白盯了她一会儿，心里好笑得不得了，似乎自己最喜欢看的就是小姑娘这气鼓鼓的模样，身子从壁面移开，他挺直背脊，想了想，认真地跟她讲："我送你去学音乐吧，木兮，法学不喜欢就不学了。"

电梯中途停下，一个抱着小孩的女人走进来横到了二人中间，季遇白看了一眼，视线受阻，直接走向了沈木兮所在的方向，高大的身躯正把小姑娘挤到了角落里，没地儿躲了。

她抬眼跟他对视，直勾勾地，毫无闪躲，眉心微蹙了一个小结，眼底神色复杂，还很深晦，唇瓣没有抿紧，似乎是要说什么，又不敢开口。

像是被小姑娘的眼睛牵住了心脏，她一动，他就疼，她不动，他又莫名发慌："不想去？"他现在只能顺着上句话的方向去想。

小姑娘声音硬邦邦的，还有些咄咄逼人的强势："你是要把我送走吗？"说话间，眼睛无意识就红了。

季遇白暗自松一口气，勾起唇角，立马就笑了，屈指轻弹她的额头："送哪去？利息你还完了？"

旁边女人怀里的小孩不知是被吵醒了还是饿了，忽然"哇"的一声哭了起来，在这逼仄的空间里显得异常刺耳。两人谁都没动，像是都没听到似的，一个垂眸，一个抬眼，深深地望着彼此，视线相依又纠缠，他们表情相同，平静得似乎没有波澜，其实，却又心情各异。

电梯在一楼停下，女人喃喃地哄着孩子走出电梯，季遇白抬手扶住她的后脑勺，打断了两人越发灼热的对望，一边带着小姑娘往外走一边解释道："谁说音乐就一定要出国学了？中国还能没个好的音乐学院？小脑袋一天天的想什么呢？"

"我哪里都不去！"沈木兮固执地绷着小脸，严肃得不得了，"我就要做律师。"

"好。"季遇白妥协了，看她一眼，低低地笑了，"做最会唱歌的律师，木兮，前途无量。"

季遇白移开视线看向前面，本以为这个问题已经跳过去了，领着人转了弯，往花园的方向走，小姑娘却忽然又蹦出来一句："四年之后，我要去蓝衫资本应聘。"

季遇白脚步顿了一下，身体像是被什么东西困住了，动弹不得，扶在她脑后的那只手也有一瞬间的僵硬。被什么困住了，大概是心底的那面墙吧，是铜，是铁，摧不毁，也翻不过去，把他困得死死的。不知道为什么，"蓝衫"两个字从小姑娘口中念出来，像是变成了一根刺，尖锐的，冰凉的，猝不及防地扎进了身体，一个洞，就足够他痛到窒息。讽刺，讥笑，他无处遁形，也逃脱不掉。

一路都扶在她脑后的那只手轻飘飘地垂了下来，像是迟暮的老人般，沧桑，无力。有风从指缝吹过，空荡荡的，还很凉。他微微蜷了蜷手，放进了口袋里。

冬天大概是真的来了，要不然怎么会这么冷呢，他这样想。

小姑娘还在有些慌乱地抬眼盯着他，一脸的不知所措。

他垂眸，淡淡一笑："有能力就去，我可不给你走后门。"

沈木兮松了口气，抿唇一笑，很乖巧地说："等我以后保护你哦。"

她多希望他记得，那次他问她，为什么要改学法学，她说，她想保护所有她爱的人。可事实上，男人听到这句话后并未做出任何回应，他淡淡别开眼，下巴点了点前面的一小片湖潭："从那里开始，准备好了吗？"

她没什么好失落的，视线望过去，点了点头："准备好了，你跑慢一点，等等我。"

……

半个小时的晨跑结束，沈木兮本还想着睡个回笼觉的念头已经被自己秒成渣。她擦了擦额头的薄汗，小口小口地撑着膝盖喘着气，整个人都变得亢奋不已。

季遇白呼吸如常，看了她两眼，从口袋里拿出一包纸巾，抽了一张出来，递给她。

沈木兮接过来，擦着汗，跟在他身旁往回走。

七点半的天色仍旧阴沉，空气中像是飘了薄薄的雾，风也吹不散，吸进鼻尖，湿漉漉的。整个小区都被笼了一层素纱幔，昏沉而清幽，还尚未苏醒。远处模糊地传来一对老夫妻讲话的声音，似乎是在抱怨今天有些糟糕的天气。

从那片湖潭经过，沈木兮用余光看了眼，这才注意到，那湖水已经结了一层浮冰，冰面落了一些泛黄的叶子，不知是从哪吹来的，随着那浮冰飘飘荡荡，相依为命。

生活难得放慢了脚步，也让她觉得，自己还没被抛弃太久。这样的日常，她重复多少次都不会觉得厌烦。

真实的，鲜活的，血液是热的，心脏跳动有序。

季遇白侧头看她一眼，那张小脸不知道是因为出汗还是被风吹到，素白里透着淡淡的粉红，嫩得像是沾了水的樱桃。小姑娘微微眯着眼，鼻头红红的，头发也跑乱了，随着每一次的走动，那马尾便随着左右晃一晃，双手抄进外套的口袋里，还时不时地吸吸鼻子。眉梢眼角，连那发丝都似乎在喧嚣着这个年纪的朝气与昂扬，十八岁，真好。

"冷不冷？"

沈木兮看着他，眨眨眼，想了想，然后点头："挺冷的。"其实身上早就热出了一层薄汗。然后她就被这人长手一抬，扣了外套帽子到头上。

沈木兮白了他一眼，自己把帽子扒拉下去，紧跟在他身后进了电梯。

早餐是昨天买的牛角包，季遇白煎了荷包蛋，温了两盒牛奶。

有时候她都在怀疑，这人真的像杂志和百度百科里讲的那样坐拥亿万资产？蓝衫资本真的掌握了国内排名前几位的企业命脉？这人真的那样厉害吗？他甚至不住别墅，公寓也不足两百平，他的座驾也不像那些同龄资本家或者富二代那样张扬，他做的一手好菜，生活节俭且精致，甚至人际关系似乎也很清晰，应酬很少，或者说基本没有。可就是这份神秘和低调越发让人着迷，步步深陷。

不管外人面前他是谁，回到家，他便变成了普通人，会对软软讲冷笑话，会失眠，还会听她抱着吉他随心哼唱。

这个男人简直完美到了骨子里，她这样认为。

季遇白吃过饭没多会儿就回卧室补觉了，沈木兮往他房间的方向巴望了两眼，听着浴室传来水声，不过几分钟又停止了，然后是吹风机的声音，最后就什么都听不到了。

她窝在沙发里，怀里抱着软软，把电视机的音量调到最小，开始了无聊地追剧。什么时候睡着的都不知道。再醒来，人已经躺在了自己卧室柔软的大床上，身上盖了棉被。她揉了揉睡得涨热的脸蛋，迷茫地瞪着光洁的墙发呆了好一会儿，晕乎乎地爬下床。

男人正在厨房准备午餐，她一推开卧室房门就闻到了一股浓郁的排骨香气。

软软更甚，这会儿趴在男人脚边，眼巴巴地摇着小尾巴看着男人，似乎想讨些吃食，男人并没有注意它，而是从汤锅里舀出来一匙骨汤，浅尝了一口，眉心微蹙，似乎是不太满意，又洒了半勺盐进去。余光扫到扒着门框安静地站在门口的小姑娘，季遇白把汤勺冲了一下，放到置物架上，弯腰抱起软软，朝她走了过来。

"我又睡过了。"她闷闷地挤出一句。

季遇白瞥她一眼，身子直接擦过她往餐厅走，听不出情绪地扔下一句："倒也不晚，刚好要吃饭了。"

沈木兮揉了揉鼻尖，没多想，也转身跑去餐桌旁，坐在男人对面。

季遇白低头给软软顺毛，没说话，也没看她，额发随着这个动作柔软地垂下去挡住了他的眼睛，看不出情绪。

她知道这人三天两头就爱跟自己开玩笑，这会儿也不畏惧了，支着下巴看了他一会儿，开始闲聊："遇白，你为什么这么喜欢做饭呢？"

"不喜欢难道就可以不做了？"季遇白抬头看她一眼，眉目冷冷清清的，还在装，"谁让你都奔二的人了还连意面都不会煮！"

沈木兮撇撇嘴，有些委屈，小声嘟道："我多煮两次不就会了吗……"

"小心一直学不会，以后嫁不出去。"

沈木兮哼哼两声，不服气道："这么肤浅的男人我还不稀罕呢！"

季遇白终于绷不住了，唇角一勾，低低地笑起来："看你出息的。"接着，抬腕看了下手表，把软软丢给她，"洗手准备吃饭了。"

软软表示万分抗议，为什么一说吃饭，这位狠毒的后妈就要把它一个人扔去客厅！沈木兮洗完手，从洗手间出来，就发现小家伙自己已经从客厅又跑回了厨房，这会儿正扒着季遇白的裤角摇尾巴示好呢。

她过去拿脚尖轻轻地踢了踢它的小身子，学着季遇白的语气："看你出息的！"

季遇白哭笑不得，先拿小碗盛了半勺汤和一块排骨，递给沈木兮道："鉴于你后妈的身份已经快要坐实了，现在给你个讨好软软的机会。"

沈木兮不屑地"喊"了一声，接过他手里的小碗，又伸着脚尖点了点小家伙，阴阳怪气道："跟着后妈有肉吃，走！"

软软没理她，甚至爪子的动作都没带停一下，还在紧扒着季遇白不放，沈木兮瞪了瞪眼睛，索性弯下身子，一只手把它提了起来，直接粗暴地拎去了客厅。

Chapter 12 雪 花

沈木腾的学校在西郊，开车过去大概不到一个小时的车程。

沈木兮早有防备，看季遇白果然直接把车钥匙扔给她，自己则径自开了后备厢，把要带过去的零食放好，又什么都没说地拉开副驾驶的车门，矮身坐进去，再对她点点头。她觉得，自己早晚都能被这人培养成一名优秀的老司机。

启动车子缓缓驶离车库，沈木兮余光一扫，这人竟罕见地没有睡觉。

大概是猜到了她在想什么，季遇白直接开口回答了她的疑惑："昨晚没有失眠，所以现在可以监督你好好开车。"

沈木兮轻轻地翻了个白眼，不想搭理他。

周末的道路出奇畅通，沈木兮连续两次在最后几秒成功通过了路口绿灯，她激动地歪头轻咳两声，跟旁边的男人邀功："车技还可以吗？"

季遇白淡淡地笑了："应该说运气还可以。"

她轻轻一哼，又不说话了。

两人就这么偶尔的一问一答，车内气氛倒也和谐悠然。

车子开上郊区高速，放目远眺，路上的车辆更加寥寥无几了。为数不多的车子从眼底一晃而过，很快便消失得杳无踪迹。天色阴郁得又厉害了些，云层很厚，把天穹都压低了几度。

　　这样的天色，心情不免受到感染，有些压抑。又想起了前些天同样的天气，突如其来的那场骇人暴雨，沈木兮无意识地握紧了方向盘，时不时就抬头望望天。

　　季遇白拨了拨空调的风向，同样望着前面灰蒙不明的远方，半眯起眼眸，慵懒地靠在椅背上，状似漫不经心地说了句："待会儿可能要下雪了。"

　　沈木兮扭头看他一眼："你怎么知道不会是下雨呢？"

　　"好好看路。"男人余光扫了眼后视镜，低声提醒她，等她收回视线，旁边车道擦身而过一辆私家车，又说，"上次下雨的时候不是告诉你了，那是今年最后一场雨。"

　　沈木兮不服气，黑眼珠定定地看他道："如果你说错了呢，说错了怎么办？"

　　男人忽然抬手拍了她后脑勺一下，低声训她："什么臭毛病，一跟我说话就忘了自己在做什么了？"

　　沈木兮身子不由得往前轻轻一扑，赶忙调整视线，眼睛紧紧地盯着前面，再也不看他了。

　　"如果说错了，你说怎么办就怎么办。"这是回答她上一个问题。

　　沈木兮哼了一声，有些没好气，不过这次还真的没再扭头看他，目视前方目不转睛，认真极了的模样。

　　季遇白本以为小丫头会提出什么过分的要求呢，没想到这姑娘竟然哼出一句："以后我不想开车的时候你不许强迫我开车！"

　　还真是傻得可爱。

　　季遇白忍不住笑了一下："这么不喜欢开车？"

　　沈木兮小声地嘟哝："就是不喜欢给你开车。"

　　季遇白没听清，挑了下眉："好好说话。"

　　沈木兮佯装生气地用力拍了一下方向盘："你不要总跟我讲话，这样会打扰我开车！"

　　季遇白不愠不恼，低低地笑了一声，手肘支在车窗上，移开视线专注地望向窗外，果真就没理她了。

车子平稳地停在学校门口二十米左右的转角处。

沈木兮先给沈木腾的班主任打了电话，这会儿还是自习时间，班主任那边很客气地说五分钟之后会让值班老师带小孩出来的。

挂了电话，沈木兮又看了男人一眼："那我去了啊。"

"把帽子戴上。"男人轻点了下头，随手把她棉衣帽子扣到了头上。

沈木兮总觉得哪里有些怪怪的，盯着男人看了两眼，忽然惊呼一声："我衣服是绿色的，干吗让我戴绿帽子？"

季遇白这才视线下移看了眼，小姑娘今天的确是穿了一件军绿色的过膝棉衣。

"哪这么多问题，"扣住小姑娘要去扯下帽子的手腕，又沉着声音训了一句，"小脑袋里一天天的想这么多东西？"

沈木兮没时间跟他扯皮，哼了一声算是回应，挣开那只手，自己拉开车门跳下去，打开后备厢，拎着那个装满了零食水果的购物袋往门口的方向小跑过去。

心里到底还是很想沈木腾的。

班主任说的五分钟很准时，她刚把袋子放到地上，缩着手送到嘴边哈了哈气，一抬眼，透过大门隔断就看到沈木腾从左手边那栋教学楼里跳出来，往自己的方向看了一眼，似乎是确定了一下，随即大步地跑了起来，身后还跟着一个看起来年纪不大的男人，估计应该是班主任口中的值班老师。

今天的气温是真低，吸进鼻尖的空气都像是染了冰凌，刺得皮肤都有些疼。她跳起来跟沈木腾挥了挥手，本打算顺带把帽子扒拉下去的，奈何手才露出了这几分钟却有些冻僵了，索性放弃，还扣着那个所谓的"绿帽子"，又原地跺了跺脚，跳了两下。

沈木腾距离她还有很长一段距离的时候就开始兴奋地喊："姐！姐！"

她忍不住笑起来，又跟他摆了摆手，嘴边刚刚送出来的热气瞬间升华成了一团团白雾，湿漉漉的。

旁边冷得直搓手的门卫大爷看了眼沈木腾身后的值班老师，二人打了个手势，大爷便将门打开了。

沈木兮微笑着说过谢谢，再扭头，沈木腾已经跑近了，她直接舒展开手臂，就着他的姿势，两人来了一个大大的拥抱。

季遇白撑在副驾驶的车窗上刚好可以看到学校门口。

就见两人紧紧地抱了半晌，沈木兮把人推开，扯着沈木腾的羽绒服拉链一路拉到脖子上，又捏着他的脸蛋不知道在训斥什么，对面的沈木腾低着头，安静地听着，时不时点一下脑袋，最后似乎是达成共识了，沈木腾直接伸出胳膊往她肩膀上一搂，停了没两秒钟，又被沈木兮推开，对着他脑袋用力地往下一摁……

举手投足跟个小大人似的，其实呢，到了自己面前不过就是个小孩子，喜欢在不开心的时候哼哼两声，顶个嘴，闹个小脾气，总爱虚张声势，自己动动真格，就能把她吓得腿都软了。

季遇白忍不住勾了下唇角，就把她当个孩子疼，挺好。

沈木兮拉着沈木腾絮叨了半晌才留意到一直倚在门口石柱上的那位老师。视线有两秒钟的碰撞，对方又立马别开眼，低头轻咳了一声，意味不明。

拉着沈木腾过去，她微微一笑，客套地打着招呼："不好意思，耽误您这么长时间，我是沈木腾的姐姐，请问您贵姓？"

那人定定地看她几秒，有些局促地搓了搓冻僵的手心，向她伸过来，轻握了下指尖，笑起来时露出了一个小虎牙："你好，我是麦思明，沈木腾的体育老师，其实我只是在实习，今天值班也是代班。"顿了一下，他抓抓头发，似乎有些不好意思，又说，"认识你很高兴。"

沈木腾意有所指地咳了两声，没大没小地戳了戳麦思明的胳膊："麦老师，你脸红什么？"

沈木兮毫不客气地踢了他一脚，使个眼神，又对麦思明笑了一下："小孩子不懂事，今天麻烦您了，您带他继续回去自习吧，我也该回去了。"

"那个……"麦思明轻咬了下嘴唇，目光闪闪躲躲，犹豫着喊她，"下次你可以直接打电话给我，我空闲时间比较多，可以直接带沈木腾过来的。"

　　沈木腾又咳了两声："姐，人家这是变相的通过我要你手机号呢。"

　　沈木兮忽然就觉得这孩子怎么越来越欠打了呢。

　　说到底也是沈木腾的老师，不管出于哪方面原因，她还是输入麦思明的手机号，给他回拨了过去。

　　看着沈木腾临转身还在对她狡黠地挤眼，她差点就没忍住再跟过去踹他一脚。

　　这死孩子。

　　一直看沈木腾的身影消失在了教学楼，沈木兮才把手抄进棉衣口袋里，一路小跑回到车跟前。

　　拉开车门，咦？这人什么时候从副驾驶跑过来了？

　　季遇白瞥她一眼，脸色清冷："愣什么呢？冻傻了？"

　　沈木兮有些不明所以，怔了一瞬，随即气呼呼地用力把车门一甩，绕过车头，拉开副驾驶的车门坐了进去。

　　车里暖气不知是被刻意调高了温度，还是她在外面冻了太久，这么一坐进来总感觉像是从冬天瞬间穿越到了夏天一样。温差过大，沈木兮忍不住偏头打了个喷嚏，揉揉鼻尖，哑声问了一句："怎么换你开了？"

　　季遇白轻打方向盘，驾驶车子原路返回，过了好久才侧目看她一眼，冷不丁地伸过胳膊，将她帽子给扯掉，又答非所问地说了句："的确是挺像绿帽子的。"

　　沈木兮："……"

　　沈木兮觉得，他多半是来大姨妈了，所以心情才会如此阴晴不定的。

　　这一路谁也没再说话，各自窝着一股无名火，沈木兮自己安静地待了会儿，觉得无聊，又用余光偷偷地瞥了两眼脸色紧绷的男人，到底是没主动开口，后来干脆自己从包里拿出手机和耳塞，打开音乐，闭着眼睛靠到椅背上假寐。

　　也不知开了多久。

　　车速缓缓变慢，最终平稳停下。沈木兮神思昏沉，明明很想醒来，眼皮却像是被什么东西沉沉压着，就是睁不开。绷在胸前的束

缚忽然松了，随即是耳蜗微微一痒，沈木兮倏地抬起眼皮，屏住呼
吸，有些惊恐地用力瞪了一下眼睛，入目是男人眉眼低垂的侧脸，
清隽而雅致，就停在自己呼吸之间。

她安心下来，长长地松了口气。季遇白抬眼，淡淡地看她，视
线停了几秒，便把手里刚取下的耳机扔到她腿上，坐回身子，下巴
朝外点了点："木兮，下雪了。"

原来是想叫醒她一起看雪。

目光从男人精致的侧脸移开，她扭头看向挡风玻璃之外的世界。

车子大概是刚下郊区高速，停在某个不知名的岔口，她左右
看了看，并不记得来时有没有经过这里。这里像是一个小镇，黛
瓦青墙，恍若世外桃源，清幽而空旷，两面环山，触目望去是昏
灰的天，小片的像是柳絮的雪花倾空而落，碎在地上，很快就化
了，连水渍都没有。雪大概是刚下，零零碎碎的，体积太小，就连
坠落的速度都像是被刻意按下了慢镜头，摇摇飘飘。路边的两排大
树孤零零地屹立着，枝条秃败，被雪花染了薄薄的一层，变成了
白色。

"今年真的不会下雨了。"她扭头，唇角开心地扬起一个漂亮的弧度。

季遇白回望她，目光笔直而柔软："所以，我没骗你。"

她用力点点头："忽然好想唱《认真的雪》，遇白，今晚就唱这首
歌，好不好？"

似乎她的眼睛是一汪深潭，看久了，就会让人溺进去，季遇白
移开目光，继续望向窗外。雪花真是小啊，落到皮肤上，估计会像
是小鸟的羽毛在挠，或者，像是小姑娘柔软的发梢也说不定。

"都随你。"他淡声说，顿了顿，没扭头，又告诉她，"我明天要
去台湾，大概去一周左右，你自己别乱跑，也别忘了喂软软。"

沈木兮继续点头，又想起他看不到，便小小地"哦"了一声："那
你早去早回。"

季遇白笑了一下，随口一句："这句话难道不该明天早晨再说？"

小姑娘很认真地看着他道："那我明天早晨再说一遍好了。"

心下微动，被小姑娘这轻柔却固执的声音轻轻触动了一下，季

遇白伸过手来揉了揉她的头，启动车子，提醒道："把安全带系好，我们回家。"

　　沈木兮第二天一睁开眼睛就立马爬下床往身上套衣服，半分钟都没敢耽搁，她昨晚问过了季遇白的航班，临睡前也定好了闹钟，想着早晨一定要履行承诺把那句话再讲一遍给他，可不曾想，她一拉开卧室的房门就先看到了贴在门上的那张便笺。男人的字迹好看得不像样子，大概是她见过最好看的汉字了。他写：**木兮，自己在家别疯过了头，我回来的时候，希望软软会和现在一样。**

　　她气呼呼地"哼"了一声，说不出是失望还是单纯的愠恼。她把便签捏在手里泄愤般地团了团，踩躏一番，正欲投进垃圾桶，低眼看了看，她又展开，回到房间认真地把褶子铺平，从床头摸出一个小盒子，把便笺放了进去。把手机捞过来看看时间，还没八点，这人明明是十一点二十五的航班，也不知这么早就跑去机场做什么。

　　她轻轻咬了下嘴唇，犹豫两秒钟，编辑短信，还是昨天那句话，一字不差：**那你早去早回。**

　　她发完信息便把手机一扔，自己爬回床上，扯过被子盖好，继续蒙头睡觉。

　　杨言一脸颓靡地开着车，时不时微微蹙眉，侧目看一眼副驾驶神情轻松、正闭眼养神的男人，纠结得心都缩成了一团。

　　"遇白，我无语了，难不成我真是撞邪了？你说说，这女的多罕见，到现在都没找过我，这不正常啊！"

　　季遇白没睁开眼睛，搭在额角的指腹揉了揉太阳穴，淡淡道："什么叫正常？跑回去找你纠缠评里才叫正常？"

　　杨言用力地抓了抓头发，闷闷地叹口气："快憋死小爷了，这女的……我也说不上来，反正心里就是不对劲。"

　　季遇白几不可察地勾了下唇角，仍旧那副语气，像在睡梦中一般："不对劲是好事。"

　　"不是吧？"杨言有些愠怒地砸了下方向盘，"遇白，能不能给哥们儿来点建设性的分析或者想想办法，看我心里烦躁难受你这还幸灾乐祸上了？”

季遇白调整了下靠姿，头微微向窗外的方向侧了些，仍旧没抬眼皮：“这姑娘的性格还真是不错。”

杨言气得差点把车撞到立交桥的护栏上，愤愤道：“一个你，一个沈木兮，还真能把人噎死！”

季遇白忽然睁开眼，眼风朝他扫过来道：“怎么说？”

杨言这下更憋屈了，气焰高涨，都快能喷火了：“瞧您这德行，我都叨叨一路了也没见您抬个眼皮正眼瞅瞅我，这一提起那小丫头片子您这总算有点反应了，怎么着？遇白，这事我还没来得及问问你呢，你到底是几个意思？”

季遇白勾了下唇角，冷冷地瞅了他一眼，又躺回去，继续阖上眼睛道：“你这么说，我倒是想到人家姑娘不找你的原因了，也许是你玩了这么多年，加上一把年纪了，人家根本不屑把你当回事儿吧？”

杨言一张本就铁灰的脸瞬间就被气得黑了一半，瞪他半晌，才挤出一句：“我还不信了，我怎么就老了，我今晚还就得给你证明证明，小爷我还嫩着呢！”

季遇白笑了一下，没说话了。

车子驶向航站楼的方向。越往里开塞车就越厉害，出租车和形形色色的私家车像火柴盒似的堵得一眼望不到头。

"全是这糟心的破事！"杨言被迫踩下刹车，堵了好一会儿断断续续的也没移动几米，索性熄了火，直接将车子横在了原地。

"航班几点的？"

季遇白睁开眼，抬起腕表看了下时间："十一点二十五的，来得及。"

杨言怔了一瞬，不可思议地看了他足足五秒，要不是顾及车内空间逼仄，他都能跳起来捶胸顿足了。

"你脑子有病吧？十一点的航班让我七点半过去接你？现在这连九点都不到，难不成你想去候车室调戏人家小空姐啊？"

季遇白看他一眼，似笑非笑地说："不是你死皮赖脸非要来送我？"

杨言抬手用力地指着他，戳了好几下："老子后悔了！本想着听你给我分析分析这事儿，你以为我是来看你睡觉的啊？"

季遇白笑了一声，目光平静地道："已经分析过了。"

杨言显然已经不指望从他那儿听到什么建设性意见了，摆了摆手，静默一会儿，心情平复下来才说："你这突然跑台湾去做什么？"

"找随越。"

听到这个近乎尘封的名字，杨言拧了下眉，声音都跟着变低了：

"怎么突然想起找他来了？他当年走的时候话都说那么绝了，你这是要闹哪样？"

季遇白神情恍惚了一瞬，那些破碎的画面从眼前迅速闪过，狠狠地戳着人的心窝，疼，却已经不自知。

"投资一间工作室，给他做音乐。"

"找虐呢吧？"杨言听得有些目瞪口呆，"这花钱不讨好的事，你这也是头一回啊，呸，算上沈木兮，这是第二回，没事做什么音乐，就算人家想做，也不一定领你的情啊！"

堵在后面的一辆帕萨特不停地按着喇叭，正打断了这场沉重又压抑的谈话，季遇白看了眼前面刚疏通开了一些的路，点了点下巴："开车。"

杨言瞥了眼后视镜，嘴里低低地骂了句，当即降下车窗，探出头对后面那辆还在疯狂按着喇叭的小白车嚷道："你有种撞过来！你蹭蹭老子车屁股试试！"

"有些事，你骗不了自己。"季遇白神色孤寂地望着窗外，眼眸半眯，忽然这么说了一句，不知是跟他说的，还是在告诫自己。

杨言扭头，定定地看了他两秒，没说话，眸色晦暗不明，舌尖顶了下后槽牙，像是做了一个重大的决定般，启动车子，随着车流龟速地往前滑去。

昨天下午那场小雪断断续续地下到了午夜才彻底放停，早晨刚拉开窗帘时还能看到公寓楼下草坪那薄薄的一小层洁白，难得的没有被亵渎的纯白，乍眼望去，竟还有些不习惯，现在再看，那雪在柏油路上化了水渍，车轮碾过，都成了脏污的泥印子，渗透或蒸发，直至消弭。

也许这就是归路，何必挣扎。

车里难得安静，车停在停车场，季遇白拉开车门下去，开后备厢拿行礼，杨言下车看着刚提着行李箱出来的季遇白说："哪天回来提前吱声，我闲着也是闲着，到时候把小丫头带过来接机。"

季遇白抬头看他，笑了一下："小丫头已经把你划到坏叔叔的分类里了。"

　　杨言在原地凌乱了几秒，反应过来这句话的最终含义，觉得自己真是冤，被人占了便宜别说卖个可怜了，竟然还没落下个好名声！

　　季遇白颀长的背影渐行渐远，没入人群之际，杨言又喊了一声："跟随越说，差不多了就回来，咱们仨的局散不了，哪那么多过不去的坎！"

　　季遇白没回头，跟他摆了摆手，算是回应。

　　过得去吗？那件事还真是过不去，这辈子都过不去了……

　　候车厅里，行李箱放到脚边，季遇白手里捧了一杯热拿铁，浅抿了一口，从大衣口袋里取出手机，准备给肯特发一下航班信息，解了锁，就先看到了一个半小时前小姑娘发来的一条短信。看着那几个别别扭扭的字眼，他忍不住笑了一声，手指在屏幕上点落，只回复了三个字：知道了。

　　这一周都平静得让人有些不太适应。

　　戚静的事情已经告一段落，经过了上次的"欺负人"事件，沈木兮抱着苦中作乐的心态，每每遇到那些太过明目张胆的女生都喜欢上去呛几句，加上学校信息的传播速度以及添油加醋的渲染，几天下来，竟成功让大部分议论者偃旗息鼓了，她也落得个耳根清净。

　　当然，这都要归功于季遇白的教导有方。

　　沈木兮抱着软软窝在沙发看电视，时不时地往嘴里塞一颗提子，又时不时地捞过手机看一眼有没有未接电话或者新的信息。季遇白已经走了整整六天，竟然杳无音信，跟消失了一样。

　　她心里窝火，干脆气呼呼地把软软放下，移动去厨房，洗手，洗菜，开始第 N 次做意面的勇敢尝试。

　　季遇白上次那句不经意地低嘲给她留下阴影了，还很深厚。

　　正闷头按照菜谱步骤调着肉酱，扔在客厅茶几上的手机忽然响了一声，是通知提示音。她"呀"了一声，扔下酱碗和筷子就大步往客厅跑，满心期待地解开锁，结果发现是微信的好友添加申请。失落地瘪着嘴，目光瞬间黯淡下去，点开那人资料，原来是上周去看沈木腾时见到的那位体育老师，她看着"麦思明"那三个字稍稍犹豫了一下，还是点了同意。

把手机放回去，她垂着头慢吞吞地回到厨房，继续鼓捣那菜谱，小锅里加好水，开火，再架上炒锅，看着锅里噼里啪啦跟放鞭炮似的，她躲得老远，再缩着身子靠过来搅一搅，才勉强把酱料炒好。谁知刚抓了一小把面扔到锅里，手机又一次铃声大作，这次是电话铃声，把盖子盖好，她洗了手，这才不紧不慢地往客厅走去拿手机。并没有抱希望地一看，她的目光却被屏幕上的两个字紧紧吸引，脸上立马浮现出明显的雀跃，清了清喉咙，滑下接听。

那边沉默着没说话，她刚要开口，唇瓣动了动，又抿紧，轻轻地翻了个白眼，她也沉默着。

两人就这么恶趣味地对峙了一分多钟，那边才终于传来一声低笑，随后是男人温润浅浇的声音拂过耳际："木兮，好玩吗？"

间隔了一周没听到他的声音，这么突然清晰地从听筒里传出，她心脏突突地用力跳了几下，有些怪怪的感觉。摸了摸鼻尖，她低下头，脚尖在地板画着圈圈，忽然就不知道自己该说什么了。

那边耐心地等了一会儿，见她一直没动静，又继续问："在做什么呢？软软还在吗？"

沈木兮轻轻一哼，找回自己的声音："软软都肥得走路全靠滚了！"

那边又笑，声音尽是玩味："那你呢？"

她一字一句刻意放慢了语速，邀功似的："我在煮意面，自食其力。"

那边沉默了一会儿，发表结论："那你一定是瘦了。"

沈木兮听完这句话后竟然鬼使神差地真的伸手去捏了捏自己的肚子。还真是瘦了的，虽然她知道这人在跟她开玩笑。身子往后退，坐到了沙发扶手上，她认真地问他："你什么时候回来？这几天晚上有没有失眠？"

"明天回去。"那边说完后顿了顿，又压低声音叫她，"木兮。"

男人的嗓音伴随着微弱的电流声从手机传出，是与平日里略有差异的噪音，像是变成了电流的介质，通过耳膜直直敲打着她的心。

她捏了捏耳垂，声音都无意识地轻了："嗯。"

那边慢慢地问："你的面煮软了吗？"

沈木兮怔了一瞬，随即大声地"啊"了一声："都怪你，肯定都煮烂了！"

季遇白在那边清晰地听到小姑娘趿拉着拖鞋往厨房跑的急促摩擦声，忍不住低笑起来。

"明天晚上带你出去吃。"听这边响起关火的声音，他继续说，"等我回来。"

小姑娘苦丧地跟他抱怨："我再也不做饭了。"

"不做就不做，你洗碗。"

沈木兮往身后的流理台上靠了靠，收起小情绪，问他："你明天几点的航班？"没等季遇白回答，她又打断，"算了，别告诉我，我又不去接你。"她还在为了周一早晨的事情不高兴呢。

那边沉默了一下，问她："接机和送机，你比较喜欢哪一项？"

沈木兮几乎是没有犹豫："接机。"

"那不就对了。"

她懂了。

不过都是讨厌分别的人罢了。

这么想着，本还有一点点残余的小脾气也全都消散殆尽了。

沈木兮吃过晚饭就早早地窝到了床上，看时间不过八点钟，睡觉还早，便打开音乐播放器，又选了一些自己喜欢的新歌添加到了播放列表，塞上耳机，边听音乐边打手游，软软趴在枕边看了她一会儿，很快就阖上了眼睛。

播放列表的几首新歌循环播放了到了第二遍，沈木兮掩嘴打了个哈欠，正要退出游戏，就看屏幕上方弹出来一条微信消息，来自麦思明：**明天周末了，沈木腾说你还是自习的时候过来，我刚好替别的老师值班，到了学校门口给我发信息就行，我带他过去。**

看着这条朴实无华的信息，沈木兮脑海中立马就浮现出了那个看起来和自己年纪相当的男生，很阳光的脸庞，个子高瘦，皮肤是浅古铜色，大约和职业有关，整个人都朝气蓬勃的，像棵春天的小白杨，笑起来的时候还会隐隐露出一个小虎牙。饶是她的感情经历一片空白，她也知道对方是什么意思。

成年人的世界也许更直接，少了很多懵懂，除去那些光着屁股从小一起混到大的青梅竹马可能会存在所谓男闺蜜之类的友情，中途结识的异性朋友，尤其在这样一种偶然结识的前提下，要么就是对方图谋不轨，要么就是真的动了心思想追你。至于麦思明究竟是哪种意图，她并没有去深入探究和了解的兴致，于她来说，其实哪种都无所谓，因为结果很明显。

她有些烦恼地揉了揉额头，给他回复：**麻烦麦老师了。**

杨言第二天破天荒地收起了自己平日里那副玩世不恭的吊儿郎当的姿态，一大早起就在季遇白公寓楼下候着，看沈木兮下了楼，一开始还闲散倚在车头的身子立马挺得笔直，像模像样地跟她摆手，笑得一脸真诚："小美女，我送你去学校！"

沈木兮愣了一秒，看清来人后勾了下唇角，几步走过去，站到杨言对面双手环胸，清清喉咙，冷淡地挤出一句："无事献殷勤，非奸即盗。"

杨言被噎了一下，脸色微变，想爆粗口，张了张嘴，又忍回去，继续笑着说："小爷今天一整天都是你的专用司机，说说，待会儿都有什么活动？"

沈木兮瞥了眼他身后那辆渊源深厚的捷豹，也不客气了，绕过他，拉开副驾驶的车门坐进去，降下车窗说："上午八点半有一堂选修课，十一点结束，中午吃完午餐去西郊看我弟，对了，去之前还得回一趟我家，取点东西，就这样。"

"得嘞。"杨言竟罕见的没有表现出任何不耐，屁颠屁颠地跑回驾驶室，熟练地启动车子开出了公寓。

车里开着摇滚乐，聒噪了一路，沈木兮揉了揉耳朵，看车子平稳地停在了学校大门正对着的路口，她眯了下眼。周末上午，没课的小情侣都成双成对地往校外涌，三五成群的女生手挽手的约着一起看电影逛街，不甚喧闹，她又歪着头往后街的方向看了看，一如既往的冷清，像是被这条马路隔开了两个世界，便指给杨言："换个地方停车吧，要不然你可能就要成为我们学校的下一位网红了。"

杨言看了眼她手指的方向，不解道："因为我的车太酷？"

沈木兮轻轻摇头："因为我太火。"

杨言恍然大悟，"哦"了两声，笑得痞里痞气："是怕被人传绯闻吧，我不介意的，没关系。"

沈木兮轻轻地翻了个白眼："我介意。"顿了下，又补充，"和你。"

杨言："……"

谁要是敢说这丫头不是被季遇白惯出来的，他能跟谁拼命。

两个半小时的选修课，在杨言都要把那棵光秃秃的梧桐树望眼欲穿之际，终于看到那位小祖宗哼着小曲，脚步轻快地从转角处闪了进来。

他侧过身子把车门给人打开，等小姑娘坐进来，他严肃且认真地绷着脸看她系好安全带，这才一字一句道："我都没这么等过我爹，沈木兮，你必须要帮我一个忙，不帮的话你都对不起我爹，真的。"

沈木兮挑了下眉，似乎早就料到他是有求于自己了，这会儿不意外也不慌乱地说："想找司影？酒吧地址你不比谁清楚啊？自己直接去多好，这么拐弯抹角，不像你。"

"我……"杨言咬了下嘴唇，生生地把那一个字咽了回去，食指用力地指着她点了点，又收回去，扶住方向盘，深深地吸口气，沉默了足足一分钟，声音陡然就弱了，"你怎么知道？"

沈木兮轻哼一声，斜他一眼道："都说恋爱中的人智商为负，你这也不算恋爱吧？怎么智商也这么低了？"

杨言像是被人拨动了身体最紧绷的那根弦，扶住方向盘的手骤然收紧，眉心一拧，较真地反驳道："谁恋爱了？我就是没见过这么不负责任的女人，我必须要找她理论理论，而且不能主动找她，我什么身份啊？凭什么她潇洒地拍拍屁股走了，完了我还得去找她？再提醒你一句啊，我没打算跟她谈恋爱，就是谈谈这件事，没别的！"

沈木兮摇摇头，叹了口气，显然已经不想跟这个智障多说一句话了，他已经成功让她知道他的智商低出了一个怎样的幅度，一个人居然可以口是心非得如此明显。

去西郊的路上，她还是给司影发了一条短信，想问问她的想法，信息发送成功，等了半晌，对方都没有回复，不知道是不是下了夜班还在补眠。杨言厮磨了半路，这会儿也说累了，单手支着车窗，时不时就抓抓头发，一脸颓败，叹着气，似乎的确被这件事折磨得不轻。不过在外人看来，这样的状态似乎并不是一件坏事，沈木兮用余光看了他几眼，侧过身子，眯起眼睛眺望远方，谁都没再说话。

临近学校，沈木兮特意让杨言把车停到了学校大门正对的路边，又仔细交代他在车里老实待着，不可以出去。接着她翻开手机通讯录，看着班主任的号码，沈木兮咬了下嘴唇，又关掉，打开微信，给麦思明发信息。

没过几分钟，一高一矮两个身影便出现在了教学楼门口。

沈木兮又回身看了眼车内的情况，杨言出奇的安静，这会儿趴在方向盘上，连脸都没露出来。

门卫大爷像是还记得她，这会儿等二人走近了，直接开了门，沈木兮道谢，又往前走了几步。沈木腾这次自己把羽绒服的拉链拉得高高的，一跑过来就咧嘴直笑："姐，你跟麦老师聊的怎么样了？我看他刚刚对着手机自己在那乐半天，然后又对我招手，我就知道肯定是你给他发信息了。"

沈木兮看了眼他身后正小跑过来的麦思明，微微一笑，朝麦思明点头，算是打过招呼，又回过脸，瞪他一眼，把手里的那件长款羽绒服塞给他，小声怒斥："别乱讲话，小屁孩知道什么！"

沈木腾不吃这一套，继续嘿嘿直笑，俯过身子跟她耳语："我们班女生私底下都说麦老师特别帅，就连我都觉得，单论长相，我排第一的话，第二勉强还是可以给他的。"

沈木兮踢他一脚，板着脸说："你才几岁，脑袋里就这么多歪念头，是不是没好好读书，成天就知道瞎玩了，嗯？"

沈木腾往后躲开，不服气地努了下嘴："我几岁啊？你上高中那会儿都那么多无名氏把情书和礼物寄到咱家去了，这都什么年代了，我要是连这些都不懂，不白瞎了我这张脸了吗？"

沈木兮气急败坏地要拧他耳朵，小沈木腾不经意地往她身后一看，留意到那辆白色小跑，边躲开她的手边喊："姐，你坐那辆车来的？车里谁啊？"

麦思明就站在不远处的石柱旁，这句话自然也是听到了的，侧目看了看那辆价值不菲的跑车，又看向还在板着脸跟沈木腾讲话的沈木兮，眸色暗了暗。

"我朋友。"沈木兮忽然有些心虚了，其实她是故意让杨言把车停在这么明显的位置的余光留意到麦思明正神色复杂地注视着自己，索性又舔了下嘴唇，继续说，"你下周六放假的时候就在门口等我，我要是没时间来接你就找我朋友来了。"用这种委婉的方式回绝一个还没真正开口的男生，她尴尬极了，可又一时想不到其他更合适的处理方法，加上麦思明还是沈木腾的老师，她只能这样找块挡箭牌来暗示一些什么了，当然，如果这都是她想多了就最好了。

沈木腾又往车里巴望了两眼，不死心，就差跑过去看看里面坐的是何方神圣了，沈木兮拍了他脑袋一下："我先回去了，你好好上课，下周回家给我汇报成绩。"

小沈木腾不情不愿地冲她撇了撇嘴，沈木兮没理，又扭头对着麦思明笑了一下，摆摆手，算是告别。

麦思明礼貌地回笑，点了点头。

看着二人走远了，沈木兮才扭头跑回车里，本以为杨言趴在方向盘上一动没动是睡着了，这会儿她刚坐进去，这人就醒了，掩嘴打了个哈欠说道："刚刚那人想追你？"

咦？这会儿智商倒是在线了？

沈木兮有些局促地笑了一下，忽然想起手机刚刚收到了短信回复，顺势就转移了话题："司影换成了九点钟的班，待会儿可以一起出来吃个饭，地点你来定好了。"

杨言眼睛微微睁大，大概是惊喜过度，反应都慢了一拍，随即又低头看了眼自己身上的烟灰色针织大衣，再抬头翻开镜子，表情肃穆地紧唇角，拧了拧眉，最后把发型抓了抓。

沈木兮无语地笑两声，摇摇头，别过脸去，一句话也不想说了。

窗外是淡淡的天色，大团的云朵被风吹成各种形状，似乎就飘在山顶。

车子直接从西郊开去机场，绕了大半个城市，开进航站楼的地下车库时刚好四点钟。

一楼接机。

沈木兮走在前面，杨言锁好车，紧随其后，一会儿问晚上吃中餐西餐还是日式，一会儿问自己需不需要找个商场换套衣服，最后又猛地扯过沈木兮的胳膊，认真地指着自己的脸说："我昨天失眠了，现在的黑眼圈有没有很明显，从你外人的角度来看，跟我说句实话，我自己照镜子看到的现象不真实。"

沈木兮忍无可忍，摇摇头，从包里取出手机和耳机，塞到耳蜗，再抬头，挣开杨言扣住自己的那只手，微微一笑，大声喊："很明显，一看就是风流过度的后果！"说完后她转身就大步往出口走，也不管杨言在后面喊什么。

一楼人海熙攘，沈木兮一只手护着包，侧着身子往人群里穿，靴子被人踩了几脚，也同样踩到了别人，终于突破层层重围在一号口不远处站定，摸出手机，照着屏幕抓了抓被擦起静电软趴趴的头发。

杨言显然就比她吃力得多，重新站到她身边已经是十几分钟之后了。侧过手腕看下时间，杨言拍了下她的肩膀："还有六分钟，你可以开始倒计时了，我说，待会儿可别太激动了，悠着点，这么多人呢。"

沈木兮抬头对他应付一笑，声音却极冷淡："你真无聊。"

杨言耸了下肩膀，移开视线，忽然抬手指了指前面，又晃动手臂，兴奋地喊："喂，喂，来了，遇白，这儿呢！"

沈木兮连看都没看，不屑地撇嘴，一字一句道："奥斯卡欠你一座小金人。"

杨言泄了气，胳膊垂下来，手插进口袋，白她一眼："小爷今天高兴，不行吗？你们这才叫无聊呢，一点情趣都不懂。"

沈木兮懒得跟他扯皮，别开眼，专注地望向出口的方向。

季遇白走在了人潮最后。

　　提前已经知道了杨言会带着沈木兮过来接机，视线越过出口那高矮不一的人头，这会儿淡淡地往接机口扫了一眼，很快就找到了正往里面巴望的那张小脸。

　　他弯了下唇角，目光再也没从她脸上移开。电话里还在打趣，问她是不是瘦了，沈木兮没说话，现在这么看去，果真就是瘦了，本就尖尖小小的下巴这会儿更精致了，巴掌大的小脸，估计捏上去都捏不到肉，身子被人挡住了，看不清，沈木兮似乎是踮着脚在往里面看的，杨言时不时地低头跟她说一句什么，只见她表情极不耐烦，连嘴唇都没带动一下的。

　　一直到他朝沈木兮的方向走近了，她的视线这才终于撞上他的。肉眼可见的，那道探寻的目光立马就亮了起来，晃到了他的心口，破窗而入。

　　她笑着招手，雀跃地跳起来喊他："遇白！"

　　杨言轻轻地咳了一声，嘀咕道："没事戴什么口罩，害的小爷找半天都没找到。"

　　季遇白一只手拉着行李箱，上面还挂了一个黑色包装的礼盒，这会儿走近了，把口罩摘下来，拍了拍沈木兮的头，把人从杨言身边拎过来，手里的那只黑色口罩则直接放到了沈木兮的夹克口袋里，一套动作别提多自然了。

　　沈木兮呆愣地抬眼看他好半天，想了很多很多见面要说的话，抱怨也好，闲聊也好，现在真的见到人了，人就站在自己身边，一只手还轻捏住了自己肩头，还有戴过的口罩……也放到了自己口袋里？一切动作都亲昵得令她心跳失速，酝酿好的表情和语言早都忘得一干二净。

　　杨言几步跟过来，接了季遇白手里的行李箱，季遇白停下来，把挂在上面的礼盒递给沈木兮说："小零食。"

　　鼻音很重，声音低哑而晦涩，像是含了一把粗糙的沙砾，磨得人心疼。戴口罩原来是因为感冒了。

　　沈木兮反应有些慢，跟他对视了好几秒，看他微微挑眉，这才接过那个盒子，声音不自觉就轻了："台湾很冷吗？"

季遇白低低一笑，大手扣在她脑后，带着她往航站楼外走，边走边说："台湾的冬天平均气温十五度。"

沈木兮跟着他手上的力度往外走，无论身体的每个感官还是突然柔软下来的心脏，都莫名的依赖这种触碰方式，脑袋仍旧歪着看他侧脸，说道："哦，对哦，那你怎么会感冒的？"

季遇白指背轻轻地擦了下鼻尖，吸了口气，大概是有些不舒服，过了会儿才淡淡反问："那就是因为太热了？"

沈木兮不满地哼了一声，全是小孩子脾气："那我们现在去医院吧。"

杨言提着行李走得飞快，不知道在期待什么，季遇白看了眼他的方向，带着沈木兮转了弯，跟过去，并道："家里有备用药箱，而且待会儿不是要去吃饭？"

"哇！"沈木兮有些惊讶地瞪了下眼睛，"杨言这么快就跟你说了？我怎么都没看到他给你打电话？"话落，又想起杨言那会儿听到司影应约后，在车上整理衣服照镜子的一幕，沈木兮又叹口气，心想，这也正常。

季遇白耐心地回答着她的每一个问题："刚刚一开机就看到他发过来的信息了。"

杨言已经坐进车里打了火，季遇白拉开后排车门，看着沈木兮坐进去，把门关上，自己则拉开副驾驶的车门矮身坐了进去。

"你不坐后面吗？"沈木兮几乎是脱口而出，说完了，又觉得自己好像有点太过明目张胆了，下意识地咬了下嘴唇，局促地将头别向窗口，不说话了。

季遇白系好安全带，没顾杨言在一旁阴阳怪气的轻咳和各种眼神传意，回答道："我感冒了，所以……"看了杨言一眼，继续说，"传染的话，还是传染给杨言吧。"

沈木兮刚刚的局促因为这句玩笑话一扫而空，忍不住"咯咯"地笑了起来。这个男人身上似乎有种魔力，她全部的心思与欲盖弥彰他都知悉，她在他面前近乎透明般的存在，或者只是一个眼神的对视，又或者，都不需要看什么，他总能轻易地将她的处境与心情剖析得清明透彻，再巧妙地化解令她不适的局面，所有的事情，似乎都在他的手中主宰，她像是那滴碎在他掌心的泪珠，转动不了乾坤，连那张网都挣脱不掉。或者说，是她早就放弃了挣扎，沉溺在他手心的温度里。

"听说把感冒传染给别人，自己就好了，遇白，你加油。"

杨言："……"这都是一群什么朋友！

车里暖气开得足，沈木兮心情又异常愉悦，这会儿晃着小腿荡来荡去，一会儿看看左边，一会儿看看右边，嘴里也哼着不成调的曲子，虽然一般人都听不出来她在哼什么，但却都能感受到她心底的愉悦，似乎连堵车都变得不再烦人。

季遇白从后视镜轻轻地扫过去一眼，弯了下唇角，很快收回目光，淡淡问道："木兮，待会儿想吃什么？"

沈木兮随着男人低哑的声音安静下来，定定地看过去。角度问题，她坐的位置只能隐隐看到他清隽的侧脸以及微咬的下颌，线条俊逸得不像话，她挪了挪身子，又往左边靠了靠，一直靠到了车门上，再看他，已经可以清楚地看到他半阖的眸子，是一种完全放松的姿态，像是累了，在闭目休息。

她满足下来，胳膊撑到膝盖上，支起下巴，继续看，并道："今天的主场不是杨言吗？让他们决定好了，我吃什么都行的，又不会挑食。"

男人没动，眼皮都没抬，淡淡道："那就吃意面？"

这两个字简直是沈木兮的噩梦，她轻轻地瞪了他一眼，下巴离开手掌，坐直了身子，沉声说："你要是想吃，待会儿结束了我回去给你煮夜宵！"

季遇白低笑，不说话了，似乎不用看，都知道小姑娘现在是什么样可爱的模样。

杨言忽然插话，有些不太自然，声音都变了："沈木兮，你问问那谁，看她想吃什么。"

沈木兮一挑眉，来了某种兴致："那谁？是谁呀？我可不认识叫那谁的人。"

季遇白安静地听着，唇角却是弯了弯。

"嘿，你还来劲了是吧？"杨言从后视镜瞪她一眼，狠狠地说，

"就是那女人，那个不负责任的女人！"

沈木兮冲他努了下嘴，不依不饶："我怎么知道对你不负责任的女人都有谁啊。"

这话听着真叫人刺耳，杨言沉沉地叹口气，揉了揉脖子，无可奈何道："司影，行了吧！你们别玩我了行吗，给她打电话，问她想吃什么，再要一个她现在的地址，我待会儿过去接她。"

沈木兮耸耸肩膀算是放过他，拿出手机，给司影发信息。不知道是错觉还是单纯的她想多了，她总觉得，杨言这浪子好像是要回头了。

把杨言刚刚说过的重点以及表情添油加醋地发送出去，想着司影平日里回复信息的速度，沈木兮黑掉屏幕，将手机扔去旁边，不经意地看到了什么，忽然动了个小心思，偷偷瞥了眼副驾驶似乎还在阖眼假寐的男人，然后把手边包装精致的黑色礼盒拎过来，放到腿上，微咬住嘴唇，轻声褪下包装袋，打开盒子。

蜜饯、牛轧糖、麻糍、松塔……各种精致的小包装零食挤了满满的一盒。虽然并不是什么稀奇的食物，沈木兮此刻却是莫名的满足，心里像是与眼前这被塞得满满的盒子一样，也被一种莫名的浪潮充斥得不余一丝空隙。

沈木兮抿紧唇角笑了笑，不敢发出一点声音，又抬眼巴望了一下前排的两个男人，杨言皱着眉，一脸苦楚没处发泄的憋屈模样。副驾驶的男人似乎动了动身子，安静得只留给她一张侧脸，阳光晒过，那皮肤上蕴含着一层柔软的光，别提多养眼了。

证实了自己的小动作没被人发现，沈木兮咬了下嘴唇，低下头巡视一圈，将腿上的盒子轻拿开，放回腿边，选了一个抹茶口味的麻糍，然后小心地撕开包装袋，做贼般地紧张又兴奋，把麻糍放到了嘴边，一口咬下了半个。

其实是顾忌到自己现在当着季遇白的面打开礼盒，还直接吃了，会不会有些失了分寸？毕竟她在季遇白面前一向是尽力保持形象的，现在吃货的属性就这么不经意间暴露，她还是有些不好意思和紧张的。

细细咀嚼过那甜糯，沈木兮把剩下的一半麻糍也全部送了进去，包装还未来得及从唇边拿开，放在旁边一直安静的手机却忽然响了一声，是短信提示音，她专门选的一句英文歌曲，此刻在这静谧的车厢里被衬托得异常突兀，当然，也许是和沈木兮当下的处境有很大的关系，她整个人都被震得一激灵，然后呼吸卡了一下，脸蛋憋得通红，赶忙侧过头去，掩嘴猛咳起来。

杨言没多大反应，或者说，是提不起什么兴致，从后视镜淡淡地看了她一眼，又继续皱着眉唉声叹气去了，沉浸在自己的小世界里，雷打不动。

季遇白睁开眼睛，转身去看她，本还带着疑惑的目光在看清小姑娘腿边打开的礼盒，还有手里捏着的包装纸后立马化开了，转而忍不住笑了一下："木兮，好吃吗？"

沈木兮又咳了好半晌才顺过气，顶着涨红的脸蛋扭头看他，眼底还有水汽，清亮得晃眼。她羞窘地"啊"了一声，摸了摸自己的脸，不好意思地低下头说："好吃啊。"

俨然就是一副偷吃被抓，来不及躲的小孩子模样。

季遇白还在看她，眼角眉梢尽是笑意。

她咬了下嘴唇，也不敢抬头与他对视，慌乱地把盒子盖好，塞回了包装袋里。

"木兮，吃够了？"等她做完这一系列动作，季遇白勾了勾嘴角，脸上含着暖暖的笑意，深深地望着她。

沈木兮愣了一下，微微瞪大眼睛，目光闪躲地看了看他，又立马移开，没有细想他的话，刚才只是一个眼神，他就轻松引爆了她全部的血液，这并不是第一次两个人以这样的眼神接触，但她却仍旧心如擂鼓，过了一会儿，她又一抬头有些怔愣地抬眼看他。

男人的目光却没有与她对视，而是笔直平静地落在了……她的下巴，或者说是她的嘴唇上，借着此刻的角度，她清晰地看到了他眼眸低着，长睫微微一颤，像是把小扇子，落在眼睑一片淡淡的阴影。

随后，他用指腹指了指自己的下巴，并看着她挑了挑眉，沈木兮一时有些不明所以，男人的眉心微微一蹙，随即又再次指向她的唇角，似笑非笑地看向她。

她一瞬间身体垂直，下意识伸手擦了擦自己的唇角，待看清指腹上那层薄薄的白色粉末后她更尴尬了……

沈木兮低头，小声地清了清喉咙，慢吞吞地坐直身子，又探出舌尖，轻轻地舔了一下唇角，果然……沙沙的，是那会儿吃麻糬时残留的糯米粉。

却不知，季遇白并没有转身，似乎是猜到了她的小动作，这一切都尽收眼底，他蜷起手掌，抵在唇边轻咳一声掩盖住笑意，提醒她："木兮，手机有未读短信。"

"哦，好。"沈木兮近乎机械地回答出这两个字，仍旧头也敢不抬，把手机捞过来，一只手揉着红得都有些发烫的脸颊，一只手解锁屏幕。

杨言早都看不下去了，这会儿拍着方向盘长长地叹气，恨不得站起来捶胸顿足："沈木兮，你这小丫头片子就知道欺负我，合着你这趾高气扬就对我适用，一到遇白面前就自动退化成小白兔了是吗？"

沈木兮从屏幕上移开眼，装傻般"啊"了一声，自己都不知道该怎么解释这个问题。

靠在副驾驶上的男人从抽屉里翻出纸巾，慢条斯理地抽过一张，微微转身道给她，又淡淡道："木兮，把待会儿的局推了，我们晚上回家吃意面。"

沈木兮愣了几秒钟，立马回过神来，特别配合地点点头，又从后视镜与杨言对视道："那我就告诉司影，杨小爷晚上临时佳人有约了，我们就下次有机会再聚好了。"

"别呀！"杨言急了，把车直接甩到路边停下，回头看她，眉心紧拧，"你们这一唱一和的真要玩死我啊？天地可鉴，我自从上次喝断片之后到现在看哪个女人都烦，不带你们这样黑队友的啊，能不能有个人站我这队了？"

沈木兮忍住笑，也不逗他了，冲他晃了晃手机："司影说不用你接，她自己会打车过去，直接告诉她地址就行，她没这么矫情。"

"都一个人是奇葩，就我一个正常人！"杨言黑着脸转过身，差点把油门踩飞。

Chapter 14 鸿　沟

餐厅选址最后定在距离司影工作酒吧很近的一家会所。

服务生轻车熟路地带着他们去了杨言常用的包厢，古朴的檀木风格，木窗旁的深色墙壁上展示着一把大大的似乎上了年头的古扇，边缘都是残缺的破损，却丝毫不失意境，左侧墙壁则挂了一副装裱讲究的画作，沈木兮多看了两眼，终究还是看不出是出自哪位名家的笔下。包厢里整体气氛莫名深沉而肃穆，茶几上的茶具里是刚煮好的龙井，空气中浮着一丝淡淡的清香，沁入脾胃，醒人而安神。

杨言心情不佳，冲毕恭毕敬蹲在一旁煮茶的服务生摆摆手，示意他们都出去。

沈木兮随着坐在了季遇白旁边，支起下巴，落在餐桌下的小腿轻轻晃了晃，似乎是受了周围环境的感染，也不敢造次了，沉默安静地看着两人。

季遇白把手边的菜单直接放到她面前说："看看想吃什么。"

杨言身子往后靠，跷起二郎腿，搭在桌边的那只手轻轻敲了敲，似乎终于找回了自己的尊严，吊儿郎当地道："人什么时候到？小爷最讨厌等人了，都把地儿选在这了，咱们大老远从机场跑过来都到了，跟谁装大牌呢？"

沈木兮刚翻开的菜单用力合上，往桌上一摔，气哼一声："说你智商低你还不承认？这里离酒吧是近，但是有谁告诉你司影租的房子就在附近？还是你以为她成天都睡酒吧里？她租的房子，打车过来起码要四十分钟，不比你从机场跑过来近！"

杨言自然没想到这些，嚣张的气焰瞬间就被浇灭，愣了半晌才问："那为什么跑那么远租房子？半夜两三点下班回去多危险啊？"

沈木兮就知道这人喜欢虚张声势，稍微一吓他就原形毕露，例如现在。

"因为这附近房子太贵啊，我当时找房子的时候也是租在很偏僻的郊区附近，那边租金比市中心便宜一半不止呢。"

季遇白闻言，眸色深深地看她一眼，微一皱眉，没说话。

杨言吞了下喉咙，随即就拖着椅子往季遇白身边靠，想离她近一点，又问："那女人很穷吗？这就更说不过去了，按照以往的经验她不能这么淡定啊。"

季遇白瞥他一眼，看不出意味，接着他索性站起身，移步去了沙发上，自顾自地倒了一盏茶，垂下眼安静地抿了一口。

杨言越了一个座位，直接坐到了季遇白刚刚的位置上，双臂趴到桌面，像个求知欲望强烈的小学生，认真地盯着沈木兮问："你给我说说，那女人都什么来路？越详细越好。"

沈木兮看了看沙发上安静品茶的男人，抿着唇想了会儿，刚要开口，就听包厢门被人推开了，她抬头，看清来人后扬了扬下巴说："唔，那女人来了，你自己问吧。"

"咳……"杨言重重地清了下喉咙，不知道是想掩盖什么，迅速把脸上的表情整理好，没起身，又跷起了二郎腿，状似不甚在意地侧过头扫了眼门口刚走进来的人，又开始了新一轮的装模作样，大爷似的点点下巴说："随便坐。"

司影面无表情地在他身上扫了一眼，浅淡一笑，没应，直接从他对面绕过去，坐到了沈木兮身边。

沈木兮全程近距离观察着杨言的脸色变化，看到这会儿实在没忍住地笑了出来，又捂住嘴巴，对沙发上仿若置身事外的男人求助道："遇白，帮我倒杯茶，我要淡定一下。"

季遇白没抬头，拎着紫砂茶壶往茶盏里倒茶，沙哑的嗓音在经过茶水清润之后似乎稍微回转了一些，轻声叫她："木兮，过来。"

沈木兮扭头对着刚把外套挂到椅背的司影狡黠地眨了眨眼，用口型说："我去啦！"然后就雀跃地跑去了沙发，坐到季遇白身边，小心接过了他递来的热茶。

眼看这一盏茶都要喝完了，餐桌上的两个人仍旧僵持着，愣是一句话没说，沈木兮都看不下去了，轻轻皱眉，刚要站起来，就被季遇白打断了，拎起茶壶往她茶盏里续茶，低声提醒她："喝你的茶。"

沈木兮小声地"哦"了一声，乖乖坐下来。

那边，杨言喉咙里百转千回了不知道多少句措辞，终于挤出一句最没有技术含量的问题："说说吧，你怎么想的？"

司影很平静地看着他，不答反问："我应该怎么想？"

杨言被噎了一下，差点怯场，顿了半天才嗫嚅着问："那天你什么话都没说就走了，把我当什么了？"

司影继续反问："我应该把你当什么呢？"

杨言深深地吸了一口气，烦躁地抓了抓头发道："我把你找来不是想听你说这些的。"

司影挑了下眉，淡淡地说："哦，还我钱？那晚房费是五百二。"

沈木兮差点一口茶水喷出来呛到自己，季遇白轻轻皱眉，拍了拍她的后背，眼神示意她别捣乱。

杨言在听完这句话后直接怒了，太阳穴突突地跳，手里一直把玩的那根筷子往转盘上用力一摔："小爷现在看见女的就烦，你说怎么办吧！"

司影笑了一下说："所以，你想我对你负责？"

"谁要你……对我负责！"杨言说得磕磕巴巴，声音又弱下来，底气仿佛都被刚刚那一摔给透支了般，"我就问你，你到底怎么想的？"他发誓，如果这女人在这一周里真的可以当作什么都没发生过，只有他一个人在这儿吃也吃不好，睡觉还失眠，看见女人就烦，他不管用什么办法都得把她追到手，让她眼里只有他！

司影摸了摸下巴，想了一会儿，微微点头："身材不错。"

杨言："……"

沈木兮"噗"的一声把刚送进嘴里的清茶喷得老远，茶杯扔下，一只手捏住喉咙，偏过头用力地咳起来。

季遇白轻轻摇头，无奈地叹口气，扣着小细胳膊把人拎起来，直接往门口带，淡声道："你们继续，我带她出去透透气。"

沈木兮任凭他拎出去长长一段路，临近拐角了，赶忙扣住墙壁挣扎，脸蛋涨红，呼吸还有些轻喘："遇白，可是我还想听听后续发展。"

季遇白垂眸睨她一眼，沉声训斥她："小孩子，别瞎听。"

沈木兮委屈地瘪了下嘴，一听到这几个敏感字眼总是莫名的心里发堵，硬邦邦地反驳他："我已经成年了，你现在不让我听，待会儿结束了我自己去找司影问。"

季遇白哭笑不得，放开拎着她胳膊的手，身子往墙边靠过去，侧目看她说："问什么？问问细节？"

沈木兮瞬时反应过来他们思想上的偏差，忙不迭地摇头辩解："当然是问他们最后的谈判结果。"

季遇白轻轻挑眉："自己看不出来？"

"真的……啊？"沈木兮确定下来这句话的深意后差点高兴得跳起来，"所以，杨言这次是动了真格吧？"

季遇白点了下头，垂下眼，目光落到地毯上，不知道想起什么，忽然就不说话了。

重新回到包厢已经是半个小时之后了。

沈木兮跟在季遇白身后，还像模像样地咳了两声，乖巧地把手背到腰后，笑眯眯地坐到了司影身边。

杨言把菜单扔到转盘上，直接转去了两个姑娘面前，不耐烦道："赶紧的点菜，中午就没吃饱，当了一天的司机，累死我了。"

沈木兮看他一眼说："谁让你中午不吃饱的？怪我喽？"

季遇白随之也看了杨言一眼。

杨言立马会意，报告行踪似的摆摆手说："沈木兮中午硬要拉着我去吃麻辣烫，我就不明白了，那玩意儿有什么可吃的？她能自己吃掉那么一大碗？"

沈木兮不以为然地撇了下嘴，把菜单拿到二人中间，翻开一页说："司影带我去过一次，我们都很喜欢吃啊。"

杨言目光闪躲地看了眼沈木兮旁边的人，一句话都不说了。

菜肴丰盛，上齐之后大家都是安静吃饭，谁都没有提出喝酒，气氛甚至静得有些怪异，杨言似乎真是饿极了，竟也难得地没怎么讲话，埋头海吃，司影本就话不多，沈木兮坐在中间，时不时地就歪头看一看旁边的季遇白，一次，两次，看得多了，季遇白回望她一眼，正撞上她亮晶晶的眸子，看她欲盖弥彰地别开，又笑，拿筷子轻轻敲了敲她面前的骨碟说："快吃，软软还没喂呢。"

司影看了一眼这两个人，索性放下筷子，拉过沈木兮的手腕说："陪我去下洗手间？"

沈木兮点头，跟季遇白笑了笑，算是打过招呼，就随着司影推门出去了。

去洗手间似乎是一个在各种场合和情景下都可以用来当作幌子的完美借口。

沈木兮牵着司影的手，一路叽叽喳喳问个不停："怎么样了？我们都觉得杨言好像动了真格呢，你们那会儿还说什么了？感觉我一定错过了好多……"

司影被她嚷烦了，无奈地蹙了下眉，本打算去了洗手间再开口的话只能在路上讲给她了。

"木兮，我已经过了你这种十几岁的年纪，我谈过一段恋爱，早恋，上高中那会儿，你也知道，初恋大多都是没什么好结果的，要么就是当时太幼稚，把感情想的过于简单，真在一起了，时间一长，你就发现不是那么回事。"按照标识，带着人转了弯，推门进洗手间，司影打开水龙头冲了手，看着镜子里的自己轻叹了口气，抽过一张纸巾把手擦干，身子靠到洗手池上，继续说："在社会混了这几年，尤其是在酒吧这种环境，接触的人和事情比外面更多，一个男人，你说他动了真格吧，这倒也没什么不可能的，但关键就是，他这真格能坚持多久。"

沈木兮似懂非懂，懵懂地点了点头。

司影笑了一下，倒也没打算能从小姑娘这里得到什么建议，手撑到腰侧两旁的洗手台上，单脚支地，目光渐渐淡了，几近自嘲："杨言是什么人啊，酒吧人称杨小爷，就说他在咱们酒吧把过多少妹，这都数不清了，更别提外边了，这才城市多小的一角啊，而且未来还长着呢，你说他现在就算是动了真格，可你能保证他这脾性和家境条件能彻底改干净了？"

沈木兮凑过去，靠到她身边，有些不解道："那你早都知道这些，你还……"

司影低了下头，淡淡一笑："我怎么了，你说亏吗？我觉得一点都不亏，都不知道我未来会嫁一个什么样的男人，又是因为什么原因结婚，我要是刚好喜欢他还行，要是不喜欢……木兮，我不后悔这次的冲突，不骗你，我也说不清当时的心情，但是酒精作祟，推不开这种原因的存在，更多的是听他讲完了跟那个叫暖晴的女生那段事之后，我就觉得心里猛地酸了一下，忽然就特心疼他，"

沈木兮安静地看着她，没插话。

"他说，暖晴家境不好，跟他谈恋爱之后被他老爸老妈知道了，又拿出那些什么豪门俗到狗血的门不当户不对之类的理由，然后给了她一笔钱，让她离开杨言，那会儿她怀孕了，四个月，迫于他家里的施压威胁，只能选择跟他分手，最后去医院做流产，结果大出血，人没保住，孩子也没了，他内疚、心痛得要死，下了决心跟家里势不两立，从那之后就没正儿八经地谈过女朋友，这个谈两天，换了，那个谈一周，又换，找的那些女的本来也就是看上他的钱，结束的时候给张卡，一拍两散，谁也不缠着谁。"

这是那天晚上在酒吧里杨言断断续续拼凑起来的原话，几乎是一字不差，沈木兮点点头，眉心微微蹙起。

"其实我认识暖晴，她老家跟我是一个地方的，离得特近，就住一个弄堂里。"司影偏头对她笑了一下，却苦涩得要命，"觉得不可思议吧，我那会儿也觉得挺奇妙的。但是当时的事实还真不是杨言嘴里讲的那样，暖晴在我们家那边名声都坏透了，不是大家空穴来风，有些事情我都讲不出来，你大概了解一点就行，具体的我也不多说了，她是跟着她妈妈改嫁过去的，她家里也是真穷，比我家还穷呢，我老早就听我妈在电话里跟我讲过，说她又找了一个有钱的男朋友，对她好得不得了，要什么买什么，后来人家里父母不同意，给了她一大笔钱，她拿了钱就同意了，回了老家，结果呢，没过几天又跟一个高中同学混一块儿去了，也不顾自己怀着孕，后来出事了，大出血，人跟孩子都没保住，那男的当时把她扔到医院自己就跑了，这事绝对是真的，医院里都是熟人，那么多人都看见了，镇子又小，没用多久大家都传遍了。"

　　沈木兮愣了半晌都没办法让自己相信这个故事的另外一个版本，脑海中的那一幕仍旧清晰地浮现着，真实得像是刚刚发生的一样。杨言那天晚上疯了似的一杯又一杯把自己灌醉，红着眼睛，醉生梦死般断断续续地拼凑起来这段他一生都没办法释怀的回忆，而最后的真相，谁曾想，竟然会是这样的让人心寒与悲愤，甚至她还记得当时自己内心的触动。

　　彼此都安静了很久，身后的水龙头里滑出一滴水珠，碎在白瓷池壁，声音清脆可闻，沈木兮找回自己的声音："那你不准备把真相告诉他吗？看他好像真的挺受伤的，如果不说，他估计这辈子都过不去这个坎。"

　　"杨言他就是个大傻子！"司影摇着头笑了笑，眼眶却湿了，"说什么啊？说他这么多年都在执着的一件事，人都死了也还放不下的那个女人其实就是一骗子，他当年被人骗了钱，骗了感情，自己还傻不拉几地一直记挂着她，跟家里闹掰，天天换女友，告诉他这么多年的生活是一场笑话？木兮，他是个男人啊，快三十了，他不是十几二十岁出头的毛头小子，这件事没你想的那么简单，对于他来说，对于他那天晚上过激的表现来说，真相或许能把一个人给逼疯，你能想象吗，你偏执了那么多年的一件事情，其实是个笑话，令人作呕、肮脏不堪的笑话！"

　　"那你呢？"沈木兮不置可否，轻轻叹气，从洗手台边离开，走到司影对面，牵了牵她的手说，"那你们就在一起吧，这样不好吗？

你也说了，他跟那些女人都是玩玩而已，故意做给家里看的，又不是真的，而且从这件事情来看，他要是真动了心想对一个人好，就一定是死心塌地的，我们该相信他。"

"真在一起，再等两个人都陷得出不来了，看他又一次被家里逼着分手，门不当户不对，这跟当年不是一模一样吗？我家里什么条件我自己还不清楚？他二十多岁的时候家里都不同意，更别提现在了。"司影轻轻摇头，"木兮，你真的还太小，很多事情不是你想的那么简单，好在……"她顿了顿，握着沈木兮的手微微收紧，笑了一下，"你也可以不用想得太复杂，毕竟你已经被保护得很好了。"

不等沈木兮品味这段话中的深意，司影就起身牵着她往外走，出了洗手间一段路，见小姑娘垂着头直叹气，似乎惋惜极了，无奈地抿了下唇角，继续说："木兮，如果给我两个选择，一是看他继续这样花天酒地地玩下去，一年里只有一天用来怀念那个女人，二是我告诉他真相，也跟他在一起，但是最后又迫于某些原因不得不分开，看他崩溃，重新经历一次几乎同样的打击，我帮他把那道伤口治好了，再给他补一刀新的，还是在原地，何必呢！所以毫不无犹豫，我会选择前者。虽然我发现自己的确挺喜欢这个男人的，但是生活往往就这样，条件太多，变数太多，需要的前提也太多，而我，就只有这么一份喜欢，支撑不住的。"

面对司影关于现实的剖析，沈木兮无话可说，她第一次真正意义地认识到，原来年龄差距会生出这么多的思想隔阂，就像她与司影在面对这件事情时的看法，天壤之别的悬殊，极端得像是一条线的两头，司影说是，她说否，那么，她与季遇白呢？

她和他之间，又在无形之中生出了怎样宽不可越的沟壑呢？也难怪，他总是把她当成小孩子。这么想来，她发现自己的确就是个思想单纯的小孩子。

Chapter15 生 病

　　司影离开会所后直接步行去了酒吧，大概也就十来分钟的路程，杨言定定地站在门口，看着那道渐渐隐在了夜色里的背影，咬着牙抓了抓头发，不知道自己在较什么劲。

　　沈木兮心里乱糟糟的，这一路也不想开口讲话，坐在车子后排，皱眉看着窗外那条绵延不断的灯海出神，光影忽明忽暗地从眼底飞速掠过，都是落寞的色彩，甚至于连她自己都说不清是在纠结杨言和司影的事情，还是自己那些轻可不提的小思绪。

　　季遇白看了她两眼，没说话，头靠到了椅背上，闭眼假寐。

　　杨言把车停在了公寓楼下，看两人拎着行李箱进了楼道，调头驶离，整个人说不出来的压抑。

　　等电梯下来的空，沈木兮仰头看向季遇白，有些忧心忡忡，关于那件事情的真相堵在她心里不上不下的，像是快吸饱了水的海绵，膨胀到了极端，还很沉，憋闷得难受，她动了动嘴唇，差点就没忍住脱口而出，又轻咬了下唇瓣，把话硬生生咽回去，低下了头。

　　电梯门打开，季遇白一只手拎着行李箱，另一只手仍旧自然地扣到她脑后，带着她走进电梯。他似乎很喜欢这样带着她走路，其实她也很喜欢。按下楼层后，那只手又扣回去，指肚隔着发丝轻轻地揉了下她的头顶，开口时声音里带着些浅淡的笑意："想说什么，嗯？"

沈木兮抬头，对于他会把自己了解得这么清楚并不意外，眨了眨眼，想了想，只是问："是不是很多时候，我的想法都特别幼稚？"顿了一下，她又补充，"在你们这个年纪看来？"

你们这个年纪……

季遇白感觉喉咙明显地顿了一下，他松开行李箱，抬手解开了衬衫最上面的那颗纽扣，喉结滚动了一下，再细想小姑娘的意思，他慢慢地说："其实不止想法幼稚。"

"啊？"沈木兮一时没反应过来，眼睛微微瞪大，过了几秒钟又低低地"哦"了一声，整个人都很明显地失落下来，小声嘀咕："就是做什么都很幼稚的意思。"

扣在脑后的那只手忽然附上去轻轻揉了下她的头发，然后是男人有些低哑的笑声传来："木兮，你要知道，一个人这一生中，最珍贵的就是可以幼稚的年纪。"见她疑惑地抬头看过来，他弯了下唇角，眉眼是温柔的，声音很轻，"过两年再让自己长大吧，现在这样很好。"

她皱了下眉，心里不受控制般地冒出来一个念头。电梯停下，她被男人扣在脑后的那股力量带出电梯，脚步停在门口，她鬼使神差般地突然问："那如果两年之后我还是长不大呢？"

季遇白正欲输密码的手顿在了半空，像是被这句话牵住了，动弹不得。他低头，眸色极深地看向她，似在审视，似在思考，沈木兮毫不躲避，目光笔直地与他对视，她眼底的情绪很迫切，是在试探着什么。

他看着她，淡淡地开口："长不大就长不大吧，没什么关系。"他目光渐渐淡了，恢复如常，转过头，输入密码，开门。

她还想问什么，男人已经低头换好拖鞋，拎过行李箱进了门，很明显的，并不想继续这个问题。她低下头，看客厅的顶灯骤时点亮，丝丝光线从上而下落了下来，地板洒了一层白茫茫的光，忽然就有些炫目，要不然眼睛怎么会酸了呢。

男人往卧室走了一半的脚步忽然顿住，她还在愣神，就听季遇白低声叫她，声音有些奇怪："木兮，去找车钥匙，软软生病了。"

　　她怔了怔，一时没反应过来，再随着男人大步向落地窗的方向看过去，这才发现，软软虚弱地趴在茶几旁那块烟灰色的羊毛毯上，眼睛半阖着，滴溜溜地眼珠不再黑亮，毛发黏湿在了一起，很狼狈，它嘴边都是浅褐色的呕吐物，晕染在地毯上很大一片，不知是这样持续了多久。她吓坏了，身子一僵，倒吸一口冷气，手心捂住嘴巴，立马小跑了过去。

　　她蹲下去，正看到软软的四肢轻轻一抽搐，然后慢慢闭上了眼睛，像是等了他们许久，坚持了许久，这会儿终于没了力气一样。她眼睛立马就湿了，本就缩成一团的心脏像是被人狠狠戳了一刀。

　　"应该是肠胃炎。"季遇白站起身，手垂到她头上揉了揉，催促道，"快，去找车钥匙，我们去医院。"

　　"嗯嗯。"沈木兮自然分得清重点，她腾地站起身，胡乱地抹了把眼角，冲到季遇白卧室，钥匙是她上周用完车之后亲手放到他卧室床头柜抽屉的，所以现在很快就找了出来。

　　再回到客厅，季遇白已经用一块对折好的浴巾把软软包裹了进去，她跑过去接那一团，把钥匙给他道："我来抱，你开车。"

　　车子驶出小区，很快就汇入了茫茫车流。

　　沈木兮浑身僵硬地坐在副驾驶，怀里抱着一动不动的软软，它不知道还有没有意识，连眼睛都不再睁开，甚至手指触过去都快要感受不到它的呼吸了，嘴里却仍旧断断续续地溢出浅褐色的呕吐物，很快就沾湿了那白色的布料，虽不是血，却仍旧触目惊心般骇人。

　　沈木兮不敢开口跟季遇白讲话，她心里内疚得要死，也担心季遇白会跟自己发火，她还记得啊，季遇白临走前的那张便笺，虽然只是在跟她开玩笑，可她没有照顾好软软，这是事实，她竟然连只宠物狗都照顾不好，她不知道自己还能做得好什么了。又想起了司影无奈而好笑的那句"木兮，你真的太小"，她甚至都难以抑制地涌起一股绝望，自己好像是一只被豢养起来的金丝雀，一旦离开了那个温暖的巢穴，就连最基本的羽翼都退化了，她还口口声声地念着要去照顾沈木腾，其实呢，如果没有旁边这个男人，她应该连自己都照顾不好吧?

巨大的难过变成了一股铺天盖地的浪潮,扑面而来,不留一丝空隙,几乎下一秒就能把她淹没。想着想着,她眼睛又红了,皱了皱鼻子,一个没忍住就呜呜地哭起来,这一开始哭,再想停就怎么都停不下来了。

"没事,木兮。"季遇白扭头看她,轻轻叹气,"这种病很正常,几乎每只宠物狗都会经历这么一次,等软软好了,也就代表它长大了。"

沈木兮红着眼睛抬起头,肩膀还在一抖一抖的,瓮声瓮气地问:"真的不会……死吗?"

季遇白轻轻摇头,又笑了一下。

沈木兮将信将疑,却又在他浅淡的笑容里得到了最好的安抚。

在宠物医院做完一系列检查,最终诊断为急性肠炎外加轻微的细菌感染,看软软打好了点滴,神态舒展地躺在小床上,眼珠滴溜溜地盯着她,沈木兮才彻底松了一口气。

听完医生的相关介绍与建议,季遇白当即就办了一张贵宾储值卡,软软需要留院观察一周左右的时间。

季遇白扶着小姑娘肩膀往医院门口走,出了自动感应的大门,迎面是一阵微凉的夜风拂面而来,他眯了眯眼,强忍住要打喷嚏的冲动,揉了下鼻尖,搭在她肩膀的那只手移开,轻轻抚一下她柔软的头发,笑道:"是我忘记带软软来打疫苗了,不怪你。"

知道软软经过治疗后一定会痊愈,沈木兮心情也恢复了不少,这会儿轻哼一声,一仰头:"看你以后还说我是后妈!"

季遇白哭笑不得,看着小姑娘仍旧红红的眼圈,无奈地说:"行,我是后妈。"

重新驱车回到公寓已经临近午夜。

沈木兮拖着疲惫的身子洗完澡出来时,就见客厅脏掉的地毯已经不见了,这会儿换了一块浅驼色的同样材质和样式的铺在原处。她转身,又看了眼主卧的方向,浴室的水声刚刚停止,随后是开门声传来，应该是那面磨砂玻璃的推合声音。

她走过去，轻轻扣了两下："遇白，我现在进去给你唱歌吗？"

房间顿默了短暂的几秒钟，似乎静到耳边只剩了自己的心跳。季遇白没有开门，淡声道："今晚不用了，早点休息吧。"

沈木兮瘪了下嘴，心里有些小小的失落，想了想，她又问："那你的失眠怎么办？"

里面传来一声低笑，似乎还能听到男人拿毛巾擦头发的声音："今天很累了，应该不会失眠，快去睡吧。"

"哦。"沈木兮抿了抿唇角，垂下头准备转身离开，一只脚迈出去，另一只脚还没动，忽然想起什么，又退回来，试着转动了一下门把手，意料之中的，门并没有锁，她轻轻地将门推开一条缝，凑过去半张脸，往里面看。

季遇白最开始似乎并没有注意到门口的情况，或许是感觉到了她的注视，过了几秒钟才猛地抬头望过来，那双眼睛深而沉，还有些泛红，带着很明显的疲倦，他身上只穿了一件黑色的浴袍，刚好是坐在床边正面着门口的方向，背微微弓着，并没有坐得很直，腰间的带子松垮地系着，男人精瘦的胸腔几乎整个暴露在了空气里，肌理流畅，腹肌不是很明显，却仍旧紧绷得看不出一丝赘肉，沈木兮呼吸一滞，几乎是拼命地强迫自己才移开了视线。

心脏跳得有多快呢，她甚至感觉整个公寓都能清楚地听到，砰砰砰……

男人有些愣神，一只手随意搭在腿上，一只手里抓着白色毛巾正擦拭头发，这会儿所有的动作都顿住了，笔直而困惑地盯着那张同样愣神的小脸。

两道目光一撞上，沈木兮立马就醒了。

"那个，我是想跟你说晚安，晚安！"沈木兮急促地喘了口气，"咚"的一声用力把门关上，又顺着墙壁摸到壁灯开关，按下，整个客厅瞬间陷入了与夜空同样的黑暗。

她摸了摸自己涨得快要煮熟的脸，又揉揉心如擂鼓的胸口，崩溃地摇了摇头，长长吐出一口气，扶着墙脚步发虚地回了房间。其实，她真的只是很简单地想要跟他说句晚安，面对面而已。但是好像被人误会成了偷窥狂？沈木兮抓狂地踢了踢腿，翻个身，欲哭无泪。

这一夜都是光怪陆离的梦影，没头没尾地凑到了一起，拼接成了一个怪梦。

沈木兮觉得自己似乎刚刚睡着就又醒了，闹钟还没响，她是自己醒的，因为她想主动示好，在季遇白起床之前先去楼下把早餐买好。

拎着小笼包回来，又在小奶锅里倒了两盒牛奶进去，拧开灶具开关，等牛奶加热的空，她找出两个餐盘，把小笼包规整地摆好，对称放在餐桌两头，摆上筷子，还蹲下身像个强迫症一样确认了一下两个餐盘有没有呈一条直线。最后热好牛奶，倒进玻璃杯，放到餐桌上，看一眼时间，刚好八点钟，她满意地笑了笑，走到季遇白的卧室门外，先把耳朵贴上去听了一下，房间里安安静静的，并没有睡醒和起床的声音。

她小声地清了清喉咙，敲门说："遇白，起床吃饭了。"说完后，耳朵又一次贴上去，仔细地听着。

两分钟过去了，里面仍旧没有一点动静，她顿时心生疑惑，手指扣在门上又轻轻地敲了两声，半响，房间里终于传来男人沉沉的咳嗽声，嗓音都是沙哑的，似乎那一咳，另一头揪着的是她的心脏。

心里一紧，她皱起眉，转动门把手，自己推门进去。

季遇白眯了眯眼睛，慢慢睁开，眼前那个瘦瘦的身影有些晃，像是出现了重影，他深深地吸口气，又撑着身子靠到了床头，捏了捏眼角，再睁开，就看沈木兮坐过来，皱着小脸什么都没说，直接把凉凉的手心贴到自己额头上。

"你发烧了。"小姑娘声音闷闷的，带点指责的意味，细听还有些委屈，说着眼圈又要红了。

季遇白笑了一下，脸色很白，近乎看不出血色，唇瓣有些干，像是脱了水，就连那双幽深的双眸颜色都变浅了。

"药箱里有退烧药，去帮我拿过来吧。"

沈木兮点点头，面色凝重："那吃完了我们就去医院。"

"不去。"季遇白看着她，似笑非笑的，"好不容易生病一次，不想好得太快，这样就可以不用上班了。"

沈木兮哼哼两声，斜他一眼："作为大 Boss，你这个理由真蹩脚。"

抱着药箱回来，她索性盘腿坐到了床尾，药箱放到腿上，小手把里面的药盒一个个拣出来，唇瓣抿得紧紧的，认真地眯起眼睛看上面的说明书。季遇白靠在对面，安静地看着她，目光柔软，只觉得心里像是被窗外那抹暖阳晒了晒，再过会儿就能暖化了。

最后，沈木兮手里拿着两种药，冲他晃了晃，绷着下巴，一脸严肃："就吃这两种，我刚看了，一起吃不会有副作用。"

季遇白点了下头，没说话，眼睛继续看着她。

沈木兮并没注意，低头把刚翻乱的药盒又规整归位，然后滑下床，蹬蹬蹬地趿拉着拖鞋小跑了出去。

不出两分钟，小姑娘手里端着一杯牛奶，还拎着一个什么东西又跑了回来。

季遇白挑了下眉，看小姑娘把牛奶放到床头柜，撕开手中那个牛角面包的包装袋，认真地嘱咐："吃药前要先吃点东西。"

季遇白往旁边侧了一下身子，脑袋歪到另一边："不太想吃。"

沈木兮收回刚送去他嘴边的牛角包说："那你想吃小笼包吗？"

季遇白轻轻皱眉，摇头。

"那就吃牛角包！"沈木兮边说着边直接把手里的牛角包递去了他唇边，还生硬地抵到了他的唇瓣上。

季遇白垂了下眼，看了看已经无法拒绝的面包，手从棉被里伸出来，将面包接过去，很小的一个，他三两口就解决完了。

沈木兮接过包装袋扔去垃圾桶，又把那杯热牛奶递给他，一本正经地交代："你先喝半杯，剩下的半杯用来吃药。"等他接过了，她又低下头，照着药盒上说明书的剂量把胶囊取出来，倒在自己小小的手心里，然后很认真地托着，送到他面前。

季遇白看着她干净的眼神，心里像是被什么东西磕了一下，有些酸，还有些疼。他近乎逃避地闭了下眼睛，将杯子送到嘴边，咽下一口牛奶。很快，他挑了挑眉，又吞了下喉咙，似乎是确认了一下，有些诧异："你放糖了？"

沈木兮点点头，十分理所应当地说："吃药会苦的，所以我刚才在牛奶里放了一颗冰糖进去。"

季遇白笑了一声，到底是什么也没说，又吞了两口牛奶，然后捡起小姑娘手心里那几颗看似无比虔诚的胶囊放进嘴里，又就着剩下的半杯牛奶，全都送了进去。

手里空掉的杯子被小姑娘接过去放到床头柜，季遇白揉了揉有些胀痛的太阳穴说："好了，不用管我了，你去忙你的。"

"那我待会儿先去学校，中午大概十一点左右就会回家来。"沈木兮转了转眼睛，顿了一下，继续说，"我中午回来给你做饭。"

季遇白怔了一瞬，又笑："你给病号吃黑暗料理，似乎有些残忍。"

沈木兮气呼呼地瞪他一眼，还没想好怎么反驳，就见这人摆摆手，身子躺回去，若无其事地说："快去吧，我睡觉了。"

沈木兮心里怄着一股火气没处发泄，她又哼哼两声，拿起杯子愤愤地推门出去了。

餐桌的小笼包已经近乎凉透了，只有牛奶还带着一丝淡淡的热度，她索性都没坐下，就站在餐桌边，端起牛奶一鼓作气地喝完，直接拿手捏起一个小笼包送到嘴里，两口解决掉，腮帮子胀得鼓鼓的跑去洗手间洗干净手，又钻进卧室。

沈木兮其实很想专心听课的，今天还是专业课，按照教授的话来讲，他今天所说过的知识点都是期末考试的重点，言外之意，每句话都是通关宝典般的存在。沈木兮手里捏着笔在笔记本上写写画画一会儿，又叹着气摸出手机来，再抬眼看看台上一板一眼的教授，她弓着背将身体幅度压低，然后打开百度，开始搜索食谱……

季遇白吃过药之后竟也真的小睡了一觉，虽然只有一个多小时，但重新睁开眼睛的时候昏沉的大脑似乎已经放轻了不少。他揉着太阳穴，慢慢撑起身子，从旁边摸到手机，按亮屏幕。

突然点亮的白光有些刺眼，他眯起眼睛适应了一会儿才重新看过去，这才意识到房间窗帘是紧密拉严的，整个卧室这会儿唯一的光亮便是这屏幕上的白光。他记得，他早晨第一次睁开眼睛的时候，窗帘是半开着的，而且他还注意到了，今天阳光不错，空气似乎格外好。

无声一笑，他摸到床头柜上的台灯，打亮，胳膊抽回来的时候撞到了一个什么冰凉的东西，借着刚刚亮起的暖灯，他定神一看，原来是一个天蓝色的保温杯，旁边放了两颗小包装的蜜饯，还有一张便笺：杯子是我买了一直没用过的，送你喽，蜜贱是给你吃来解闷的，不许贪吃哦，其他的都是我的。

他还的确是渴了的。

季遇白拿过那只保温杯，打开盖子轻抿了一口水入喉，水还微烫，湿润过干涩的喉咙，舒缓了很多，他手里捏着这张"蜜饯"的"饯"都能写错的便笺，忍不住低笑出声。

沈木兮拎着刚顺路去超市买来的蔬菜从出租车上下来的时候正看到一个西装革履拿着公文包的男人从小区门口出来。她隐约觉得这人有点面熟，隔得几米远，她眯了眯眼，想细心看看，对方正巧往这边望过来，见到她，也是一怔，随后又几步跑过来，微微颔首道："沈小姐好，我是季总的助理陈铭。"

"哦，我就说看你眼熟呢。"沈木兮恍然大悟般地点点头，又看了看他手里的公文包说："公司很忙吗？遇白发烧了。"

陈铭吞了下喉咙，不知道为什么，听着面前这个不到二十岁的小姑娘直呼自家Boss的名字总觉得有些不太习惯，可对方语气又说不出的自然，这种矛盾冲击让他声音卡了卡："公司还好，只是有份文件需要季总签字，比较着急，所以我才冒昧打扰季总休息，过来跑了一趟。"

沈木兮笑眯眯道："辛苦你啦，谁让你们季总坚持不去医院非要用生病这个借口来逃避工作呢。"

陈铭无奈地抹了把额头突突直冒的冷汗，正不知道该怎么接话呢，低眼的时候看到沈木兮手里塞得鼓鼓的购物袋，忙不迭地伸手要接过来："沈小姐我来帮您拿吧，下次您如果去超市或者其他需要用车的时候打电话给我，我送您。"

沈木兮躲了躲，无谓地笑道："我会开车呀，是遇白不让我自己开车出门，你快回去吧，我能拎得动。"

"遇……"陈铭差点脱口而出把自家 Boss 的名字喊出来，他清了下喉咙，又微微点头，"季总是担心您的安全，那好，沈小姐再见，季总就麻烦您多照顾一些了，公司如果没什么特别重要的事情我会自己处理的。"

沈木兮一直看陈铭几乎就是一步三回头地坐进了车里才转身继续往小区里走。她觉得季遇白在公司一定是个超级腹黑冷酷的总裁，会把员工剥削到一见他都能瑟瑟发抖避而远之的那种，这么想着，她忍不住又弯起了唇角，竟开始期待自己大学毕业后到蓝衫资本工作时的情景。

毕业后，她一定就长大了吧，一定不会再只是他眼中的小孩子了吧。

感冒发烧的人似乎都嗜睡，季遇白把陈铭送走后捏了捏眉心，又回到卧室，躺在床上闭上了眼睛。

窗帘半开，柔和的光线洒在床边柔软一层，澄净，不会晃眼，莫名的暖人。

他又想起了早晨小姑娘将手心捧到自己面前时的那双眼睛。将睡未睡，大脑有些昏沉，眼皮像是被什么东西扯住了，抬了抬，又无意识地阖上，耳边恍惚传来输入密码的嘀嗒声，伴随着开门的声音，身体想醒过来，思绪用力挣扎，最终还是沉沉地睡去了。

他似乎好久没有生病了，只是晚上会失眠，他甚至一度认为自己的生活有些不太真实，失去了很多该有的感官上的触动。包括生病后身体的不适，包括会和常人一样的生气或者感动。

身上出了一层薄汗，渗在后背和额头，闷闷的，额发被晕湿了发根，睡衣也紧密地贴到了皮肤上。像是病毒都随着这汗液排出了体外，他睡梦中微蹙的眉心渐渐舒展开了。

沈木兮如小贼般扒着门框小心翼翼地往客厅看了眼，随即目光又转移到主卧，房门紧闭，听不到声音，她猜想着季遇白大概是还在休息。手里拎着的购物袋没放下，她迅速地把小皮靴踢掉，换上软绵绵的拖鞋，小步往厨房跑去，门关严，确定自己的动静会被隔绝开，这才把购物袋放到流理台上，从手腕上拉下发绳，把长发系成了丸子头，又从羽绒服的兜里摸出自己誊抄的菜谱。

窗明几净，大片的阳光涌进厨房，明灿灿的，流理台上阴影斑驳，厨具整齐，她对着菜谱清点了一下待会儿要用到的工具，然后满意地点点头，开始大展身手。

时间已经不知道过了多久。

沈木兮扒下围裙，把自己身上的薄羽绒服脱掉，扔去客厅，又回来打开砂锅盖子看了看，一小锅粥已经煮得黏稠而绵软了，品相似乎和自己上午搜索菜谱时的图片没有很大差别，脸低下去，有淡淡的米香和胡椒微辣萦绕在鼻尖，她用力地吸了吸鼻子，将盖子放回去，得意地拂了拂手，关火。

抬腕看了眼时间，沈木兮一怔，这怎么不知不觉都一点多了，她记得自己回家的时候不过才十一点半呢？这才开始有些着急了，把已经炒好的青菜装盘，盛了两碗粥，摆到餐桌上后又跑去主卧喊人。

门才刚推开，季遇白自己便醒了，睡眼迷茫地看了她好几秒，自己撑着身子坐起来，声音哑哑地道："我刚做梦梦到你把厨房点了。"

沈木兮轻轻地翻了个白眼："对不起，让你失望了。"

季遇白笑了一声，按了按太阳穴，下床穿好拖鞋，往门口走。

毫不夸张，餐桌上的菜和粥的确让他十分意外。清炒荷兰豆、蒜蓉西蓝花，两碗皮蛋粥。至于为什么看不到瘦肉，他自然也没在意。

入座，他挑了挑眉，看一眼对面撑着下巴似乎十分期待的小姑娘，没说话，拿筷子夹了一根荷兰豆放进嘴里。除了……菜有些凉了，口味竟出乎意料得还不错？很清淡，咸度适中。再拿汤匙舀了一点粥细细品尝，盐分很小，有淡淡的胡椒的微辣，米熬得很烂，对于印象中小姑娘的厨艺来说，能做到这样已经十分难得。

这么一开始吃东西，还真的有点饿了。

"做了多久，这些菜？"说完，他又舀了一勺粥送进嘴里。

沈木兮眼睛转了转，如实回答："大概两个小时。"

"所以……"他笑了一下，"是不是浪费了很多食物？"

沈木兮一怔，下意识转身往厨房看了一眼，发现没什么异常，又回身，诧异道："你怎么知道？粥第一次熬得太咸了，荷兰豆也是炒了两次，西蓝花是一次成功的，没……别的了。"声音说到最后都越来越弱，似乎真的在为浪费食物而自责。

季遇白目光笔直而柔软地看着她，弯了下唇角："木兮，谢谢你。"

他说不清此刻自己心里究竟是一种什么样的心情，有几分像是一个长辈第一次吃到孩子亲手为自己做的饭菜般的欣慰，还有几分是一种意外的收获与感动。他好像只是虔诚地望着夜空，欣赏那一颗遥不可及、光鲜璀璨的星子，它落在他的眼底，是这世间最后一抹耀目的光，却不曾想，这颗星最后竟划出一道优美的弧，坠进了他的手心里。

"我可以理解为这是对我厨艺的肯定吗？"沈木兮兴奋得眼睛骤然就明亮起来，"我以后会做得更好的！"

季遇白轻轻摇头说："不是说好了，你负责洗碗，我来做饭，做这一次就够了，以后还是我做。"

他刚夹到小笼包的筷子忽然被沈木兮挡住，小姑娘一本正经地绷紧脸："你现在不可以吃肉，只能吃素。"

季遇白筷子还停在盘边，无奈地笑了："木兮，那你为什么不给我准备其他的主食？"

沈木兮放开手上对他的阻挡，指指身后的厨房，一脸无辜："锅里还有好多粥呢，生病了不是都会没什么胃口吗？我发烧的时候连粥都喝不下。"

季遇白敛了下眉，声音低低地提醒她："木兮，我是个男人。"

"哦。"沈木兮自觉理亏，瘪了下嘴，妥协一步，"那你只能吃一个包子，喝两碗粥好了。"

季遇白："……"

这场发烧断断续续持续了三天，终于彻底消退。

沈木兮缠着季遇白带她去宠物医院看过软软一次，小家伙状态恢复得很好，见到他们时很兴奋地扒着小腿就要往他们怀里扑，只不过身子很明显瘦了一圈，圆滚滚的小肚子都瘪下去了不少。

沈木兮揉了揉它的小脑袋，跟它嬉闹："恭喜你减肥成功哦。"

季遇白在旁边轻轻摇了下头，唇角却是噙着一抹淡淡的笑意。

医生建议是下周再过来带软软回家，点滴和相关的护理还需要几天的时间才能结束。沈木兮想了想，刚好这周末沈木腾放假，周一早晨回学校，她拉了拉季遇白的袖口，跟他商量："那我们就下周一再来接软软，小腾这周要回家。"

季遇白看了眼她小猫撒娇似的抓着自己袖口的那只小手，又移开眼，用修长的手指去给软软顺毛："好，你决定。"

周六清晨，沈木兮起得很早，把自己日用品简单整理了一下，装进背包，穿着小拖鞋哒哒哒地跑进客厅。

季遇白买完早餐刚回来，站在餐厅里瞥了眼她手里拎的那个小背包，淡声说："不就回去住两天，还用带这么多东西？"

沈木兮摸了摸鼻尖，有些愣神，突然就觉得自己现在好像有种回娘家的感觉是怎么回事？

没等她想好怎么回答，季遇白又说："先吃早餐，时间来得及。"

沈木兮把背包放到玄关，又哒哒哒地跑去餐厅，坐到季遇白对面。

这顿早餐沈木兮全程都吃得小心翼翼。

不知道是第几次抬头看季遇白的时候，对面的人终于忍不住笑了一声："你想做什么？"

"你自己会无聊吗?"沈木兮舐了下唇角的豆浆,又补充,"我回家的这两天,你会不会不开心?"

季遇白静静看她几秒,眼眸清淡,没什么情绪地说:"木兮,别问这么傻的问题。"

沈木兮心里陡然失落了一下,她默了默,垂下眼,很快她又给自己找台阶下,像模像样的:"我的本意其实是想说,晚上不听我唱歌,你会失眠,会无聊,会不开心。"

"是啊。"季遇白轻笑一声,放下手里的筷子好整以暇地睨着她,"那你还能不回家了?"

沈木兮轻轻白他一眼,拔高声音道:"不能!"

季遇白很满意这个回答,不紧不慢地把杯子里的牛奶喝光:"所以说,以后别问这么傻的问题。"

沈木兮脸上还故意绷得紧紧的,其实心里又美了,抽过纸巾擦了擦唇角,站起身硬邦邦地瞥他一眼,冷淡道:"我走了,季先生再见。"

季遇白抬腕看了眼时间说:"陈铭大概还有五分钟就到,待会儿他跟你一起去。"

沈木兮下意识地要拒绝,心里正措辞该怎么解释比较合适,大脑有些发蒙,她担心自己表达得过于直白会令他们的关系陷入尴尬处境,又害怕这些东西现在不讲明,未来会更繁杂。

季遇白似乎总能看懂她全部的小心思,又或者,有些东西早已先她一步考虑清楚,这会儿他起身过去揉了揉她的头,身子倚在餐桌上,若无其事地低笑道:"傻丫头,不知道现在有一种叫作顺风车的兼职吗?"

沈木兮怔怔地抬头,撞进了他蕴含着笑意的眸底,一瞬间就全都懂了。

身后有大束初晨的暖阳铺洒进了餐厅,像是就在那一刹那,太阳撕破了云层,浅橘色的熹光落在皮肤上,缱绻得像是爱人的抚摸。他们的影子在暗色木质地板上被斜斜拉长,中间隔着那段很短的距离,他低着头,在看她,她仰着头,回望他。影子的颜色很淡,似乎就快要融化在了阳光之下，可又像是很清晰，能看到那两颗心脏的跳动，在同一个频率之上。

你们的生活中有出现过这样一个人吗？他明明不是你的亲人，跟你没有任何血缘关系，他在你最难堪最狼狈的时候出现，他向你伸出一只手掌，带你逃离万丈深渊，他说，天总会亮。他悄然地帮你将一切都安排周密，事无巨细，他懂你全部的顾虑与难以启齿，他的情绪不怎么外露，他喜欢在外人面前戴上一张冷漠薄情的面具，可是，他的细心，他的温柔，他不为人知的脆弱，甚至是他的笑，也全都给了你啊。

怎么会不动心，怎么能不动心？

Chapter 16 蜗 居

　　还没到学校门口，车子从路口一转弯，沈木兮远远地就看到了那鳞次栉比停了一长排的私家车。

　　"我的天！"沈木兮惊呼一声，叹了口气，交代陈铭道，"你把车停在这里好了，我自己过去吧，免得待会儿不好倒车。"

　　陈铭点头，还是把车又靠里开了一小段才停下。

　　沈木兮拉开车门下去，看了眼时间，把棉衣拉链拉高，缩了缩脖子，从那排车海内侧的小路往门口方向跑过去。

　　学校正门口已经里三层外三层地挤满了家长，当然，其中的私家司机可能占了一大半，场面壮观得堪比高考考场外候考家长的强大阵容。

　　沈木兮一点点侧着身子往里面挤，听着那些家长你一言我一语地闲谈，忽然就有些心疼这些十三四岁被父母送来住校的孩子了，他们中的绝大部分应该都是因为父母工作太忙，疏于对孩子学习指导以及生活上的管理，所以才不得不狠心地把孩子扔到这所近乎全封闭的寄宿制学校吧。

　　回想自己这个年纪的时候在做什么呢，每天去学校都有司机接送，早餐恨不得都是保姆送去床边喂下，再想沈木腾，眼眶几乎是无意识地狠狠一酸，她揉了揉，又深深吸了一口气，竭力把那些无用的情绪压回心底，踮着脚，仰起头隔着铁门栏杆往校园里张望。

身边中年男人居多，沈木兮站了没几分钟，身后几个男人便开始了随意的攀谈，从最近的天气到房价，再到买车摇号的机制又做了什么调整，谈到兴浓，又互相送了根烟，纷纷点燃，边吞云吐雾边继续畅谈。

今天难得没有风，所以那青白的烟雾很快就把沈木兮团团包裹了一圈，她皱了皱鼻子，对这浓烈的烟味说不出的反感，看了看自己好不容易挤到前排的位置，又往别处扫了两眼，似乎情况都大致相同。

她低下眼，索性用手心扣住口鼻，脚尖抵在地上划了划，也不知道季遇白平日里看自己洗碗时吸的是什么烟，同样都是烟草，怎么会有这么大的区别呢。空着的那只手随意地垂到棉衣口袋里，指尖忽然触到了一个什么东西，划过了指腹，有些坚硬，她怔了一下，很快又心里一喜，立马把东西拎了出来，手里捏着的是一个黑色的一次性口罩，是那天去接机时季遇白随手塞到自己口袋里的那个。这件衣服上次接机穿完后就直接挂到了衣柜里，一直没有整理，连带着这个口罩也就被忽视遗忘了。她眼睛顿时明亮起来，也顾不得这是季遇白戴过一次的，而且还是感冒时候戴过的，这会儿她将对折在一起的两面舒展开，轻轻抖了抖，直接戴到了自己脸上。

那些刺鼻的烟雾瞬间就被过滤掉了大多半，沈木兮欢快地原地跺了跺脚，用力地吸几口气，竟还能嗅到一丝淡淡的香气，不细闻，根本就闻不出来。她又深深吸气，感觉香味像是更淡了，撇了撇嘴，不由得放轻了呼吸，似乎再用力那味道就能消失了一样。鬼使神差地，她从包里取出手机，打开前置摄像头，对着屏幕调整了一下口罩的位置，又掸了掸刘海，然后"咔嚓"一声拍了一张自拍。

身后那几个男人的注意力同时被她吸引过来，看了几眼，又置若罔闻地移开。

沈木兮不甚在意，打开那张自拍，手指触上屏幕将照片放大，细细观察了一会儿，表情似乎太过冷漠，那双眼睛没有温度，总觉得越看越不上镜，索性删除，调整姿势和镜头角度，恬静一笑，虽

然看不到上扬的唇角，但眼眸已经弯成了小月牙。这才满意地点开
与男人的短信记录，按下发送。

手机还握在手心没有放回去，前后不过一分钟，短信收到回复。
沈木兮满含期待地打开，结果发现事实令自己很失望。隔着屏幕，
似乎都能想象到季遇白输入这几个字时的冷淡表情。

不会用 PS 吗？把身后那几张脸 P 掉。

她气呼呼地哼了一声，差点把手机都扔了，正想着怎么讽刺他
不看重点呢，那边又来了一条短信：**口罩似乎很眼熟？**

沈木兮轻勾了下唇角，一字一句念道："算、你、还、有、救！"
念完，短信也编辑成功，指腹带了点力度地点下发送。

她正心心念念等着这人怎么回复呢，肩膀忽然被谁用了些力气
地一揉，她身子瞬时僵硬，惊愕地抬头，正要上手，看清面前的小
孩后又摸着胸口松了口气。

"姐你玩什么呢？"沈木腾上来就要抢她手机。

"一边儿去，小孩子别瞎闹！"沈木兮有些心虚地把手机锁了屏，
扔到棉衣口袋里，拉着小孩要往人群外挤。

或许是她刚刚过分专注于短信内容，竟丝毫没有注意到学校大
门已经打开，个头高矮不一的孩子们像是长时间关进了囚笼里的小
鸟儿，终于重获自由，这会儿叽叽喳喳地一股脑都冲了出来，有的
被家长搂在怀里兴奋地讲着最近的趣事，有的蔫着头跟在司机身后，
还有踮脚往马路方向巴望的……刚还近乎沉郁的气氛骤时就被这些
孩子点燃了，取而代之都是雀跃和青葱。

"等一下，麦老师还在我后面呢。"沈木腾困着她肩膀，又转身往
铁门里面那排小路上巴望。

沈木兮扶了扶额头，无奈极了："小腾，麦老师待会儿也要回家
吧？有事的话等周一你再找他？"

"不是。"沈木腾敷衍了一句，又踮起脚越过攒动的人头对着正往
这边跑来的麦思明摆手，"麦老师说他离咱家很近，以后你如果没空
的话他就送我回家，这次我们也说好了一起走的。"

沈木兮不知道哪来的火气，甩开他搂着自己的胳膊，沉着脸说：

"那你们一起回家吧，我先走了。"

"别别别。"沈木腾赶忙拉住她，懊恼地皱起眉，"姐我错了，我以后就跟你回家，你别不管我。"

这句话猝不及防地正戳到了她心窝上，她咬着牙，用力地闭了下眼睛，将眼底那层水雾消散，再转身时已经迅速整理好了所有的情绪，推了推他脑袋，故作生气地绷紧下巴："屁话，我跟你开玩笑呢，我不管你管谁啊，笨蛋！"

沈木腾憨憨一笑，深低着的脑袋这才抬起来，眼圈微红。

沈木兮心疼地抬起手去按他眼角，沉声警告："你敢哭，信不信我拿这件事笑话你一辈子？"

沈木腾抹了把眼角，嘿嘿笑了一下，又抬起胳膊去搂她肩膀。

麦思明穿过熙攘的家长和学生挤了出来，隔着几米远站在沈木兮对面，冲她摆了摆手，露出一口小白牙："我还想着你如果没时间来的话，我就顺路送沈木腾回家呢。"

"不用了，谢谢麦老师，我课少，周末一般都有空的……"话还未落，放在棉衣口袋里的手机响了一声，是短信，沈木兮低了下头，有些按捺不住地想着季遇白的回复，手伸进去握住手机，又抬头对麦思明笑了一下，礼貌告别，"那我们先走了，麦老师再见。"说着，就带着沈木腾转身继续往外挤。

"木兮。"麦思明在身后又喊了一声，这样亲昵的直呼她的名字竟让她心里产生了些轻微的抵触，说不出是哪里不对劲，听进耳朵里又觉得怪怪的，她揉了下眉角，面色平和地转过身。

"一起走吧，我去外面打车，我也住东城，刚好顺路。"

麦思明笑得一脸真挚，笑容干净而阳光，那张浅古铜色的脸上满是张扬的青春气息，可她怎么就觉得自己和他不是一路人呢？

属于她的大学时代，青春时代，是沉闷的，不是张扬的。

唯一可以让她能放肆地哭、放肆地笑，只是在有季遇白的地方。

不会是别人了。

没有别人了。

"我叫过车了，就在那边。"沈木兮委婉地说完后还耐心地给他指了指方向，看着他瞬间失落下来的眸色，心里又是一荡，自己这样做似乎有些不妥？再怎么说，他也是沈木腾的体育老师，而且对方似乎也并没有真的做出什么实质性的表示。她咬了下嘴唇，站在原地有些踌躇。

还是沈木腾大咧咧地打断了两个人尴尬的局面："麦老师那就坐我姐叫的车好了，反正两个人也是坐，三个人也是一样的。"

麦思明安静地看着她，在等待她的回答。

"当然可以了。"沈木兮点点头，眼眸弯了一下，"走吧，我带你们过去。"

三人两前一后地从人潮里往外穿，身后时不时还能听见小孩们跟麦思明打招呼的声音，似乎真如沈木腾所说，麦思明很受学生们欢迎。

沈木兮第一次真切地生出一种感受，自己似乎置身于这群孩子当中，才终于不那么像个小孩儿了。这个突然冒出的念头有些不合时宜，也有些可笑，她捏着手机的那只手力度微收，忽然就无意识地笑了一声。

沈木腾低头看她两眼，有些奇怪："姐，你最近变化好大。"

沈木兮反应有些慢，过了好一会儿才"嗯"一声，答非所问："待会儿我回家给你做饭，姐最近厨艺有所见长哦！"

沈木腾不以为然地叹气："什么叫厨艺有所见长，你以前根本就连厨艺都没有好吗？好像连怎么用天然气都是我教你的吧？"

沈木兮暗戳戳地就着搂住他腰的姿势狠狠对着他腰侧拧了一把。

沈木腾倒吸凉气，又"哎哎"直求饶。

麦思明在姐弟俩身后跟着，看到这一幕也弯起了唇角。

从那川流不息的车海旁穿过，听着那些忽高忽低不停催促的鸣笛，沈木兮捂了捂耳朵，又仰起脸往车海尽头去看。

陈铭已经将车掉好头，就停在车海尾端不远处的马路边，跟身边聒噪的战况相比，这里与世无争，安安静静。

沈木腾顺着她目光的方向看了两眼，发现根本就没有出租车绿色的影子，诧异道："姐，你叫的车呢？不是等不及走了吧？"

"屁！"沈木兮拍他一下，从善如流地按照季遇白的提醒淡淡道，"我叫的顺风车，不是出租车，他敢走，走了我给他差评。"

沈木腾"哦哦"两声，又回头看了眼跟在身后两米左右的麦思明，冲他勾手："麦老师，你快点。"

说话间，他们离那辆黑色的大切已经越来越近了。

陈铭看到沈木兮走近，几乎是条件反射般地就开门跳下来，走到后排车门处正欲拉开，沈木兮暗暗咬了下嘴唇，急促地打断他手上的动作："那个，我们临时又加了一个人，没问题吧？"

陈铭一愣，大脑立马反应过来，沈木兮在路上就已经交代过了，他待会儿要扮演的身份是顺风车车主，可不能像对待大老板一样毕恭毕敬了。刚摸到车门的手立马收回去，他微微点头："当然没问题。"这能有什么问题呢？他敢有什么问题呢？陈铭抹了把额头隐形的冷汗，抱着大不敬的心理拉开驾驶室的车门，自己率先坐了进去。

沈木腾眼睛瞪得大大的，看着面前这辆黑色的大切极其不可思议，他扭头问沈木兮："姐，你顺风车叫来一大切？还是你知道我喜欢这车型特意选的？"

"我怎么知道就刚好叫了这辆车啊。"沈木兮有些心虚地舔了下唇角，声音越来越小，"这都是系统随机的吧，不对，好像是抢单，刚刚那个司机正好抢到了。"

"霸气！"沈木腾松开她肩膀，走过去踢了踢轮胎，兴奋地直嚷，"真牛，这车是顶配吧，轮胎看起来都不一样。"

沈木兮："……"

她拉开副驾驶车门兀自坐进去，见沈木腾还在兴奋地摸摸这儿摸摸那的，轻轻蹙眉，无奈地喊他："赶紧上车，看你这点出息。"

陈铭无声一笑，心想，你姐真是比你出息多了，喝醉酒之后差点把车门给踢个窟窿出来。

麦思明走近后看了眼大切的车牌，眸色渐渐幽深，有些事实不言而喻。

沈木腾转身拉了他一把："上车吧麦老师，这次真是占到大便宜了，我姐叫顺风车竟然能叫到大切，还是一顶配呢。"

　　麦思明扯了下唇角，隔着车窗看了眼坐在副驾驶低头专注看手机的那个背影，喉咙涌出丝丝酸涩，车门被沈木腾拉开，小孩兴奋地拽着他胳膊把他带了进去。

　　两个人才刚坐下，就听沈木兮轻轻地"嘁"了声，手机"咚"的一下扔去中控台，又对着窗外一甩头，把口罩扯下来用力塞到口袋，不知道在跟谁较劲。

　　沈木腾把车门关上，困惑地看她侧脸一会儿，忍不住问："姐，你有病啊？"

　　沈木兮扭头瞪他一眼，冷冷地说："是啊，我病得都没救了。"

　　沈木腾不明所以地摇摇头，搓了搓脖子，又索性别过脸看向窗外。

　　麦思明看了沈木兮一眼，又看了看驾驶室的陈铭，没说话。

　　陈铭在后视镜与他对视一眼，礼貌性地微微颔首，启动车子，轻打方向盘驶进了车流。

　　沈木兮气呼呼地踢了踢车前板，又把手机捞回来，屏幕解锁，仍旧还停留在季遇白的短信回复界面：没、救、的、是、你。

　　这一路车内四人都近乎无话，却又心思各异，除了沈木腾偶尔的插科打诨一句，后来见没人回应，吃瘪两次，索性也嘴巴闭得紧紧的。

　　麦思明家离沈木兮租住的房子的确很近，步行也就十几分钟。

　　陈铭将车停在了小区门口，麦思明先一步从背包里拿出钱夹，探身过去，递去一张百元人民币说："您看这够吗？"

　　沈木兮忙不迭地推了推他的手说："我来就好，麦老师你把钱收回去。"

　　陈铭有些尴尬地看了沈木兮两眼，一时不知道自己究竟该不该接这钱。

　　沈木兮一只手推着麦思明，一只手从包里去摸到钱包拿出来，结果发现里面现金只剩五十了，无语地咬了下嘴唇，直接将钱塞到陈铭的手里："咱们说好的，是五十吧？"

　　陈铭木讷地接过沈木兮的钱，又木讷地点点头。

　　沈木腾拧眉看了他们一会儿，忽然不解地问了一句："顺风车不都是网上计费网上支付吗？你们在干吗呢？"

　　麦思明也看向沈木兮，似探究，似无意。

　　"咳！"沈木兮像个说谎话被当场揭穿的小孩般，"腾"地一下就涨红了脸，她低了下头，连声音都变了，局促地解释，"我支付宝里没钱了，所以已经跟人家说好用现金支付了。"

　　陈铭随即也在一旁附和："沈小姐之前的确是和我说过的。"

　　麦思明笑起来，把钱放回钱夹，打破僵局道："那中午我请你们吃饭好了，这附近刚好我也很熟。"

　　沈木腾有了之前的教训，这会儿安静地看着沈木兮，丝毫不敢造次。

　　"改天吧，我和小腾待会儿有事要去趟市中心，中午可能赶不回来。"沈木兮耐着心说完，又对沈木腾点点下巴，"小腾，帮我把背包拿一下，跟麦老师再见。"

　　沈木腾不情不愿地对麦思明耸了耸肩膀，拎起自己腿边那个小背包，闷闷道："麦老师周一见。"

　　麦思明点点头，没再说什么，从另一侧拉开车门跳下去。

　　沈木腾下了车，颠着小背包晃了晃，听到清脆的撞击声，好奇地拉开拉链看了眼，里面全是些洗面奶和瓶瓶罐罐的护肤品，他边低头走去沈木兮那边，边疑惑地问："姐你这段时间没回过家吗？这些东西怎么还随身带着呢？"

　　沈木兮心虚地从他手里将背包一把拎回来，将拉链拉好后说："我一直住宿舍呢，今天刚好和你一起回来。"

　　麦思明走出去没几步，听到这句话又回头看了眼姐弟俩的背影，迎面有风吹来，沈木兮的发尾被轻轻卷起，像是在日光里散开了一朵高贵的黑玫瑰，她侧过脸，不知道附在沈木腾耳边说了句什么，笑容很美，可又莫名刺眼。他有些愣了神，恍惚地想起了一些什么，再转头时，陈铭开着车从他身旁擦过，带起了一阵风，他衣摆翘了翘，目光随之望向那个迅速消失在了拐角处的车尾，慢慢眯起眼睛，拿出手机，记下了一串车牌号。

近一个月没回到这个小区了。不知道是不是天气作祟的缘由，乍眼扫过，那排灰黄的、上了年头的居民楼看起来破败而萧条，墙体外的墙皮剥落了，斑驳不一，像是迟暮老人的皮肤，皱纹横生，没有一丝生气。

沈木兮低眼，心里陡然涌起一股压都压不住的情绪，甬道旁是已经干枯落败的灌木丛，枝条繁密，纵横交错，脚下铺洒着薄薄一层碎开的枯叶没人打扫，鞋子踩上去，似乎能听到叶子裂开的声音。

是谁，带她一步步离开了这落寞不堪的浑浊淤泥？是谁，递给了她一只干燥温暖的手掌？又是谁，教会她面对别人的欺辱时不需要忍气吞声委屈自己？

她摸到口袋里那只一次性口罩，皮肤触上去，似乎那么近、那么真切地感受到了他残留在自己身边的气息。

沈木腾撞了撞她胳膊说："姐，我们待会儿去市中心做什么？"

沈木兮收回神，抬头望天，用力眨眨眼，迅速回过神来，斜他一眼："带你去医院做个全面检查，看看这缺根筋的脑袋还有的治没。"

沈木腾："……"

沿着坑洼不平的甬道转了几个弯，两人并肩站在了七号居民楼下。

沈木兮往里面看了一眼，楼道里头晦暗幽深，不见阳光，空气中弥漫着淡淡的潮湿和霉味，她两步迈上台阶，用力地咳了一声，又使劲跺了跺脚，头顶那盏声控灯不知道是不是坏了，这会儿怎么都不亮。

沈木腾走过去一只手搭在她肩膀上说："我来试试。"

他清清喉咙，大声一咳，声控灯忽闪了一下，亮意昏黄，结果还没持续几秒钟，又暗了。

一楼左边住户的门被推开，房间微弱的亮意涌出来几丝，一位老奶奶拎着垃圾袋步伐蹒跚地出来跟他们说："别吵了，这灯坏了好些天了，又没人来修，怕黑就自己准备个手电筒，你们这些孩子，天天晚上也咳早晨也咳，我那老伴都快被你们吵成神经衰弱了。"

沈木兮叹口气，跟老人道过歉，打开手机的手电筒对准前面，一道亮光投射进昏黑的楼道，勉强可以看清路和楼梯，她一手拉过沈木腾，两个人并排牵着手往上爬。

脚步停在那扇熟悉又陌生的防盗门外时，两个人紧牵在一起的手心已经渗了一层薄汗，说不清究竟是谁的。

沈木腾轻轻喘着气往墙上一靠，沈木兮低头从包里摸钥匙，打开门后又拉他一把说："别往墙上靠，待会儿衣服上又沾一层灰。"

人还没进门，迎面就是一股难闻的气味扑面而来，像是楼上下水道遗漏，还混合了墙面石膏泛潮后的刺鼻味。沈木兮拿手心扣到脸上，连拖鞋都没来得及换，直接跑去客厅的窗边把两扇窗子都打开，又蹬蹬地跑回去，站在门口，背过身去深深地吸了两口气，皱起眉："要不咱们换个房子吧，这里真是没法住人了。"

沈木腾往里面张望了一眼，除了空气不太清新之外，其余的家居摆设一如离开的时候，简单却也整洁，他轻弹了下沈木兮的头说："姐，你回家偷吉他去了？还是打工赚大钱了，说话都比以前有底气了。"

沈木兮拿手肘怼了他一下，没吱声。

开窗通风了不下十分钟，房间内的空气才算是勉强能接受。

沈木腾把自己背后那个鼓囊囊的大背包往门口一扔，整个人都摔进了沙发里，望着天花板长长叹口气："你给我找的这学校简直就是一学霸养成基地。"

沈木兮过了会儿才从洗手间探出身子，确定了洗衣机还能正常运转，回门口把他的背包吃力地拎过去，拉开拉链，把里面的脏衣服一股脑地倒出来，一件件地拎起来摸口袋，然后通通扔进洗衣桶里。

沈木腾自己躺了会儿，见沈木兮不理他，窗外吹进来的风又凉得刺骨，搓了搓胳膊，他自己坐起来，跑去窗口把两扇窗户都关好，又颠颠地去洗手间门口，扒着门框跟献媚似的笑："臭袜子我都自己洗了，这个好习惯是从小就有的，所以待会儿能带我去吃牛排吗？"

沈木兮扭头看他，不知怎的，忽然就想起了季遇白第一次在自己面前煎菲力牛排的样子。眨了眨眼，回身继续往桶里倒洗衣液，最后把盖子盖好，洗了手，就着水汽用力地揉一把小孩的头，冷冷道："先给我保证，以后在你那个麦老师面前别乱讲话，我对他一点兴趣都没有。"

中午去吃饭的时候沈木兮叫了司影一起。

司影先到，提前选了一张靠窗的四人桌，面前放了一杯柠檬水，边翻着菜单边时不时抿一口。

沈木兮带着沈木腾进去，坐在司影对面，又一本正经地给二人做介绍："这是你司影姐，叫人。"

沈木腾皱眉睨了眼旁边这颇有些强买强卖意味的姐姐，有些不情愿地对司影一点头，闷声闷气道："司影姐好。"

司影哼笑一声，抬手揉揉小孩咋咋呼呼的头发，把菜单递给他说："你姐欺负你，你就不知道反抗啊？太乖了。"

沈木腾轻轻摇头，一副无可奈何的模样："我就是被她欺负大的，连袜子都没给我洗过，她的袜子还是我洗。"

沈木兮翻了个白眼，还没来得及发火，沈木腾已经迅速调整好了状态，指着菜单上的菲力牛排套餐，笑眯眯道："姐，你说我是吃这个三百九十八的菲力好呢，还是吃今天特价九十九的黑椒牛排好呢？"

沈木兮也笑眯眯地看他一眼，然后跟服务生一摆手说："给他来一份今天特价的牛排套餐。"接着又指着菜单上主厨推荐的台塑牛排，"我要这个，司影你吃什么？"

"跟你一样就行。"司影看着被气黑脸的沈木腾，忍不住笑了一声，吩咐服务生说，"给他换成菲力，不要特价的，刚刚在开玩笑。"

沈木腾拖着椅子直往外拉，黑眼睛滴溜溜地盯着司影说："司姐姐，我待会儿跟你回家行吗？"

沈木兮："……"

这种弟弟不要也罢。

到底是顾及有个小孩在旁边，沈木兮几次想问问司影和杨言最近怎样了，而余光一扫到身边优雅地切着牛排的那张脸又忍了回去，所以这顿饭全程就是听沈木腾时不时地插科打诨讲讲学校里都发生了些什么新鲜事，司影十足地配合，少有的笑个不停。

一直到最后的甜点也见了底，沈木腾擦了擦嘴角，起身去洗手间，沈木兮才终于有机会开口打探了一句："杨言后来去找过你没？给你发信息老也不回我。"

司影单手撑着脸颊，拨了拨耳边的头发，回答得有些漫不经心："他可能真是闲死了，天天晚上都过去喝酒，而且每次都是一杯酒能喝两个小时。"

沈木兮哼笑一声："看来这真是下了决心的，那句话怎么说的来着，一个人有多不正经，就能有多深情，我觉得，你真的可以试一试，这么些年都过去了，尤其是有了那件事情作铺垫，没准他爸妈的想法也改变了不少呢。"

司影轻轻地摇了摇头，笑了一下，眼底没什么多余的情绪："这东西不敢轻易试啊，搞不好了，你能难受一辈子，其实我胆子还真挺小的，别笑话我啊。"

沈木腾脚步轻快地从过道里小跑过来，打断了二人渐渐沉重的对话："下午咱们上哪玩去？要不然我们去司姐姐上班的酒吧玩会儿？"

沈木兮重重地对着他后脑勺就是一巴掌，沉声训斥一句："回家写作业去，才几岁就想泡吧了？"

司影特别仗义地揉了把小孩的脑袋说："没事，我等你长大的那一天，现在就预约上啊，你十八岁生日的时候，酒水我全包了。"

沈木腾眼睛一亮，冲她伸出小拇指："三年之后，司姐姐说话算话！"

沈木兮撑起下巴在旁边看着嬉笑打闹的两个人，又想起公寓里不知在翻杂志还是午后补觉的男人，忽然就觉得，自己的世界真的很小，小到深夜的时候一抬手就能摘到天幕上心爱的星子和月亮，小到白天的太阳似乎占据了一整面天穹，日光又亮又暖，她的小世界每一处都是微晒的温柔。

她就蜗居在这一方天地，不论城外是璀璨是耀目，是星火是稻田，她哪里都不想去了。

Chapter 17 沉 默

　　沈木腾汇报完自己的月考分数和名次后，这个来之不易的周末愣是被沈木兮扣在家里哪都没去成。他自己心里也明白沈木兮在他身上投了多少希望，嘴里抱怨几遍，家里还没学校自由后，也没做出什么实质性的反抗，乖顺地完成了作业，又耐心地听沈木兮给他勾画过的比较薄弱的数学重点做了讲解。当然，每天一到饭点又会各种卖萌撒娇地缠着她给自己点想吃的外卖，沈木兮本都做好准备给他一展厨艺了，结果小孩不管怎么劝都不听，就是不给她机会。她最后倒也无所谓，正好落得清闲。

　　空置了许久的小房间似乎刚回升起了温度和生机，周一就如约而至了。

　　沈木兮早早地就把沈木腾去学校要带的衣物和日用品零食分门别类装好了，早晨又在熹光微露的时候起床跑去早市买了一袋子新鲜的雪梨和苹果，回家洗好了一个个擦净水珠，用保鲜袋封装，方便他想吃的时候直接拿来就能吃。正往嘴里送着粥，沉寂了近两天的手机忽然响了一声。

　　沈木兮淡淡瞥过去一眼，看清屏幕上亮起的短信提示后，立马扔下手里的粥碗，反应有些过激地把桌边的手机捞过来。

　　沈木腾看了她一会儿，有些困惑："不知道的人还以为你谈恋爱了呢。"

沈木兮压根就没听到沈木腾在嘀咕什么，这还没见到人，只从屏幕上看到那关乎他的名字便已经足够让她心跳加速了。她觉得自己变得有些神经质，可压根又控制不住这近乎出于本能的条件反射。

短信内容一如既往的言简意赅：*待会儿杨言去送你们。*

沈木兮抿着唇角笑了起来，想了想，还是拒绝：*我们自己打车就行，多方便啊。*

等短信回复的空，她夹起一只小笼包塞到嘴里，才咬下一口，手机就又响了起来：*这也很方便，况且你的烂桃花似乎也不少？*

沈木兮喉咙被"烂桃花"那三个字卡了一下，夹着小笼包的筷子扔到餐桌上，她扭头用力地咳起来，脸颊涨得一片火热，余光看到沈木腾看她的眼神更奇怪了，又忙不迭地摆手，结果摆了半天愣是一句话都没说出来。顺过气，她把手机扔到一边，想了半天也不知道这条短信该怎么回复。

潦草地解决了碗里的粥，沈木兮快速地收拾好餐桌，打发沈木腾再检查一遍自己的东西有没有遗漏，最后走到门口了，回头看了眼，又跑回卧室，把自己的小背包背上，带着沈木腾下了楼。

她自己一点都不想再回到这个地方。这里不是家，不温暖，也没有她想要看到的人。

姐弟俩还没走到小区门口，隔着远远的一段距离就先看到了杨言那辆白得刺目的捷豹小跑。沈木兮扶了扶额头，深吸一口气，心里暗自盘算着，今天该怎么解释，难道还像上次一样，说是用打车软件叫来一辆跑车？这打车软件是季遇白的蓝衫资本开发的吧？

沈木腾撞了下她胳膊，眼睛直直地盯着那抹夺目的白色，好奇道："姐，那辆车有点眼熟，是上次送你去学校的那辆吗？"

是……还是不是呢？沈木兮轻轻喘口气，含糊应付了一句："是吗？待会儿我过去看看。"

她手机才刚从口袋里拿出来，解锁密码都没来得及输，就听空气里飘来杨言那痞里痞气的声调："沈木兮，赶紧的，磨蹭什么呢？还有旁边那小孩，小伙子长得真帅！"

沈木兮："……"

沈木腾："……"

能装作不认识这个神经病吗?

沈木腾这下彻底确定了自己心里的某个想法,眼睛直勾勾地盯着靠在车尾凹造型耍酷的杨言,以自己的方式试探着沈木兮:"姐,好像还真是你上次那个朋友,不过我之前怎么没见过他啊?而且年纪看起来蛮大的。"

沈木兮心想,是蛮大的,都奔三了,除了智商像三岁。

她选择缄口不语,待会儿见机行事,如果杨言敢乱来,她一定把车门给他卸下来一扇当废铁卖。

沈木腾看她除了叹气什么都不说,心里更确定了,这会儿走近了那辆车,索性背着包自己先跑了过去,冲杨言点了点下巴,一本正经地问:"我是沈木腾,你是谁?"

沈木兮见状立马也提步快跑过去,总怕杨言这缺心眼儿的真说出一句不该说的。

果然,她还没站稳,就看杨言吊儿郎当地一仰脸说:"我是你姐夫啊。"

沈木兮气得差点骂街,狠狠地咬着牙,把肩上背的小包拽过来直接往他身上扔。

杨言眼睛瞪大,吓了一跳,又及时接住那看起来承担了不小火气的包,用力地睨了沈木兮一眼,再看小孩,立马换了个慈眉善目的表情:"你司影姐说特别喜欢你,所以我今天特意来送你上学。"

沈木腾一直紧绷的肩膀立马垮下来,长长地"哦"了一声,说不出是意外还是庆幸:"原来是司姐姐的男朋友,我说我姐怎么说也不会看上你这样的啊。"

杨言对于自己这个新称呼十分受用,笑眯眯地抬手去揉小孩的头,结果揉了一半又突然顿住,这才反应过来后面半句话似乎有点不对劲。他张了张嘴,又别过头去,舌尖顶了下腮帮,到底是发不出火,再看当事人之一的沈木兮已经笑得一脸春风荡漾地拉开副驾驶车门矮身坐进去了。

沈木腾看他瞬间阴沉下来的脸色也不慌不乱的,这会儿小大人似的拍拍杨言的肩膀，语重心长道："我觉得你和司姐姐很配，我姐不行，她给我找姐夫一定得找一个成熟稳重型的那种。"

杨言："……"

谁能告诉他这孩子说话到底是得到了谁的真传？他可以选择只听前半句吗？

杨言是个自来熟，沈木腾是个人来疯，这一路都在各种讨论各种聒噪个没完。

把沈木腾送到学校，看着那道清瘦的背影消失在了教学楼转角，沈木兮也长长地松了口气，终于不用再继续担心杨言这口无遮拦的大嘴巴了，这会儿看他心情不错，便顺口问："你现在天天去酒吧找司影？"

"嗯。"杨言应一声，启动车子掉头，过了会儿又说，"我老爹现在总担心我哪天就喝死了，其实他不知道，我每天就喝一杯酒，还是低度的，要说以前那些日子，死就死了，现在可不想死了。"

沈木兮听出话外之音，哼笑一声，看他难得正经下来，也索性把自己想说的都开门见山地说了："司影家条件不好，跟你爸妈想象中的未来儿媳妇的家境差距不是一丁半点，你有把握他们能接受司影吗？而且，是真正的接受，结婚之后不会被人戳脊梁骨的那种？"

"小爷我现在对女人有阴影你知道吗？"杨言答非所问，沉默了半晌，忽然换了种语气，"就从那次之后，我现在真的，我看见别的女人都一点没有心动的感觉，真邪了门了。我一开始还以为自己完了，特意去医院做了检查，结果人医生说我是心理问题，找到问题源头解决了就什么都好了。"

沈木兮费解地盯着他看了半天，终于明白司影为什么不愿意与他在一起了，敢情他只是为了治病。

"我算是明白了。"沈木兮哼了一声，斜他一眼，"你还是别去祸害司影了，有病看病，去医院，精神病医院，别去酒吧，治不好你。"

"我觉得这就叫命中注定，我这大好年华就全栽司影那丫头片子身上了。"杨言摇摇头，叹了口气，说不出是无奈还是遗憾，脸上表情复杂极了，五味杂陈，"但是没办法，爷就是喜欢她那股一穷二白，明明什么都没有，还拽的跟二五八万似的，栽了就栽了吧，我认。"

沈木兮听着他这猝不及防地一个转折还愣了一下，再细想，也对，这才是杨言该说的话，要是一上来就各种煽情各种委婉告白，还真是没办法说服别人他是动了真格。

沈木兮不说话，继续安静地看着他，知道他一定还有很多东西会慢慢宣泄。

杨言自己皱眉琢磨一会儿，接着说："我家老头子要是想管这事铁定早就插手了，我都往酒吧跑了这些天了，他愣是什么都没说，除了怕我喝死，其实这件事情怎么理解呢，这么说吧，最后的结果是输是赢还是有一大半原因在我，就拿当年那事来说，也是我不够坚定，一听说我爸妈要为这事跟我断绝关系，家也不让回了，我真害怕了，就犹豫了那么几天，就那么几天，结果就出事了。"

沈木兮看他一提起当年的事情立马就跟换了个人似的，心里也跟着又憋屈又无奈，嘴上却是什么都没法说。说到底，还是太过稚嫩，无论是阅历还是年纪，心里存不住事。

"但这次肯定不会了，那会儿还上大学呢，二十来岁，年轻气盛的，就跟你现在似的，幼稚，小屁孩一个。"杨言昂头对着她哼笑一声，见沈木兮反应有些过激，绷起脸直瞪他，又吊儿郎当地撇撇嘴，转过头接着说："这会儿都三十多岁的人了，自己想要什么，哪些东西是真的，能抓住的，攥到手心里真的属于你，哪些是假的，一阵风就能飞了的，心里还能没点数吗？只要司影真能答应跟我在一起，不用我爸妈威胁我，他们要是不同意，我就自己提出来另立门户去，别看我现在成天不务正业，我就是故意做给他们看的。而且，不是还有遇白吗，你遇白哥哥动动手指，别说我们自己从头开始创业了，玩一辈子也够了。"

沈木兮哼哼两声，不屑道："看你这点出息。"

杨言扭头对她一乐，沈木兮想了想，又正了神，认真地说："你可一定要坚持啊，别半途而废，要不然我可看不起你。"

车子下了郊区高速往市里的方向开，杨言看了眼时间，问她："送你回哪去? 学校还是家里?"

沈木兮想着自己上午也没课，眼睛转了转说："你待会儿上哪去啊?"

杨言手指搭在方向盘上敲了敲，叹声气："我去蓝衫资本找遇白去，不过我可不是去玩的，谈公事，我家老头子一用到遇白了就找我，我就得屁颠屁颠地给遇白端茶送水求人签个字去，你是不知道，你遇白哥哥的公司在我们家那些产业里加起来的股份比我这亲儿子都多。"

沈木兮嗤笑两声："我在家也是天天给遇白洗碗呢。"顿了顿，她有些期待地侧过身子，眼睛亮亮地看着杨言，"我跟你一起去公司找遇白行吗? 我自己待着也没事做。"

杨言刚要答应，嘴巴张了张，又改口道："我得先问问你遇白哥哥，他说没问题，我肯定带你去。"说着，就开了车载蓝牙，拨通季遇白的电话。

清晰而空寥的"嘟嘟"声响了好久，大概都快自动挂断了对面才接起。声音淡淡的，糅合着微弱的电流声，低沉和磁性。

"人送到了?"

沈木兮无意识地低头循着声源看去，看完了又觉得自己这个反应很傻。

"小屁孩送到了，大点的那孩子还在我车上呢。"杨言痞气十足地扭头冲她笑了笑，"小美女想去你公司玩会儿，你要是不忙的话我待会儿就带她过去?"

沈木兮盯着那显示正在通话中的小屏幕眼睛一眨不眨，似乎透过电流能直接看到电话彼端的那张脸一样。

杨言问完，车内陡然陷入了漫长的沉默，甚至逐渐蔓延出了丝丝沉郁，就在空气中迅速发酵膨胀。季遇白忽然就没了回应，那边很静，即使车里开了外放，音量调得很高，却像是连那端的呼吸都听不到。

杨言看了沈木兮一眼，眉梢微挑，似乎是有些愣了，没吱声，沈木兮回望他，视线撞上，她有些困惑地抿紧唇角，连呼吸都被压抑得放轻再放轻。她只是在等一个平淡而简单的回答，可这个问题又像是在无形中被升华，被扣上了一个沉重的枷锁，变得不再那么纯粹。

一秒，两秒，窗外听不到风鼓动车窗的声音，听不到其他车辆刺耳的鸣笛声音，世界都寂静下来，死了一样。

沈木兮有些莫名的心慌。可她又不知道究竟发生了什么，这种空洞和迷茫能要了人的命。

这几近窒息的沉默不知道持续了多久，耳边重新传来季遇白的声音，低哑而晦涩，变了音质，语速很快，说不出的陌生。

"送她回公寓。"说完，通话切断，连一秒钟的停顿都没有。

杨言有些尴尬地掩嘴轻咳了一声，扭头看了沈木兮两眼，似乎有什么话想说，最后眼神躲了躲，到底是选择缄默不言。

沈木兮还在愣神，思绪像是已经飘到了另外一个世界。恍若世外般空旷的原野，她被人丢到了那里，谁也看不到，找不到，身体明明感觉不到风在吹，皮肤却阵阵生寒，寒意遍布。

放在棉衣口袋里的手机就在这时突然振动了一下，是短信。她陡然深深地吸了口气，又吐出，大梦初醒一样，垂眸，手指僵硬地把手机拿出来，屏幕还没暗下去，是季遇白的信息：**木兮，待会儿自己先去接软软回家，今天公司比较忙。**

她木讷地回复，近乎机械的动作：**好。**

手机收起来，她扭头，目光笔直而执拗地盯住杨言，声音平稳，听不出异样："你能给我讲讲遇白过去发生的事情吗？"

"遇白过去没什么事情啊？"杨言敷衍得很明显，单从表情的不自然一眼就看得出来。

沈木兮自然是不会相信的，她轻轻一笑，摇摇头："他有，一定有，像你一样，你们都有自己的过去，不愿意被人触及的一段过去。"

这个世界存在很多种单细胞生物，可却不存在没有过往和故事的人。

　　杨言咬了下嘴唇，眼睛盯着前面好一会儿，终于下定了决心般转过头看她一眼，眉心微锁，面色少有的凝重："沈木兮，我现在只能告诉你，遇白不提的事情，你别多事去追问，对你没好处，对遇白更没有，包括他的家庭，他父母的事情，什么都别问，他跟你说什么，你就听什么，他不说，就代表他真的不想说，不管你是谁，不管你们认识了多久，又发展成了什么关系，懂我的意思吗？"

　　"哦。"沈木兮很平静地点了下头，表情木讷地收回视线，低了下头，淡淡地说，犹如在自言自语，"这就是你们男人的世界，我一个孩子，进不去，也没资格过问。"

　　车子突然一个急刹停在了路边的梧桐树下，沈木兮身子由于惯性猛地往前撞去，就快撞到了控制台，又被安全带弹回，头磕在椅背上，有些疼，有些晕眩，她却像是失了神，丢了灵魂，眼睛空洞地睁着，不知道是在看哪里，又看到了什么，心里的某个地方说不出的，一下就空了。或者说，从来也没有填满过啊。

　　"遇白和我不一样。"杨言咬了咬牙，沉默良久，重新开口时声音变得平静而陌生，"那些没法舍弃的过去，我趁着自己不清醒的时候还能犯浑似的跟你们说说，这是因为我性格就这样，我藏不了自己的情绪，我难受就是难受，喜欢就是喜欢，真要看上谁了，我就不管不顾地去追……"说到这里，杨言摇了下头，轻笑一声，声音里泛起淡淡的苦涩，"遇白从小就心思缜密，他考虑的东西太多，所以牵绊就多了，这样活得多累啊，我们都明白，也劝过，可是没用，这是骨子里生来就有的秉性，改不了，有些事情，他就是疼得下一秒能死了，现在站在你面前，还是那张脸，还是那副表情，你什么都看不出来，你也改变不了什么。所以，待在他身边，聪明点，也安静点，他是真的不容易。"

Chapter 18 家 长

沈木兮回公寓后不久便自己打车去接了软软回家。

小家伙大概真是在医院里闷久了，这会儿被沈木兮用毛毯裹着身子抱出医院大门后没多会儿就开始探出头挣扎着要自己跑出来。沈木兮抱着它坐在出租车后排，时不时就按一按它的小脑袋，又或者拿额头抵着它蹭一蹭，听到小家伙满足地呜咽两声，她也慢慢地笑了。

或许她就应该和软软一样，沉淀心境，做个他心爱的宠物。乖顺、安静、陪伴，蜷缩在他的掌心，偶尔撒撒娇。可她明明又不甘心一直这样下去，她不想做那个永远都长不大的需要被人保护的小女孩。她不是菟丝花，也不可能依附他一辈子。同时她又有些担心，是不是等自己真的长大了，羽翼丰满，就要从他的手心飞走了？所以，如果这样的结局无可避免，那就慢一点，再慢一点长大吧。让她可以再多几个抱着吉他伴他入眠的夜，让她可以在晨跑时同他一起发现一朵忘记凋谢的花。

可是他的伤口呢，又该由谁来帮他医治呢？

沈木兮结束了下午的选修课回家时，软软正自己趴在阳台的落地窗前打滚玩耍，小爪子时不时地按到玻璃上，像是要探出去，又找不到出口。

沈木兮把书放回卧室，拿了一块软绵绵的毯子把小东西裹起来，看了眼时间，已经马上五点了，以往的时候季遇白这会儿都该回家了，今天也不知道是真的在忙还是有其他原因。

室外夕阳正暖，微风很轻，沈木兮怀里抱着小东西下了楼，沿着晨跑时经过的那条石砖路漫无边际地踱着步。

软软很兴奋，小脑袋探出来左右巴望个不停，看着身边经过的那些成年狗狗还狐假虎威地"嗷嗷"两声，叫完后又立马缩着小脑袋躲回毯子里，一动不动了。

沈木兮嘴里念着它没出息，唇边却是洋溢着大大的笑容。

脚步停在灌木丛前的一排原木长椅边，沈木兮抱着小东西坐过去，又把它从怀里放出来，握着它两只软乎乎的前爪交代："现在哪里都不许去，给我在旁边老实坐着。"

软软"嗷嗷"两声算是答应了，沈木兮又眼神凌厉地警告了它几秒才放开对它的控制。

软软很乖，果真就趴着身子在沈木兮腿边一动不动了，除了黑溜溜的眼珠在不停地转来转去，追赶着这些新鲜的事物和风景。

沈木兮抬头去望天，同时一只手落在它背上，有一下没一下地给它顺着毛。

灰白色的天边一大半被染成了橘黄，像是被谁不小心扑洒了画家的油彩盒子，那抹颜料由深及浅，一层层晕开，向着远方无尽的蔓延，没有边际。

沈木兮眯起眼睛，朝着那副美轮美奂的油画伸出自己另外一只手，顿在空气里，挡到了眼前。五指张开，指骨纤细，被余晖笼盖上一层薄薄的暖意，白得近乎透明。

她从指缝里捕捉到了路边那两棵掉光叶子的木棉树，枝丫桠稀疏地编织在一起，像是那个人手心里干燥的掌纹。她忽然很想弹吉他，想唱《远辰》，想唱那句"爱你锋利的伤痕，爱你成熟的天真，多谢你如此精彩耀眼，做我平淡岁月里星辰。"还有很多首她喜欢的歌，她都想要唱给他听。

从清晨的微薄熹光里，唱到日光高照，唱到斜阳西落，唱到夜色渐浓。

思绪被放空，神游到了另外一个星球，长椅忽然微微一颤，身旁一直安静的软软小小地"呜咽"一声，沈木兮伸向空中的那只手还没来得及收回，就先下意识地朝旁边扭头看过去。

男人眉眼低垂着，目光温柔地看着被她抱在怀里的小家伙，像是在注视着他的孩子般慈悲，那唇角微勾，丝毫不见那张脸上平日里的薄凉和淡漠。

她忘了收回自己停驻在半空中的手掌，呆愣地看着宛如天降般的他，看他温润的眉梢眼角，看他微挺的鼻翼，看他半眠的薄唇，看他在夕阳之下身披薄光，看他微笑，看他神秘，看他总是不欢不喜、无悲无乐。

世间人千万，或优越，或平凡，或俊美，或淡然……又都不过如斯。

他抬眸看向她，变回了他平日里的样子，眼底的情绪清浅无痕："木兮，起风了，回家吧。"

她终于想起收回那只手，对他弯了下唇角："好啊。"

季遇白拿起毛毯重新将软软包裹进去，抱到怀里，沈木兮走在他身边，一路安静。

微风不语。

对于今天发生的事情，谁也没提，他们之间似乎总有一种难以言喻的默契。

带软软打完第三次疫苗时已经临近年尾。

前些天刚下过一场大雪，大片的雪花飘零了两天一夜，整个世界都落了白，枝丫树梢、窗沿、阳台，都铺了厚厚的一层，柔软而绵细，阳光照过，白得晃人眼。地上的积雪能没过雪地靴的绒面，每踩一脚都能留下一个深深的印子。马路上已经撒过工业盐化雪，到处都湿漉漉的，空气里还能闻到淡淡的沥青味，小区里石砖路上的雪经过环卫工人的清理也渐渐都被剥离堆到了一起，是一个又一个灰白色的大雪堆。

沈木兮专门挑着那些积雪还没被污染过的草坪里去跳了几跳，踩出来几个小小的印记，然后心满意足地回头看几眼，再跑回路上，跟在季遇白身后。

季遇白扭头看了看她，笑笑没说话。

转了弯，又看到楼前一小片被雪盖住的菜园，沈木兮如法炮制，不知疲倦。因为她喜欢雪啊，喜欢白色，喜欢白这一个字眼。

终于进了电梯，季遇白垂眸看着她脚上那双被融化后的雪水浸湿的雪地靴，眉心微微一蹙，低声问："冷吗？"

沈木兮一愣，有些没反应过来，再循着他的视线落下去，发现他的视线停在自己鞋子上，窘了窘，她摸摸脸，摇头说："不冷，我待会儿把它晒到阳台。"

季遇白抱着软软进了门，小家伙打完疫苗后不知道是在跟谁较劲，从医院回来这一路都一声不吭地，逗它也不理，这会儿自己跳到地上，颠颠地跑了。

沈木兮对着它那越发圆滚的小身子轻轻翻了个白眼，也低头换鞋。

拎着湿掉的雪地靴正要往阳台走，口袋里的手机突然振动起来，她摸到手里看，发现是固定电话，猜想应该是沈木腾用学校的公用电话打来的。她滑下接听，把手机夹到耳边，拉开落地窗旁的推拉门，拎着靴子走进去晾好。

电话那边，沈木腾用力地吸了吸鼻子，言简意赅地说："姐，这周末要开家长会，周日下午两点开始，开完就放寒假了，你到时候别迟到啊，我最近因为复习头发都掉了一大把，就等着考个好成绩让老师跟你夸夸我呢，还有啊，我要带回家的东西多，你可别让我姐夫开跑车来，换辆大点的。"

"带你吃了两次牛排你还真给他叫上姐夫了？能不能有点出息？"沈木兮哼哼两声，"给我改了，他什么时候真把你司姐姐领回家了再改口！"

沈木腾大概是在小卖部外面打的电话，电话那端传来一阵杂音，沈木兮听到他又用力地吸了吸鼻子，有些不耐烦地说："知道啦！跟你说的时间别忘了，你早点来啊，周日下午两点。"

"知道了。"沈木兮拉开门钻回客厅，正欲挂电话，脑袋里忽然又蹦出来一件事，神色微变，"等等，小腾，你说的是这个周末？"

季遇白坐在沙发上削苹果，见她音量忽然拔高，语气里有些惊愕，抬头淡淡看过去一眼。

那边沈木腾揉揉鼻头打了个喷嚏说："是啊，姐，我在外面冷死了，没事我挂了。"

沈木兮表情呆滞地看着被利落挂断的手机，无奈地啄了啄脑袋，又"嘤嘤"两声以示发泄。

季遇白把削好的苹果切成小块，插上牙签，冲她勾了勾手指。

沈木兮神情恹恹地垂着脑袋坐进沙发，自己捏着牙签往嘴里塞了一块苹果。

"小腾周末要开家长会？"

沈木兮点点头，闷闷道："我这个周末一整天都有考试，上午公共课，下午专业课。不知道挂科后会不会被教授打死。"

季遇白捏着牙签又递给她一块苹果，淡淡道："家长会我去吧。"

沈木兮错愕道："你怎么去？"

季遇白笑了一下："开车去。"

沈木兮："……"

"要不然让杨言去？你能放心就行。"

沈木兮忙不迭地摇头拒绝："我一点都不放心，班主任或许会直接把沈木腾的家长拉进黑名单。"

季遇白看她一眼，眼底有笑意晕染开薄薄一层："还有别人能去？"

"司影……好像也不行，下午上班来不及。"沈木兮瘪着嘴，眼神无辜，"那你以什么身份去？"

季遇白笑了一声，目光笔直地盯着她，有些锐利，还有些玩味："你觉得呢？"

沈木兮迷茫地摇摇头，眼底却亮亮的一小簇，眨也不眨地看着他。

"顺风车都有了，不知道现在有一种叫作家长租赁的职业吗？"季遇白冲脚边趴在地毯上的软软勾勾手，软软一跃而起，顺着沙发扑到他的腿上，他垂眸，修长的指骨没进了那奶油色柔软的毛发里，过了会儿才继续说："一次两百，记得结束后付我工资。"

沈木兮愣了半晌才彻底明白过来这人的具体意思，狡黠道："那这样好了，如果这次结束后，最后的评价和反响还不错的话我就先预付你十次的钱，就从我照顾软软的工资里扣，以后的家长会就都交给你了。"

季遇白对她前后巨大的反差有些猝不及防，稍一愣神，低低地笑了两声："木兮，这句话也就你敢这么说出口。"

沈木兮踢掉拖鞋，盘腿坐到沙发上，扬了扬下巴："是嫌工资太低吗？那我每次给你涨一百，一次三百，怎么样？"

季遇白不无叹息地道："看来我真不值钱。"

沈木兮并没有细细品味这句话中可能涵盖的另一层深意，继续大咧咧地说："你不能坐地起价，说好了两百，我给你涨一百，这就已经仁至义尽了，好了，就这么定了。"

季遇白只是笑，不说话。

"对了，小腾放寒假我又要回家住了……"沈木兮往嘴里送了一块苹果，咬着果肉含糊不清地继续说，"我想跟你请个小长假，行吗？"

季遇白看她一眼，又移开视线，声音里几可不察地染了几分落寞："行，回去吧。"

沈木兮看着他反应清淡的侧脸，咬了会儿嘴唇，心里越发觉得自己照顾软软的工作似乎做得有些不称职，手也伸过去放到软软身上给它顺毛，小声问："那你过年的时候怎么办？你跟软软自己在家过年吗？会不会无聊？"

"软软你抱走吧。"说话间，搭在软软身上的两只手无意中擦了一下，季遇白指背一僵，收回手，从茶几上捞过遥控器，打开电视机，淡淡道："我刚好准备下周一去国外度假，过完年再回来。"

"是吗？"沈木兮眼睛眨了两下，不禁有些失落，声音一下就低了，闷声闷气地道："之前也没听你说过，那你想好去哪里度假了吗？"

"墨尔本。"季遇白按着遥控器调频道，回答得有些漫不经心，屏幕上光影变幻，从他清隽的脸上不停地扑簌跃过，却一丝亮意都留不住，那眼底仍旧寡淡。趴在他腿上的软软小声地打了个哈欠，探出舌头舔了舔唇边，慢慢合上了眼睛。

沈木兮觉得自己委屈得极其没资格和道理，却仍旧止不住地问："哦，是有你的朋友在那边吗？会有人陪你一起跨年的吧？"

沉默，一秒，两秒，更长……

"木兮……"季遇白转头看她，脸色和语气都颇有些无奈，"你的问题太多了。"

"对不起，我以后注意。"沈木兮近乎逃避般低下头，声音越来越小，慢慢染上了一丝淡淡的哭腔，"我以后会安静一点。"

时钟与世无争地转了一圈又一圈，很快就迎来了这个令人莫名烦躁的周末。

小区里残余的积雪已经全部融化，水渍渗透进了地表，消失得杳无痕迹，像是那些洁白与柔软都不曾存在过一样。

季遇白晨跑回来时沈木兮揉着眼睛睡眼惺忪地看他一眼，然后一声不吭地推门进了洗手间。

这是近几个月以来，她第一次没有应约和他一起晨跑。心情很不好，极度的委屈和失落，还有些说不清道不明的怒火，各种情绪糅合到了一起，再碰一下怕是就能碎了，她很清楚，自己的这种颓败状态并不只是因为今天那连续两场的考试。

洗了冷水脸，整个人都一激灵，她撑着洗手台对着镜子里的自己深深吸气，再吐出，混沌迷茫的大脑开始慢慢清醒。

照例不喜欢化妆，擦了基本的护肤品，她拉开门直接趿拉着拖鞋拐去餐厅坐下。

早餐已经摆好了，加蛋加培根的三明治和甜牛奶，对面的男人神色淡淡的，也不知道是刻意在等她还是单纯地想要先喝牛奶。他这会儿眼眸微垂着，杯子送到唇边，一小口一小口地轻抿着牛奶，眼睛却是在好整以暇地睨着她，看不出情绪。

沈木兮抬起眼皮看他一眼，脸色明显很臭，没什么好气道："可以吃了吗？"

季遇白终于放下手里温热的玻璃杯，双手闲适地搭在桌边，目光与她平视，从这个角度看去像是比刚才柔和了不少，嘴里说的却是："不可以。"

"哦，那您自己请慢用，我就先走了，季先生再见。"沈木兮听完这三个字后，毫无停顿地对他微微一笑，站起身鞠了个躬，转身就走。

"再见的时候大概是半个月之后了……"季遇白身子往后靠到椅背上，仰头，感觉到视线里的小姑娘身形微顿，脚步在下一秒也停在了原地，人却迟迟没有转身，他继续说，"木兮，我明天就走了，你还跟我耍小性子？"

沈木兮默然，似乎所有的坏情绪都被这句话轻易击溃，她垂下头，瘪着嘴转过身，几步走回来坐下。

季遇白若无其事地捞过杯子，继续喝着牛奶睨着她，就是不说话。

沈木兮头低得久了，脖子都有些僵硬，见这人忽然没了动静，只得不动声色地掀起眼皮偷看过去一眼，这一看不打紧，正撞上对方似笑非笑的目光，像是等这偷看等了很久一样。

她心里一颤，咬了下嘴唇，犹豫了两秒钟索性抬起头光明正大地看过去，嘴里还振振有词："你明天才走，我是待会儿就走。"

季遇白微一挑眉，随即又笑了："既然是待会儿就要走了，现在还闹什么小脾气？"

沈木兮哼哼两声，自觉理亏，声音弱下来，却还在强词夺理："怕你自己去了墨尔本之后太无聊。"

季遇白若有所思地点了下头，修长的指骨捏着杯子来回把玩，幽幽道："怕我无聊，所以临走前特意给我添添堵？"

沈木兮不敢跟他对视，低着头一番思忖，觉得这个问题继续深入下去也对自己无益，便自作聪明地转移了话题，也不敢抬头，小猫撒娇似的细声问了句："那你什么时候回来呢？"

季遇白好笑地弯了下唇，但很快就恢复了以往的清冷说道："木兮，我没听清你在问什么。"

沈木兮皱了皱眉，抬头，绷着脸，一字一句抑扬顿挫道："我、问、你、什、么、时、候、回、来！"

餐桌对面的男人很无所谓地往后靠去，淡淡道："看心情吧，旅行就是去散心的，如果心里不那么堵了，可能就早一点回来，如果堵得久了，就晚一点就回来。"

沈木兮知道这人一贯喜欢拿自己逗闷子，气鼓鼓地盯了他一会儿，也懒得继续扯皮了，低头开始吃三明治，缄默不言。

一直吃到最后了，沈木兮去捞牛奶杯，无意间一抬头，正不偏不倚地对上季遇白的视线。他似乎看她很久了，这会儿眸色深晦，眼底情绪复杂，沈木兮猝不及防，微微怔了一下，还来不及深入探究，对方已经淡淡垂下眸，抽了一张餐巾纸递给她，再看去，那双眸底又恢复清淡。

"现在把行李拿回家还是下午？"

沈木兮昨天晚上就已经把自己这半个月假期要穿的衣物和一些日用品整理到了行李箱里，从昨天开始一直生着闷气，心里的打算也是等自己下午考试结束后，趁季遇白没在家时悄悄地打车运回去，包括软软，最好连招呼都不跟他打一个，然后直接消失到年后，但是现在，明显是闷气已经消了，结果也就变了。相比于待会儿从公寓离开赶去学校考试，下午回公寓取行李见不到季遇白，且下次见面就直接推延到了半个月乃至更久之后，她几乎没有犹豫地选择了现在把行李拿回家。至少，这样他会开车送她回家，还会把她送去学校。哪怕多待半个小时也是值得小开心一下的。

……

季遇白拎着行李箱，沈木兮怀里抱着软软，另一只手提着一个收纳盒，里面是软软的狗粮和牛奶，还有几个小玩具。都到门口了，沈木兮又扭头朝卧室的方向看了看，不知想到什么，把软软直接塞到了季遇白怀里，收纳盒放到脚边，穿着小拖鞋"哒哒哒"地跑回了卧室，不出两分钟，身上背着那把黑色的吉他盒子又跑了回来，又把软软接到自己怀里，重新拎起收纳盒，仰头对季遇白甜甜一笑："好了，我们走吧。"

季遇白对她这招摇的笑脸似乎没什么反应，视线直接往下落到了她的脚上，说道："穿着拖鞋去考试，你确定不会被监考老师直接请出考场？"

"呀，我忘了。"沈木兮脸蛋一红，忙不迭地踢掉拖鞋，把脚丫往旁边那双小短靴里塞。

季遇白拎过她手上的收纳盒，身子直接退到了门外，安静地看她自己在那手忙脚乱，似乎这样的沈木兮才是正常的，时不时会出个小乱子，需要自己点一点。

行李都放到了后备厢，沈木兮抱着软软坐在副驾驶，小家伙大概是以为又要去宠物医院打疫苗，这会儿乖顺地趴在沈木兮怀里一动也不动，任谁逗都不做反应，似乎装死或者扮乖就能逃过一劫一样。

季遇白轻车熟路地用了不到四十分钟就开进了她住的小区，车子平稳地停在七号居民楼下。

沈木兮一直好奇着没问，他怎么会这么熟悉自己出租房的地址，几次想开口，又怕季遇白说她总问些傻乎乎的问题，索性也忍了回去，反正也不是什么重要的问题了。

有了之前的经验教训，客厅的窗户在昨天上午就已经被沈木兮提前打开通风了，阳台有防盗网做隔断，并不用担心安全问题。她在开门时心里还暗自庆幸这个做法有多么明智，所以这会儿也不用担心房间的空气会不清新，直接推开门，自己先跑进去，然后调皮地对着男人做出一个邀请的姿势。

季遇白抬眼大致环视了一圈房间内的环境和为数不多的家具，虽然打开门之前心里已经有所准备，但看到眼前这简陋的一幕，再与小姑娘之前的生活和一些日常习惯联系到一起，心里难免还是生出很大的触动，眉心微微一蹙，低声说："木兮，我市中心还有一套空置的公寓，你和小腾搬过去住吧。"

"不用了。"沈木兮接过他手里的收纳盒，把软软放到地上，"我跟小腾说过换房子的事情，后来也不了了之了，他每个月就回来两天，我也是，所以将就一下就过去了，又不会住很久。"沈木兮边说着边直接拎着东西进了自己的卧室。

鞋架上没有多余的拖鞋，季遇白低头看了眼，只能直接进了客厅，把沈木兮的行李箱拎到她的卧室门口，背后感受到一阵凉风袭来，房间温度似乎也与室外无疑，他转身看了一眼，走到阳台把窗户关好，指腹擦过窗框，发现尘土已经堆了厚厚一层，又想起刚刚并没有看到小姑娘往阳台的方向来，声音一沉："木兮，窗户什么时候打开的？"

沈木兮把吉他和行李箱刚放进自己卧室，听到男人低沉严厉的嗓音后立马跑到客厅，嗫嚅道："我昨天自己跑回来先打开的，时间长了不住人，房间的空气不好。"

季遇白转过身，隔着客厅一段不远的距离，目光沉然地盯着她，声音不怒而威："过完年就搬，这段时间你自己和小腾沟通。"

沈木兮摸了摸鼻尖，小小地"哦"一声。

季遇白抬腕看了下时间，见她还在原地愣着，不得不低声提醒："考试几点开始？"

"九点四十。"沈木兮机械地念完时间后自己先"呀"地惊呼一声，提步就匆忙地往门口走，脸色微变，"快，遇白，我要来不及了。"

季遇白无奈地笑了，走到沙发边揉了揉软软的小脑袋算是告别，随后便跟着小姑娘一起快步下了楼。

大概是被考试时间一打岔，沈木兮从公寓搬东西时心里那种涨在胸口不上不下的难受这会儿也顾不得了，焦虑地看了几次表，又把包里待会儿要用到的文具检查了一遍，时不时就仰着下巴往前面巴望路况，小腿也晃来晃去，没个消停。

"时间来得及，木兮。"季遇白看她一眼，有些想笑。

沈木兮目光不经意地扫到车窗外的人行道上，一个四十岁左右的中年女人正在沉着脸训斥面前一个深深地埋着头的小男孩，她忽然想起什么，惊愕得紧紧捂住嘴巴："完了，小腾那边的家长会我还没跟他说过我今天去不了呢，他打完上次那通电话以后就再没打过了，这事我也不能通过班主任告诉他，你今天直接去学校的话真的没问题吗？"这些天只顾跟这人冷战了，怎么能连这么重要的问题都给忘了呢，沈木兮懊恼地嘴唇都要咬破了。

"刚考虑到这个问题？"季遇白轻轻摇一下头，"木兮，你这家长做得真不负责。"

沈木兮听完立马就垮了脸，给自己辩解："我还小啊。"

季遇白笑了一声："承认自己是小孩了？"

沈木兮轻轻白他一眼，语气焦急："所以你去学校之后真的有办法让小腾和老师都相信你，是吗？首先要先过小腾那关，让他相信你的身份，要不然你连学校大门都进不去的。"

季遇白看了眼后视镜，稳打方向盘，车子穿过马路，转弯驶进了学校门口不远处的后街，将车平稳地停下，熄了火，视线这才停留在她的脸上，眼神颇有些玩味，打趣道："你是觉得我哪里拿不出手吗？长得像坏叔叔，还是智商不在线？"

沈木兮摇摇头，没心情跟他打哈哈："哪里都拿得出手。"

季遇白低低地笑了，解开车锁，冲她点了点下巴："去吧，挂科了就罚你刷一个月的马桶。"

沈木兮知道这人一定是有自己的办法，便也不担心了，这会哼哼两声，抱着背包拉开车门就跳了下去。

人才刚愤愤地走出两步，副驾驶的车窗又降下来，季遇白喊她，声音懒懒的，有些顽皮，与平时不大一样："木兮，我明天就走了，你连句告别的话都没有？"

沈木兮脚步一顿，身子并没有转过来，有些没好气地喊："提前祝你新年快乐，还有，我给你打电话的时候一定不会计算时差，一定天天等着墨尔本深更半夜的时候吵你！"发泄一通后她头也没扭，直接蹬蹬蹬地跑远了。

一直看着那个清瘦的身影消失在了巷尾，季遇白才收回目光，淡淡一笑，那个跳动着的马尾似乎还萦绕在眼底，黑色的、柔软的、细腻的，烙下驱之不去的痕迹。

考完上午的科目后已经十一点半，沈木兮小跑去食堂点了份快餐勉强填饱了肚子，丝毫没有多余的心思去考虑其他的事情。季遇白虽然对于她的顾虑回答得含糊其辞，但这个男人的存在感太过强烈，无论任何地点与事件。所以她一点都不担心沈木腾的家长会会出现任何差错。来不及休息，她又抱着笔记本去图书馆占位，挑着教授之前画过的重点内容大致温习了一遍，临时抱抱佛脚。

一点半正式开始下午的专业课考试。

临近考场，沈木兮拿出手机准备关机，按亮屏幕，发现有一条麦思明一个小时前发来的消息，问她下午有没有时间去参加沈木腾的家长会。

沈木兮是真的被这人几乎一周一次的聊天问候问烦了，她咬着牙愠怒地摇了摇头试图让自己淡定，差点没把手里的笔记本抓破。

她都已经数不清拒绝过多少次他的邀请，例如吃饭、喝咖啡、一起去野外骑山地车、沈木腾放假的时候一起拼车，最关键的，对方除了这些类似于普通朋友间的邀约和联系外并没有丝毫的越界与其他表示，她每次一狠心想要直接跟他把话挑明的时候，往往都是文字编辑了一长段，临发送之际又全部清除了。毕竟他是沈木腾的老师，这个身份像是一个巨大的屏障，让她颇为无奈。她讨厌极了这种不知道算是含蓄还是深情的戏码，而且她明明态度那么冷淡了。

她记不清自己从初中几年级就开始断断续续收到情书和礼物，但那些表白往往都是在她简单明了的拒绝之后很快就平息，最多的，拒绝三次，话讲到位了，对方自然知难而退，但现在的情况明显复杂了很多，对方不仅没有过类似表白的迹象，还在自己一次次的拒绝中不知疲倦，越挫越勇。她也想过麻醉自己，就当自己想得太多太自恋，对方只是想和自己做朋友，如此而已，可是她做不到，这种想法在大脑往往停留不过两秒钟就会被自己否掉，人的嘴巴会说谎，但眼睛不会，麦思明每次看到她的眼神都赤诚地写满了他最真实的心思。

沈木兮觉得自己真是快被这人折磨得疯掉了。天知道她有多反感这些死缠烂打、总认为时间和坚持可以感天动地的人。因为她是那种从来都不相信日久生情的一类人，喜不喜欢，她只遵从第一眼时的触动。这样很夸张，或许还很不靠谱，又或者，用那个人的话来说，她就是个幼稚的小孩子，想法幼稚，做事也幼稚。可这又由不得自己，这是一种无法自控的暗潮涌动。就例如那天晚上的酒吧，那个让她忘记自己为何转身的男人；又或者换一种思路来考虑，正是那个人，真正教会了她什么叫作一见钟情。

沈木兮长长地呼出一口气，直接把那条信息删除，手机关机扔进了包里。

从考场出来的时候四点刚过。

斜阳正欲西落，整个校园都像是被暖橘色的素纱幔包裹上一层外衣，微风轻拂，枝丫簌簌作响，抬头望天，阳光温暖得有些不太真实，竟一瞬间会让人恍惚以为春天已经到了。

沈木兮揉了揉有些酸涩的眼角，又轻轻地眨了眨眼，叹声气，这还没到明天呢，怎么就已经开始期待那人过完年后回国了？

她低头往门口的方向走，从包里摸到手机，按下开机键，看着屏幕里被咬掉一口的苹果图案，安静地等着。锁屏界面出现，输入密码，沈木兮先满怀期待地眯了下眼睛，想看看会不会收到类似于"预祝考试顺利"之类的惊喜。事实当然没有。以那人的性格也发不来这些类似的东西。把背包转移到胸前抱着，沈木兮轻咬着嘴唇打开短信记录，挠了挠头发，编辑：*遇白叔叔，我考试结束了，成绩应该不错呢，很有把握，马桶就不用刷了，求表扬咩~*

发送成功，沈木兮将手机举过头顶，自己傻乎乎地对着很快黑下去的屏幕嘻嘻地笑了两声。

身边有同系一样刚结束考试的情侣手牵手从沈木兮身边擦肩而过，女孩很开心地跳了跳，偏头对男孩绽放着大大的笑脸，娇声娇气道："咱们待会儿吃完饭去看夜场电影好不好？最近复习得头都大了，急需放松和安抚。"

男孩比女孩高了一头不止，这会儿坏笑着勾起唇角，搂着女孩的腰往自己怀里带，低头耳语了一句什么，女孩立马羞得脸蛋都红了，小手握成拳头往男孩胸腔上捶。

至于说了什么，沈木兮大概也猜到了。她低下头，不知道为什么，忽然就有些不自在，身形微顿，脚尖抵在青石板上画着圈圈，过了会儿，等那对小情侣的脚步声渐渐远了，这才抬起头，继续往门口走。

她记得，杨言那天晚上在酒吧说过一句话，可是后来，季遇白也跟她讲过，他那天的原话她记得一字不差，他说自己不许跟司影学，以后无论遇见谁，都不能这样做，再喜欢，也不可以去冒险。而事实上，相信一见钟情的人，都是冲动起来会不计后果的呀。

　　沈木兮抱着手机盯了整整一路，屏幕都要看穿了也没等到那个人的短信回复。后来她又点开那条似乎有些太过明目张胆的信息，自己看了好几遍，结果越看越忐忑，一颗心七上八下的，总觉得那个人一定是又认为自己在无理取闹所以生气了，或者是懒得搭理自己了。想到这些，沈木兮懊恼地咬着嘴唇，连公交车都险些坐过站。

　　沿着小区甬路七转八转地进了楼道，沈木兮先看了眼一楼那两家住户紧闭的房门，上次那位老奶奶的告诫她还记在心里，这会儿默默地打开手机的手电筒，自己照亮楼道爬上了楼梯，到了二楼拐角处才用力一跺脚，声控灯闻声而亮。楼道里常年不见阳光，楼梯台阶上似乎总是泛着驱不散的潮湿和一股淡淡的霉味。

　　手机收起来扔进羽绒服的口袋里，手还没来得及伸出，那一路都安静的手机便"嗡嗡"地振动了一声。沈木兮愣了一瞬，眼睛惊喜地微微睁大，立马停下脚步，摸出手机看短信回复：**遇白叔叔还在开家长会，木兮，你别捣乱。**

　　"遇白叔叔。"沈木兮咧着嘴对着手机屏幕小声地念出这四个字，随后哈哈直笑，像个小傻子一样站在楼梯拐角又蹦又跳。怀揣着那颗开心到要上天的小心脏打开防盗门，软软看清来人后一个飞跃就撑着两只前爪抱住了沈木兮的小腿，嘴里还直"呜呜"地叫，不知道是在撒娇还是真哭了，沈木兮抬起那条腿轻轻晃了晃，像模像样道："木兮姐姐还没换拖鞋，小软软，你别捣乱。"想象着季遇白亲口念出短信里那句话时颇有些无奈又很柔软的语气，沈木兮自己说完后又站在门口哈哈大笑了半天。

软软瞪着滴溜溜地黑眼珠看了她一会儿，觉得她一定是疯了，从她腿上蹦下来，自己又跑去了沙发上，寻了个舒服的姿势趴好，小眼珠继续一动不动地盯着她。

沈木兮好不容收起笑意，低头换了拖鞋，关好门转身往客厅走。余光不经意地扫到了正对着门口的那条走廊，沈木兮扭头，又仔细看过去一眼，立马气得涨红了脸，几步冲去沙发旁把软软拎起来，咬牙切齿道："不是给你准备便盆了吗？谁让你随地大小便的！"

软软小声地"嗷呜"一声，然后把小脑袋偏到了一边，任她拎着，不挣扎也不动弹。

这是小家伙犯错后的惯用伎俩。

沈木兮气哼哼地跺了跺脚，把小东西扔到地上，手指用力地指着它说："非要逼我变回后妈是吗？再有一次，你给我等着！"

软软挪动着圆滚滚的小身子慢腾腾地爬到了沙发背后躲了起来。

沈木兮几近崩溃地充当起了软软的铲屎官，把家里的地板里里外外都擦了一遍，最后打开窗子准备通风的时候又摸了一手尘土，叹了口气，脚尖踢了踢蜷缩在沙发后、一动不动的小东西算是和好示意，又摇着头跑回洗手间洗抹布，把窗台、玻璃、茶几和沈木腾的书桌也都细心地擦拭了一遍。忙完这些清洁工作后，沈木兮整个人都瘫进了沙发里，经历过一整天的脑力消耗和这一个多小时的体力透支，她整个人已经身心俱疲。

休息了一会儿，又摸到手机给季遇白发信息，问他家长会几点结束，大概什么时候可以到家。

这次短信回复得很快，一前一后不过一分钟。

进小区了，准备开门吧。

沈木兮吓得从沙发上一跃而起。

那会儿擦地的时候她还想着最后结束了要洗个热水澡换套衣服

呢，怎么说这都是跟那人年前最后一次见面了，虽然平日里所有的邋遢形象早都被他尽收眼底了，但这次怎么说也要有半个多月见不到了呢，所以最后一面很重要。但是事实证明，她现在除了还可以去洗把脸，整理一下凌乱的马尾之外，已经再没有多余的时间了。

分秒不敢耽搁地洗过脸，重新扎了头发，沈木兮对着镜子上上下下侧过脸仔细看了一番，又跑回卧室翻出一管浅色唇膏来。

客厅很快传来一阵急促的敲门声，还有沈木腾大咧咧地叫喊："姐，你一个人在家锁什么门呢？快点来给我开门！"

沈木兮扔下唇膏，最后又对着镜子轻抿下唇角，感觉颜色还算满意，才穿着拖鞋哒哒哒地往门口跑。兴冲冲地打开门，沈木兮唇角挂着一个甜甜的弧度，是提前就已经练习好的，结果却发现站在面前的只有沈木腾，不对，旁边墙上还靠了一个杨言。

沈木腾总觉得自己这姐姐今天哪里怪怪的，困惑地拧眉上下观察了她几秒钟，摇了下头，便拎着一个大号的行李袋侧身进门换拖鞋。

沈木兮的笑容早就在开门后的下一秒凝固住，盯着对面这位痞里痞气对她耸了下肩膀的杨小爷半晌，实在费解他为什么会站在这里，而季遇白又去了哪里？

杨言当然早都看出来小姑娘在期待什么，现在又在失落什么，这会儿把手里的另外一个行李包塞给沈木兮，他潇洒地转身就走，从背后冲她摆了摆手："我的车就停在你家阳台下面！"

沈木兮觉得他这句话说得特别莫名其妙，对着他下楼的背影撇了撇嘴，退回客厅把门关好。

沈木腾把自己的行李放回卧室再出来，发现了客厅里正警惕地盯着他的小东西，惊讶一声："姐，这是谁家的小松狮？"

沈木兮有些无精打采地低着头，应付一句："朋友家的，先放咱们这儿养一段时间，过完年就送走。"

沈木腾点了下头，跑到软软对面蹲下身子，手指覆上去给它顺着毛，若有所思："朋友，难道是遇白哥的？他今天说自己也养了一只小松狮呢。"

"遇白——哥？"沈木兮讶异，兴致被这个三个字成功点燃，跑过去蹲下身子，揉了把小孩的头问，"你怎么会叫他遇白哥？"难道正常逻辑下不应该叫叔叔？不对，他明明是以被租赁的家长身份去参加家长会的啊？

沈木腾不解地看她一眼："你和姐夫共同的朋友，我不叫哥哥叫什么？"

沈木兮更懵了："我和……杨言共同的朋友？"

沈木腾有些无语地皱一皱眉："姐，你考试把脑细胞都透支了？你不是没时间去参加家长会，就让姐夫和遇白哥去的吗？"

"呵，呵。"沈木兮恍然大悟，原来那些什么家长租赁都是拿来逗自己的？她腾地站起身，语气迫切，"你遇白……哥呢？他怎么没上楼？我还想着好好谢谢他呢！"说到最后，都有些咬牙切齿的意味。

沈木腾越发觉得自己这姐姐最近几个月说不出的奇怪，他手指点了点阳台的方向，"遇白哥说他在车里等姐夫，就不上来了。"

他话音还没落地，沈木兮已经急不可耐地"噔噔噔"跑去了阳台，推开窗户，探着身子往下巴望。

一辆白色的丰田霸道在正对阳台下的那条青灰色甬道上缓缓驶离，车窗玻璃上都贴了茶色贴膜，这会儿从外面根本就看不清车里的具体事物，车子很快加速，车尾轻轻一甩，驶离了她的视线，甚至连张侧脸或背影都没给她留下！

沈木腾喊她："姐，你手机响了一声，好像是短信。"

沈木兮气哼哼地转过身，用力咬着嘴唇，唇膏上淡淡的西柚味道弥漫进了口中，似乎是在嘲笑着她的多此一举。

"气死我了。"沈木兮按捺不住胸口那把腾腾的小火苗，嘴里恼怒地嘀咕了一声，身子用力地陷进沙发里，捞过手机，点开短信，季遇白发来的。

玻璃擦得很干净。木兮，年后见。

沈木腾没用几天的时间就已经和软软打成一片，还主动包揽了软软的一日两餐。

司影最开始是和酒吧经理请过假准备回老家过年的，最后不知道杨言用了多久的软磨硬泡终于把人留了下来。

这会儿杨言负责开车，送司影和沈木兮去商场超市购置年货。

沈木腾坐在副驾驶，听着后排两个姐姐热火朝天地讨论着年货清单，对旁边正乐在其中，还哼着小曲的杨言叹气："姐夫，你难道不觉得她们很烦？"

"你懂个屁！"杨言啐他一句，装模作样道，"姐夫是懂得过日子的好男人，怎么会觉得烦呢！"

沈木兮："……"

司影："……"

对于从身后扫射过来的那两人鄙视的目光，杨言置若罔闻，看了眼后视镜，提议道："喂，沈木兮，你们今年都去我家过年好了，咱们四个人一起跨年，省得你这小丫头片子带着个小屁孩连饭都不会做的，别再过个年把孩子都饿瘦了。"

几乎是无意识的，沈木兮听杨言说出那句"四个人"时竟先想到了远在千里之外的季遇白。她轻轻地叹声气，整个人都瞬间失落下来，闷声道："算了吧，谁要去给你们当灯泡。"

杨言勾着唇角一坏笑："没事，我们可以选择自动屏蔽。"

司影不知从哪抽出一本杂志，对着杨言的脑袋"啪"的一声摔了过去。

杨言痛哼一声，揉着脑袋咬咬牙，倒吸一口凉气，"嗷嗷"叫了两声："司影，你这毛病不会是跟遇白学的吧？这都谁在我车里放的杂志，专门给你们留着的吧？"

司影看着后视镜，对上他的视线，冷冷地瞪他一眼："是专门给你留着的！"

沈木腾忽然打岔："对了，我遇白哥去哪了啊？你们怎么不邀请他一起跨年？"

"你遇白——哥呀？"杨言阴阳怪气地挑着声音重复了一遍，又扭头看了看低着头心不在焉的沈木兮，"遇白上哪度假来着？沈木兮？"

"墨尔本。"沈木兮没抬头，两只手无聊地绞着，淡淡应了一句，自然也没心思去理会这是杨言刻意的调侃。

"哇!"沈木腾惊呼一声,由衷地赞叹,"遇白哥真会选,等他回来以后我要问问他有没有去坐一次蒸汽小火车,就是能把头和脚都伸到窗户外面去的那种往森林里开的小火车。"

沈木兮想象了一下沈木腾口中描绘出来的那幅情景,忍不住噗笑一声:"他才不会那样做呢。"

在商场给沈木腾买了两套新衣服,路过耐克旗舰店,沈木腾溜进去快速地浏览了一圈,然后目光锁定在一双春款运动鞋上,余光扫了眼价签,有些心虚地扭头去看刚随后跟进来的沈木兮,软着声音商量:"姐,我把这双鞋买了,然后我保证穿一年不会扔,行吗?"

沈木兮瞥了他一眼,明显是对他的说辞表示不予理睬,拿过他手里的鞋子看了一眼,微微挑眉:"喜欢?"

沈木腾用力地点头,黑眼睛亮亮地看着她。

"买吧。"沈木兮推了下他的脑袋,从包里拿出那张黑色的银行卡递给沈木腾,"自己去买单吧。"

沈木腾等店员开好了小票,拿着银行卡颠颠地跑了。

那边。

季遇白捞过刚刚振动了一声的手机,打开看,是银行发来的消费提示短信。

两分钟后,沈木兮手机也振动了一声,是季遇白发来的短信:*小丫头,过年也要记得给自己买新衣服。*

她怔了一下,下意识地先扭头把商场周围视线所及之处扫视一圈,意料之中的,那个人在墨尔本,怎么会出现在商场呢?随后,她又盯着展示架前陪司影试鞋的杨言好一会儿,发现他也没有什么不对劲的表现。

沈木腾捏着小票和银行卡从收银台的方向朝她跑来,轻轻地喘着气把卡塞给她,又拿着小票给店员去取鞋子。

沈木兮看着手里那张黑色的银行卡半晌,恍然大悟,一定是那人的手机号绑定了银行的消费提示，所以刚刚沈木腾一刷完卡他就收到了短信提醒。

已经快一周了，似乎也就打过一通电话，在他刚去墨尔本的第二天，沈木兮对于上次的冷战事件仍旧心有余悸，这会儿即使有很多话想跟他讲，也没有主动发送信息过去打扰他的休假。咬着嘴唇想了会儿要跟他说的话，发现实在太多太杂，无从精简，她又看下时间，墨尔本与中国的时差是两个小时，所以这会儿的话，那边大概是下午六点左右，太阳正欲西斜的光景。大脑灵光乍现，她快速地编辑：遇白叔叔，我想看一看墨尔本的夕阳。

那边，季遇白拉开窗帘，眼眸半眯，抬头望了望天，淡淡笑了笑，给她回复：遇白叔叔不喜欢拍照，明年自己来看吧。

沈木兮看着那条极其不负责任的短信回复撇了撇嘴，锁屏，将手机扔进包里。

从超市的地下停车场出来时天边暮色将至未至，天穹被散开了一个不规则的圈，颜色由浅及深，层层过渡，像是个会吸人的旋涡。

因为已经临近年关，最近出门采购年货的人也越发集中，大多都是前些日子在忙年终总结的白领，所以无论是各个停车场还是城市的大小街道全部都被堵得水泄不通。

超市停车场的出口搭建了一处露天的展台，都是些小孩子稀罕的玩具车或者一些品牌高仿的服装在做展销，附近还站了些学生模样的年轻人在发着附近餐厅的优惠券，而围观群众多数都是带着孙儿的老年人，这会儿有讨价还价和一波高过一波的叫卖声，有玩具车在稚嫩地唱着《喜洋洋与灰太狼》的童谣，有小奶娃咿咿呀呀学舌，有谁家熊孩子不小心摔在地上哇哇大哭。各种声音糅合到了一起，谱成了一曲关乎人间烟火的乐章。

年味越来越浓，沈木兮眯起眼看向街道，并没有焦点，或许是楼宇，或许是挂了彩灯的景观树，或许是行人……这是全新的生活，甚至像是来到了一座全新的城市，每一个角落，都是她过去不曾见过的模样。这是一个好的征兆，她想。

　　杨言开着车随车流龟速地滑行。最开始他还耐不下性子低低地抱怨了几句这恼人的路况，最后倒也像是习惯了，或者说是面对这开了半个小时还没开出一条街的现实无可奈何了。

　　四人最后又索性在外面吃了晚餐，磨到路况勉强顺畅了才各回各家。

　　沈木兮把那几大包年货分门别类地整理好放进了厨房和冰箱，其实说是年货，不如说是食物和水果来得贴切，再贴切一点，是速食食物居多。

　　洗漱好了躺进床上，她看了眼时间，才刚八点多一些，也就是墨尔本的时间是十点左右。最近一周她已经养成了这个习惯，每次看到时间，无论自己在做什么，总能第一反应就想到墨尔本的当前时间，以及那个人可能是在吃饭或是漫步在某些景点。

　　从床头柜捞过手机，打开通话记录，她咬着嘴唇犹豫了一会儿，然后拨通了那个电话。

　　即使已经深呼吸着做过思想准备，听到电话那端那低沉温和的嗓音叫出自己名字时，她还是随着那两个字，心头微微一颤。意料之中的，他并没有休息，或者是准备休息，她已经很熟悉了，他将睡未睡的时候是什么样质感的声音。

　　她平躺到床上，双腿蹬在半空像是踩自行车一样，尽量转移自己过分紧张的心情："遇白，你看窗外，看看月亮。"

　　那边低低地"嗯"一声，很快便有窗帘滑动的轻微声响："我看到了。"

　　沈木兮也往翻个身迅速地爬下床，几步跳去窗口，探着头眯眼望向夜空，软糯糯地问："遇白，你看到的月亮现在有多大呢？"

　　那边犹豫了一下说："三分之一吧。"

　　"哇，我这边也是。"沈木兮咯咯地笑了两声，又说，"遇白，看来我们看到的是同一个月亮。"

　　这种感觉是那么强烈而奇妙，像是远隔千里也不过这一眼的距离。

　　那边低低地笑："木兮，傻不傻？"

她情绪低落了几度，瘪着嘴哼了一声，语气强硬起来："我是怕你自己在那边会失眠，所以想打电话唱歌陪你睡觉。"

季遇白回头看了眼枕边那个 iPod，拉好窗帘，坐回床边，问她："在手机里唱？"

"对啊。"沈木兮点点头，点完又想起来那人根本看不到，"你现在去床上躺好，把灯全部关掉，手机开成外放，我一直唱到你睡着为止，这样好不好呀？"

那边笑了一声，有清浅的像是拉被子的声音伴随着笑声一起传来，随即是"啪嗒"，卧室顶灯关掉的声响。

"木兮，你待会儿怎么确定我有没有睡着？"

这个问题，季遇白不问，她还真的没有想到，她赧然地摸了摸鼻尖："我也不知道呀……"

那边显然对这个答案是意料之中："唱一首就行，跟在家里的时候一样。"

"好。"沈木兮欣喜地弯起眼睛，把手机夹到耳边，虽然这个动作是多余的，将吉他从盒子里抱出来放到床上，又看了眼已经反锁的房门，她跳上床，将手机重新拿到手里，那边安安静静的，似乎一直在等她。想了会儿，她说："遇白，我今天给你唱 Melody 吧，今天逛商场的时候听到的，特别好听。"

那边淡淡地"嗯"了一声，和往常一样，唱什么，他都随意。

沈木兮把耳机插好，调整了麦的角度，尽量靠近自己唇边，然后小声地清下喉咙，把吉他抱到怀里，拨动琴弦：

Melody，脑海中的旋律转个不停，

爱过你，有太多话忘了要告诉你，

Melody，无数动人音符在我生命，

爱过你，失去你我才知道要珍惜……

房间装修很老了，墙板材质普通，所以隔音效果几乎就是没有。

沈木腾在外面的书桌上玩着笔记本里的游戏，队伍休整期间，总觉得隐约像是听到了沈木兮房间有吉他声飘出来。他扯下耳机又仔细听了听，发现真的不是自己的错觉，竟然还有沈木兮唱歌的声

音。像是挖掘了一个惊天宝藏一样，他蹑手蹑脚地小跑到沈木兮卧室门外，将耳朵贴到了门上，耐心听了一小会儿，这首歌听起来有些耳熟，像是今天在哪里听过一样。见沈木兮唱了好久仍旧没停下，他越发好奇，清了清喉咙，轻轻叩门："姐，大半夜的你自己躲在房间唱歌？鬼上身？还有，你真的回家偷吉他去了？"

沈木兮被这猝不及防的敲门声吓了一跳，整个人都反应过激地一个劲儿打战，没听完沈木腾在问什么，她一把扯下耳机，把吉他放到旁边，轻声爬下床，用力地一把拉开门，看沈木腾毫无预料地差点摔进来，手按住他的脑袋把他往外推，一直推回书桌前，冷着脸警告："玩你的游戏，把耳机给我戴好，声音调大一点，再话多我就把笔记本没收！"

这是沈木腾的死穴，一听到笔记本要被没收，他立马举过两只手保证："你唱吧，我是个聋子。"

沈木兮一步三回头，最后把卧室门关好后又突然打开往外看了一眼，发现沈木腾的确没有注意自己了，才反身锁好房门，重新爬到床上。看着仍旧显示正在通话中的屏幕界面，沈木兮无奈地抓了抓头发，拔下耳机，小声问了一句："遇白，你睡了吗？"

那边安安静静的，连呼吸声都隐形了，听不到任何声音。

她轻轻地吐出口气，放下心来，对着手机轻声道："遇白，晚安。"

大年三十的清晨。

昨夜，楼上一对中年夫妇不知道是因为年货少购置了要送去婆家的礼盒还是洗手间的水龙头漏水问题一直拖到现在都没修好，两个人从半夜一直吵到了天色微明。

沈木兮已经数不清自己在床上吱吱呀呀地翻来覆去多少次，耳机扯下来又戴上、戴上又扯下来反复了多久。后来她索性就开了床头的一盏小灯，目光空洞地瞪着那摇摇欲坠似乎随时都会被人砸个漏洞的天花板。

几乎是一夜未眠。

沈木兮刚阖上眼。

沈木腾似乎昨晚睡得很香，这会儿手劲十足地在卧室外叩门，能把门敲碎了一样，声音也格外的清脆："姐，别睡了，你赶快起来，软软的狗粮都被淹了，你快去给它买点新的……"

沈木兮像个孤魂野鬼一样迷瞪着黑眼圈从床上坐起来，又近乎机械地爬下床，撑着最后一口气把门拉开。

沈木腾看到面前这位熟悉的女鬼差点就脱口而出一句吐槽，他揉了揉眼，吞了下喉咙，指指身后的厨房说："你昨天是不是用完水忘关水龙头了？咱家厨房差点淹了，软软的狗粮也都泡坏了。"

　　"昨天……"沈木兮抓着头发努力地回想，喃喃道，"昨天我洗碗洗了一半忽然停水了，然后就……"

　　"不是吧！"沈木兮反应不知道慢了几拍的彻底被惊醒，推开沈木腾就往厨房跑。

　　沈木兮把厨房以及蔓延进了客厅的水渍全部清理干净之后，天色已经大亮。

　　她看了眼可怜巴巴地挠着自己拖鞋的软软，扶着额头长长地叹气，无奈极了："我去公寓给你拿狗粮，等着。"她打着哈欠回房间换了衣服，准备出门。

　　沈木腾扒着厨房门框喊她："姐，我也饿了……"

　　沈木兮："……"

　　谁敢说家里这不是养了两个小祖宗？

　　今天的路况已经完全恢复顺畅，街道两旁张灯结彩，全都喜气洋洋。

　　下了出租车，沈木兮站在公寓楼下抬头努力向上眺望，日光明亮而灼目，她慢慢眯起眼睛，心底竟恍惚生出一种错觉，好像是出去流浪了好久，终于回家了一样。这样想，似乎也没什么不对的。

　　平日里一直安静甚至冷清的电梯这会儿难得也变得拥挤。

　　这附近公寓的住户多是在市中心工作的白领，这会儿少有的偷得半日闲，都在家休假，平日里半个月一个月都打不到照面，今天坐了一趟电梯似乎把这楼上楼下的邻居全都凑到了一起。有刚结束晨间运动的，有出门遛狗的，狭小的空间好不热闹。大家都格外热情，互道新年快乐。

　　13楼到了，沈木兮对身边那对年轻夫妇礼貌的微笑示意，迈出电梯，走了两步，掩嘴打个大大的哈欠，站在门外输入密码。

　　"滴"的一声，房门轻轻弹开，声音熟悉而让人安心，就连迎面拂来的久违的空气都莫名的温柔。

沈木兮深深地吸气，又弯着唇角无声地笑了。她从来不知道，原来自己是这么贪恋这里的每一处微小的气息。

客厅窗帘紧闭，整个公寓都空荡荡的，幽暗且静匿，这会儿只有楼道里微弱的光线铺洒进来丝丝缕缕。其实就算闭着眼睛，对于公寓的任何角落她都熟悉得信手拈来。像是不忍心撕开这份安然，沈木兮摸到廊灯的开关，"啪嗒"一声按亮，橘黄色的暖意瞬间晕开了一路，斑驳点点，从门口蔓延到了餐厅窗前，长长的，像是落了一地的繁星。

她低头换好拖鞋，反手把门关上。

鬼使神差地，她竟然下意识地把脚步都放轻了，像是怕扰到谁的睡眠。她觉得自己蹑手蹑脚地像个小贼，特别可笑。

路过主卧的门外。

沈木兮觉得心里突然冒出来一个无厘头的想法，她咬了下嘴唇，又退了几步回来，将耳朵贴到了主卧的门上。很安静，没什么异常，除了房间门关得死死的。

她轻轻地摇一下头，否定了自己的胡思乱想，又步伐如常地继续往厨房方向走。

门打开，有大片大片的阳光扑涌而来，热烈而灿烂，厨房被日光烘得暖暖的，厨具亮得晃人眼，像是跟客厅隔开了两个世界一样。

一方梦境，一方现实。

沈木兮眯了眯眼，拿手背挡了一会儿才适应过来这灼目的亮意。

她走进厨房，轻车熟路地踮起脚去开最上面那排储物柜的小门。软软平日里要吃的狗粮都被放在了下层储物柜，这是在照顾沈木兮的身高，而备用的那一大包仍旧放在最上层，这会儿她踮着脚，很吃力地把胳膊探进去，终于摸到包装袋的一角，再轻轻往外一拉，那一大包狗粮掉了出来，她双手准确地捧住，满意地哼笑一声，反手把柜门关好，抱着狗粮转过身。

几乎是下一秒，一个高大的身影忽然欺身过来，那道极具压迫性的阴影把她整个人都沉沉地笼罩进去，熟悉又很陌生，她完全吓蒙了，身子被迫往后靠去，压到了那冷硬的流理台上，眼睛瞪得大大的看着面前的男人，困惑，不可思议，甚至还在质疑自己是否出现了错觉。

她无意识地将抱在怀里的狗粮圈得紧紧的，却被那人用了些力度地扯过去，直接扔到了角落。

他俯下身，骤然缩短了与她之间的距离，他的视线落在她的眼睛上，细细的观摩着她全部的慌张。

她仰起头，紧紧地盯着男人那双迷离而深晦的眸子，那是一个漩涡，一旦陷进去，就再也无法脱身。她忍不住开始瑟瑟发抖，说不清是因为害怕，紧张，抑或是期待。

那张脸在她的注视中慢慢贴下来，落在她的眼底，被一点点扩大，直到除了他的眼睛，她再也看不到其他。鼻尖萦绕的都是强烈的男性气息，陌生却让人着迷，她听到了心脏骤然失序的跳动，不知道是自己的还是他的。

或许，是谁的都不那么重要。

也或许，就一直这样也很好，直到天荒地老。

她甚至不知道这是怎么一回事，或许，是自己在做梦？从沈木腾敲门开始，这全部都是自己一场荒唐的梦境？可无论是梦也好，现实也罢，她此刻所有的怦然心动，都是最真实的。

时间像是停滞住了，钟表一定是停止了摆动，整个世界都安静。

"木兮……"男人忽然开口撕开了这种错觉，低哑的声音在唤她，在警告，"别随便来我的梦里。"

沈木兮眼睛眨了眨，忽然就明白了一些什么，也在潜意识里决定了一些什么。

她蜷起手掌，轻轻地提气，眉心微微一蹙，阖眼，仰头，凑上去轻轻地啄了一下他的唇角，停了一秒钟，又落下身子。

似乎和想象中的亲吻……不太一样。

她感觉到他脸色骤然收紧，也热切地感受到了来自他心脏的跳动，和她的在同一频率之上。

季遇白那双眸子似乎更沉了，笔直地盯住她，隐隐露出她从未见过的危险与陌生。

对视不过两秒钟。

季遇白突然身子往后退去，一直退到了对面的流理台。

隔着这两步之遥，刚刚才相拥的两颗心脏被隔开，中间是大团大团虚无的阳光。

他蹙起眉，脸上情绪复杂难懂，眸子沉沉地盯着她，像古井，深不可测，似乎在做最后的确定。

沈木兮立马就慌了，她想，空气里的氧气一定都枯竭了，要不然，她怎么会被压得喘不过气来？她摸到那包被甩去角落里的狗粮，重新抱回怀里，胸口在轻轻起伏，嘴唇都要咬破了，终于发出声音："遇白，我回来拿狗粮。"

男人狠狠一拧眉，脸色巨变，转身大步走出了厨房。

沈木兮看着那道消失在门口的背影，差点腿软的摔到地上。

她刚刚，主动亲了他？趁着，他以为自己在做梦？也就是，在他不清醒的时候？这会属于是乘人之危吗？可明明……

沈木兮用力地咬住嘴唇，懊恼地低下头，口中有血液的甜腥味丝丝弥漫，她顾不得，也忘了松开牙齿。很快，她又若有所思地抬起头，眨了下眼睛，他不是应该在墨尔本吗？为什么会出现在公寓？

沈木兮深深地吸气让自己冷静，放下那包狗粮，往客厅走。

季遇白没有回卧室，他坐在沙发上抽烟，客厅没开灯，连走廊的壁灯都被关了，偌大的空间，这会儿唯一的光亮便是他指间的那抹猩红，灼得她眼睛都有些刺痛。

那熟悉的烟草味散在了空气里，很淡，却令人窒息般沉重。他的背影隐在黑暗里，像是暗夜都因他而生一样。那一方的空气都不再流动，像是那个人的心情，全部封闭得死死的。

她从不敢去触碰关于他的过去，杨言说过的话她都用心地刻在了身体里，不敢逾越分毫。而现在，她连靠近他的勇气都找不到了。

她就站在客厅与卧室的交界处，手扶着墙壁，一动也不敢动，似乎往前迈一步，就会一个跌落，摔进悬崖，粉身碎骨。现在的她，懦弱到连自己都瞧不起。

不知道过了多久，就在她觉得自己快要站不稳的时候，那个沉默到让人以为已经和黑暗融为一体的背影终于动了动。他声音像是碎掉了，沙哑得连不成话："木兮，你过来。"

可她还是听懂了，像是听见他的灵魂在呼唤她一样。她的身体很僵硬，双腿近乎机械地一步步朝他走近，她走得很慢，像是死掉了又被人重新唤醒一样。

她垂着头，从沙发旁边绕过去，站在他对面，停下脚步，她这才发现，原来烟头早就熄了，不知道暗了多久。

唯一的光，也没了。

男人低着头，并不看她。她看不清他的表情，甚至连身体都只能看到一个大致轮廓，陌生得令她心都疼了。

她忽然发现，原来她一直都不曾真正靠近过他，一直都不曾。哪怕是那次的牵手，哪怕是下雨天的那个拥抱，还有很多很多，她以为，自己离他很近的时候。

她不敢坐在沙发上，可她的腿又控制不住的发软，她只好蹲下，蹲在男人面前，卑微得像是一个他的宠物。她觉得身体阵阵发寒，忍不住地颤抖，可房间明明又很热。她伸出双臂，抱紧了自己，把头埋进了身体，一动不敢动，似乎在等一个审判。

季遇白抬眼，目光已然重新变得柔软。他抬手，想去揉一揉她的头，和平日里一样，可手伸过去，停在半空，想到什么，又落下："木兮，刚刚的事情……"

她不知道哪里来的勇气，忽然抬头打断他，眼底清亮而灼人，是一片赤诚："遇白，对不起，刚刚是我太幼稚，太莽撞，对不起，我……"她说不下去了，她的哭腔越来越明显，眼泪已经滑进了嘴里，又咸又涩，她讨厌极了这种味道，让她说了一半的话哽住了，卡在喉咙，闷得都不能呼吸。

她害怕他现在就不管她了，无关金钱，无关保护，无关所有的，他带给她的一切，物质，或是疼爱，她只是单纯的害怕他要把她丢掉了，再也不想见到她了。她知道自己错了，她该安静的，她这次怎么能这么吵人呢？所以他生气了，他这是在惩罚她，在警告她，一定是这样的吧。

　　这个新年过得很糟糕。

　　沈木兮从那之后再也没回去公寓，没给他发过信息，也没在夜里打电话唱歌伴他入眠。当然，季遇白更没有主动联系过她一次。

　　沈木腾在意识到沈木兮的不寻常后主动包揽了家里一大半的家务，作业也省去了被人催促才会完成。他一开始还会穷追不舍地问她到底出了什么事，后来呢，索性嘴巴闭得紧紧的，生怕一个不经意蹦出的哪个字眼碰到她的痛处，又把自己关到房间里呜呜地哭上一整天。那把吉他就放在床头柜的旁边，每天晚上阖眼之前和早晨醒来之后总是轻易就能看到，却再也没有动过。像是一道禁忌，碰不得。

　　那天上午后来发生了什么呢？

　　沈木兮总在夜里失眠的时候一次次麻醉自己，过完年她就可以搬回公寓，他们还会像从前一样的相处，他带她去晨跑，春天就要来了，他们会一起看到草坪绿意萌芽，看到花苞绽放，他还会做饭给她吃，会在她洗碗的时候点燃一支香烟，靠在身后的流理台上静静地看着她，会一起去超市购物，他推车，她在前面掌控方向，对了，他还总是强迫她开车，却又不允许她一个人开车，还有啊，她每天晚上都要弹吉他，把自己喜欢的歌亲口唱给他听，要不然他会失眠。

　　就是这样的生活啊，这样平淡普通的生活，平凡得不值一提，平凡得让她总会忘记，季遇白不普通，普通的是她，所以他怎么可能会一直陪她经营这样的生活呢？

　　他的故事，他的那段过去，鲜明而强烈，占据了他全部的未来，他走不出来一步，别人也踏不进去分毫。

　　那天，他开车把她送回了家。她记得很清楚，两个人在路上彼此沉默，彼此安静，谁都没有开口说出一句话。这种默契无疑是很可怕的。

　　车子停在小区门口那条小街道里，一棵枯败的榕树旁，他并没有送她到楼下，像是刻意要与她隔开一道泾渭线。

她垂着头，怀里还抱着那包狗粮，像是落水的人窒息前紧紧拥住的一块浮木，眼睛空洞无神，加上一夜不眠后苍白的脸色，颓败得像个流浪者。车门还没解锁，她知道，他一定会跟她讲些什么，她静静地等着。

季遇白看她一眼，又很快移开视线，手指搭在方向盘上，虚虚握着，在考虑，在措辞，也在犹豫。过了好久，他才开口，又是那种语重心长、长辈般的口气："木兮，你根本就不知道自己在做什么，也从来不去考虑这件事情做了之后会带来什么样的后果。"

沈木兮听着，却没有发出任何声音，缩在那里一动不动。

季遇白深吸气，再吐出，眼睛慢慢眯起，往窗外看："这件事情怪我……"大概是气氛太沉闷，他解了锁，将驾驶室的车窗降下去一半，拿了一支香烟，点燃，缓缓地吸了一口，胳膊搭在车窗，眼睛却始终不看她。

她不知道他是在逃避，还是在讨厌她现在这副样子，其实连她都厌恶极了自己现在这样卑微的姿态。

"我没去墨尔本，哪里都没去，所以看到你出现在家里，我以为那是自己的梦，所以刚才那些不该有，或者说，在现实里，不该有。"

有风从车窗吹进来，他的声音被吹远了，不知道去向了哪个方向，那被风稀释过的烟草味道却逆行飘散进了车厢。以前从不觉得，原来这种味道是会把人呛出眼泪的。

沈木兮没去擦，头压得更低，任自己那串泪珠慢慢地往下淌，碎到哪里算哪里吧。又或许，是她觉得，他看不到她在哭，这是她最后的尊严。

"你才十八岁，以后走出学校，会遇到很多人，会沉淀心智与经历，变得成熟，也会开始一段适合你这个年纪的感情。那个时候你再回头看这段过往，也许会嘲笑自己无知，或者还会后悔。因为不管从哪一个方面来讲，我并不适合你，身份、年龄、生活阅历，你应该能明白我的意思，很多时候，我是把你当个孩子去看。"他说得慢，像是一边讲，一边措辞，又或许，还在犹豫着。

沈木兮忽然哼笑一声，终于抬起头来，她开口时鼻音很重，喉咙里像是卡了一块吸满水的海绵："我承认，自己就是个孩子，所以我幼稚，所以我还学不会怎么隐藏自己的心思，但是我很真实啊，我喜欢一个人，我就是忍不了，藏不住。"她扭头，泪眼婆娑地看着他隐在日光下的侧脸，轻轻笑了，"季遇白，你难道不觉得你其实特别自私吗？你如果没有喜欢过我，没想过未来要跟我在一起，或者说，从来没考虑过，你做的这些事情会让我喜欢上你，那你还来招惹我做什么呢？最开始的时候，我去求你的时候，你索性不帮我就是了，我们桥归桥，路归路，这样多好啊，你多此一举做了这么多，你让我一个人总在夜里胡思乱想，你让我一次又一次误以为你是喜欢我的，哪怕只有那么一点点，原来不是啊，你其实是好奇、是无聊，是觉得我可怜、好笑，能被你养在家里当个宠物，闲暇的时候陪你消遣，对吗？那你想过现在这样的结果吗？你有考虑过，如果有一天我喜欢上你了，你该怎么处理呢？"

夹在指间的烟安静地燃烧到了尽头，火光闪了闪，渐渐暗了，男人指骨动了动，那烟头扑簌掉到窗外，滚了几圈，不见了。他仍旧没有去看她，而是抬头望着天，像是那个答案就藏在太阳里，藏在云团里。

阳光明媚得刺眼，像是一把细细的刀子划开皮肤，清晰而热烈，直接疼进了心里。是啊，小丫头说得都对，他就是自私，只顾得一己私利，却忽略了她如果喜欢上自己了，那该怎么收场？最初的想法多简单啊，留她两年，护她两年，一辈子，就爱她两年而已，最后了，再放她走，走那条自己已经为她铺好的路，一世无忧。

这么些年了，自从蓝衫走了之后，他再也没有像现在一样无措而绝望过。就这样顺着她的理解，把自己伪装成一个彻头彻尾的坏人？还是告诉她实情，说他也喜欢她，喜欢到他甚至背叛了自己最初的设定，强行把她留在了自己身边，融进了他全部的生活里？

他用了那么多个无眠的夜才终于说服自己，改变了那条轨迹，而现在，他又需要多久来决定她是走是留？又或许，这已经不再是他独自就可以决定的了。是啊，他不能再像之前那样，一味地按照自己的想法，把她摆到什么样的位置，给她一种什么样的生活。

沈木兮放在口袋里的手机就在这时响起了微信通知声。

季遇白闭上眼睛，揉了揉紧蹙的眉心，这个飘浮不定的答案就快要把他的心扯成了两半。

似乎连一分钟都不到，沈木兮脸色微变，轻轻地喘着气，推开副驾驶的车门把手机用力地扔了出去。

手机掉在几米之外的水泥地上，是清脆的两声撞击，屏幕碎成了一个旋涡，阳光折射上去，像是一朵裂开的玻璃花。

那边，一直低头看着手机，正欲穿过马路的麦思明似乎听到了什么声音，抬眼往小区门口看去，正看到了从副驾驶跳下来的沈木兮。他怔了一下，随即又看向不远处那个碎在地上被人遗弃的手机，扯了下唇角，苦苦地笑了，看了眼那辆熟悉的大切，心里的某个答案已经昭然若揭。

或许就是在沈木兮下车离去的身影从眼前一晃而过的那一瞬间，季遇白心里终于有了那个关乎此时，还是两年的结果。

他跳下车，几步追了过去，扯过沈木兮瘦弱的手腕，把她往身后轻轻一带，直接圈到了车前盖上。

沈木兮皱起眉，愤怒地瞪着他，空出来的那只手握成拳去砸他，肩膀、胸腔，一下又一下，力度越来越小，像是累极了。他不动，任她发泄，砸着砸着，她就哭了，没有声音，只是眼睛湿了。她倔强地咬紧牙，眼睛一眨不眨地瞪着他，眼圈猩红一片。

那只还紧紧握着没有来得及舒展的手忽然被季遇白包裹进了他干燥的掌心里。他终于不再闪躲，抬起头，目光笔直地盯着她："不喜欢你，我为什么要管你？"说完，他又向她贴近一步，将她的身体完全困在自己的掌控之内。

沈木兮眨了眨眼，大脑一瞬间就空了，她安静下来，茫然地看着他。

他声音低沉而冷静，看着她的眼睛，一字一句道："木兮，下面的选择交给你来做。第一，现在彻底地从我生活里消失，像是你说的那句桥归桥，路归路一样，你不欠我什么，两百万，不需要你还，利息更不用；第二，我们在一起，但我给你的，只是这一份微不足道的喜欢，我给不了你未来，因为我早就已经把自己的未来断了，你要清楚这一点，别问我为什么，像是我们最初就说好的，还是那两年，两年之后，你一样要走，所以你明白了吗，这段感情不会有任何结果，不管你做出什么的选择。"他眉心狠狠一蹙，顿了一下，声音压得更低，"现在，还是两年？"

他没办法再给她解释更多的东西了，天知道，他现在说出这两个选择是下了怎样的决心，似乎再多说任何一个字，都有可能会令他疼到窒息。

沈木兮眼底刚刚散去的水雾立马又蕴满了眼眶，她眨一下眼，咬紧了嘴唇，痛苦而颤抖地看向他的眼睛。

他的目光很沉，很压抑，直直地跟她对视，迫切地在等一个答案。

她从来不会质疑他讲过的话，做过的决定，包括那句，别问我为什么，他说过了，她就真的不会问。

她唇瓣颤动了一下，慢慢张开嘴，可是她发现自己发不出任何声音。喉咙像是被这阳光和微风扼住了，一个音节都发不出来。虽然她明明就没有想好自己要说什么。

男人似乎看懂了，他忽然垂了下眸子，沉沉地呼吸了一次，又抬头看向她，声音已然柔软下来，近乎诱哄般："不着急，你慢慢考虑，但是在你决定之前，我还想再自私一次，木兮，想恨我，那就恨吧。"

谁让，覆水难收？他多怕，她真的选择了现在就离开，头也不回。

他说完，头就低了下来，唇瓣用力贴上她的，很凉，都是这个男人清冽的气息，还有那淡淡的烟草味，强烈地冲击着她的理智与刚刚建立起来的决绝。

她闭上眼睛，并不熟练地承受着这个吻，回应着这个吻。

这种感觉陌生却让人贪恋，像是偷来的，本不属于她的东西，可她也是自私的，想要占为己有，想要没有期限。

一吻结束。

他捧着她的脸，又吻了吻她的额头，轻轻地松了一口气，看着她，弯了下唇角。

不知道为什么，重新看到他的眼睛，她忽然就很心疼他。

两年之后，他要去哪里，又要做什么呢？可是她开不了口，那些事情与她无关，又或者说，只与他有关，跟这个世界上的任何一个人都没有丝毫联系。他总是这样，就像杨言说的，他就是疼得下一秒能死了，现在站在你面前，还是那张脸，还是那副表情，你什么都看不出来，你也改变不了什么。所以她不会追问，要安静一点啊，不能吵他，他肯定很累了。

"其实我很想做个坏人。"他笑了一声，唇角的弧度那么苦涩，"可是，木兮，我说不出来那些话，说我把这段时间当成了游戏，你是我的宠物，不想照顾了，就扔了。"他摇一摇头，还在笑，可那双眼睛明明就快哭了，他像是在交代遗言般，想要假装洒脱，可其实又那么不舍，所有的情绪凝聚在眼底，汇成了那个化不开的郁结，"傻姑娘，我要真那么说了，你不得恨我一辈子？你看我多自私，就算不能守你一辈子，也不要你恨我一辈子。"

就是这句话，入了耳，进了心，那所有的困惑、误解，她的自嘲、她的否定，全都溃不成军。

她伸出手，抱住他的腰，手心搭在腰后轻轻地拍了拍，像是在哄一个受伤的小孩，她把头埋进了他的胸膛上，隔着薄薄的毛衣，听他的心跳，感受他的体温，轻轻啜泣，又深深吸气，呼出，反复几次，终于找回自己的声音，她平静地说，"遇白，我都懂了，你让我想想，我得对自己负责，我不能真的像个孩子一样不管不顾，好吗？"

阳光自头顶温暖地倾泻下来，投射到车上，晕开一层清浅的亮意，季遇白低着眼，似乎从那道光圈里看到了他的小姑娘长大后的样子，美好得像个小仙，这世间的一切，所有被世人赞美的一切，在她的一颦一笑间都渺小得不值一提。

他微微一笑，慢慢地说："好，不管你做出什么样的决定，我都会尊重，木兮，你要相信，未来的日子里，你会遇见一个更好的人，因为你值得。"

Chapter21 流 言

　　沈木腾来不及在家里过完元宵节就要返校。

　　开学前一天，他拉着沈木兮跑去超市买了很多种口味的元宵回来，他这段时间懂事极了，这会儿到了家，自己跑去厨房烧水准备煮元宵，沈木兮坐在沙发上，支着下巴直犯愁。

　　沈木腾走了，家里就只剩她一个人。

　　她多想装作什么事情都没有发生过，拖着行李，带着软软兴冲冲地回到公寓，再对刚从"墨尔本"度假回来的季遇白说一声迟到的新年快乐。或许，他还给她带了纪念品？一个长途跋涉、他亲自挑选的小礼物？

　　可事实上，那样的心情，那样的场景，那样的他和她，都再也找不到了。

　　她还是做不好这个选择。

　　有人说，长痛不如短痛，可说出这句话的人有没有想过，长痛起码还留下了一段回忆，而短痛，谁又说得好，不会令人一次就痛到窒息，痛到再也不想爱了呢？其实心里的答案早就倾斜到了那一方，只是，她没有勇气揭晓罢了。

　　大概是害怕长痛会长到完全拥抱着疼痛来度过这漫漫余生。她不该这么犹豫不决的，这不像她，一点都不像。

她摸到手机，拿在手里，忽然低头自嘲地哼笑了一声。

沈木腾端着两个小瓷碗，嘴里倒吸着凉气从厨房往沙发的方向快步走，火急火燎地喊她："姐，你快给我接一下，烫死了！"

沈木兮把手机扔去一边，几步过去接了他手里的碗，弯腰放在茶几上。

沈木腾两只手都往耳垂上捏，看了她一会儿，见她还在对着手机发呆，又叫："姐，你赶快吃啊。"

沈木兮移开视线，倾着身子凑过去，拿勺子舀了一个元宵送进嘴里，咬一口，软糯，滑滑的，是五仁馅，很香甜。

手机是前些天新买的，除去联系人列表，没有任何短信和通话记录。她给季遇白发信息：*我刚刚吃了一个元宵，好像没有吃到馅呀？*点击发送，她继续编辑：*遇白。*发送，继续编辑：*你吃元宵了吗？明天，我陪你一起吃吧。*

不过几秒钟的间隙，她收到了回复，一个字：好。

看着那似无声又似包含千言万语的一个字，她弯起唇角无声地笑了。

或许，初恋于大多数人来说，都是一场无疾而终的兵荒马乱，那么，就不必考虑太多东西，毕竟，结局已经写好，她知道，他也知道，他们，都必输无疑！

那么，最后究竟是谁赢了？

没有人，或许，连这个世界都死了。

这天夜里，她终于有了勇气重新将那把吉他抱进怀里。上面没有他的体温与气息，她却觉得，像是抱住了他的身体。

她把窗帘拉严，关掉了房间里所有的灯，在这茫茫黑暗中，盘腿坐到床头，低眉，指尖随意地抚过那琴弦，没有乐谱，没有调子，听不出旋律，就连她嘴里哼着的歌都连不成一曲。她不知道自己想唱什么，想表达什么，做这件事又是为了什么，但她就是想唱歌了，她知道，他现在一定没睡，他在失眠。

没关系啊，明天我就回你身边，你的病，我来医。

杨言和司影一大早就开车直奔到楼下。

杨言手里拎着四人份的早餐，开门后直接推搡给沈木兮，不耐烦道："快快快，饿死小爷了。"话都没说完就抬手掩住嘴，打了个大大的哈欠。

沈木兮打开早餐包装袋看了眼，生煎、油条、麻团，鼓鼓的一大包。

沈木腾听到动静，刷着牙从洗手间探个头出来，含含糊糊地喊人："司姐姐好，姐夫好。"

杨言又被喊美了，搂着司影笑个不停，脸上像开了朵花。

沈木兮白了他们一眼，似乎手里拎的不是早餐，而是狗粮，她侧过身子，给人放行。

家里似乎从来没有这么热闹过，一段早餐也吃得其乐融融。

沈木腾的几声姐夫直接让杨言把他后几十年的牛排全都承包了。

吃过早餐，杨言接过沈木腾的行李包，直接下楼先去启动车子，沈木腾紧随其后也跳着下了楼。

司影陪着沈木兮收拾过餐桌，拿了包，把门窗锁好，朝下走的空，问她："怎么样了？和你的遇白叔叔。"

沈木兮轻轻一笑："好着呢呀！"

司影也笑了一声，目光平静地看向她："其实啊，很多事情，都没有我们认为的那么绝对，你不去开始，不去尝试，怎么能知道哪个路口就会等来一个转折，之前的想法，是我错了"。

沈木兮垂眸，忽然就不知道该怎么接话了。又或者，这个问题需要在明年的秋末她才能找得到合适的语言和心情来回答。

天气已经不知不觉地回暖，一踏出楼道迎面扑来的就是大片明媚的阳光，呼吸间，再也看不到一团团散进冷气里的白雾了。

这个古旧的小区早已重新恢复寂寞，安静的、空荡的，像是迟暮的老人又长了一岁，在看不见的角落里画出一个新的年轮。甬道上、灌木丛的枯枝上、泥土里，还碎着前些天夜里烟花鞭炮炸开时的残絮，被阳光笼罩住，乍眼望去，竟让人产生错觉，以为那是被谁不小心摔碎的花瓣雨。

车子缓缓驶出小区。

手机响了一下，是微信消息提示。

沈木兮打开来看，导员在班级群里向全体成员拜晚年，还发了一个数额不小的红包。她没点开那个红包，淡淡扫了眼那些迅速堆积起来的聊天记录，关掉了群聊界面，总觉得自己从来就没有真正踏进过那个小世界一步。

因为换了新的手机，现在连带着微信的主界面都干净到只剩两三项最新记录。她后知后觉地想起来，好像自从上次一气之下把手机摔出车子后，麦思明就再也没有给她发过类似的邀请和问候了，甚至就连跨年时群发的新年快乐都没有，她隐约记得最后一条信息的内容，好像是约她晚上一起吃年夜饭？她揉了揉眉角，确实有些记不清了。眼下，这自然是落得耳根清净的好事，可沈木兮又觉得他消失得太过莫名其妙。不过这个人本身的思维方式似乎就与常人不同，这样似乎也并不足为怪。

再未细思，锁了屏，她把手机放回包里。

下了西郊高速后就开始堵车，街道上大多都是送孩子返校的私家车，你拥我挤，鸣笛声高低起伏，聒噪得像是到了夏天。

杨言最近的改变大家都有目共睹，这会儿即使堵得久了，也不过是仰着下巴往前巴望巴望路况，前面走一点儿，他跟着开一点儿，不急不躁的，像是变了个人。

一份好的爱情，原来真的可以让一个人变得更好。

沈木兮在见证了这段感情的每一步后，开始对这句话深信不疑。

车子根本开不到学校门口，就已经被长长的车流将路堵得死死的，沈木腾不让他们帮忙，拉开车门下去，自己跑到后备厢拎了行李包，又开车门探回身子跟他们摆手再见，最后还不忘交代沈木兮，不用每周都来学校看他，记得放假的时候来接他回家就行。

这是沈木腾几天前就跟她讲过的，这会儿她点了下头，对他扬扬下巴："那你记得一周最少给我打一次电话，如实汇报自己的情况。"

沈木腾不耐烦地比了个手势，关上车门潇洒地冲他们一摆手，背着包朝学校门口的方向走了。

视线很快被望不到边的车海阻隔，沈木腾料峭的背影慢慢消失在了她的眼底。

后面又新开过来一辆车，正欲停下，杨言降下车窗跟人喊了一声，率先把车倒出去，沿原路往回开，很快就上了高速。

回程车很少，沈木兮看了会儿窗外，跟杨言说："下次你们都不用这么麻烦地来回跑，我自己打车挺方便的，现在手机都可以直接叫车。"

"那可不行。"杨言从后视镜看她一眼，一脸认真，"遇白说了，俩小孩打车，不安全，尤其是跑郊区，太偏了，你看这前不着村后不着店的，路上出点事，喊人都来不及。"顿了下，他又耸了耸肩，"后面是我自己脑补的，遇白其实只说了前半句。"

沈木兮的脸色慢慢变了，她从来不知道，他原来已经那么细心地为自己考虑到了这些她都没有重视过的问题。她垂下眼，眼眶忽然就酸了："遇白上班了吗？"

"上了啊，今天年后第一天，正好是周一，大多数公司都是今天开始正式上班，我家影妞的假也到头了，我待会儿也要去我家公司转转去，怎么着也得先把老头子哄美了，别到时候连娶老婆的钱都赚不到。"

"呦，"司影轻笑着抱住对面的椅背，身子探过去，"杨小爷这都准备娶老婆了，什么时候结婚吱声啊，我给你包个大红包。"

"行啊，"杨言猝不及防地扭头，就着这个姿势用力亲了她一口，勾起唇角坏笑，"钱给到位了，新郎你都能带走。"

"滚！"司影啐他一句，目光逡巡着车厢一圈，要找杂志，却早被杨言看穿。杨言闲适地敲敲方向盘，模样嘚瑟极了："别找了，我早扔了，谁再敢给大爷车里放杂志，大爷让谁吃纸！"

沈木兮想起自己包里似乎还有一本上次逛商场时某专卖店导购发放的时尚手册，这会儿拉开拉链翻了翻，果真还在，她抽出来，递给司影，又对杨言挑眉，轻轻一哼。

杨言："……"

你们是我祖宗！

车停在楼下，杨言扭头看沈木兮道："你自己上去收拾行李吧，别拉着我家媳妇去，我要跟我媳妇亲热一会儿。"

沈木兮无语极了，翻白眼瞪他："你真不要脸。"

杨言冲她挤下眼，意味深长地说："别急，沈木兮，你早晚也有这一天。"

司影懒得骂他，这会儿拉开车门要下去，却被沈木兮拦下："行了，我自己去就行，别给你家杨小爷气坏了。"

"哎哟！"杨言乐了，嘿嘿直笑，"看不出来呀，沈木兮，你挺懂事的嘛！"

沈木兮冷哼了一声，拉开车门跳下去，马尾甩了甩，进了楼道。

也不知有没有十分钟，司影还在跟杨言较着劲，任他各种扮可怜卖萌就是不给他亲，杨言正要来硬的，就见一个身影匆忙地从黑暗的楼道里急速冲了出来。

他还没反应过来发生了什么，沈木兮已经跑到了驾驶室，拉开车门坐进去，手忙脚乱地打火，准备启动车子。

"你疯了？"杨言意识到事态不对，迅速从后面跑过去，把人往外拎，直接拖回地面问，"出什么事了？"

沈木兮不说话，脸色惨白，紧紧咬着嘴唇，动都不动，杨言一松手，她便浑身虚软地摔到了地上。

杨言吓了一跳，司影跑过来，扶着她肩膀揽她起身，沈木兮抬了下头，两个人这才看到，小姑娘的脸早就已经哭花了，这会儿没有声音，只剩眼泪哗哗地流，像是决了堤的洪水，整个人也像丢了灵魂一样，空洞，没了思想。

杨言急了，抓了抓头发，又不知道该怎么跟小姑娘沟通，暴躁地踢了脚车门："姑奶奶你倒是说话，出什么事了？遇白死了？你这副德行？"

司影瞪他一眼，让他闭嘴，顾不得回车里拿纸巾，这会儿只能用指肚帮她轻轻擦泪，试着叫她："木兮"。

沈木兮像是被这一声叫醒了，忽然扭头看杨言，眼底是弑血般的红，声音嘶哑，厉声道："送我去沈木腾的学校，你给我快点！"说到最后，声音都哑得快碎了。

杨言被说懵了，再看沈木兮已经拉开后面车门坐了进去，司影踢他一下，也皱眉说："快点儿！"随后也坐进车里，从包里找到纸巾，一点点给沈木兮擦着那不停滚落的泪珠。

没用，纸巾刚擦过皮肤，没几秒钟就湿个透。她像是意识不到自己哭了，现在所有的表情、动作、思想，都不受大脑支配一样。

杨言迅速钻进驾驶室，什么也没再问了，直接启动车子，猛打方向盘，掉头飞快驶出小区。

司影不停地抽着纸巾给她拭泪，过了会儿，才试探性地问："小腾怎么了？木兮，你要告诉我们。"

"他要跳楼！"沈木兮皱紧眉，狠狠咬了一下嘴唇，唇角立马破开，渗出丝丝血珠，她笑了一下，那笑有些讥讽，"他的同学们，都说他的姐姐被人包养了，他说他不相信，他……"沈木兮深深吸气，忽然就说不下去了，喉咙被什么东西扼住，死死收紧，就在那一瞬间，那种酸涩和疼痛往上涌，到了口腔，混合着眼泪的咸，似乎成了毒药，让她变成了哑巴。

"太过分了！他们凭什么这么说？"杨言恼羞成怒地摔打着方向盘，眉心紧紧地拧到一起，他拿出手机，刚要拨通季遇白的电话，又从后视镜扫了眼沈木兮，还是放弃了，改成了发信息。信息发送成功，手机被甩去中控台，"嘭"的响了一声。

杨言眼圈也有些红了，他看了眼身后抱着沈木兮也跟着抹泪的司影，急了："都别哭了，这事谁说的，沈木兮，听见我说话了吗？"

沈木兮用力地咬住嘴唇，似乎这是唯一能逼自己重新讲话的方法，她声音嘶哑，几乎连不成话："麦思明。"说完，她又重复一遍，声音忽然平静下来，似乎眼泪也在一瞬间止住，"麦思明！"这三个字随着唇瓣的轻启，全部深深刻进了骨血。

沈木腾如果真的出事，她会让他付出代价，不考虑后果，她一定会让他付出代价！

"就上次学校门口那个男的？"杨言深深地吸口气，砸一下方向盘，"看我待会儿弄死他！"

"都别冲动，你们冷静一点。"司影忽然沉声开口，"这就是一场没头没尾的闹剧，本来就不是事实，小腾不会有事，他很听话，木兮，待会儿把事情解释清楚就会没事了。"

沈木兮摇一下头，眼底是深深的绝望，她慢慢地说着，像在催眠，近乎自言自语："不，你们不懂他，他最受不了的就是这些关乎人格的侮辱，他其实接受不了自己身上有一丝一毫的污点，他打小就这样，别人说不得他一点不是，去年，就因为一句话，他就把人家打了，但那是事实，铁打的事实，他明明知道，可他还是接受不了，现在，他就剩我了，我们家，就剩我和他了，如果他觉得我这个姐姐让他感到了耻辱，成了所有人都唾弃的对象，他不想认我了，他做得出来，他什么都做得出来。"

该死的自尊心，该死的人云亦云，为什么变成了这副模样？那些语言暴力，那些抨击，那些人丑陋的人性，那些人最喜欢捕风捉影，可其实他们都是瞎子，只剩了耳朵和舌头，那些人借着别人的软肋，掩盖自己的阴暗，幸灾乐祸，那些人只动了动嘴，那些话，就变成了淬了毒的箭，能把一个人杀死。

车厢陡然陷入了死一般的寂静。

司影搭在她肩膀上的那只手也僵住了，一动没动。

十四五岁的孩子，一旦偏执起来，没人预料的到他下一步会做出哪些过后连自己都悔恨不已的事情。这就是他的一个死穴，碰不得。

杨言深深地吸进去一口气，脚下油门踩到底，车子在沥青路上犹如一头发了疯的野兽，不管不顾地闷头闯过一个又一个路口。

沈木兮觉得大脑像是全部都被掏空了，她不知道自己该做什么，甚至她不知道自己现在在想什么。

手机"嗡嗡"地开始振动起来，突兀的将这压抑的空气撕开一道口子。

沈木兮看着屏幕上闪烁起来的那个名字，心里狠狠一动，那是怎样一种触动，没人能够体会，她深吸气，吐出，滑下接听。那边的声音熟悉，久违，又让她发了狠地咬住自己的嘴唇。

"木兮，相信我吗?"

她将手机拿离耳边，头别去窗口，闭上眼睛沉沉吐出一口气: "相信。"

或许除了他，真的再没人能在这样的心情下带给她哪怕一丝的慰藉了。

那边沉默了几秒钟，似乎也松了一口气，他的声音莫名的平静，像是历经过惊涛骇浪后的一块浮木，很轻，却又写满了生的希望: "那好，把自己的情绪整理好，我很快就到，能做到吗?"

她紧紧地抿了下唇，用力压下那股翻涌到了喉咙的酸涩说: "能。"

"木兮，电话不用挂，就这么放着，不用拿在手里，把它放下，现在深呼吸，把眼睛闭上。"

她眨了下眼，发现自己已经哭不出来了，虽然眼眶明明很酸了: "好。"

她按照他的话，一步步跟着做，把手机放到了腿边，深深吸气，吐出，又闭上眼睛。

手指垂下的地方，屏幕一直亮着，没有声音，隔着空气，隔着不知多远的距离，隐形中，她仿佛感受到了那双手的力量，握住她的手心，告诉她，天总会亮。她没有怀疑过他给的任何承诺，包括现在。

学校大门全敞，没有任何阻拦，杨言直接右打方向盘，车子转弯，朝那片黑压压的人群方向开去。

视线里，黑色的警车，红色的消防车，呈一竖排停在宿舍楼下的甬道上，消防员已经铺好了气垫，随时准备救援。所有的人都各司其职，热火朝天地为了天台上那个自尊心作祟的孩子做着尽可能完善的救援准备。

沈木兮从未想象过，这样的场面会再一次出现在自己的生活中，就真切地摆在自己面前。那每一道晃过眼底的橙色制服都烧成了火，灼着她的眼，刺刺地疼。

围观的好事学生刚刚被老师强行驱散，那些人意犹未尽地悻悻离开现场，其实，只不过又换了一个其他的角落继续围观。旁边的操场、斜对面的教学楼、实验楼，以及所有能站得上去的高台。

那些容貌青葱而稚嫩的脸上写满了好奇与兴奋，那些人勾肩搭背，交头接耳，有人慌张，有人担忧，也有一大半都在期待着接下来会有怎样的后续发展，或许，又都在遗憾没有办法拿手机拍下这惊心动魄、话题感十足的一幕。

就是这些人的嘴，就是这些人的心。

沈木兮用力地咬着牙，强迫自己移开视线。

杨言车子还没停稳，沈木兮便急着拉开车门就要往下跳。

司影眼疾手快地拉了她一把，用力扣着那只瘦弱的手腕，把人往回带。

沈木兮甩开她，手机还扔在原处来不及拿，那屏幕仍旧亮着，像是那么多个寂静的夜里，那个人安静望着她的眼睛。

宿舍楼下站的是学校的几位资深领导和年级教导主任，他们现在都是统一的表情与姿势，半眯着眼睛，面色担忧地抬头向上眺望，穿着橙色制服的消防员队形整齐地站在气垫的四个边，齐心协力地抓紧垫子，随时在观察，在时不时地移动方位，准备投入救援。

气氛紧张得绷成了一张蓄势待发的弓。

沈木兮一下车，那些眼睛便齐刷刷地看了过来。

是鄙夷、是淡漠、是低嘲、是厌恶。

沈木兮来不及去细究，脸色已经惨白，双腿止不住在发软，力气似乎被谁抽空了，胳膊似乎也无意识地颤着，她推开了面前正站在宿舍门口的两个老师，直接冲进楼道。

杨言和司影紧随其后。

整栋宿舍楼全都空了，只余这紊乱而急促的脚步声，或许还有频率不一的三道心跳。

她数不清自己这一路有多少次软绵绵地要跌倒，又抓住扶手，撑着身子站起来，继续向上攀爬。

六楼的天台，沈木腾缩着身子蹲在水泥板的边缘之上，双手抱紧了自己，对身后正欲步步靠近的心理疏导专家万般抗拒，他每动一次，就离跌落更近了一步，谁也不知道，他会不会一个不经意，脚下打滑，猝不及防就掉了下去。

空气都是沉甸甸的，被凝固住了，这里像是被设下了一个结界，一旦冲进来，便与外界隔绝，是生与死的中间地带。

天台忽然起风了，从身后吹来，地面落了一层薄薄的沙土，现在被风一卷，视线都浑浊了。

沈木兮眯了眯眼，唇瓣动一动，却忘了自己想说什么，又闭上，吞了下喉咙，再张开，声音已经冷静下来，大声喊他："沈木腾，我来了。"

沈木腾僵硬的身子在风中发抖，清瘦而脆弱，像个没有重量的纸片，从身后看去，似乎这里风再大一点，他整个人都能被轻易地被吹下去。

听到这熟悉的声音，他猛然回头望过来，眼睛惊愕地瞪着，就在同时，或许是转头的动作太快，脚下忽然不受控的一滑，身子也跟着朝后歪了一下，站在沈木兮身前的两名警官唰的变了脸色，正提步要跑过去，就见沈木腾及时收稳脚步，脸上血色顿失，大口大口地喘着气，双手紧紧抱住自己，身体缓慢而僵硬地蹲了下去。他望着沈木兮的眼睛里似乎浮现出短暂的动容，随即又褪去，被防备取代，他脸上都是泪痕，现在已经被吹干蒸发，头发凌乱而狼狈，他缩在那里瑟瑟地抖着，抗拒而厌世，像个被人抛弃的、无家可归的孤儿。

一个小时前，他还不是这个样子的啊，他还在不耐烦地跟她摆手再见，还在叫她不用把他当个小孩一样每周都来，他说，让她记得放假的时候接他回家就行。

他们明明相依为命了那么久，在最寒冷的时候会抱团取暖，他们骨肉相连，血浓于水，她甚至，为了弥补他一时冲动犯下的过错，想过什么都不要了。她把他当成了自己的命，后半生的命，可现在，是谁先不要谁了呢？

沈木兮轻轻地摇一下头，眼前视线忽然就模糊了，她甚至说不出这一刻究竟想哭还是想笑。她闭了下眼睛，散去眼底的水雾，平静地看着滞在他们中间的那两名警官说："你们都走吧。"

两名负责心理疏导的警官上天台之前，自然已经了解了事情的大致经过，这会儿看到站在面前的年轻女孩，她的身份自然不言而喻，内心虽的确不屑，却也严肃地解释道："这是我们的工作，我们要对他负责。"

沈木兮哼笑一声，语气冷漠得一点都不像她该有的样子："没人能对他负责，除了他自己，你们走吧，真的出事，也没人追究你们的责任，我会写好保证书，走吧。"

两名警官互相一对视，再看一眼僵持了半个小时仍旧没有任何进展的局面，犹豫一下，最终默然退去了楼梯口，没有选择真的离开，以便待会儿真的出现不可控的局面可以最快速度采取措施。

沈木兮面无表情地朝沈木腾一步步走近。

杨言在身后拉了她一把，却被她用力挣开，冷冷道："谁也别管。"

一直不发一言地沈木腾就在这时忽然大哭起来，像是忍久了，终于找到了发泄口，表情悲怆，呜咽着问她："他们说的那些都是真的吗？你被遇白哥……"

"你不是已经相信了？相信了，你还问我这些做什么？"沈木兮轻轻地笑一声，全是自嘲，"你是接受不了这个所谓事实，还是仅仅因为这个人是你的亲姐姐，和你有关系，所以接受不了？"

沈木腾用力摇头，再不敢去看沈木兮漆黑的眼睛，其实这个问题他并没有答案，他在听到那些人嘲笑他，指着他，肆无忌惮地议论那些不堪的东西时，他就已经疯了，没了理智，没了思考，他想不明白任何问题，也不知道自己究竟是在逃避哪一个事实。可能他跑到天台，他想要从这里跳下去，仅仅是想要辩解什么，也可能是想要证明自己什么都不知道，他是无辜的？

他不知道，他什么都想不明白。他是冲动了，冲动到甚至没给自己留下退路。他的身体还在因为大哭而颤抖着，他又无意识地朝天台边缘动了动脚步，半个身子已经接近腾空。

　　杨言在沈木兮身后几次都急得差点冲上去，都被司影拦下，他双手抱头，嘴里低低骂一句，脸部肌肉狠狠抽搐着，忽然想到什么，整个人都一默，他推开司影，转身大步往楼梯跑，门刚拉开，就看到了正跑上来的季遇白，紧跟在季遇白身后的还有两名抱着摄像机的特约记者。

　　二人互相对视一眼，两秒钟的停顿，谁都没开口，话都在眼睛里。

Chapter 22 开 始

　　季遇白快速扫了眼目前天台的情况，对沈木兮道："木兮，你回来。"

　　他声音很轻，有些喘，像是累极了，在这空寥的天台却又字字清晰。

　　沈木兮的脚步停在距离沈木腾还有不到五米的空地上，慢慢转过身。

　　季遇白看着她，轻轻地弯一下唇角，算是安抚，但目光又很快移开，看向她身后有些怔愣的沈木腾，笔直而澄净。

　　"小腾，给我两分钟，我把事实告诉你。"

　　完全是长辈的语气，毋庸置疑，又带着这个男人与生俱来的沉稳，让人无法抗拒。

　　沈木腾不动了，哭声慢慢止住，看着沈木兮，又去看季遇白，目光渐渐淡了，他直挺挺地站起来，表情变得平静，像是在无声地答应季遇白刚刚的那句话。有风把他的衣角吹起来，卷在半空，仿佛濒死的蝶。

　　季遇白放下心来，大步朝着沈木兮走过去，身后那两名记者紧随其后。

　　他一把牵过她的手腕，用力把她带进怀里，抱住，揉了揉她的头，笑了一声，又将手像是最开始那样扣在她的脑后，再带着她离开自己的怀抱，眉眼低垂下来，目光柔软地看着她，语气郑重得像在求婚："沈木兮，我是季遇白，蓝衫资本创始人，我季遇白没有女朋友，没有未婚妻，追你这么久了，现在可以给我一个回答了吗？"

沈木兮仰头看着他，迷茫地眨了眨眼，眼底水汽弥漫，面前这张脸渐渐有些看不清了。心里像是有一股暗潮在汹涌，将各种情绪揉碎到了一起，铺天盖地地席卷了全身的血液，她有太多话想说，关于沈木腾，关于自己，关于她和他，此刻，喉咙竟哑得说不出一句话来。

季遇白弯了下唇角，耐心极了的模样，摸一摸她的脸，声音温柔又徐徐善诱："记者都看着呢，木兮，你还没考虑好？"

沈木兮闻言转过头，看了看那两个正对着自己的黑漆漆的镜头，瞬间就明白了他全部的用意。再看向季遇白，她终于恢复了平日里的样子，眉眼笑得弯起来，有些委屈地问他："可大家都道听途说，混淆事实。"

"无所谓了。"季遇白低头，闭上眼睛虔诚地吻一吻她的额头，再睁开，又屈指刮了下她的鼻尖，哄孩子似的语气，"我要的是你的一辈子。"

说完，他便去看天台边的沈木腾，眼眸被风吹得半眯起来，风把他的声音吹散了，飘到沈木腾身边，成了一条绳索："小腾，回来吧，这就是事实。"

他朝沈木腾伸出手，又肯定地点了点头。

是啊，这是事实，是所有人眼里，最真实的事实。

也许这是个交易，单纯的一辈子的交易，这样好不好啊？

沈木兮始终没有回头再去看一眼少年料峭的身影，她知道，事情已经圆满解决了，挑不出任何瑕疵，所有的流言都不攻自破，那些人自己打了脸，从这之后，她，沈木腾，无形之中都多了一把安全的保护伞。

很多东西，以后就都变了。

这座城市，乃至更多地方，他们的身份之上，以后都会多了这个人的名字，那是一种荣耀，是一种地位，还会给他们带来想不到的便捷，大概，会像极了父亲还在世的时候，可事态发展太快，她还没有彻底地反应过来。

哪些是真的，哪些是假的，外人不懂，可她懂啊。或者，就假装不懂好了，两年，不，还剩一年半了。

她忽然觉得有点累了，也有些失望，对生活、对明天、对未来。有那么一瞬，她很迷茫，她甚至想要代替沈木腾，站在那里，纵身跳下去。可也只是一瞬，她还舍不得放下这一切，因为她还有一段恋爱没有谈。

对啊，说起来，多么美好的一件事。在一起了吧，这就是在一起了吧？她曾经设想过那么多种场景，却偏偏不知，竟是这样一场意外。

她低下头，揉了揉眼睛，心里就是觉得，自己的生活真够多姿多彩的。

预料之中，耳边很快就响起了由远及近的两道脚步声，还有脚下那水泥地在轻微颤动着。

沈木腾跑过来，一头跌进季遇白的臂弯里，号啕大哭，声音断断续续的，在一遍遍重复："对不起，对不起。"

沈木兮还是低着头，像是有些麻木了，任男人圈着肩膀，愣是没看他一眼，没说一句话。

季遇白始终是懂她的，摸了摸她的头，带着她靠到自己另一侧臂弯，又低头，吻一吻她的发。

沈木腾哭够了，这会儿揉着眼睛，脸上的表情懊恼极了，自责得恨不得抽自己几个耳光，他试探性地去牵沈木兮的手，小声唤她："姐，我错了，姐……你别不理我。"

沈木兮慢慢挣开那只手，头始终不抬，像是钉在了水泥地上，喉咙艰涩地挤出两个字："回家。"

沈木腾看着那只被扯开的手，心口骤然一疼，像是这个时候才猛然清醒过来，自己刚刚究竟做了什么，又对沈木兮造成了怎样的困扰与伤害。

他还要过去拉她，却被季遇白拦下，大手拍了拍他的肩膀，低声说："没事，先回家。"

沈木腾还是担心，抬头叫他一声："遇白哥。"

"走吧。"季遇白朝他笑了一下，一个臂弯揽着一个转过身去，像揽着两个孩子。

那两名特邀记者已经在适当的节点结束录制，这会儿对他微微一颔首，恭敬道："季总，我们回去做过剪辑和修整之后再把成片送去公司，请问您还有其他的要求吗？"

季遇白点了点头，想了下，又问："没把小丫头拍得太丑吧？别回头又跟我发脾气，不好哄。"

沈木兮反应慢了一拍地发现他是在说自己，这会儿忍不住嗤笑一声，跟记者小声反驳："他开玩笑的。"

两个记者面面相觑，早间传闻季遇白是投行神话一般的存在，但他性格清冷寡淡，行事低调而神秘，情感生活问题一直成谜，甚至大家私底下还在猜测他的性取向，而现在……他们的三观像是被彻底颠覆，一时不知道该保持什么样的表情比较合适，最后只能不大自然地朝男人点点头，抱着摄像机便先溜下了楼。

司影清了下喉咙，眼底浮现出笑意，目光跟沈木兮对视两秒后又上前一把拽过沈木腾，边扯着人往下走边低声训斥："这么大的孩子了，怎么做事一点脑子都没有？你知不知道那会儿把我们吓成什么样了……"

那道指责声渐渐远了，沈木兮回过神，这才注意到，硕大的天台只剩了他们两人。

耳边是呼呼的风声在肆虐地吹着，天空的颜色是浑浊的，一点都不蓝，像是青灰色，是那么多次，他靠在她身后的流理台安静地看她洗碗时指间的那缕青烟的颜色。这么想着，她还真的有些想念那丝烟草的味道了。

季遇白眼眸半眯起来，垂着看她，抬手拨开她颊边乱飞的碎发，大手覆上去，指腹轻轻地刮着那细腻的皮肤，像在研磨一件珍宝："木兮，真的考虑好了？"

她跟他对视着，静静地看进他的眼底，坦然而笔直，良久，点一下头说："考虑好了。"

男人笑了一声，好看的眉眼微弯着，都是别人看不到的样子："那就开始了。"

她也笑，恬静而美好："开始吧。"

他低下头，爱怜地吻一吻她的唇角，像是印上了一个标记。

再下楼时，消防人员已经整理好救援装备准备撤离，几位老师都颔首真挚地表示了谢意，目送那辆红色消防车驶出学校门口。

两辆黑色的警车紧随其后也启动引擎，还没开动，就被迎面冲过来的杨言拦住。他一只手拎着麦思明的外套领子，把人用力往车前盖扔去。

麦思明唇角裂开了，脸上血迹斑斑，眉角青紫一片，这会儿身子"咚"的一声被摔到车上，丝毫没有余力挣扎。

几名警察立马下车把杨言拦下，搀着麦思明站起来，询问情况。

杨言挣开胳膊上的几道束缚，隔着不远的距离朝季遇白点了点下巴："人怎么处理？"

有些事情，就得自己来才解恨。

"遇白，你教我的，被人欺负了，要欺负回去。"沈木兮望着那张面目可憎的脸，喃喃地说了这么一句，突然挣开季遇白的臂弯，朝警车的方向跑去。

季遇白没拦她。

麦思明扯着嘴角笑了一声，唾出一口血沫子，看着沈木兮朝他跑近。

几名警察还没搞清楚究竟发生了什么，这会儿面面相觑，其中一人直接挡到了麦思明身前，似乎已经习惯性地将伤者当成弱者去维护。

麦思明自己站直了身子，用力推开挡在面前的警察，声音嘶哑的喊嚷："不要脸，你们这些女人都不要脸！"

沈木兮瞪着猩红的眼睛一个耳光甩过去，几乎是用尽了全部的力气，麦思明的头随着这股沉闷的力度偏去一边，沈木兮还要抬腿去踹他，身子就在这时被两个警察拉开。

季遇白把人拨开，抱着沈木兮靠到自己怀里，牵过她的手揉了揉，轻声安抚："手疼不疼？剩下的我来解决。"

麦思明像是精神有些错乱，这会儿甩着头，要挣脱困着自己肩膀的警察，嘴里断断续续地念叨："你们都看不起我，就因为我没钱，你们都看不起我，你们宁愿要一个老男人，真恶心……"

到这里，究竟是怎么一回事，答案已经昭然若揭。

那几位学校领导都在唉声惋惜着，或许始终想都不明白这个年轻人怎么就爱成了这副极端的模样。

是爱吗？或许并不是，只是不甘心罢了。

沈木兮紧贴在季遇白温暖的怀里，她靠着那柔软的衬衫料子轻轻地蹭了蹭脑袋，下意识就闭上了眼睛，耳边声音很吵，有那几位老师轻声攀谈的声音，有麦思明疯癫的嗔怨，有风声在吼，有清脆的枝丫在轻撞，最清晰的，还是男人沉稳有力的心跳，砰，砰，那么近，咫尺之间，却总也不太真实。

"木兮，其实……"男人声音忽然有些无奈，"我大你十岁，也不算很老吧？"

沈木兮哼笑一声，靠在他怀里的头又蹭了蹭，算是否认，把胳膊环过男人的背，抱紧，嘴里小声呢喃着："遇白，我困了，想睡会儿。"

身子就在这时忽然腾空，大脑也在双脚离地的一瞬渐渐放空了，那堆积了半个月的抑郁，那在天台时全部的害怕与担忧，那故作镇定，那强颜欢笑，刚刚那大力的一个耳光，她的身体早就透支了，撑着一口气似乎在等什么，等着，被人欺负了，要欺负回来，等着，这久违的一个怀抱，带她远离这片伤心的土地。

他的手心，成了这世间，她最后的那片净土与乐园。

沈木兮醒来时已经临近午夜。

她揉了揉眼睛，落进眼底的事物并不清朗，太阳穴突突直跳，胀痛得要将她撕裂一样，她深深地吸口气，咬紧牙撑着身子靠到床头。

房间只开了一盏暗橘色的台灯，微暖而温馨的光线在床头晕开小小一团，窗帘紧闭着，四周安静得听不到任何声音。

她有瞬间的恍惚，竟有些分不清这是真实还是梦境。

头部的剧烈胀痛又清晰地叫醒了她，她伸手到墙边摸索着，慢慢摸到顶灯开关，"啪嗒"一声按亮。

光线瞬间自头顶倾泻而下，充斥满了整个幽暗的房间，亮如白昼。

床垫就在这时忽然轻轻地颤了一下，沈木兮眯着眼看过去，发现沈木腾就缩着身子躺在床边一角，似乎是刚被灯光晃醒了，这会儿也迷迷糊糊地抬眼看向她。

"姐，你醒了？"沈木腾声音沙哑而轻，听起来疲倦极了。

沈木兮并不怎么想理他，别开视线，眼睛在房间里环视一圈，房间装修陌生而又莫名亲切，很显然，这既不是季遇白的公寓，也不是自己的出租房，心下生疑，她问："这是哪儿？"

沈木腾反应同样有些迟钝，迷瞪着眼睛在房间里扫了一圈，又恍然大悟，拍着额头说："哦，这是遇白哥闲置的一套公寓，他说这里离他住的地方很近，有什么事情会方便一些，以后我们就住这里，家里的东西我都搬过来了，你的行李还有吉他都在隔壁的衣帽间里。"

记起年前季遇白就说过关于搬家这件事，现在沈木兮并没有太大的惊讶，继续冷声问："他人呢？"

"遇白哥回家了，他的公寓好像离咱们这里开车也就十多分钟的距离。"沈木腾打着哈欠从床上下来，坐去她的身边，看她一会儿，又低下头小声认错，"姐，你别生我气了行吗，司影姐和姐夫都骂过我了，要是实在不解气，你就打我一顿吧，我真知道错了。"

沈木兮哼笑一声，全是自嘲，丝毫没有遮掩："别，万一你又一个不开心，想不开了，这回不跳楼，改割腕了，我可来不及救你。"

沈木腾瞬间惨白了脸："姐！"

沈木兮毫不理会他的情绪，想了想，声音认真下来，眼睛看着他，平静却陌生："我问你，如果大家说的那件事是真的，你还真就敢从那里跳下去？"

沈木腾抿紧唇，又低下头，沉默想了会儿，如实说："我不知道。"

这是沈木兮预料之中的回答，她视线随着他低头的动作下移，仍旧紧锁着他的眼睛，冷漠道："小腾，我说真的，如果我现在可以给你一笔钱，足够你读完大学的钱，你想怎么花，想怎么生活都可以，同样，你也不需要再认我这个姐姐了，这样，你同意吗？"

"我不要！"沈木腾从床边猛地弹起来，他惊恐地瞪大了眼睛，步步朝身后的窗口退去，反应过激得像是被触了逆鳞的小兽，"我不上学了！我哪里都不去，我再也不给你惹麻烦了，你把我每天关在家里都行！"说到这里，已经染上哭腔，少年痛哭流涕，继续哀声恳求，"姐，你不能不要我！"

"可是你的世界从来只有你自己啊！"沈木兮强忍住心脏那一揪一揪地疼，咬了咬牙，脸色仍旧平静无异，"你害怕周围的那些人对你指点议论，你接受不了你身上有任何的污点，甚至你会敏感到，别人多看你一眼，你都忍不住要去猜测对方又是因为什么在注意你？是沈家的落败，还是姐姐的流言蜚语？说实话，小腾，我不知道自己未来会变成什么样子，遇到什么样的人和事情，又会无意中给你带来什么样的影响，就像这次，在我心里一直都认为，全世界都可以选择蔑视我、厌恶我，但是你，不能，因为你是沈木腾，是我的亲弟弟，是我看着长大的，也是这世上我唯一的亲人，可是啊，小腾，你并没有选择相信我，只是因为同学的议论，你就乱了，什么都忘了，那么以后呢？我不敢想。所以啊，我觉得，你好像更适合一个人生活，你的全世界只有你自己，你会生活得很简单，你做的所有的事情都竭尽完美，慢慢地，你就变成了一个个体，大家眼中的你，是沈木腾，而不是沈长安的儿子，也不是沈木兮的弟弟，这样不好吗？只为自己而活，小腾，这也许是最适合你的一种生活方式。"

"我不要！"沈木腾双手抓狂地抱住自己的头，身子猛地撞到了窗前的墙上，他顿住，用力地摇头，目光呆滞而空洞地看她好久，终于用力地抹一把眼睛，肯定道，"姐，爸妈都不在了，如果连你也不要我了，我不会自己生活的，我宁愿死了，我也不要过你说的那种生活！你说得很对，我是受不了别人议论我，我就是你说的那样，我宁愿没钱，饿着，过穷日子，多苦都行，我也不要你跟那些东西沾上一点关系，我接受不了，我所有的亲人都被大家厌弃，这样的人生一辈子都是见不着光的。"他说话开始有些语无伦次，大口地喘着气，惊恐而害怕地看着她，"姐，你不是这样的人，遇白哥也不是，你们都很好，不是大家说的那样，这就够了啊，以后不会再发生类似的事情了，我跟你保证。"

沈木兮眼睛渐渐红了，心里也是真的失望了。她自嘲地笑一声，视线里小孩的那张脸已经模糊到尽是水雾，看不清轮廓，她摇摇头，脸上的表情无奈极了："不是这样的，你根本就没懂我的意思，如果未来，我参加工作了，正式进入社会，假如我帮助我的委托人打赢了一场官司，做好了我的本职工作，得到了业内的肯定，可最后的事实却证明，我的委托人是一个拖欠民工工资的坏人，那些可怜的民工因为没有文化，没有钱，也许也不懂法，更请不起律师，案子败诉了，他们无法得到自己理应的酬劳，也认识到了败诉的根本原因，他们却认为我是收了黑心钱，认为我无良，他们会谴责我，也许还会用各种狠毒的声音诋毁我，那个时候呢，你又会怎么办？"

沈木腾脸上的表情渐渐静了，他的唇角弯下去，眼底也从不可思议慢慢变成了迷茫，最后全都淡了、散了、空了，他摇摇头，神色痛苦，身体顺着墙面下滑，坐到了地上，再不看她。

沈木兮笑了一声，他全部的反应，甚至每一个表情回应，一切都在她的意料之中。她的小弟啊，还真就是一点没变，没有长大。

"污点总是会存在的，其实我们身上现在就有一个很大的污点，是会伴随我们过完这一辈子的污点。"沈木兮抬头望望天花板，眼底却是清明一片，因为心里早已有了阳光与希望，因为她知道，不久后，天就要亮了，"但是我们没有选择，因为我们姓沈，我们是爸爸的孩子，这个事实改变不了，而未来，一定还会发生很多我们没办法预料、也无能为力的事情。小腾，你要记住一点，没有谁是生来就完美的，没有谁走完这一生，仍旧可以像初生时一样纯粹的，这一辈子太长了，社会很复杂，有些人，是表面的坏，有些人，却是真的坏，我们会遇到很多人，经历很多事，这是无论如何都躲不开的。所以啊，别人的眼光根本没那么重要，你需要做的就是努力让自己的内心更强大，努力成长到一个别人不敢再对你说三道四的高度，到时他们自会看见你、恭维你、仰望你，即使你只穿了一件最简单的纯白的衬衫，那些人也只会看到你的高贵，也只会说，而不是像现在这样当面去贬损你。"

这场谈话一直到了天色将明才结束。

沈木兮并不确定自己讲的这些道理沈木腾听懂了多少，又吸收了多少，但是经历过这场闹剧之后，她想，他会成熟起来，哪怕只是一小步。也许很慢，那她就等等他好了，像是自己那时看他一点点长高，学会讲话，学会跑一样。

成长之路总是这样，我们不停地途经新的路口，跃过或多或少的崎岖，跌跌撞撞摔倒在地上，会疼、会犹豫、会不想爬起来，可绽开的伤口，最后却都会开出一朵花。

季遇白给沈木腾请了家教，初三下半年的所有课程全部搬到了家里，一对一的课堂，他可以绝对安静地学习，不被任何事物干扰。家里还请了一位保姆，每天过来准备一日三餐，整理房间，洗洗衣物，沈木兮落得清闲，连做意面和洗碗都省去了。软软也被季遇白送走了，他说是送去了一个朋友的别墅，据说那位朋友是出了名的爱狗人士，别墅里养了很多只小型宠物犬，软软会有新的小伙伴，也会被照顾得很好。虽然很多时候都会想念那个小家伙，看见毛茸茸的、奶白色的东西时，都会想起它，在很长的一段时间里。可她并没有想过要去看它，因为有些人、有些物，总是陪不了你一辈子的，既然这样，走了就走了吧，又何必折返在重逢和分别中，一次又一次呢？这一点，她看得透彻极了，甚至对于软软的离开，也像是给她一种提前的适应与习惯一样。

哦，对了，还有季遇白。

沈木兮自从那天在学校见到他，以及他后来发过一条短信后，就消失了。

短信的大概意思是，小腾学习的问题已经解决了，半年之后，参加过中考，他会送小腾去英国读高中，彻底换一个全新的环境与生活氛围，学校已经联系好了，相关手续也在办。意思就是说，即使小腾中考交了白卷，最后人也能顺利出国。至于他，近几个月刚好要出差，成都那边新成立一家分公司，诸多事务都不太成熟，他得过去主持大局，需要很长一段时间，等公司一切流程都走上正轨了，他就会回来。

沈木兮那天早晨一睁眼就看到了这条短信，很长很长的一条短信，有些啰唆，一点不像他平日里简洁利落的风格，沈木兮记得，自己那天指尖在屏幕下滑了很久才看到结尾，看完第一遍的时候，她笑了，又翻回去读了一遍，然后给他回复：**季遇白，这次出差是真是假，我就不去核实了，但，你是个胆小鬼，这是真的。**

鬼都知道他在逃避什么。

那边很快回复，并不否认：**傻姑娘终于变聪明了。**

她嗤笑一声，把手机扔到旁边，平躺在大床中央，仰头望着天花板，长长地舒口气。

她当然不会吵不会闹，只是安静地顺从着他全部的安排。或许他以为，在一起的时间短一点，走的时候就少痛一点。又或许，他是害怕真的在一起了，还没到约定好的时间，她就厌倦了自己这个老男人？

沈木兮想不明白。

手机很快又振动了一次，季遇白补充了一句话：**这半年，最关键的是小腾，监督他好好学习，还有你担心的那些东西，需要你带着他去一点点改变。木兮，半年之后，送小腾出国了，我去接你回家。**

她一点都不矫情，甚至没有分毫停顿和思考，直接给他回复：**好啊，我等你接我回家。**

Chapter 23 是　夜

　　沈木兮在接连几个月里都成为学校的焦点所在，当然，这种情况并不是第一次，去年刚开学的时候也是类似的情形，她走到哪里，议论指责声和异样的目光就到跟哪里，不分场合，不分时间，所有人都乐此不疲地将她当作茶余饭后的谈资。但这次又可以说是与之前截然相反的情况，因为季遇白在天台告白的短片被各大媒体主流曝光后，她就被冠以了"蓝衫资本创始人季遇白的女朋友"这样一个身份，季遇白没有刻意隐藏这段"恋情"，反而任记者争相报道，一直低调冷门的蓝衫资本的官博也点赞转发了几条比较热门的长博，更是一度掀起了微博头条里的热浪。由于投行的职场涉及面很广，蓝衫资本在当下投行又是领军地位的存在，沈木兮带着神秘色彩的"前沈家大小姐"的身份，也随之又被一众好事者翻出，但大多都来不及登上台面就已经被压制得没了痕迹。

　　当然，最打脸的还是学校里那些曾抹黑她的一众女生。

　　其实这些东西，时间长了，她反而也看淡了。大起大落，经历那么两次，未来再遇见任何风浪或荣耀，似乎也总觉得能置身事外了。

　　大家都各种或羡慕，或嫉妒，或揣测着关于她的幸福，但是没人了解，这其实是一条洒满了碎玻璃，你还心甘情愿赤脚走上去的路。可即使如此，他们却并不是殊途同归。

这座城市很大，可市中心又很小，她好很多次不是刻意就是无意经过季遇白公寓的小区门口，甚至还有两次都跑到了那栋熟悉的楼下，抬着头往阳台的方向巴望了很久。

她总在幻想，在某个午后，也许她低头在路上走着，忽然就不经意撞进了一个怀抱，她开口想给对方道歉，却恍惚发现那个怀抱的气息熟悉而久违，她抬头，发现他就站在她的面前，低眉朝她浅笑。可明明又不会有这样一场偶遇，他的生活那么单调，不是公司就是家，怎么会孤身出现在大街上呢？

她还想过要特别心机地制造一场偶遇，就比如，她在公寓楼下蹲点，天微亮就来，看他下楼准备晨跑了，就迎面跑过去，气喘吁吁地说句好巧，自己晨起锻炼刚好跑到这里。可他一定会毫不留情地拆穿她，因为她太懒了，每次晨跑都要靠他威逼利诱，这些他都知道。

很久了，数不清多少天，像是过了很多个一辈子那么久，她真的再也没有见过他。

他会发信息给她，问她有没有好好出勤，警告她不许翘课、不许乱跑，也会打电话给她，白天居多，会问沈木腾的学习，问家里有没有什么需要，偶然还会变着花样地从餐厅叫新推的菜式给他们送到家，对了，还送过两次黑玫瑰给她。

他们还像以前一样相处着，他会严肃、会寡淡，也会偶然和她开开玩笑。

好像，没有欺负过她了。

对啊，他没有在她洗碗的时候安静看她，指间夹着烟，青烟摇曳，不发一言，也没有突然贴近她，捏起她的下巴，仔细看她眼睛，眸色深晦。

虽然知道他在，就在这座城市，离她很近，可她还是再也没有见过他。

她很安静，不吵不闹，所以不会去追问他会不会想她，和她一样有时候都觉得自己快要疯了一样地想他；也不会去追问，真的必须要等够半年之后，沈木腾结束了考试，去国外读书，她才能回到他身边吗？最多，她只是问一句，他的失眠有没有好转，是不是想听她唱歌给他。

司影与杨言小吵小闹分过手很多次，大多时候又都是杨言死乞白赖地认错把人哄好，据说杨言的父母对于两个人的感情问题也松了口，虽然并没有明确答应会同意杨言把司影娶回家，但对于两个人来说，能有这样的改变已经是一个值得庆贺的好征兆了。

司影在倒班的时候来他们的新公寓玩过一次，她仍旧还在原来的酒吧工作，虽然杨言提议过帮她换一份其他工作，适合女孩子长期发展的职业，但司影并没有同意，她喜欢这份职业，也不想因为谁去放弃这份职业，没人知道她从最初的酒保到现在的调酒师经历过怎样的波折与磨砺，相比于职场，她说，她更喜欢看到褪下面具，那些人最真实的模样。

后来只能是杨言选择妥协。

因为酒吧离沈木兮的新公寓很近，公车不到半个小时的车程，在沈木兮的提议下，司影后来便直接搬来了公寓，断断续续地跟他们一起住了两个月左右。

三个人的小世界倒也别有一番温馨。

司影说，杨言去了成都，季遇白也去了，他们不知道在忙什么，两地折返了很多次，算下来，这半年里几乎有一半的时间都留在了成都。后来，沈木兮想，也许那天早晨，季遇白说过的话并不是在逃避，蓝衫资本真的在成都成立了一个分公司？而杨言是跟过去帮忙的，或者，他也在为了与司影的未来，努力工作提升能力，特意跟在季遇白身边学习？当然，这在当时的沈木兮心里并不是什么重要的问题，也并没有去认真地求证或是思考过这个猜测的真伪。毕竟，他的生活，不容她参与时，她就该安静地守在自己这一方小天地，等待，等待。

今年的雨季来得格外迟。

或许是沈木兮每天都在翻日历倒计时的习惯使然，她总觉得，这半年像是比自己整个高三的一年都久。

沈木腾学习很努力，每位家教老师都在由衷地夸奖他聪明又勤奋，沈木腾成长的点点滴滴沈木兮都看在眼里，她冷落了他近两个月的时间，他很懂事地拿成绩去哄她开心，一次，两次，时间长了，沈木兮既心疼又慰藉，总觉得，自己对他狠这一次，是值得的。

她居然没有回应过，可她其实都看到了，沈木腾朝她示好得不到回应时，那双失落而晦涩的眼睛，她没觉得自己这样做有什么不对。

为期两天的中考终于结束。

沈木腾兴冲冲地跟沈木兮保证，自己的成绩绝对能让她大吃一惊，沈木兮怕他骄傲，表面不以为然，平淡揉一揉他的头说："我等你高考结束的时候还能用同样的自信跟我讲出这句话。"其实内心早都欣慰到酸涩不已了。

本以为还要过完这为期两个月的暑假。

沈木腾休息不过一周就激动地扯着她胳膊，说他想提前去英国体验那里的生活和风土人情，提前融入和适应，为了后面的学习生涯做好准备。

沈木兮自然拗不过他，心想，小孩子似乎真的开始长大了。

季遇白早在联系学校时就已经给他找好了寄宿家庭，沈木腾强烈要求自己独往，不需要沈木兮送他过去，刚好当作毕业散心，其实他不说，沈木兮也知道，这半年来，他过得有多辛苦。除去她生硬地要求他出门陪她逛超市、买衣服，他每天就徘徊在书房和卧室，他连游戏也不打了，小说扔在之前的家里，带都没有过来。

她没有拒绝，帮着他收拾了简单的行李，也没有交代很多事情，像是半年前每次送他去西郊上学一样。季遇白都安排妥当了，她知道，也放心。

临出发的前一晚，小孩还调皮地说，自己霸占了她小半年的时间，接下来就让她安心地和季遇白好好度过他们的二人世界，沈木兮一边推他脑袋让他别不学好，一边笑着笑着就哭了，哭什么呢，她自己也不知道。是舍不得沈木腾？有；是害怕开始他们的二人世界？也有。

这一天真的要来了，连她也害怕了。

距离明年的深秋，还有不到一年半的时间了啊。

分离其实不可怕，看得到时间的分离才最可怕，因为你总是忍不住地在倒计时，在计算，在不停地舍不得，不停地麻痹自己。

循环往复，变成一个巨大的旋涡。

航班是下午两点。

沈木兮打车送沈木腾去了机场，办完了所有的手续，两个人彼此都没说太多，沈木腾已经比她高了一个头还要多，这么看去，的确像是个大孩子了。他抱了抱她，声音有些哑，说："姐，我走了啊，你跟遇白哥好好谈恋爱，别总跟遇白哥耍小性子啊。"

沈木兮被他小大人似的口吻气笑了，捶着他肩膀，把人推开道："他是你哥，我不是你姐，怎么不提醒我，小心别被他欺负了啊？"

沈木腾眼圈有些红，唇角朝下弯，一步步往后退，眼睛深深地看着她，过了会儿，退出五步远，又笑了："你怎么知道我跟遇白哥说了啊，我说，让他不能欺负你，你要是哭了，我就回来找他报仇。"

沈木兮轻笑一声，埋在胸口的那股热浪却涨得怎么都压不下去，哽在喉咙，滞住了呼吸，她及时地抿紧唇角，转过头去，用手心遮住口鼻，朝他不耐烦地摆手："快走吧，我烦死你了！"

沈木腾"嘿嘿"地笑，一直倒着走，眼睛还在不舍地看她，看她哭了，总偏着头不想让自己看到，看她时不时地拿眼角余光瞟一眼自己的方向。

沈木兮垂下手，深深地吸口气，看那个冷峻的身影终于最后摆一摆手，彻底消失在了登机口。

她望着那个方向，瞬时就有些愣了，一直被各种情绪层层堆砌、蒙了灰、沉闷而压抑的心脏，在他转身的那一刹那猛然就空了，似乎被一双冰凉的手眼睁睁从身体里取出来一样，那种生硬、猝不及防的抽离，很痛。她用力忍着，反复吞咽喉咙，闭上眼睛，再睁开，想把这种难过消化掉，想把眼泪都逼回身体。

她还站在原地整理情绪，来不及转身，肩膀忽然被人从身后大力扣住，随即是身体狠狠地撞进了一个坚硬却久违的怀抱。她没有抬头，也不需要抬头确认什么，将脸埋在了他的衬衫上，闻着那股熟悉的气息，再也忍不住地呜呜哭起来。

季遇白把手心覆到她的脑后，指腹在她发丝间穿梭，轻柔地抚着，又不停地埋首去吻她的发，什么都没说，安静得任她把藏久了的情绪彻底发泄一通。听着哭声渐渐弱了，这才捏着肩膀把人从怀里拉出来，低着眼笑："想我了？"

沈木兮刚止住的眼泪一听到他低沉沉的声音，立马又决了堤，喉咙像是被这咸涩的眼泪卡住，说不出话，就知道哭，小手握成拳，泄愤地砸了他几下，季遇白低低地笑，忽然捧过她的脸，埋头下来用力贴上她的唇。

唇瓣微凉，很薄，带着淡淡的烟草的味道，是她半年来想念却总也触摸不到的味道。

就保持这个姿势，两个人停顿了好久，谁都没有下一步动作，只余两道鼻息在安静的、热烫而缠绵地纠葛在一起。

这个吻虔诚而纯粹，只是告诉她，他想她了，只是他在安抚她，只是告诉她，他们真的在一起了，没人打扰，只有他们两个，就从此时此刻开始。

再分开，小姑娘果然不哭了。

季遇白带她回家取了行李，兑现了自己半年前的那句话，将她带回公寓——那张困住她的网，她的树洞，真的像个家的地方。

陈铭把车开进地下车库，钥匙交给季遇白，跟二人颔首告别。

季遇白从后备厢拎过她的行李箱，不大的一个，沈木兮自己把吉他背到背上，仰着脸朝他恬静一笑。

季遇白揉了把她的头发，力度有点大，似乎是刻意想把她柔顺的长发揉乱，薄唇微勾起一个浅浅的弧度："欢迎回家。"

沈木兮得意地轻哼一声，扬扬下巴，斜眼睨他："我要牵手。"说完，也不等他回答，自己抬起小手便准确地勾过他刚从自己头上垂下的那只手，十指交叉，轻轻握住。

骨节细而修长，很干燥，不像她，手心全是汗，不知道在紧张抑或是激动什么。肌肤相贴，季遇白的指背有一瞬间的僵硬，那是一种放空久了，忽然间被填满的充盈，他听见自己心脏突然用力砰跳了一下，像是一种复苏的萌动，似乎从这一刻开始，他才是活着的，思维没有麻木，世界不是灰色，他，正真切地活着。随即，那种僵硬像是又被她手心的湿润化开了，感官渐渐恢复知觉。

小姑娘的手指软软的，手心很热，似乎和半年前那次在商场演戏时牵到的触感有些不大一样。他将食指指腹搭在她的手背轻轻摩挲了一下，细细滑滑的，很真实。

不是梦啊。

大概连老天爷都数不清这半年里，她来他的梦里胡搅蛮缠过多少次了吧？

他低下头，唇角勾了一下，极小的弧度，又很快落下，牵着的那只手，力度微收，五指与她更加紧密地交缠到了一起。

小姑娘比他勇敢多了。

他无声一笑，忽然就觉得，自己好像还不如一个孩子勇敢。

站在门外，季遇白习惯性地正要抬手去输入密码，沈木兮空着的手忽然拦住他，牵过他的手腕，表情很是认真地看着他说："让我来，我都要把自己的生日给忘了。"

季遇白弯了下唇角，算是默许，身子靠去旁边墙角，低眉看她边小声嘀咕边轻轻按键，最后"滴"的一声，房门轻弹开，小姑娘冲他一努嘴，是个俏皮的小动作："唔，谢谢你又让我记起了我的生日。"

季遇白笑着轻轻摇一下头，心道，小丫头这半年来变化还真不少，越来越放肆。但他就喜欢纵容她，放肆到把天捅了，他也给她撑着。

沈木兮从进门后就没消停，自己拖着行李去了次卧，收拾着房间也安静不下来，一会儿转悠出来抱抱他，一会儿又突然无厘头地大叫一声，几次季遇白过去一探究竟，都见小姑娘抱着衣服平躺在床上蹬腿撒欢，活脱脱一个小疯子，别提多可爱了。

晚上是季遇白下厨。

他煎牛排的空，沈木兮不动声色地踮脚从他身后流理台上的酒柜里翻了两瓶红酒出来，悄悄地全都启开，摆到餐桌上，最后拿高脚杯的时候又绕去他身边晃荡，嘟着嘴卖萌撒娇："遇白叔叔晚上陪我喝酒吧，庆祝一下小公举的闪耀归来，反正明天周末，你不上班，我也不上课，好不好呀？"

季遇白扭头去看她，小姑娘眼睛水亮亮的，眼底是很明显的期待，还有一些……别的什么情绪。看来是他高估她近半年的变化了，小姑娘还是一点都不会隐藏自己的心思。

他视线缓缓下移，小姑娘刚洗过澡，换了一件长款的湖水蓝衬衫，衣摆几乎到了膝盖，两条细白的小腿竹竿似的空荡荡杵在那里，衬衫扣子系的不多，颈间锁骨很凸，两道肌理细而精致，肩膀下是两个深深的凹进去的窝。

他别开眼，视线落回她的眼底，眸色沉下来，微一蹙眉，声音压低唤她："木兮。"

"嗯。"她无辜地眨眨眼，眼睛又刻意瞪大了一分，佯装疑惑，只是她不知道自己其实装得一点都不像。

牛排在平底锅"滋滋"轻响，男人的声音掺杂其中，显得格外冷漠："别胡闹。"

她轻抿唇一笑，声音很是平静："我胡闹不了多久了啊。"

这就话是两个人共同的软肋。

他到底是说不出其他的，一句也说不出口。他移开眼，忽然就觉得喉咙有些发堵，有什么东西在往上涌，竟连带着口中也弥漫开淡淡的涩。

牛排上桌。还是老样子，他们对面而坐。

季遇白低头优雅地切着牛排，始终没有看她一眼。

沈木兮也安安静静的，兀自倒好两杯红酒，推一杯过去给他，自己手里捏着一杯，杯底贴着桌面，轻轻晃啊晃。

殷红色液体在透明容器里荡开一个小小的漩涡，缓缓上升到最高点，又徐徐坠落，在杯壁染下一层浅红，像是那一个又一个无眠的夜，像是谁眼眸的颜色。

就这么各忙各的，谁也没说话。似乎是一场无声的战役。

一直到季遇白切好了瓷盘里那块牛排，送到她面前，淡声说："吃饭吧。"

沈木兮去看他，却并看不进他的眼底，他仍旧低着头，继续切另外一块牛排。她送了一小块牛排到嘴里，交差似的咽下去，然后等不及和他碰杯，更没什么敬酒词，她直接仰头干了那一杯酒。后面的牛排就再没吃了。她喝完一杯，继而自己倒满，再跟他碰杯，继续一口喝光，他不喝，她也不说话，就自己闷头一杯又一杯地喝着。

仿佛杯中不是酒，只是染了殷红色的清水。

一瓶到底，沈木兮已经微醺，她晃晃悠悠地站起身，倾过身子去摸他手边的另外一瓶红酒，季遇白没看她，直接先一步将酒先拿到手里，错开了她摸索过来的小手，帮她倒了半杯。

水声汩汩，在这寂静的夜，格外清脆。

不经意地抬眸，他的视线正从她的脸上滑过，再看那张小脸，接近绯红，一直红到了耳垂，脖颈却是雪白的，两种颜色反差，有一种说不出的妩媚，眼底噙着一层迷蒙的水汽，很干净。

她用这双眼睛看他一眼，他就觉得，有什么东西柔软进了心底。

这似乎是在挑战他的底线。

她刻意制造这么一出，却一定没有想过，自己这样做是多么危险。于是，他放下手里的刀叉，索性身子靠去椅背，目光平淡地落到她的身上，如她所愿，一杯入喉。

垂在桌下的两条小腿晃动幅度越来越小，小姑娘眼底雾蒙蒙的冲他眨啊眨，他淡淡与她对视，看她瞳孔渐渐失了焦，终于支撑不住，眼皮拉拢下来，小脸趴在桌上，沉沉的醉过去，嘴里喃喃一声什么，他没听清。

季遇白哼笑一声，轻摇一下头，起身绕过去，直接把人抱回卧室，调好空调的温度，临关门，又确认一遍小丫头的确是睡着了，于是自己回餐厅收拾好餐桌，把客厅的灯全部熄掉，最后回卧室洗漱。

小丫头是一如既往的傻，一点没变。

有些东西，最合适的距离，还是尘封在梦里。

没尝过，便可以理智，便可以在放开的时候，更加坦然地任她飞。

只是他怎么也没想到，推开洗手间的门时，一抬眼，就发现小姑娘正靠在他的床头，怀里抱着吉他，眼底还是那抹猩红的酒意，这会儿听到声音，迷茫而安静地看向他，也不知道等了多久。

他有短暂的微怔，心脏被那两道目光准确而锐利地抓住，差点就忘了怎么跳动，但不过几秒，他恍若如常，别开眼。可其实还是乱了，该直接开口把她赶走的。

床垫在他坐下去的一瞬便随着轻颤了颤，沈木兮反应慢了半拍地笑一声，带着鼻音，软软地说："遇白，我还没给你唱歌呢。"

季遇白兀自拿毛巾擦着头发，并不看她，视线落在深木色地板，没有焦点，声音淡淡的："回去睡觉吧，我已经不会失眠了。"

沈木兮摇摇头，歪着身子把怀里的吉他放到床边的地毯上，跪着移动身子凑去床边，搂住他的脖子，人也软绵绵地枕到他肩头。

他身体僵住，仿佛肩膀担得下整个世界的重，却偏偏受不起她的轻，他深深吸进一口气，忘了吐出。

她一开口，周围的空气便都是酒意，萦绕在鼻尖，微醺，却醉人。

"我不要。"

他眸色骤然一冷，蹙眉，沉声警告她："木兮，别做傻事。"

她哼哼两声，像小猫嘤咛，想了想，又说："就是不要。"

说完，她笑了一下，从他肩膀抬起头，身体换个姿势，胳膊穿过他的臂弯，隔着柔软的浴袍，轻轻抱住他的身体，仰头，柔软的唇瓣朝他的唇角缓缓靠近。

季遇白用力闭上眼，神色隐忍而痛苦，抓着毛巾的那只手早已僵硬得忘记了原本的动作，只无意识地更加用力，仿佛那是悬崖边的一株枯草，是他最后仅剩的信念，骨节已微微泛了白，他忽然狠狠一蹙眉，他直接起身把人蛮横地抱起来，垂眸看她的眼睛幽深得成了暗夜里的古井，声音似乎含了沙砾，低哑得不像话："我送你回去睡觉。"

他大概永远都不知道他此刻的嗓音有多么性感。就像他也永远不会知道，他认真负责的模样其实一点都不可爱。

这是他的拒绝，最后那个动作，又是他的心疼他的维护。可她不需要，她就是疯了。

"遇白，"她声音几近哭腔，"别让我留下遗憾，行吗？"

他正欲关门的那只手僵硬地顿在原地。

真的，有好多次，他觉得他就要坚持不下去，就要被那段记忆扯碎了灵魂，撕开了心脏。可他还想再守她一年。

人的贪念是个什么？

竟会如此可怕？

沈木兮拉开薄被，赤脚爬下床，走到门口去牵他僵在门上的那只手，她握住那只已经凝固般的手掌，把门推开，去看他痛苦而哀伤的眼睛，踮脚，直接凑上去含住他的唇。很生涩，也不知道下一步该做什么，但就是想吻他。

想到什么，就是什么，就做什么，不考虑后果。

这个吻都是酒意，是她那份热烈、赤诚，没有保留，近乎疯狂的、深情的躁动。

他猛然醉醒般狠狠一蹙眉，忽地抬手勾起她下巴，力度很大，像是再一用力就能捏碎了，那双眼睛又深又冷，要把她冰封："木兮，我有没有告诉过你，别拿自己去冒险！"

她轻轻摇一摇头，目光湿润而动情："我没有冒险，我想对这段感情负责，遇白，我把第一次给你，就一次，我就不胡闹了，行吗？"

他黑眼睛笔直地看进她的眼底，她不敢躲开，只能颤抖着与他对视，她不懂他逃避与拒绝的原因，可她很清楚，她是坚定的。

良久，勾起她下巴的力度忽然松了，他整个人像是刚刚结束了一场激烈的辩论一样，紧绷的身体彻底松垮下来，他浅吸一口气，轻轻地揉一揉被自己捏红的下巴，眸色彻底柔软下来，俯身下去吻一吻她的唇角，哑声道："开始了，就不止一次，我只问最后一遍，木兮，你真的想好了？"

沈木兮暗松口气，弯起唇角对他笑起来，又认真地点头，踮脚凑过去环住他的脖子，附在他耳边小声说："那就很多很多次，这辈子都忘不了好了。"她觉得，自己越来越像个坏女孩了，不对，或许说，要变成坏女人了。她喜欢自己对他这样。

身子退回来，男人对她勾了下唇角，笑容罕见的有些痞："木兮，你主动一次就够了，恭喜你，成功了。"

理智是什么，此刻，他也只是一个爱她的男人罢了。

　　沈木腾每周固定都会跟沈木兮开一次视频聊天，两个地区的时差在夏季大概是七个小时，所以视频时间就锁定在了沈木兮这边的下午临近黄昏，也就是沈木腾那边的上午。

　　沈木腾兴奋地在屏幕那端给她讲，他去观摩过了爱丁堡城堡，还去了《哈利波特》的创作地大象咖啡馆喝了下午茶，他还说，等什么时候她去英国了，他要带她去爬卡尔顿山，爬到山顶，可以俯瞰整个爱丁堡的景色。他抱着单反拍了很多照片，邮件传给沈木兮一个压缩包，虽然摄影技术实在一般，但细细挑选也能找出一些可以当作电脑屏保的风景图。

　　沈木兮很宽慰地放下心来，他很适合现在这样一种全新的生活，或许，送他出国读书，这对沈木腾来说，会是这辈子最重要的一个转折。

　　她不是没有设想过，一直把他留在自己身边，留在这样压抑而沉闷的囚笼，但他又会长出一双什么样的翅膀，又是不是他真正喜欢的模样呢？她并不能保证她真的能给他一个他想要的未来，又或者，这样的生活待得久了，他自己都迷失了，会再分不清内心最初想要的究竟是什么。她可以舍弃梦想，舍弃音乐，可以接受很多她明明厌恶到想吐的现实，可她还是舍不得，有一天，他也活成了自己的样子。

一个人，走着走着，不经意的，把初心都忘了，那是多么可悲的一件事情。好在，有这样一双宽厚干燥的掌心，及时在迷途的黑暗里牵住了她，又指引着她一点点寻回最初的微光与星辰。

伴随着沈木腾高中生涯的开端，她很快便也迎来了自己的大二生涯。

课程像是比大一又多了一些，她没再逃过课，无论是选修课还是必修课，每节课她都按时出席不早退，沈木腾的新生活开始了，她想，她也要好好努力了。对了，她还给自己报了两个课外社团，都是冷门，社团成员很少，一个轮滑协会，一个书法协会。

这是季遇白的建议，她照做。

半年的时间，沈木兮发现，自己终于成功从学校的热搜榜首退居二线。

一个人抱着书走在林荫小道，虽然注视她的目光还会有，但那都很纯粹，甚至掺杂了一些敬畏。毕竟，她头上现在扣着一顶可以上天的尖头帽子。

今年的整个夏天雨水都很少，天空成日里都碧朗朗的，烈日晒得地表都干燥热烫，这样的天气一直延续到深秋，降过雨的次数屈指可数。

沈木兮很奇怪地发现，自己面对下雨天时竟再也没有害怕过。

这种安全感不是虚无的，更不是心底的某种突兀感触，很真实，她爱的人，都平安，不会有人受伤，不会有人离她远去。大概是因为她知道，下雨的黄昏屋檐下，她并不需要一个人等很久，那个男人一定会撑着伞来接她回家，从未失约。

她被护到男人敞开的外套内，头上的大伞是温柔的黑色，雨丝连她的发梢都不曾染湿过。她得了便宜还卖乖，总是嘟着嘴跟男人抱怨："你总是这样，我以后都不记得自己带伞了怎么办？"

"没关系。"他搂着她肩膀的手心即使隔着两道衣物都是热的，从她圆润精致的肩头直接涌进心房，"我又不喜欢出差。"

沈木兮疑惑地"啊？"一声。

"不会出国。"男人顿一下，声音里像是含了笑，平淡得仿佛在随意闲聊，"守着这座城市，守着你。"

大脑就在这时忽然闪过了一帧镜头。

去年的那场雨后，他开车送她去学校，车停在后街，他安静地听她小声抱怨，沈家出事之后，那些狐朋狗友是怎样敷衍搪塞她的求助，又是信口拈来多少她听都没听说过的旅游胜地。当时，男人听完，只低声允诺了一句："木兮，我最不喜欢出国，一年也去不了几次。"

她那时候还不懂，后来也从没有仔细想过。原来，他只是换了一种说法，还是同样的话，守着这座城市，守着你。

她想，她应该再也找不到同样的一句甚至不算情话的情话了。

心情不对，人也不对，天气，也不对。

哦，还有，年纪也不对。

人生那么多的绝版，全部都给了他，她在心里暗暗发笑，真好。眼睛为什么微微的酸了呢？

十月底，司影与杨言举行婚礼。

婚礼准备得很仓促，近乎闪婚的节奏，日子提前一个月才确定下来，所以并没有太多的时间搞些花哨的浪漫，甚至连婚礼外景都差点排不到合适的场地，对于二人轰轰烈烈、差点把天都震撼了的这场恋爱来讲，多少总让人觉得有些遗憾。

不过这都不重要，当事人乐此不疲就好。

沈木兮几乎是全程陪同，看两个人拍完写真、选片、等待修片、加急，像其他的小情侣一样，亲自设计请帖，反复推翻，敲定最终方案，准备伴手礼，在婚庆公司与家两地间奔波不定，确定婚礼流程，一系列小到极致的细节。终于结束了全部准备工作，婚礼举办日期已经迫在眉睫。

火急火燎的一个月，连沈木兮都跟着累到无精打采。

四人聚在一起，新别墅里，司影浑身虚软地瘫靠在沙发上，以过来人的身份叮嘱道："这婚真的只能结一次，一次就把人折腾个半死，本以为穿着婚纱美美地拍套写真，再来个蜜月就结束了，其实呢，连酒水，甚至是糖果，还有蛋糕的形状都能让你把心操碎了，够了，真是够了。"

杨言精神倒还好，照样吊儿郎当的，在旁边打岔："谁让你非得自己选了，那些事情交给婚庆公司做，人家做得比你好。"

司影嗔他一眼，沉声啐他："你滚，我的婚礼，一辈子就这一次，我乐意，不是我自己选的我就不结了。"

沈木兮心道，女人还真是一个纠结的生物体，口是心非。

杨言忙不迭地笑脸哄着，学着季遇白的动作，给她喂过去一颗提子："您是皇后，您说了算。"

司影就着他送来的姿势张开嘴过去接，提子含进口中才刚咬开，对面那双一直未收回的手忽然大力捧着她脑袋把她带过去，杨言坏笑着在她嘴角亲了一口，司影差点被提子卡到喉咙，偏着头咳得脸都红了。踢一脚没个正经的男人，她想起正事来，往沈木兮边上挪了挪："小丫头真不给我当伴娘？"

沈木兮下意识先看了眼坐在自己身边、时不时就送来一颗水果的男人，轻抿唇，眼底闪过淡淡落寞，摇头拒绝："伴娘就算了，捧花我也不要，千万别留给我，没准什么时候我就变成不婚主义者了呢，我可不想被打脸。"

季遇白闻言，正剥山竹的那只手突然就顿住，僵了几秒，抽出一张纸巾细细擦拭过指骨，他身子往回靠，大力地揉一把她的头，沉了声："你敢。"

沈木兮扭过头去冲他笑，笑容恬静无害，眼底却明亮一片，耍着无赖："你敢我就敢。"

男人彻底冷了脸。

两道视线深深地纠缠在一起，一沉，一轻，越发低迷，彼此都知晓对方的真实想法，就是对峙着，谁也不放开谁。

这种战役并不是第一次。

杨言与司影对视一眼，然后轻咳一声，打破了这道近乎凝结的空气。

季遇白淡淡移开眼，视线落回茶几，那紧蹙的眉心却迟迟舒展不开，他低过身子，胳膊撑在膝盖，拿起剥了一半的山竹，继续把壳剥完，果肉递给旁边的姑娘，自始至终却都不看她。

这也是他们每次战役结束后，短时间内最正常不过的相处方式。说冷战，谈不上。

所有的事情都在照常进行，无论是开车，还是吃饭……他只是不看她，这似乎成了他们的那条敏感线。

沈木兮气哼一声，垮着脸接过他递来的果肉，一瓣一瓣地吃完了，把核吐出来都存在手心一小堆，又看了眼男人线条仍旧紧绷的侧脸，气呼呼地拽过他的手腕，直接把几粒果核都扔进他的手心，还生硬地掰着他的指骨将手心握紧。做完这一系列动作，她就安静地看着男人，还轻挑眉，是个挑衅的模样。

她倒还真想看一次他对自己发脾气是什么样子。她不想整整两年，一次都见不到他真正生气时的那双眉眼。她想要认识他的全部，记住他的全部。只是，他总也不给她这样的机会。似乎是刻意的，大概，心里留有遗憾，才会让人一直惦记，怎么也忘不了。

男人舒展开掌心，平淡地看了眼那几粒还湿润的果核，不愠不恼地抬头，看着她挑衅的模样，还好心情地勾了下唇角："待会儿回家了教训你。"说完，将果核扔进垃圾桶，抽了两张湿巾出来，还递去给她一张。

杨言看得嘴巴都合不上了，那副讶异的表情像是不小心吞了一只蜘蛛。季遇白的洁癖，他是从小领教到"老"的。沈木兮还活着，还在接过他递去的湿巾堵着气擦手，是个奇迹，毫不夸张。

把手心的黏腻擦拭掉，季遇白看一眼杨言，半开玩笑道："日子定的这么仓促，是怕司影悔婚？"

虽知道是句随意的调侃，杨言此刻却较真极了，恨不得蹦起来给他解释："屁，我是想当爹了，不得先合法了才能安心办事啊！沈木兮专业不是法学吗，快，给你遇白叔叔普及一下常识，论合法婚姻的十大重要性！"

司影踢他一脚，嘴上让他含蓄点，眼底的幸福却是无处可匿。

沈木兮在一边乐得直拍手："我要当小姨！"

季遇白看她一眼，二话没说，直接把人从沙发上拎了起来，淡声道："好，我先回家教你，怎么做好一个小姨。"

杨言是坏笑着把人送走的。

十一月，天气逐渐转冷，秋风萧瑟，卷走了空气里的最后一丝热。

公寓楼下的那排银杏树铺撒下绵延一地的金黄，鞋子踩上去，似乎能听到枯叶碎开的声响。

晨跑结束，沈木兮搓着手送到嘴边呼呼热气，看一眼距离自己两步之遥的男人顾长挺拔的背影，脚步停下，转过身去，开始倒着走路。

抬头望望天，初阳微暖，落在那抹鱼肚白之上，是一抹淡淡的橘色，她恍惚又记起，去年的这个时候，自己被身后的男人第一次带到这栋陌生的公寓时，天空是什么颜色。

似乎并没有倒步走几米，肩膀便不轻不重地撞进一个坚硬的怀抱，她眼睛一转，顺势开始装腔，"哎哟"两声就把头朝后靠去，踮着脚往男人肩膀上枕。后面的人没动静，甚至是纹丝未动，早已看透了她全部的小心思，不拉开她，也不开口训她又不好好走路。

没有达到预期效果，她有些失落地瘪下嘴，眨着眼朝后探究地瞟了瞟，却正撞进男人深邃的眸底，两道视线在稀薄的晨曦里交缠，仿佛给空气都升了温。

她安静地看着那张微光笼罩下，线条俊逸得不像话的脸，轻抿一下唇，似乎已经忘了转身时自己心底的那个小计谋究竟是什么。

男人缓缓地笑了一声，双手抄进口袋，还是不主动碰她丝毫："木兮，你真的太矮，踮着脚还枕不到我的肩膀。"

沈木兮气极，白他一眼，自己站好身子，一言不发地绷着小脸几步跑去了他的前面。

……

司影与杨言的蜜月旅行选在了西欧，两个人风风火火的出发，途径爱丁堡时还顺带把沈木腾从学校解放出来一起玩了两天，他们疯狂地拍照秀美食，朋友圈接连几天都被这两个人刷屏。

沈木兮翻着朋友圈气呼呼地直哼哼，也不知道在跟谁较劲，连带着沈木腾那张阳光逼人的笑脸都变得莫名欠扁，手指不停地往下滑动，滑得指肚都酸胀了，发现还是没能滑出那张秀恩爱的大网。

季遇白从沙发后面倾过身子，双臂环着她的肩膀，趁她不在意，夺去她的手机，淡淡扫一眼里面的内容，心下了然，低低笑了一声，凑过去吻一吻小姑娘的脸，问她："说个地方，随便哪里都行，我们明天就可以出发。"

"哪里都不去。"沈木兮把手机拿回来，锁了屏扔去一边，转过身子跪在沙发上，眼神异常坚定，跟男人对视，又定定地重复，"我就在家里跟你死耗着，哪里都不去！"

季遇白低着身子将胳膊撑在她身体两侧的沙发背，将她探出的半个身子圈起来，大手用力捏了捏她的脸，声音微沉："跟我死耗着，所以一放学就往家跑，最近碗也不洗，晨跑也不去？"

沈木兮眼睛转了转，总结性地想一想，发现自己最近似乎还真像他说的这样。她瘪瘪嘴，又无辜地扭一扭腰，瓮声瓮气地撒娇："那是我太累了。"说着，还像模像样地掩嘴打个哈欠，然后瞪着那双水雾迷蒙的眼睛，继续盯着他清隽如墨的眉眼。

他们彼此的眼底都有那么一汪水，对视上，就激起了漩涡，再把对方吸进去，各自沉沦。

季遇白直接把人从沙发那端拎起来，横抱到怀里，大步往卧室走，眼眸垂下来，眸色极深，压低声音温柔地诱哄着："太累了就早点睡。"

沈木兮轻轻地翻个白眼，无语极了，嘴里敷衍地应下："哦，知道了，遇白叔叔。"

司影与杨言的蜜月之旅到十二月中旬才结束。

沈木兮指着司影被晒得黑了好几度的皮肤哈哈笑了半天都停不下来，又晃着季遇白胳膊，炫耀道："你看，让他们出去美，这得亏没去非洲，要不然再多待几个月，给我生的小侄子皮肤都黝黑黝黑的。"

杨言气得直咬牙，差点把她赶出去，最后指了指门口，发现这是在季遇白的公寓。

季遇白看了眼还在放肆的小丫头，眸色微微一凉，示意她收敛一点，又看杨言道："酒吧的过户和相关股权流程都走完了，有时间了自己去公司找陈铭取。"

杨言怔了一下："你还真买下来了？"

沈木兮好奇，凑到男人怀里问："买什么呀？什么酒吧？"

"新婚礼物，就是迟了点。"回答完杨言的问题，又垂眸看小姑娘，微一蹙眉，"再捣乱就把你扔回酒吧打工。"

沈木兮不屑地撇嘴，从他怀里钻出来说："那吃亏的是你，这生意可不能做。"

季遇白微微眯了下眼，眸底迅速蔓延开危险的颜色，眼睛紧紧盯着她，开口却是对杨言的逐客令："你们先回吧，我有事要忙。"

沈木兮吓得直接从沙发背翻了过去，赤着脚往次卧跑。

这句话在后来很长的一段时间里都是沈木兮的魔咒。

临近年关。

今年的冬天不太冷，雪下了几场，都极小，连枝丫地面也没来得及落白便又都静悄悄没了痕迹。

沈木腾期末考试结束后开视频跟沈木兮汇报成绩，还时不时激动地蹦出几句标准的伦敦腔，沈木兮憋笑，隔着笔记本的屏幕把沈木腾的成绩单从头到尾审查一遍，心里虽欣慰极了，但面上还是佯装严厉地又给他制订接下来半个学期的成绩指标。沈木腾忙不迭地应下，见沈木兮心情很好，于是卖乖，问他今年能不能留在英国过春节，明年再回来陪她跨年，他跟同学们约好了要一起烤火鸡，还要去海边小镇的教堂祈福，也答应了要教寄宿家庭那位阿姨包中国饺子。

沈木兮知道他不会说谎，只是听到最后的时候忍不住翻了个白眼，低嘲："你会包饺子？别把中国的优良传统败在你手里就行。"

沈木腾冲她吐吐舌头："反正我比他们会的多，起码我吃过的饺子比他们吃过的火鸡要多。"

沈木兮："……"

不知道这饺子与火鸡的比较听起来究竟有没有毛病。

季遇白刚从学校回来，循着声音，轻声推门进了书房，不动声色地从背后拥过来，手撑在桌面，把沈木兮整个的圈进了怀里，看了眼视频那端咧着嘴直笑的小孩，勾了下唇角："你姐的期末考试挂了一科，还被通告请了家长。"

沈木兮霎时便气得脸都白了，气愤地扭过头去要跟他理论，却没估量二人的实际距离，猛地一转头，止贴上了季遇白的唇角。

他淡定地低眸，就着她的姿势看进她慌乱的眼睛，眼底尽是得逞的戏谑。视线缠着她，开口却是对沈木腾说话："你姐现在，是在变相地讨好我。"

沈木腾大声地咳了起来，移开眼捏捏喉咙，却是忍不住声音里透着浓浓的笑意："还有未成年看着呢，姐，你矜持点，注意影响。"

沈木兮缩了缩身子，涨红着脸躲开他灼热的注视，又去推搡他撑在桌边的两只大手，没好气地抱怨："你走开，我就挂了一门经济学，请家长也不是因为我挂科，是校长请你去喝茶，你干吗要把这两件事联系到一起！"

季遇白低笑，任她掰着自己的手，却仍是纹丝不动："知道校长请我去喝茶聊什么了吗？校长问我，有没有兴趣去你们学校担任下学期的经济学讲师，也好，课余时间可以专门给你这挂科生补习。"

"啊？"沈木兮将信将疑地瞪大眼睛，早都忘了屏幕那端一直看好戏的沈木腾，有些惊恐地扭过头，"你不会同意了吧？"

"没有，"季遇白看着她，说得一本正经，"怕到时情敌太多，你会应付不来。"

那边，沈木腾特别有眼力见儿地朝屏幕摆摆手："遇白哥再见，提前祝你和我姐新年快乐，我下了啊，你们继续！"说完，还酷酷地摆出一个"我看好你哦"的手势。

沈木兮："……"

季遇白看了眼被关掉的视频窗口，身子压得更低，缓缓闭上眸子，嗓音柔软得不太真实："为什么选修经济学？"

沈木兮瞬间乖顺下来，头埋进他的毛衣，软软地说："因为想跟你有一点共同话题啊，投资和理财我一点都不懂。"说完又失落地瘪瘪嘴，"可是好难啊，那些数据分析啊什么的，比我专业课还复杂"。

"我们现在没有共同话题？"季遇白睁开眼睛，一只手游弋过来摸摸她的脸颊，"投资和理财也不需要懂，只要保证想花钱的时候银行卡里随时有钱就可以了，就这么简单。"

沈木兮扒着椅背，听完这句话彻底泄了气，神情恹恹地瞥他一眼："所以我到了你的专业领域，就是个永远长不大的小白喽？"

季遇白失笑，看着她这副可爱的模样，指尖勾起她的下巴，唇瓣贴下来，边吻她边含糊不清地说："会唱歌就行，其他的什么都不需要学。"

沈木兮闭上眼睛，挺直背脊回应着他的吻，生涩，却又格外热情。

吻到动情。

记起去年春节的盛况，沈木兮特意把逛超市买年货的时间推到了年底，两人推着同一辆购物车在超市熙攘的人群里艰难穿梭，或许时不时看到需要的食材还得上去抢一把。

季遇白一只手推着车，一只手把她牵得紧紧的，总怕一个不留神就被人把小姑娘挤丢了，或者丢不了，只被人推搡到了，他也看不下去。恨不得她再矮一点，可以直接抱进购物车里，去哪里都全程推着她好了。

蔬菜区。

沈木兮挣开他的大手，一个眨眼间就投身到了一群大妈的抢菜热潮里，一派热火朝天，也顾不得看蔬菜新鲜程度，似乎能抱到手里就是好的。颇有几分台风来临前夕，大型超市疯狂抢购囤货的氛围。

季遇白站在展台最外圈，抬眼朝四周淡淡扫了去，黑压压一片，除了人头攒动，似乎也看不到其他，那一张张陌生的面孔，有人匆忙、焦躁，像是在赶时间，神色不耐；也有手挽手似新婚或热恋的情侣，在时不时耳语，脸上尽是幸福洋溢；耳边聒噪而嘈杂，谁家的小孩被踩了一脚，哇哇大哭；身后不知哪个方位的称重台发生了插队，几个女人在无休止的骂街；还有因为意见不统一当场起了争执的夫妻……

各种声音糅合到了一起，入耳，便是这曲人间烟火的旋律。

心口蓦地收紧了那么一下，他把自己关起来多久了。

他收回视线，毫不吃力地就穿透层层身影，锁定住了刚好抱着两颗西兰花朝自己兴奋晃动手臂的姑娘，他弯了下唇，伸出手，接了她递来的菜，放进购物车，再看小姑娘早溜去了旁边的展台，眼睛左看右看，往怀里抱了几个生菜球……

十年了，他忽然就觉得，仿佛此刻，他才真真切切在生活。

排队给蔬菜水果称重，沈木兮被男人紧紧护在怀里，跟着漫长的队伍亦步亦趋地挪动着脚步，过了会儿，似是想起了什么，抓着男人的衣襟扯两下，语气很是认真："遇白，这才是过年的感觉，你记住了吗？"

男人懂她的意思，轻轻地揉一揉她的头，低声说："记住了。"

"但是你下次自己逛超市的时候尽量低调一点，"沈木兮踮脚凑去他耳边，眼睛警惕地转了转，小声说，"你没发现好多妇女都在看你吗？后面，左边，还有不知道多少隐形在别处的眼睛，可多了。"

季遇白低笑一声："没关系，我不喜欢妇女，"他埋头，在她鬓角蹭一下，"我只喜欢你。"

沈木兮嘿嘿直乐，又跟着队伍往前面挪了挪，转过身面对着他，踮脚，闭上眼睛，还主动嘟嘴："要亲亲。"

季遇白无奈地敛眉，看了眼四周投射过来的些许视线，淡声叫她："木兮。"

"嗯哼？"沈木兮自然知道他不会在大庭广众之下回应自己，这会儿不愠不恼地睁开眼，眉眼笑弯起来，"我在开玩笑……"

话并没有说完,男人就猝不及防地低头吻下来,薄唇在她唇角轻啄一下,很快离开,深邃地眸盯着她:"乖,别闹。"

这下轮到沈木兮这始作俑者不好意思了,她慌忙别开眼,低头揉了揉自己正慢慢涨红起来的脸,脚尖抵在地上擦圈圈,卡着气憋了半晌,愣是只挤出一个字:"好。"

拎着礼盒去杨言家给新婚小夫妻当了一天的电灯泡,便是年三十。

沈木兮窝在沙发煲了整个下午的韩剧,临近黄昏时突发奇想地想吃火锅。

季遇白有些无奈,但也二话没说就穿衣服去楼下便利店买火锅底料和雪花肥牛,给餐厅去电取消了提前一周便已经订好的年夜饭外卖。季遇白不喜吃辣,但又想满足小姑娘的口味,最后选择的微辣汤底。

沈木兮关掉电视机,兴冲冲地跑去厨房打下手,帮忙择菜洗菜。

二人分工并不明确,其实多数都是沈木兮做事有头没尾,菜择了一半就倦了,拿着自己择好的菜叶去跟季遇白抢水龙头,成功把人挤走了,洗一会儿菜又看他调酱料很有趣的样子,于是跑过去非要试一试,最后终于把人吵烦,直接拎着她衣领子扔回了客厅,厨房门反锁,不出半个小时,菜肉都摆好盘,电火锅开始加热沸腾,这才把人又拎回来,直接放到了自己右手边的餐位上。

沈木兮晃着腿看他侧脸半晌,凑过去好奇地问:"遇白叔叔,为什么不跟我坐对面了?"

男人一边在锅里放肥牛片一边漫不经心地答:"你长得太矮,怕你待会儿吃不到肉。"

沈木兮不屑地哼哼两声,最后为了证明自己是可以自食其力的,这顿火锅她是全程站着吃完的。

季遇白看了她好几次,一笑置之,还真的没给她夹过一次菜。

最后收拾过餐桌,沈木兮抱着一摞盘子在洗碗池洗洗涮涮的时候又幡然醒悟,刚刚好像是季遇白想给她夹菜,照顾她吃饭来着,只不过随口扯了一个身高的借口做掩饰,而她呢,到底在较个什么劲啊……

　　本该温馨甜蜜的年夜饭火锅，结果后来回忆起来沈木兮都能被自己蠢哭。

　　沈木兮洗漱完，抓着湿发从卧室出来的时候，落地窗外正绽放开一大束璀璨的烟花，绚丽的颜色将夜幕燃亮，比星盏耀眼，开到荼蘼，那丝丝缕缕的线彩又纷然坠落，不知掉进了谁家的庭院。沈木兮愣着神看了会儿，不知为何，心底忽然就泛起一阵无名的酸涩。她拖着一个蒲团坐在季遇白腿边，支起下巴望着天发呆，眼底是不停扑簌越过的斑驳色彩。

　　有来自远方的，有来自附近的，却又都是相同的结局，终不复存在。

　　男人的指尖勾起她散在后背的一缕湿发，漫不经心地把玩着。

　　半晌，她忽然扭过头，神色有些黯淡，闷声说："遇白，待会儿过完十二点我就二十岁了诶。"

　　男人揉了揉她的头，拎着她肩膀，把人抱到自己腿上，又啄一啄她唇角，看着她眼睛说："明年夏天过完生日才是二十岁。"

　　沈木兮有些失落的"哦"一声，过了会儿又嘀咕："我一点也不喜欢二十岁，这辈子最讨厌二十岁了。"

　　她软声的抱怨此刻像是变成一把淬了毒的匕首，缓慢却锋利地在他心脏豁开了一道深深的口，旧伤还在，可已经麻木了，新伤，也不知道又要疼多久才会过去。

　　总也痊愈不了。是他自己选择的不要痊愈，怪得了谁？

　　他缓缓地眨了下酸涩的眸，勾着她下巴让她仰起脸，眸色渐暗，深深吻下去，太多想说的话，想解释的事实，都深埋在这个吻里，一直到她喘不过气，才喑哑地说："一辈子就这一个二十岁，不喜欢，也很快就过去了。"

　　沈木兮瞬时就红了眼，仿佛从他的眼底已经看到了明年深秋的那一天，她抿紧唇，摇摇头，想说什么，喉咙却被一股沉甸甸的苦涩卡死了，竟发不出一个音节。

　　过不去啊，遇白，有些事情，是过不去的。

你能听到吗？是我的眼睛在告诉你啊。

寒假开学时，天气已经转暖，沈木兮在家赖了一个假期几乎没见过上午的太阳。

季遇白把她刻意藏到衣帽间最底层的运动套装翻出来，挂到她平日里要穿的外套旁边，收藏进鞋柜深处的运动鞋也摆到了视线可及的柜面，很体贴地等她用一周左右的时间适应过开学生活后，就开始一周三次地拎着人去晨跑。

沈木兮最开始还想方设法地赖床不起，最后当然没有得逞。

第一周没什么太大的情绪波动，一直到第二周的周五，回程，沈木兮突然开窍般地想起什么，脚下生风地蹬蹬蹬跟去男人身后，扯他袖口让他停下来。

季遇白放慢脚步，回头睨她一眼："别捣乱，我不会背你回家的。"

沈木兮边翻着白眼边小口喘气，见他慢下来，索性就停下了脚步，脸颊是淡淡的粉红，鼻尖晕着一层薄汗，手指用力地指着他，抱怨道："为什么晨跑增加了？我都不能好好赖床了，给我一个合理的原因！"

季遇白往回走两步，站在她面前，大手摸一摸她汗湿的小脸，挑眉说："你说呢？为了锻炼你的身体啊，明白了吗？"

沈木兮大脑卡壳了两秒才反应过来自己被这人带进了怎样一个坑里，她气得哼哼两声，刚还粉红的脸颊瞬间染得绯红。

沈木兮觉得，自己那天晚上的主动简直就是在造孽。

三月，春意萌动，万物渐渐复苏。

杨言也如愿以偿，距离自己想要尽早当爹的梦想又迈进一大步，司影的预产期在七月，正值炎夏。虽然对于产妇和后续月子期来综合分析，夏天并不是一个适合生产的季节，但司影每次蹙眉抱怨完这些即将面临的小琐碎，都总是忍不住轻轻抚摸上自己日渐凸起的小腹，别提多幸福了。

沈木兮一到周末便缠着季遇白带她去杨言公寓陪司影，每次都拖把椅子坐在床边，支着下巴远远地看着司影，唯恐自己一个毛手毛脚就把小侄子吓到了一样。

司影总笑她大惊小怪，还拉着她的手放到自己的肚皮上，感受那个即将到来的小生命正轻轻地愫动。

沈木兮轻轻探一下便急急忙忙收回手，再闷声闷气地感叹一句："真是好神奇啊。"不等司影回答，她又看着这位即为人母的女人继续感叹，"司影，你越来越有女人味了，都留起长发了，还记得那个时候我们一起在酒吧打工，我见你第一眼时，心里就想，这个女生好酷！头发也酷，调起酒来也酷，说话也酷酷的，总之就是做什么都酷。"她表情夸张地演绎完，叹口气，又摇摇头，"你现在可不酷，成贤妻良母了，杨言也是，整个变了个人，你们俩真是……"

回家的车上，沈木兮问季遇白："你觉得我这一年多来有什么很大的改变吗？"

季遇白看她一眼，似乎淡淡一扫便能洞悉她全部的想法。

"有，你似乎又回到了十八岁之前。"

沈木兮不解，揉一揉自己的脸，又捏一捏下巴，就差再摸一下自己的胸有没有变小了。

"十八岁之前，是什么意思？"

季遇白无奈地摇头："天真，单纯，很矮，还很傻。"

沈木兮："……"

开学两个月后的五月，即将迎来学校的建校五十周年庆典活动。

周一清晨，沈木兮哼着歌拿汤匙往自己小碗里盛老豆腐，季遇白看她一会儿说："还有半个月，是你们学校的周年庆。"

"对呀。"沈木兮不以为然，往嘴里喂一口软糯的豆腐，含含糊糊地问，"我们校长是有多喜欢你，什么都跟你讲？"

"你们学校前年新建的那座图书馆是公司捐献的。"季遇白喝着杯中的牛奶，看她一勺又一勺的老豆腐往嘴里送得起劲，忍不住笑了一声，"木兮，好吃吗？"

"木兮……"沈木兮学着他的口气，叫完自己的名字还稍停顿一秒，"好吃啊。"接着，自己先忍不住扑哧一笑，又重复，"很好吃的，遇白叔叔。"

季遇白忍俊不禁，是真被小丫头逗得哈哈笑了起来。

被这小插曲打断，直到沈木兮洗碗时，季遇白才想起自己想说的事情。他靠在流理台上吸燃一支烟，听着洗碗池里水声小了说："周年庆你也报名唱首歌。"直接是肯定句，都不带商量的语气。

沈木兮不知道他想做什么，边冲着盘子边漫不经心地说："我不唱，不爱出风头，那么多人呢，再说了，学校有音乐系的师姐也会上台演唱，我才不去给人当绿叶呢。"

"木兮，你越来越不听话！"季遇白把烟熄掉，烟蒂扔去旁边的烟灰缸里，两步走到小姑娘身后，双手环紧她的腰，下巴抵在她颈窝揉了揉，低哑磁性的声音直接侵袭着她的耳膜，"不唱，我就跟你们校长讲，周年庆我就不参加了，因为见不到我家小丫头。"

"喂！"沈木兮气得要跳脚，身子却被这人抱得紧紧的，动也动弹不得，她停下手里的动作，垂头思考到底要不要应下来，还没想出个所以然，就被身后的人直接堵住了嘴巴。缠绵的一吻结束，男人低哑地开口："木兮，听话。"

关于周年庆的演唱，算是得出了最终结论。

回学校，沈木兮将精心选过的演唱曲目上报给了负责周年庆活动的企划老师，不知是不是季遇白的原因，对方竟然二话没说，甚至连试唱和彩排都不需要，便直接应下了，还眉开眼笑地夸她多才多艺……

走出办公楼，阳光正盛，天蓝云淡，她抬头，眯眼望天，心里总觉得哪里怪怪的，却是怎么也想不出个所以然来。

那天之后的半个月，沈木兮都是有课的时候便直接背着吉他出门，到学校的排练室找个安静的角落独自练习，晚上回家再把吉他背回去，虽然季遇白已经找到了失眠时比听歌更舒适的消遣方式，并不需要她像之前那样，每晚都唱歌伴他入眠，但她已经把这把吉他爱到了骨子里般，她一定要保证吉他与自己如影随形才安心。

　　季遇白不止一次地问过她，周年庆上要演唱哪一首歌，沈木兮嘴硬得很，每次都誓死不答，论这人对自己怎样威逼利诱，愣是真的坚持到了周年庆这天。

　　正是周六。

　　校庆举行地点仍旧是学校最大的演播厅，也就是前年沈木兮第二次见到季遇白，他演讲时所处的演播厅。

　　因为是特邀嘉宾，季遇白的席位被安排在第一排的靠右侧，左右两边皆是学校的创始人以及资历尚老的董事会成员。他坐在那里，姿势随意，周身散发出的气场却是浑然天成般的不容忽视。

　　座位稍靠前的那些女生都在拿着手机对着他时不时与旁人微笑交流的侧脸偷拍。

　　照片中的男人，眉眼清隽，五官英挺而深邃，在考究的西装服饰映衬之下，谈笑间都流露着成熟男人的气质。或许他真的太年轻，取得的成就又太过高不可攀，他仅仅是坐在那里，便像个王者般耀眼，似乎生来就值得人仰望，却又清冷疏离，那笑容分明是礼貌而寡淡的，多一分，不够冷峻，少一分，又莫名生畏。

　　这样优秀而英俊的男人，又恰好在三十岁这样一个富有黄金一般的年纪，大概是没人不喜欢的。

　　季遇白余光扫到身后的喧腾，不经意地回头看了眼，正撞进一个女生的快门里，那个女生看到屏幕中那张可以帅爆手机的正脸后激动地掩着嘴，双目圆瞪，差点没忍住大声喊出来。

　　他淡淡收回目光，多少有些不解，心里想的却是，怎么没见小丫头对自己这么痴迷过呢？哦，也不能全部否定，小丫头有一次明目张胆的夸奖过，他声音有时性感得她耳朵都会怀孕。回想起那一幕，他开始有些心猿意马，稍稍松了下领带，朝舞台斜后方看了一眼。

　　不知道是不是由于季遇白的关系，沈木兮的演唱竟被安排为了压轴节目，她对这样的安排多少有些无语，总觉得因为他的身份，自己似乎都被学校的领导捧上天了一样。

　　后台准备的空当，她拿手机给季遇白发短信开始抱怨：**遇白叔**

叔好大牌哦，做你的家属真的超累人的知道不？

发完一条，不等他回复，又继续编辑：木兮是压轴哦，遇白叔叔别着急，这都是家属福利呢，人家夸我多才多艺。

……

如此循环往复消遣了五六条短信出去，她才把手机锁了屏，往旁边的工作台一扔，气得哼一声，他明明在台下无所事事地看节目，怎么都没个回复呢？

季遇白瞧着小姑娘几秒钟一条的短信有些无奈，直等她消停了，最后才给她回了一条：待会好好唱，别丢我的人。

一句话，她又被训美了，像是炸了毛的软软，经这人轻轻一顺毛便全部熄了火，甚至还差点没激动得抱着吉他跳起来，似乎这之后的等待都有了动力。

候场的师姐师妹们在身边走走停停，她时不时就跑去老师那边问一句，还有几个节目才到自己，听着那个数字渐渐逼近了，她又开始紧张得跳脚，从化妆包里翻口红照着镜子补妆，好一通心跳加速。

临上场，沈木兮抱着吉他站到舞台下的准备区，深深吸口气，再徐徐吐出，重复几次，给自己放松心情，听着主持人对她的介绍——大二法学系高才生沈木兮，猝不及防，差点没一口气噎到自己。歪着头轻咳了两声，她最后揉一揉脸，在主持人的热场欢迎中走向舞台中央的那把麦克风前。

强压着如擂鼓般的心跳站定，面色平静地做过简单的自我介绍后，沈木兮朝台下微微一鞠躬，再起身时目光特意梭巡至季遇白所在的席位。

并未有过交流，两人像是无形中的默契，这会儿都彼此安静地看向对方，观众席灯光昏暗，那张脸隐在阴影中并不是特别清晰，只一秒，或者，是两秒，她正撞进他深而悠远的眸底。

那似是一种要命的蛊惑与沉迷。

季遇白略一弯唇，算是对她偷窥的回应，那眸底像是还带了些得意，又或者是单纯的好笑。

她隐约看清，心跳再次加快，脸颊在迅速涨红，她佯装淡定地移开眼，视线落回正前方的深处，实则内心早已慌乱得丢了防守。

时间过去了那么久，他却仍旧还像初见时那样，无意间也让她心动。

季遇白目光笔直地锁定住台上的小姑娘。

她抱着大大的吉他坐在那把转椅上，为了配合舞台效果，今天还特意化了淡妆，是与早晨一起出门时完全不同的模样。她穿一条修身的黑色长裙，简约的款式，并没有过多装饰，裙摆垂至脚踝，布料似乎很软，在那抹肌肤间轻擦过，那纤瘦一截的肌肤白得近乎晃眼。

他忽然就有些后悔了，小丫头的美，不想给这么多人看，就该关到家里，自己藏起来欣赏。

那头长发编成一条鱼骨辫，现在恬静地垂在肩膀一侧，平生出一种古典的美感。唇色很美、很亮，却丝毫不娇媚，是柔和的粉色，正是青春的色彩。那张小脸没有太多表情，甚至有些清淡，这会儿眉眼低垂着，细细的指尖轻抚过琴弦，硕大而静谧的场内瞬间有清透悠扬的音弦在回荡，小姑娘微启唇，那空灵的声音揉进琴音，恍若天籁。

台下难得连唏嘘声都不忍发出，像是都被这道伤感而无奈的嗓音感染，分明听出了什么，却又品不出究竟是什么。

这首歌，被沈木兮唱活了，有了灵魂，有了思想和生命，也有了一个全新的故事。

季遇白轻抿唇，眉眼间渐渐染上了一层不易察觉的郁色。

这首歌是唱给他的，也包含了，她迫切想问却又遏制自己不可以开口的问题。

给我一个理由忘记，

那么爱我的你，

给我一个理由放弃，

当时做的决定，

有些爱，越想抽离，

却越更清晰，

那最痛的距离，

是你不在身边 却在我的心里。

……

是啊，他始终，都欠她一个理由，可这个理由，却是一个他永远无法提及的伤口。他开不了口，他讲不出来。像是说出一个字，心口的那抹苦涩就成了剧毒，侵袭到喉咙、口腔，他自此就哑了，失了声。

那是一道沉重的枷锁，就横在身体里，生了锈，也丢了打开的钥匙。那把钥匙去了哪里，他找了十年，没找到。所以他还得继续困着自己，不管是心还是身体，甚至是他全部的余生。没人能帮得了他。那把钥匙，也许真的再也找不到了。

沈木兮太安静、太懂事，他说，她就同意，这么久了，她真的从不问他一句为什么。他不是没有想过，她表面的欢脱之下，其实是怎样的一种压抑与难过。他只是逃避，反复的催眠自己，却总也不会改变什么。一年了，也只是这首歌而已。他是不是，真的太自私了？

心脏就这样被狠狠地扯了一道，他缓慢地眨下眼睛，发现视线有些模糊不清了，眼底那个清瘦的轮廓已经出现重影，变成了几个她。耳边，最后的尾音也散去，一切归于安静，他仿佛在这首歌里做了一场梦，梦里，是她的小女孩蹲在角落，一个人，连哭都不敢出声的模样。

一曲毕，台下掌声雷动，沈木兮微微一鞠躬，抱起吉他身姿优雅地走下舞台。

季遇白思维有些迟钝，还没来得及看清，那道黑色的身影便已经消失在了拐角。

文艺表演全部完毕，校长接过麦克风，在念着最后的总结陈词，情绪激昂而振奋，重新将场内气氛带到了一个新的境界，台下继续掌声四起。

季遇白又礼貌性地待了半刻钟，估摸着时间差不多后，拿出手机给小姑娘发信息，问她下午还有没有其他的活动或课程。

　　小姑娘大概是在换衣服，过了好一会儿才回复，还是那种俏皮的语调：有啊，跟你回家啊。

　　季遇白收起手机，当即起身与几位校领导告别，绕过舞台，直接从侧门出了演播厅。

　　抬眼望去周围并不陌生的几栋楼宇，他才想起自己忘记问小姑娘的具体位置了，于是直接拨了电话过去。

　　那头，沈木兮察觉到他身边安安静静的，没有多余杂音，就知道他已经离开演播厅了，也不知道自己在兴奋什么，像是分别许久一样，怀揣着砰砰乱跳的心脏，她从教学楼的楼梯上莽莽撞撞朝下一路小跑，喘着气交代，让他在原地等着自己。

　　季遇白重新环视了一眼四周的建筑，心里很快有了具体方位，收起手机，单手抄进兜里，直接朝斜对面那栋教学楼的方向走去。

　　沈木兮并没有任何预料与心理防备，这会儿头发都跑乱了，呼吸极其不匀地冲出楼道，抓着背包跳下高高的台阶就转弯往演播厅的方向继续跑。结果一抬头，看见对面间隔不过十米，正朝自己走来的男人时整个就呆住了，眨着眼睛怔愣了几秒钟才反应过来，又兴奋地弯起唇角，毫不掩饰自己心底最真实的雀跃，还傻乎乎地朝他摆手，脚下的步伐迈得更大，像是要直接扑过去的一样。

　　其实潜意识里是特别想直接跳到他身上来一个大大的拥抱的，可当真的跑近了，看着那张眉目温柔的脸，距离不过咫尺，瞬间又没了勇气，将情绪收敛起来，已经舒展开的双臂也垂下，余光扫了一眼身边那些伴装碰巧的围观人群，更加不自在，看他一眼，低下头，脚步还朝后挪了挪，说道："你怎么直接过来了？"

　　季遇白随着她几可不察的移动又向前逼近一大步，男人宽阔的身躯直接压下来，在她身后落下一道长长的影子，与她的纠缠。他伸出那只一直放在口袋里的手，挑眉说："我直接过来，给你丢人了？"

　　沈木兮看了眼他的手掌，然后犹犹豫豫地把自己已经跑出薄汗的手心搭进去，又反应慢了一拍地摇头，终于找回自己的声音："我是怕我给你丢人呀，刚刚唱得还可以吗？"

季遇白低低一笑，完全忽视掉了周围那些艳羡不已的视线，空着的那只手接过小姑娘肩膀上的背包，牵着人沿着甬道往停车坪的方向走，见小姑娘一直在看自己，在期待一个答案，他回视她，口气很是认真："给我长脸了。"

沈木兮这一路，直到回了公寓，低头换鞋的时候还在剖析他那句"给我长脸了"究竟是褒义还是贬义。

"木兮。"男人靠在墙边等了她许久，见她还在慢吞吞地解鞋带，心不在焉，不得不开口把她叫醒。

"嗯？"她转身看向男人，疑惑，"怎么了？"

季遇白薄唇微勾："想亲你。"

沈木兮麻利地把脚上的小靴子一踢，也顾不得穿拖鞋，踮脚就去搂他脖子，咧嘴笑得欢乐，晃着脑袋说："给你亲呀！"

……

浅灰色的帘子缓缓闭合，房间陡然陷入了夜一般的黑暗，以及暗流涌动的旖旎，空气里逐渐升温膨胀。

季遇白抱着她，哑声道："木兮，不要太快把我忘了，不要太快把我忘了。"

你不过才二十岁，不要那么着急把我忘掉，哪怕在心里多放两年也好。你一定还会遇见一段甚至两段更加丰富难忘的感情，去接受和了解与我不同的男人，但是我再却也没有了，你要知道啊，余生那么漫长无望，你是我的终结。

是夏，雨季如期而至。

沈木兮在衣帽间把自己锁了将近两个小时才开门探出身子，看一眼坐在沙发上扭头看向自己的男人，微微一笑，扯着裙摆踮脚跑过去，宝石蓝的过膝长裙，小姑娘把长发随意扎成一个小丸子，露出白皙修长的脖颈，满怀期待地在他面前兜转一圈，又去牵他的手说："木兮这样穿好看吗？"

男人另一只手扣到她的纤腰轻柔地捏了捏，极淡地笑了："木兮穿什么对我来说都好看。"

　　沈木兮面上嗔怒，可维持不过几秒，又笑了，拉着他的手说："遇白陪木兮去看电影好不好呀？我要看《前任攻略》，四点半的场，现在出门刚好合适。"

　　季遇白看她一会儿，没说什么，顺着她的牵扯站起来，从茶几上捞过手机，搂着人朝门口走，算是答应。

　　沈木兮换好凉鞋，又扯着男人胳膊从上往下地打量一番，叹一声："去看电影还要穿这么正式吗？换成其他休闲一点的衣服好不好？"

　　季遇白闻言，一顿，捏着小姑娘下巴揉了揉，眼眸半眯起来，似不悦道："这是在嫌弃我？嗯？"

　　沈木兮忙不迭地摇头否认："你穿白衬衫太好看，我是怕跟你走在一起会被你抢了风头。"

　　季遇白哈哈直笑，牵过小姑娘扯着自己袖口的手，转身把门关好，朝电梯走，过了会儿才说："其实我就是一个很无趣的人，也许过了很多年之后还是这样，做不出任何改变，所以……"

　　话还未说完，就被沈木兮急促打断，她与他交叉相握的手都无意识收紧了，骨节相缠，微微有些疼，她轻弱地开口，染了不易察觉的哭腔和气恼："我就喜欢一成不变，你管我？"

　　"我不管你……"季遇白心口蓦地有些抽疼，见小姑娘眼眸慌了神色，又笑一声，抬手揉揉她的长发，"谁管你？"

　　沈木兮轻哼一声，闷着气不理他了。电梯停下，她牵着男人的手大步跨进去，虽是生气，却也把手牵得紧紧的，只在嘴里泄愤："我又不是没有见过你穿其他衣服的样子，你干吗要跟我讲那么长远的东西？我和你根本……"说到这，似乎是意识到什么，声音忽然卡住，沈木兮闭上眼睛，调整了下呼吸，定了定神，闷闷不乐又道，"算了，没什么，不想理你！"

　　……

　　季遇白哄了小姑娘一路，效果甚微，直到下了车，还对他冷眼相向。

　　刚上通往影院的直梯，沈木兮手机忽然震动了两下，男人看她一眼，被她直接无视掉，她从手包里取出来查看，是司影发来的信息。

不过两秒钟，她脸色顿时变得煞白，也顾不得冷战，回身握住身后男人的手，额头直冒冷汗："杨言和司影吵架了。"

半个小时的路程，季遇白轻打方向盘驶进别墅区。

沈木兮坐立难安："我们要不要直接打急救？司影现在也马上到预产期了，会不会……"

"先不用。"季遇白眯起眼睛，眸底尽是复杂难懂的情绪，"杨言分得清主次，没事。"

"那件事……"沈木兮叹口气，她刚在路上已经把当年杨言与暖晴纠葛的真相大致给季遇白分析过一遍，"司影那时候还说，她这辈子都不打算告诉杨言，谁知道这个节骨眼儿上她又说了，偏赶现在，真要动了胎气怎么办啊？"

季遇白神色晦暗，没说话，车子转了几个弯，平缓地停在杨言家的别墅门外。

沈木兮急促地解开安全带跳下去，扭头却见季遇白降下驾驶室的车窗，从中控台取过烟盒，点燃了一支烟，侧头望着窗外，看不清情绪。

"遇白，你……"她心口有些发涩，"你不进去吗？"

季遇白把烟拿离唇边，夹在指间，那只胳膊垂在窗外，青白色的烟雾顺着风向很快就散了。他扭头看她，眼圈不知怎的，竟染了一抹极淡的猩红，沉沉地盯她几秒，又移开，半眯起眼眸将视线落回窗外，哑声道："你先去吧，我待会儿过去。"

她只当是烟雾太呛人，所以他眼圈才会被熏疼了吧？

沈木兮来不及多想，又看了他几眼，匆匆地转身跑去门口敲门按门铃。

家里的保姆过来开门，见到沈木兮也是直叹气，她微微点头示意，憋着口气直接冲进了客厅。

她从脚下碎开的瓷片朝里看去，一片狼藉。

阳台上那些花花草草、墙角的青瓷摆设、茶几上的杂志彩页、踢翻的垃圾桶……全都无一幸免，似乎并不难想象当时是怎样一种情形。

　　沈木兮站在门口，望着面前这一地残败，也不免怔愣了几秒，随后又下意识地看向陷在沙发里的男人。

　　男人神色颓唐，衣衫凌乱不堪，像是熬了几个大夜没睡般，他脸色极差，写满了不耐烦，对面的烟灰缸里已经堆满了烟头，有燃尽的，有燃了一半的，他指间还夹了一根，并不吸，那火星安静地燃着，青烟缓缓摇曳在空中，烟灰立不住，自己扑簌地掉了，碎在地毯上。他整个人坐在那里，落魄得像是丢了魂。

　　沈木兮进门前还憋着火想给人臭骂一顿的心情顿时就全都散了。她抿紧唇，克制着胸口那团沉闷不已的郁气，直接上了楼，往司影的房间跑。

　　门推开，司影朝外看过来，见到来人，仍旧并没有太多表情，如常地笑一下，下巴点点自己手边的位置，示意她坐下。

　　房间开着空调，温度清爽适宜，床头柜上摆了两盘小点心、一个果盘、一杯酸奶，和她平日里的饮食习惯无异。

　　沈木兮叹口气，细细看她眼睛，坐去床边，半晌才开口："哭没？"

　　司影耸肩，仿佛真跟没事人似的："没哭，说完就轻松了，我快憋死了，最近做梦都是这些东西，再不告诉他，恐怕我真的就要得什么产前抑郁症了。"

　　沈木兮困惑，看一眼她已经隆起一座小山般的肚子说："生完宝宝再说不好吗？你一定要现在冒险？"

　　司影摇摇头，笑一声，那声音苦涩得像是含了无尽的泪在里面："不是这样的，最开始的时候，我总觉得这个秘密是可以藏起来，藏一辈子不告诉他的，我也真的这么做了。可是时间越长，我就越不忍心，甚至开始自责，开始害怕，如果有一天他从别人口中知道了这个真相，也知道了我一直以来对他的隐瞒，那会该怎么办？其实这种念头在结婚前，他陪我回家的时候就有了，那天，他干望着那条街看了很久，看得眼睛都红了，还自嘲地说了一句，原来你老家是这里啊，我以前也来过几次。当时真的，我差点就没忍住，话都到了喉咙，又生生地咽下去那种。"

　　司影顿了顿，又说："说到底，是最开始的时候感情太浅薄，觉得有些真相说出来是伤人，还不如不说的好，表面上看，是我为了他着想，怕他接受不了事实，实际呢，是我自私。我现在才看懂自己，也许当时我就是害怕他放下了，觉得自己没什么该内疚的，他也就该重新开始自己的生活了，或许是接受父母的意愿去相亲，或许是重新考虑他身边条件优渥的女孩，恋爱、结婚、生孩子。他的圈子，跟我不同，本就不同，如果是那样的话，就真的越来越远了。为什么选择在临产前告诉他呢？就是因为忍不下去了，想在孩子出生之前做到与他坦诚相待，透明到没有任何阴影与秘密，这种心理近乎病态，可我控制不了自己，我觉得再忍下去，我也许真的就能疯了，而现在讲完了，全都坦白了，我反而彻底地放松下来，是自打与他在一起以来最舒心的时候。他若后悔了，想离婚，那就离吧，至少孩子还没出生，很多事情考虑起来都会简单一点，我无话可说，我就是自私，自私到现在说出来，我都看不起自己，木兮，是不是觉得我特坏、特有心机？"

　　沈木兮吸吸鼻子，轻轻摸一摸她的肚子，一时无言。

　　真要说到自私，一段感情里，不自私的都是骗子。

　　窗外天色渐暗，沈木兮中途偷溜去楼下想看看季遇白与杨言那边的进展，楼梯才蹑手蹑脚地下了一半，就被季遇白发现了，他扭头微眯起眼睛睨她一眼，示意她不许捣乱。

　　沈木兮从来不知道自己是什么时候已经开始跟他有了这种默契，这会儿朝他撇撇嘴，自己悻悻地回了房间。

　　保姆做好营养餐送去卧室，司影并没有反应过激得做出什么，而是接过保姆递来的消毒湿巾擦手，很安静地吃着东西。

　　沈木兮哀声连连，支着下巴看她吃东西。

　　司影倒是还有心情跟她调侃："你也尝尝我这孕妇专属晚餐？"

　　沈木兮轻轻摇头："我还是个小孩子。"

　　司影从上至下地在她身上审视一圈，也摇摇头，什么都没说，又像是什么都说了。

看司影用完餐，又过了将近半个小时，保姆敲门，给司影送来一杯热牛奶，又对沈木兮说："季先生叫您下楼用餐。"

沈木兮不知发什么神经，认真地反驳了一句："他不是季先生，他是我遇白叔叔。"

司影满脸黑线地看她一眼，真是恶趣味。

沈木兮也被自己逗笑了，"咯咯"地笑了几声，又安抚司影："看来你家杨小爷是想明白了，要不然哪有心情吃饭，放心好了，一定会没事的。"

司影本就是情绪内敛，这会儿仍旧神色寡淡，点下头，催她道："快去吧，别让你遇白叔叔等急了。"

沈木兮坐在季遇白旁边的餐位上，看了会儿抱着头缄默不语的杨言，开始对季遇白使眼色，想问问他思想工作进展是否顺利，这人似乎诚心跟她作对，看她挤眉弄眼、做口型，一套哑语结束，淡淡笑一声："木兮，有话直说。"

沈木兮摔下筷子，白他一眼，直接看杨言，硬邦邦地问："你……怎么想的，要是觉得不想跟司影过了，我就把她接走，以后孩子我养，跟我姓！"

季遇白沉着脸，用力拍了下她脑袋。

沈木兮吃痛，扭头看他一眼，声音还是听话地软下来："司影现在……"

放在一旁的手机就在这时忽然振动起来，突兀地打破了这死气沉沉的压抑，沈木兮不以为然地瞥了眼屏幕，看到上面闪动的名字后立马惊愕地捂住了嘴巴，扯着季遇白起身就朝楼梯上跑去。

杨言动作僵硬地看了眼沈木兮慌慌张张的背影，突然醒彻般地冲了过去，青白着脸把人推开，踉踉跄跄跑去了卧室……

产房外。

夜色已经浓了，楼道里静悄悄的，整个世界都在沉睡，耳边除去轻微的脚步声，便是窗外那几颗木棉树叶子扑簌的声响，掺杂到一起，莫名引人心慌。

沈木兮来回踱步久了，脚丫都酸胀了，后来索性乖乖地缩到季遇白怀里，脑袋枕在他肩膀，却还是不能放心合眼休息，时不时就抬头看一眼手术室紧闭的推拉门，叹声气。

季遇白揉着她的头，轻声说："木兮以后也会生宝宝，那时候不可以这么大惊小怪。"

沈木兮抿紧嘴唇，胸口泛起一股又涨又涩的郁闷，直往上涌，后来大概是到了眼底，眼睛慢慢就红了。她闷着声，发誓一样的沉重而狠厉："我才不要生宝宝，你们男的都是坏人！"

季遇白沉了声，覆在她脑后的手掌蓦然就僵了："木兮，我当你是说说而已。"

她埋着头在他肩膀上把正欲滑出的泪珠全都蹭掉，深呼吸了不知多少次，终于找回自己的声音，如常笑一声："我当然是说说而已，跟你闹着玩呢。"

前半句是认真，而后半句，要除去一个你。

凌晨一点过几分，灯灭，产房门被推开，杨言抱着一个女婴从产房出来，眼圈猩红，却遮不住眼底那抹幸福与激动。

沈木兮兴奋得跳起来，拉着季遇白凑过去看。杨言怀里的小丫头那么小小的一团，肉肉的，眼睛半合，小手在半空抓来抓去，不知是想要抓到什么。

初为人父的杨言这会儿抱着孩子，除了笑，其他的什么都忘了，倒是沈木兮看完小侄女后冷冷地问他一句："还跟司影闹吗？"

杨言摇头，猩红的眼睛盯着她说："闹什么啊，都三十岁的人了，看见孩子的这一刻我就觉得，之前真幼稚。你以为我和你一样啊，二十来岁的丫头片子。"

沈木兮不屑地翻个白眼，倒是季遇白温柔地捏捏她的耳垂说："对啊，小丫头这次真的要满二十岁了。"

"我今年不过生日，"沈木兮表情认真起来，看着他说完后又重复，"我也不要生日礼物，和去年一样。"

去年过生日的时候，沈木腾刚结束中考，正准备去英国，季遇白后来接她回家后想帮她补过一个生日，小姑娘却怎么都不肯，问理由也不说。

季遇白搂着小姑娘去窗口站定，低头看着她的眼睛，有些迫切地问："告诉我，为什么？"

沈木兮笔直地跟他对视，唇瓣动了动，眼眶又酸又涩，她眨眨眼，愣是把水雾散去才说："因为我不想剩下的几十年里，每年过生日都要想起你。"

季遇白有一瞬间的微怔，心脏像是被一双无形的手狠狠捏碎了，直疼得他连呼吸都蚀骨。他忽然偏过头去，微蹙起眉心深深地吸一口气，在竭力克制什么，不过几秒，又低头下来吻了吻小姑娘的眼睛，轻轻一笑，再开口时，声音已染上藏不住的沙哑与晦涩："好，那就不过，礼物也不送。"

夏末，秋初，再秋末，时间，还剩多久了呢？

沈木腾六月底的时候从英国回来，沈木兮恋恋不舍地拎着自己的行李搬回另一套公寓，谁知沈木腾善解人意得很，走程序似的在家陪了沈木兮一周，就吵着要回英国，还美其名曰不想打扰与季遇白的二人世界，甚至让沈木兮一度产生了怀疑，难道沈木腾早恋了？对方是和他一样的留学生还是个外国小妞？可沈木腾的成绩又很稳定，似乎没有留给她任何借题发挥的把柄。

季遇白开车送沈木腾去机场，手续办完后，沈木腾接过季遇白手里的行李箱，站得笔直对他汇报："遇白哥，我已想好自己的人生目标了，我想读伦敦政治经济学院，专业就攻读经济管理，等我把学业全部修完，我就回国，去蓝衫资本应聘，以后我也要成为和你一样厉害的人。"

沈木兮轻轻地翻个白眼，总觉得他就是在说大话："还有两年，前提是你必须要靠自己的实力考进这所学院，否则全部免谈！"

季遇白拍拍她的头，让她噤声，又看着沈木腾说："那说好了，等你回国，我就把公司交给你，安心退休。"

沈木腾眼睛一亮，对沈木兮扬扬下巴，嘚瑟得要上天："那到时候我就勉强把我姐也招进公司好了，随便做个总裁助理什么的。"

　　沈木兮气得要踢他，被沈木腾灵活地躲开，又笑嘻嘻地跟二人摆了摆手说："遇白哥，你多担待点这个老小孩，我姐现在比我还幼稚呢！"

　　季遇白哈哈直笑，低头看着小脸紧绷的沈木兮道："老小孩，跟叔叔回家吧？"

　　悠闲时光并没有维持很久。

　　七月初，季遇白把做饭的任务全部交给了沈木兮。

　　买完菜从超市回家，他便倚在厨房门口，或是抽支烟，或是双手抄进口袋，看她从择菜、洗菜开始，到教给她怎么切菜，哪种菜切成什么形状，炒的时候调料先放什么，后放什么。干净整洁的厨房在遭受了一个月的凶残对待后，沈木兮总算是被逼得出师了。

　　八月，她成功学会了煎牛排，而且是从最初的牛肉腌制开始，也学会了蒸米饭、熬粥，还有简单的家庭小炒。

　　这一整个月，沈木兮都是闷闷不乐的。

　　晚餐，听季遇白对每道菜都一一做过点评，算是勉强合格，沈木兮观察他很久，伸手过去拦下他要夹菜的手腕，瘪着嘴，还是满脸的不乐意道："到底是为什么一定要让我做饭？"

　　季遇白缓慢地眨了下眼睛，放下手里的筷子，把她扣着自己手腕的小手牵进手心，这个问题小姑娘不是第一次问他，他每次都说，因为她太懒，越来越不像话，他也知道，这些敷衍小姑娘从来就没有相信过。

　　"木兮，"他正了语气，又像是变成了长辈般告诫她，"你要学会怎样一个人生活，要开始学习怎么自己照顾自己了，外卖可以偶尔吃一次，但不可能每天都吃，自己不想去餐厅，懒得出门，家里有简单的食材，就可以自己下厨做饭。还有，未来交男朋友，结婚了，有了小孩，对方不喜欢做饭或者根本就不会做饭，你作为妻子，作为母亲，这些不可以不会。现在就开始适应，这是为了你好。"

　　视线里，那双深沉的眸子渐渐模糊了，沈木兮抿紧唇，眨眼，用力地眨眼，水雾终于散去，她看着他的眼睛，点点头，笑一声道：

"我知道啦!"可刚说完,眼泪却怎么也忍不住,她又拼命摇头,抬起泛红的眼睛固执地盯着他,"谁要给别的男人做饭啊,除了你和沈木腾,我才不要给别人做饭呢!以为自己是谁啊,吃我做的饭!"

她猛地挣开被他牵住的那只手,垂到桌下,与自己的手交握,指甲狠狠嵌进手心,仰着脸跟他发脾气:"那你干吗要教我做饭,我自己看菜谱学不行吗?我连生日都不让你陪我过,你现在是希望我用你教会我的东西去给别的男人煮饭吗?我每天都要做饭,都要吃饭,都要想你,谁敢娶我啊?"

她说完,便深深地垂下头,似是用光了全部的力气与勇敢,再也不敢去看那双深到抑郁的眼睛。她知道,自己不该这样,自己没有理由跟他发火,自己又不安静了,他最不喜欢吵闹了啊。她用力闭着眼睛,怎么都不让眼泪掉出来,她不想哭的,一次都不想,她希望他知道,她是开心的,因为他,她生活的没有任何烦恼与忧愁,每天都是开心的。

熟悉的气息渐渐笼罩下来,季遇白搂着她肩膀,把人抱进怀里,一下一下地安抚着她,哑声道:"木兮,对不起,是我没考虑到这些,以后还是我做饭,还像以前一样,好吗?"

他半跪下去,摸摸她的脸颊,去吻她要流泪的眼睛。

九月。

空气中的闷热渐渐散去,像是只过了一阵风的时间,夏天便只剩了一个小尾巴。

沈木兮在某天晚上他们又一次缠绵时,环住他的脖子,认真地说:"遇白,我给你生个孩子吧。"

季遇白眼眸深深地盯着她,半晌,低头吻一吻她的唇,起身去浴室冲凉。

沈木兮以为,他会愿意的,可是她失望了。

仿佛那是一道禁忌般,无论如何都碰不得。

她像是犯了错的小孩,很主动地认错,求原谅。

将睡欲睡之际,沈木兮似是不甘心般,倔强又含糊不清地问:

"遇白，你不喜欢小孩吗？"

眼眸缓慢地阖上，大脑彻底陷入昏睡前，她感觉到男人揉了揉她的耳垂，嗓音低沉沉地说："我喜欢小孩，只喜欢你这一个小孩，养你自己都很累了，好不容易要走了，木兮，别给我找事，知道吗"

知不知道呢？

她已经记不得了，她那天有没有回答他的问题。

十月。

一场秋雨来得不及防，夏天的那条小尾巴也彻底被这场风雨消磨殆尽。

沈木兮照常在学校与公寓两点一线间穿梭。

这天是周五，沈木兮中午下课后随着人潮涌出教学楼，并没有在意斜对面那道等候她已久的顾长挺俊的身影。直到那人几步走到她面前，挡住了她的路。

沈木兮抬头，平淡地看了一眼面前这张脸，很快得出结论，她并不认识这人。

"你好，我是随越。"男人饶有兴致地打量她半晌，从名片夹取出一张黑色磨砂质地的名片给她，微一勾唇，继续说，"你们学校今年的周年庆我也是被邀嘉宾之一。"

沈木兮将信将疑，大致看了眼名片上的内容，随越，音乐制作人，工作室的地址在台湾。

她挑眉，有些不解。

"你的声音很特别，"男人极淡地笑了一下，"有没有兴趣来我的工作室？我想签你做我的歌手。"顿一下，他稍稍耸肩，"目前，我的工作室没有签过任何歌手，如果你同意的话，那么，你是第一个，前期我会做你的专属音乐制作人。"

不考虑太多，沈木兮是有些动了心的。她又探究地跟男人对视了几秒钟，然后把名片收好，微微一笑说："我考虑好了再联系您。"

沈木兮捏着这张名片看了一路，心里隐隐有些困惑，总觉得事有蹊跷，但更多的还是按捺不住地雀跃。做音乐，那是她最初的梦，即使未来的道路离梦想渐行渐远，可她也总是记得的。那是深入骨髓的一种喜欢。

沈木兮回家后把名片拿给季遇白看，又给他讲了事情的大致经过。

季遇白对着名片认真地研究了一会儿，又若有所思地打开笔记本，把随越的百度百科翻出来给沈木兮看，说道："随越是我们这个年代的一位民谣歌手，我上大学的时候他刚出道，有一段时间我还特别喜欢他的歌，只不过他后来隐退了，一直没在乐坛出现。"把名片还给沈木兮，他关掉浏览器，倚在书桌，把人从背后抱进怀里，埋首在她耳边低喃，"他的审美很特别，当年的音乐也做得特别棒，木兮可以考虑一下，工作室的信誉是没问题的，喜欢唱歌就去吧，未来会有很多人像我一样喜欢你的声音。"

沈木兮彻底放下心来，点点头，把名片收好说："那我好好考虑一下。"

十一月。

这个秋末，还是来了。

沈木兮很平静地撑着下巴抬头望天，脑袋里在竭力地回想，自己还有什么事情想做却一直没做，又或者，还可以再做些什么。后来，她突发奇想，将近两年了，季遇白会失眠，她便唱歌伴他入眠，却从来没有过，她陪他彻夜不眠。

即刻，沈木兮把一直放在主卧的吉他抱走，存放去了储物间，然后信誓旦旦地跟季遇白承诺："我不当你的小医生了，我要跟你一起做病人，你不睡，我也不睡。"

季遇白权当她在胡闹，后来却也任她去了。

两个人晚上洗漱后就关掉房间里所有的灯，将窗帘大敞，他从背后拥着她，看她指着夜幕里的星盏，给他指认星座，虽然，她说的那些星座大多数都是错的，虽然，有一半的夜里，暮色阴沉，星盏都寥寥无几。

十一月十六号，周末。

明天是什么日子，他们彼此都再清楚不过，但谁也没有开口，这最后一天该如何度过，又该如何告别。

她照常赖床，他照常买好早餐粗暴地直接把她拎起来，她冲他发脾气，耍起床气，说自己陪他失眠到凌晨，今天睡到下午都不为过，季遇白不理她，等她耍完了，清醒了，等她自己爬起来若无其事地去吃早餐。

像是以往的每个周末，他们出发去超市大采购，食材，水果，零食……

她哼着歌，被他牵着手，同推一辆购物车，在超市里招摇过市，在大爷大妈诧异的目光里，一边喊着他的名字，一边踮脚去亲他嘴角。她穿着小白鞋、牛仔裤和卫衣，扎着高高的马尾，他仍旧是万年不变的衬衫、西裤，她被他牵着从人群中穿梭，还是像个孩子，两年了，一点都没长大的孩子。

她回家后就霸占着厨房，抢着择菜、洗菜，季遇白不让她插手，她还哼哼着发脾气，说自己现在可喜欢做饭了，一天不做饭就浑身难受。

下午仍旧是千篇一律的煲剧时间。

季遇白看了眼外面的天气，问她要不要出去转转。

沈木兮不理睬他，吸着鼻子呜呜直哭，指着韩剧里动不动就慢镜头的接吻男女，呜咽半天不知道在说什么。

季遇白摇摇头，把抽纸盒放到腿边，给她递纸说："人家接吻，你哭什么？"

"他们演得真假。"沈木兮哭得肩膀都一抖一抖的，"哪有这么顺利就在一起的，动不动就亲，有什么好亲的，就该这男主最后出车祸，然后失忆，不记得这个女主，要不就是这个女主得了绝症，最后头发掉光了，死了，哪有这样的，说在一起就在一起了。"

她一边啜泣，一边抱怨，声音断断续续的，甚至需要靠猜测才能知道她一整句话究竟是什么意思，她把鼻尖都擦红了，眼圈泛着浮肿，很滑稽的模样，可季遇白看了，却丝毫笑不出来，他做不到像以前那样揉一把她的头，说她像个小傻子，他怎么会不懂，她心里究竟有多痛？她从来不说也不问，可就是这样的安静，让他变成了彻头彻尾的混蛋。

他一边告诉自己，她很小，他们的感情只不过是一段掩于岁月里的初恋，美好也罢，伤心也罢，渐渐就忘了，他又一边自私的希望，她不要忘掉得太快、太干净，记他久一点吧，毕竟，她的余生还那么长。

大概连老天爷也懂不了，对待这份感情，他是怎样的挣扎与撕心裂肺的内疚。

这一整天都很无聊，晚饭又吃得早，沈木兮洗完碗后，便拖着蒲团到落地窗前去看正欲西斜的夕阳。

季遇白吸完一支烟，坐去她身边，搂着她肩膀，把人抱到怀里，像是和往常的每一个黄昏无异。

平凡的大千世界，连空气都是淡薄的，罕见的没有任何离别前的压抑与沉闷。

这种氛围是在刻意营造？是他，还是她，抑或是他们毋庸言语的默契。

沈木兮调皮地点点他的下巴说："遇白还想听我唱歌吗？吉他都尘封一周了，如果你特别想听的话，我就勉为其难再给你唱一次好了。"

季遇白看她一会儿，眸色深晦似海，轻轻摇头，又抬头去看天，淡淡道："其实，我早就听烦了。"

沈木兮气得直哼哼，从他怀里挣脱出来，季遇白却哈哈直笑，又搂着她抱到自己腿上坐好，一起等天黑。

漫天繁星像是在刹那间被谁点亮，不知不觉，夜已深了，而今天的星盏格外繁密，格外的亮。不知在庆贺什么，抑或者，是在留恋什么。

季遇白抱她去床上躺好，如常熄掉了所有的灯光，房间陷入黑暗，只余窗口铺洒下来一层凉凉的月色。

他从背后拥住她，下巴抵在她的发间，手臂环过她的肩膀，像是儿时抱着自己心爱的玩具一样。

感觉到背后那道熟悉的温度，沈木兮用力地咬着牙，而后松开，指着那泼墨般的夜幕，没好气地抱怨："今天的星星怎么这么多？连天气都在欺负我，这么多星星，我怎么指的过来啊？"

季遇白本是阖着眼的，闻言便睁开，顺着她手指的方向望了望天，吻一下她的发，他的眼睛很黑，像是把那夜幕都汇聚到了一起般暗沉，变成一个深不可测的旋涡："那就不说星座了，我们做点其他事情吧。"

接着，便是一场似是让人眷恋一生的缠绵，直到……遥远的那头，天边似乎划开一道亮意，金黄色的光，正破茧而生。

他站在那里，望着天，望着那道不知是真的还是幻觉的方向，良久没有回头，只微微蜷了蜷僵硬发麻的手掌，像在喃喃自语般，哑声说："木兮，你的那片天，亮了。"

……

沈木兮收拾行李的时候才发现，原来自己留在他身边的东西一直都不多，全部加起来不过也就两个行李箱，还有些空。陈铭站在门外等她，看她推着两个箱子从卧室出来，赶忙跑过来接了去，又恭敬地站回门外。

她转身，朝窗口看。

男人背身而立，落地窗前窗帘半敞，乌云阴沉得压低了天穹，似乎触手可及，客厅并未开灯，光线昏暗，那抹身影隐在那里，晦涩而颓败。

太陌生，不像他。

季遇白，他是蓝衫资本创始人，是当下投行一个神话般的存在，他该是孤傲清隽的，该是恣意雅致的，他该是不可一世的，只手遮天都不足为奇，这个男人完美得让人嫉妒，可是谁抽走了他的骨血，只剩这副绝美却没了生气的皮囊？是谁让他失神让他心痛不舍却又无法言说？

这段感情，或许他们都输得很惨，他们两败俱伤，无一幸免。

最可笑的是，她却连原因都无从得知。

他身体像是有些僵硬，他站在那里，一直没动，指间那支烟安静地燃着，看不清烟圈飘去了哪里，只剩那抹猩红刺着她的眼睛。

平静地看他好久，沈木兮才发现，他最近怎么这么瘦了呢。

她站在沙发另一端，轻轻提气道："遇白，我走了。"

男人还是没动，又像是动了，她不知道是不是她的错觉，她仿佛看到他指间那抹猩红轻轻颤了一下。

他没有回头，没有开口，没有告别。像是听不到她的声音，像是已经死去，像是去了另外一个世界。

久到沈木兮都以为，自己等不到了，就这么走吧，久到她已经转过身了，低头间，才终于听到他说了一个字："好。"

终于告别了，这就是告别吧。

她揉了揉眼睛，没哭，就是有点湿，低头笑了一声，也没再回头。

睹物思人真是个奇怪的感受，沈木兮站在电梯里，甚至连这栋公寓还没出，就开始想他了。思绪在不受控地放着一场电影，从两年前，到现在，快进着，那些令她难忘的一幕又一幕。

她望着那排数字按钮，视线停在那个已经暗掉的"13"上，手指覆上去，轻轻摸了摸，是对它们的告别。

陈铭欲言又止，心中似有千头万绪，但最终也只是无奈地看着她。

她笑一声，是低嘲，摇摇头，收回手，放回外套的口袋。

路程不过十分钟，她回到另外一套公寓，一开门，迎面的空气清冷而孤独，似乎在提醒着她，沈木腾不在，那个人更不可能在，以后，只剩她自己生活。她没有很矫情，他的卡，他的房子，她都要了，也没说还给他，也没说未来要还给他，也许这样才能让她觉得他们仍然没有分开。

最后了，陈铭帮她把行李全部提上来，临走，把车钥匙交到她的手里，沈木兮怔愣片刻，摆手拒绝道："我不会开车，自己也不敢开车上路的。"

陈铭摇一下头，声音也沉下去："季总说，您长大了，以后可以自己开车了。"

心脏又是猝不及防被狠狠戳痛。

她轻轻地"哦"一声，笑了，接过那辆大切的钥匙，说了句谢谢。

长大了，她终于二十岁了，

这一年，过得不快也不慢，该来的总会来，她没有逃避，没有任性，她在心里夸自己，最后了，她也很安静，这样真的很棒。

转身把房门合上，客厅还没来得及开灯，天色阴得更厉害了，乌云密布，遮天蔽日，这会儿竟与夜色无异，也不知道是像极了谁的心情。

忽的，她又想起凌晨时分，男人拉开窗帘时那道晦暗而沉默的背影，她捂住自己的心口，像是想把那道影子锁进心脏。

她低头，喃喃一句："我的那片天，真的亮了。"

Chapter 25 共 渡

转眼间，又是一年寒假。

沈木腾在视频那端与沈木兮嬉皮笑脸地一通打闹，最后才开始说正事，从书桌后面忽然捧过一个礼盒，做惊喜状："姐，我待会儿就去订回国的机票，今年回家陪你跨年！这份礼物是我自己打工赚钱买的，不要太感动哟！"

沈木兮不屑地翻个白眼："别回来，我今年没空，明天飞台湾，你就继续烤你的火鸡包你的饺子好了，礼物留着下次再带回来给我。"

沈木腾一愣，有些失落地把礼盒放到电脑旁边说："你真的要跟那个工作室签约吗？"

沈木兮点点头道："我不赚钱谁养你啊？"

"遇白哥给我的卡里有……"沈木腾话只说了一半，就被沈木兮狠厉地用眼神制止了，他垮下脸，忽然就没了心情，摆摆手说，"我不说了，你去吧，明年暑假我再回去看你。"

沈木兮把笔记本阖上，蜷在沙发里，抱紧了自己。

这几个月来，她像是丢了每天必需的空气一样，那个人就这么硬生生地从她的生活中抽离，痛快到省去了挽留，甚至连分手都没有。很多次了，她半夜从有他的梦里哭醒，探着胳膊朝身旁摸索，空白，只有夜，只有无尽漫延的黑暗，那个时候她总会恍惚，自己是不是真的只是做了这样一场梦？可她明明住在属于他的公寓里，这里的一切都是他给的，她的钱，她的车，她的房子，每一件家具，全部都是他的。可心却是空的，皮肤被剖开，风会吹进去，会凉，会刮得生疼。

他的存在感太过强烈，沈木兮想，或许她再也遇不到除他之外的、可以完完全全填满自己那颗心脏的人了。他就这么消失了，像是从未出现过般消失得干净而利落。

她没有像去年那样，想刻意制造一场偶然的邂逅，想在无意间抬头看到他，还能招手说一句好巧。她甚至，再也不想见到他。

像是当年送走软软一样，该走的，那就走吧，既然结果已经写好了，又何必反复折磨自己？没有什么是戒不掉、习惯不了的，连带着他的故事、他的过往、他的秘密、他的缘由，她全都不想要了。

她对自己说，这样很酷，对，就要一直这样下去。

生活被各种琐碎的事情填充得很满，经济学仍旧还在她的选修课表里，她每天都瞎忙到很晚才回家。路过超市或是菜店，她会自己买食材，回家后又忙活一通，做饭、吃饭、洗漱、发呆、睡觉。

她想，等时间再长一点，或许她就能连发呆也省去了。

虽然她每天只留给自己这么一丁点的时间去想他，去想他们的曾经。

会好起来的，天都已经亮了，她二十岁了，已经不是小孩子了。

与随越的签约很顺利。

沈木兮本以为，自己推了这么久才重新联系他，或许他已经等不及找到其他的歌手签约了，事实并没有，她去了台湾，去参观随越工作室，她是很意外的，因为他的工作室实在是太新了，全新，所有的设备都齐全，而且是顶级，但却从来没有动过一样的原封摆在那里，而随越，是这间工作室的负责人，也是这间工作室唯一的员工。要不是季遇白当时的那句肯定，沈木兮一定觉得自己上当了。包括随越整个人的状态与气质，沈木兮在与他真正合作之前，都觉得他简直不像一位音乐制作人，而是一名旅行家，了无牵挂，没有任何名利与追求，崇尚自由与远方。

真正投入到了音乐中，沈木兮才发觉自己简直就是大错特错。

她对随越的认知很快就发生了翻天覆地般的转折。她承认，他是一名真正的艺术家。从亲自作词作曲，到沈木兮练习时音色音调的掌控，以及对她自身特色的发掘，最准确的指导，几天的接触下来，沈木兮已经彻底被他的音乐素养与天分征服了。

年关将至。

几首单曲练习完毕，窝在茶水间喝水的空，她看随越极讲究地研磨好了一杯意式特浓咖啡，不加任何方糖或鲜奶，不由得蹙了下眉，却见对方喝得怡然自得，察觉到她一直未移开的视线，朝她轻轻挑眉说："你想尝一杯？"

"不不不！"沈木兮忙不迭地拒绝，直接转移了话题，"越哥春节要回家吗？或者陪女朋友之类的？"

"No，"随越把马克杯放到手边的流理台上，身子倚上去，朝她微微一笑，"没有女朋友可陪，回家也免不了又要被逼婚，所以留下来陪你一起跨年好了。"

沈木兮眼睛一亮："好啊，年夜饭我请了！"

随越嘴上应下，其实后来并没有给她请客的机会。

两个人在随越的公寓里一起动手做了年夜饭，沈木兮很好学，给随越打着下手，也顺带偷学了两道台湾特色的小炒。

一起倒计时跨完年，沈木兮打车自己回酒店。

马路上仍旧喧嚣，夜幕被绚丽璀璨的烟花照亮，一簇又一簇，恍如白昼。

沈木兮支着下巴往窗外看，忽然就很神经病地想吃火锅了。

寒假结束前，她就飞回了家，在家休息没几天，便迎来开学日。

课程依旧排得很满，随越这边也在给她筹备第一张专辑，所有的作词作曲全由他亲力亲为，倒也乐此不疲。

沈木兮问他打算什么时候继续签约其他歌手，随越总说他不缺钱，签她也并不是想通过她赚多少钱，全凭心情，遇到自己喜欢的声音，就签，遇不到，就只培养她一人。

沈木兮每两个月就要飞一次台湾，待上一周左右，录制第一张专辑的单曲，一直到了夏天，专辑的基本录制结束，随越开始着手后期的包装与推广工作，沈木兮算是彻底结束了录制任务，跟随越告别，她也给自己放了一个假。

她想起季遇白有次出差来台湾，给她买过一个零食礼盒，从工作室出来，她便搭上捷运，全凭心情地跑去了淡水。

去了之后，她竟还有了一个意外收获，站在渔人码头，看到了完全不在希冀之内的、不远处那架白色风帆形状的情人桥。

或许是所有的女孩都对这些关乎爱情与浪漫的景点无法抗拒，她激动地朝那边小跑过去，跑了一半，又发现从自己身边经过的全都是慕名而来的情侣，她失落地停下脚步，又抬眼望了望那抹已经很近的白色，掉头离开。

她觉得，自己小跑过去的时候，简直就是个笑话。

淡水老街，她边走边品尝各类路边摊上的特色美食，买了蜜饯、麻糬、松塔、牛轧糖……照着那年的礼盒全都买齐，最后了，却是怎么也找不到和当年那个一模一样的礼盒。

她站在人潮拥挤的路口，低头自嘲一笑，原来还没忘呢。

沈木腾放完暑假没几天就背着大包小包回了国。

沈木兮在公寓陪他窝了一个星期，又飞去了台湾。

随越那边的后期包装与推广做得很顺利，第一张专辑《浮木》在这个暑假也上市了。

因为是新人，第一张专辑并没有一鸣惊人、蝉联榜单，加之民谣风并不是很热门，但是沈木兮也赚到了自己人生的第一桶金，并逐渐积累起了一小批粉丝，而且数量在逐步增长。

她喜欢这样慢节奏的生活与追梦，她不想一步登天，也不想走得太快。

沈木兮再次回家的时候，拿了一张专辑，还有从台湾带回来的特产，去看司影和刚满一周的小侄女。

杨言接过她手里的几个包装袋，直接把人拉去了沙发，用一种复杂的眼神看她半晌，几次欲言又止。

沈木兮瞥他几眼，扔下一句神经病后，就自顾自地跑去楼上找司影了。

司影总是懂她的，全程并没有提及她与季遇白的感情问题，像是平日里一样跟她话着家常。

司影说，杨言太吵了，她总害怕女儿长大了会和杨言一样，所以给小公主取名为默默。

晚上留在别墅一起吃晚饭。

杨言仍旧怪异，时不时就看她一会儿，然后兀自叹气，脸上总挂着一副纠结不已的表情，司影踢了他好几次，也不见效果。

直等司影先用完餐，回房间哄宝宝，杨言才终于下定了决心般用力指着沈木兮说："待会儿你别走，咱俩得喝点。"

沈木兮轻轻地白他一眼道："你有病啊？都当爹的人了，有什么好喝的？我不喝。"

杨言起身去酒柜翻出自己珍藏的红酒，不理睬她的拒绝："我有事要跟你说，走了后悔死你。"

沈木兮真就没走了。

杨言所谓的有事，有什么事呢？当然是与季遇白有关的事了。

她很没出息，她还是想知道。

即使那个人真的狠心决绝，离开得干净而彻底。

酒过三巡，杨言把高脚杯往旁边一推，沉沉地吐出一口气，盯着沈木兮，咬字清晰道："我说我醉了，你相信吗？"

沈木兮连一杯酒都没有喝完，这会儿神思清明地摇摇头："我不信。"

"不信也得信！"杨言又闷了一口酒入喉，"我说醉了就是醉了，所以我待会儿说过的话，全都是酒话，明天睡醒以后，我都不记得今天跟你讲了什么，沈木兮，你明白吗？"

沈木兮点点头："我明白，你说吧。"

"遇白的公司，之所以叫蓝衫资本，是因为他的女朋友，叫蓝衫，不是同音不同字，是完全相同，就是现在蓝衫资本的蓝衫两个字。"杨言深深吸一口气，身子往后倚，"暖晴的那件事，你可以和司影一起骗我，这没关系，但是我不能再瞒着你了，否则我得憋死了，我看到遇白现在这种状态，我实在忍不住，沈木兮，他一点都不好过，快一年了，你还能上课、玩音乐，还能没事跑去台湾，找随越跟你解解闷，遇白能做什么？他就在这里守着，每天不是公司就是回家，他快把自己锁死了你知道吗？公司有那么忙吗？早就没有了，他每天往办公室一坐，签个字，听手下开开例会，就回家了，还是他一个人，做饭、吃饭、睡觉，甚至他都几个月没找过我，这样的生活跟死人有什么区别？"

沈木兮心口狠狠被戳了一道，她用力地咬咬牙，提气压制那阵疼痛，迫切地打断他："蓝衫呢？蓝衫去哪里了？"

杨言拧着眉看她一眼，又低下头，声音立马就沉了："蓝衫失踪了，今年是第十一年。"

沈木兮错愕地看着他。

不等她开口，杨言直接厉声打断："我都告诉你，你听我讲就行。蓝衫跟我们是从小一起玩到大的，她喜欢遇白，小时候就喜欢，从来都没变过，这事没人不知道，连我们几家的家长都早就默许了，遇白是读大学的时候才正式跟她在一起的，准确来说，是大一，十八岁那年。可实际上遇白对蓝衫究竟是不是喜欢，他自己心里清楚得很，要是真的喜欢，早在高中那会儿就同意了，但是这么多年的感情也不是虚的，蓝衫性格好，人也长得漂亮，遇白上学那会儿比现在还清高倨傲，喜欢他的女生一抓一大把，他从来不带正眼看人家一眼的，跟蓝衫在一起，也算是顺其自然。两个人没吵过架，也没做过出格的事情，甚至和在一起之前都没有很大的区别，唯一改变的，大概就是偶然的约个会、牵个手，我是全程看着的，什么都了解，甚至有时候他们约会我都能插个塞进去。遇白大三那年开始接手公司，也有季叔叔生前打下的资源人脉，他思维缜密，目光也看得远，公司那一套上手很快，结识的人也慢慢就多了。那年暑假，圈子里有一个老板办庆功宴，遇白收到请帖，是个酒会，得带女伴去，蓝衫看到了，就缠着他，非要让遇白带她一起去，后来遇白自然是拗不过，就把人带去了。遇白算是新人，酒会上碰到那些前辈的敬酒，自然免不了回敬，人家喝一口，他得干一杯，这是礼数，后来喝多了，被服务生搀进客房休息，醉得不省人事，一直到第二天上午才发现蓝衫不见了……"

沈木兮错愕不已："蓝衫她难道……"

杨言红着眼圈点点头，手里的高脚杯像是用力到快要捏碎："遇白找到蓝衫的时候，她把自己泡在浴缸里，割腕，整个浴缸里全都是血水，好在发现的及时，后来人也抢救回来了。这件事按遇白的性格肯定不会善罢甘休，他找人把那几个老家伙给收拾了，没死，是生不如死，对男人来说的生不如死，对方也不是善茬，几个人联名报了警，说什么也不放过遇白，遇白被带去警局做调查，蓝衫这事他是闭口不谈，他宁愿自己坐一辈子牢也不会把蓝衫被人欺辱之事公布于世，白阿姨肯定不忍心啊，她托了所有能托的关系，还有我爸，全都把能找的关系都找了，最后是白阿姨把这事担下来，判了十二年。"

沈木兮大概已经猜到了后面的发展，她用力地掩住嘴，早已泣不成声。

"遇白回医院，发现蓝衫不见了，家里没有，学校没有，所有可能去的地方，我们都找了，蓝衫从那之后就失踪了。遇白那段时间整个人都废了一样，满世界，就是没目标地去找、去问，大数据好用吧，我们用了，查到蓝衫的身份信息，坐车去了哪里，住过哪一家酒店，这边一查到，我们立马就动身过去，结果去了呢，人早就走了，到后来，索性连身份信息也查不到了，就跟人间蒸发了一样。后来是真的找累了，遇白就把自己关起来半年多，在寺庙里吃斋拜佛，抄抄佛经，算是静心，也算是祈福，还有因为他的冲动而连累白阿姨的事情，我都觉得，这事要都搁我身上，也许我真坚持不住就想不开了。半年以后，遇白回北京，把公司卖了，所有的身家放一起创立了蓝衫资本，算是赌了一次，我猜他那会儿也是真绝望了，估计是想着，既然都这样了，一无所有也没什么。可没承想，这次还就成功了，后来蓝衫资本就做起来了，越做越牛。本想着，蓝衫资本成功了，名字打出去，别说全国了，就算蓝衫出国了，也该明白我们在找她，但这姑娘就是没回来，到现在十一年了。遇白这儿还有一件事，我也是前几年刚知道，那还是他喝醉了跟我说的，他给自己十年，要是能找到蓝衫，他就娶她，什么都给她，跟她好好过日子，要是这十年过去了，他找不到蓝衫，他也就一个人过了，以后的日子，不找女人，不结婚，他说，这是他的赎罪，蓝衫过不好，他把自己后半生都赔给她。"

杨言苦笑着摇摇头道："遇白第一次在酒吧看到你的时候，也就是三年前，那是蓝衫走的第八年，你十八岁，他二十八岁，沈木兮，你现在明白了吗？其实你好奇，遇白看上你哪了，我后来才想明白，因为那天晚上，就你抽了他一个耳光的那天晚上，他跟我说了一句话，他说，你眼中的那团火，烧到他了。"

沈木兮早已泪流满面，继续静静地听着。

"蓝衫出事，没一个人怪他，包括蓝衫，包括蓝衫的父母，更不用说我们和白阿姨了，没人对他发火，甚至大家看到他的状态都觉得心疼，但其实他需要发泄，他心里是内疚、是自责，别人不说，他就更压抑，后来，他把自己关起来半年，回来后又把公司做起来，越做越大，就更没人敢提当年的事情，别人都怕他，恨不得见他之后都躲得远远的那种，就你，抽了他一耳光，瞪着他，对了，还咬了他一口吧？但是巧了，你这一咬，正合他意，也正是他这些年来压抑生活里唯一的救赎，你敢逆着他，敢做别人想都没想过的事情，我看他就欠这样。你说他不喜欢你，那也不可能，就把你接回家那两年，他对蓝衫都没做到过那些，想照顾你，还得费尽心机买只狗，给你做饭，还带你去晨跑，还有那把吉他，你一定没想过他花了多少钱，又找了多久才买到。沈木兮，你知道他多宠你吗？就他为你做的那些事，你看得到的，你看不到的，真的，我要是一女的，我都得爱上他！"

……

后来杨言还说了很多，讲了季遇白过去的事情，讲了蓝衫，也讲了随越。

那些东西，沈木兮听到最后已经有些倦了，像是听觉疲惫，什么都听进去了，却什么都没记住。所以他最开始怎么都不要她，所以他不许她问太多原因，所以他会失眠，会在她提到蓝衫资本的时候变得沉默寡言。

她全都懂了，她只是在想，未来的日子里，她可以为他做些什么呢？

沈木兮有半年的时间没再飞去台湾。

随越发邮件给她：小丫头，我最近快闲死了，或者你给我推荐几个有趣的旅行地儿？能想到的好玩的地方我都去过了，歌词写了一大本，你不唱我自己唱喽？

沈木兮支着下巴无奈地笑了两声，想了想，给他回复：越哥，我最近快忙死了，满世界地跑，好玩的地方没有，清心寡欲的寺庙倒是有不少推荐，你要去吗？

很快，那边回复：你去寺庙做什么？

沈木兮揉揉眉角，迅速打下三个字：找救赎。

这个春节过得并不舒心。

沈木腾一放寒假就飞回国内，回到公寓后扒着沈木兮的卧室和衣柜翻了一遍，垂头丧气地扯着她的手说："你跟遇白哥来真的啊？不是小吵小闹过段时间就能和好吗？遇白哥那么好的男人你都给甩了？你怎么这么没良心啊？"

沈木兮对他这些没有营养的抱怨早都麻木了，这会儿直接扯开他的手，甚至都懒得开口解释。

春节刚过完，没等沈木腾回英国，沈木兮便收拾了简单的行李，背着一个大大的旅行包去了成都和绍觉寺。预计半个月的旅途最后缩短成了五天，沈木兮回北京的时候沈木腾正准备回英国。

从成都回来的她像是完全变了一个人，对沈木腾一改之前的不耐烦与冷处理，这会儿带他吃了大餐，临走前还帮他整理好行李，絮絮叨叨地交代着他自己在英国要如何照顾好自己之类的话，边说着，还边不明所以的傻乐。

沈木腾全程像在看个精神病一样地看着她，最后临登机，他才恍然大悟，眼睛愤愤地瞪大，手指用力地指着她那张笑颜如花的脸说："姐，难道你前几天去成都的路上有艳遇？"

沈木兮收起笑脸，轻轻白他一眼："滚！"

沈木腾自然是不相信她的推辞，这会儿义愤填膺道："等我大学毕业以后就去蓝衫资本应聘，遇白哥永远都是我遇白哥，你可越来越不像我姐了！"

沈木兮听完这句话后又特别奇怪的笑了，跟他摆摆手，温柔地说："一路顺风哦！"

沈木腾气得接连一个月没理她。

大学尾声如期而至。

临近毕业的半年，课程已基本结束，同届同学都在奔波于各单位间面试、实习、准备毕业论文与答辩，为毕业后的职场生涯奠定基础，他们全都整装待发，似乎蓄势了三年半的努力都在这几个月内顷刻爆发，气氛紧张而凝重，所有人都绷紧了一根弦，步履匆忙。相比之下，沈木兮似乎就成了这道滔天浪潮里一抹恣意的风景线。

把沈木腾送走，又用了不到半个月的时间，办理完学校的一系列毕业手续后，沈木兮给随越发过邮件，便直接收拾行李飞去了台湾。

这次她并没有两地折返奔波，在台湾一住就是三个月，完成了她的第二张专辑——《共渡》。

民谣风渐渐在乐坛激起水花，新专辑上市没过多久，就开始有几家娱乐公司的经纪人联系沈木兮，想花高价签下她，后续也会通过歌曲 MV 录制，为她独家定制专属自己的音乐形象与标签，包括后期的各种渠道推广，更甚者还允诺她说，如果她对演艺圈感兴趣，后面也会有各种机会参演公司的大制作影视项目，逐渐发展成双向型艺人都是没问题的。

为此，沈木兮还跟随越打趣："越哥，我要是突然毁约，签了别的公司，你会不会跟我打官司？"

随越轻轻耸肩："舍得走你就走喽，我还可以继续我的旅行，何乐而不为？"

沈木兮扬着的唇角慢慢落回来，她看着他情绪清淡的眼睛，喉咙慢慢泛出一股酸涩，她忍了忍，压下去，故作轻松道："越哥，你该谈个女朋友了，多大年纪了，还单身狗呢！我家里的一朋友，叫杨言的那个，跟你差不多大，人家都是孩子的爹了。"

随越微怔了怔，看了沈木兮一眼，低头笑了一下："没听说过吗，艺术家都是神经病，等我什么时候病好了吧。"

新专辑的销售量与第一张相比可以说是翻倍在增长，沈木兮也赚到了人生的第二桶金。

回家的时候，临登机，沈木兮盯着随越看了好久，直看得对方有些不自在地挑眉，想问她要做什么，沈木兮才咯咯地笑起来，突然跳过来给了他一个大大的拥抱。

随越有些猝不及防，身体僵了半晌没反应过来，手落在半空，想拍拍她的背，又想起了什么，却总也没落下。

"越哥，我又要给你放一个长假了，我回北京后要开始毕业实习，可能有很久不能来台湾了，我们还是老样子，你继续满世界的玩，有灵感就写歌词，写好了给我留着，等我回来唱。"

随越低笑一声："好，如果不喜欢上班就随时回来，别忘了，我可只签了你一个人，再怎么着，工作室还得靠你吃饭。"

沈木兮缓慢地眨了下眼，拍拍他的背，声音忽然沉静下来："越哥，你的病会好的。"

随越还没来得及理会这转折颇大的一句话想表达什么，沈木兮已经拖着行李箱一蹦一跳地摆着手跑远了。

初夏将至。

沈木兮站在全身镜前又细细整理了一遍自己精心搭配的职业套装。

内搭白 T 恤，宽松烟灰色条纹的长款西装马甲，黑色阔腿裤。成熟，却不会太过严谨，她觉得，这很适合她现在的年纪。至于鞋子，她又看了眼昨天在店里，店员帮忙搭配的两双鞋子，照着镜子比对了一下自己的身高，她直接拎过了那双八厘米的细高跟。

临出门，她又检查了一遍手包里的几样"贵重物品"，确认没有遗漏，拿起大切的钥匙，出门。

从公寓到蓝衫资本，开车只用了 20 分钟不到的时间。

　　沈木兮把车停在公司楼下，抬头望了一眼高楼顶端，蓝衫资本醒目的 logo 就屹立在那里，默默守望着这座城市，她弯起唇角淡淡笑了一下。

　　她曾经说过，毕业后，她会来蓝衫资本应聘，如今，她来赴约。他是一个言而有信的人，她想证明，她其实也是。

　　高跟鞋穿得次数太少，这会儿多少有些不太习惯，所以她走得并不是很快。

　　站在澄亮简约的大厅门外，她停下脚步，编辑了一封邮件给随越，内容很短，一句话而已，看到发送状态显示成功，她收起手机，轻提一口气，走进大厅。

　　与前台做过对接，对方朝她微微颔首，指明面试的楼层与房间。

　　沈木兮排在应聘生队尾，等了将近半个小时。

　　负责初试的 HR 约莫三十岁左右，这会儿看她一眼，表情平淡，点头示意她坐下，接着是一套官方流程介绍。

　　沈木兮把已经准备好的简历递过去，按照提前打好的腹稿简单地做过自我介绍。

　　HR 在听到她的名字时明显怔了一下，表情维持不过两秒，随即又很好地掩饰过去，可居然迅速低下了头，眼底那两道错愕的视线却无法掩藏，她在沈木兮的简历上迅速找到了几个关键词，脸色微变，她倏地起身，对沈木兮的态度有了很大的转变，微微颔首，客套道："沈小姐请稍等片刻。"

　　沈木兮并不意外，微微一笑，起身回礼："好。"

　　也不知有没有五分钟，陈铭脚步匆忙地从总裁办赶过来，推开那扇厚重的磨砂玻璃门，饶是职业素养再高，这会儿也掩饰不住声音里的诧异："沈小姐？"

　　沈木兮起身，对他微笑，礼数恰好："好久不见。"

　　陈铭示意那位 HR 离开，反手把门关好，硕大的房间瞬间与外界隔开，变得空旷而静谧。

　　"您来应聘？"

　　沈木兮点头："是啊，我来应聘法务专员，我在大学主修法学，成绩还算优异，听说公司在招聘实习生，所以我来试试。"

陈铭局促地站在门口一动没动，脸上表情僵硬："那……季总他……"

沈木兮笑着轻轻摇头，声音很平静："季总不知道，要不然，现在你去帮我跟他打声招呼？"

陈铭缓慢地点下头，脸上表情五味杂陈："那好，我现在去跟季总通报一声。"

他开门欲转身，沈木兮又叫他："我跟你一起去吧。"

陈铭面露难色，顿在原地还没做出回应，沈木兮已经拿好了简历和手包，接替他的动作，把门推开，率先走了出去。

陈铭深吸一口气，像是在这一分钟内做了一番巨大的心理挣扎，揉揉眉心，紧跟在了沈木兮身后，先她一步，按下电梯按钮。

如她所想，通往顶层的电梯果然是需要刷员工卡的。

陈铭恭敬地站在电梯右侧的角落，用余光看她几眼，沈木兮神态轻松自如，轻抿着唇角，时不时侧目看一看所至楼层，既不焦躁，也不紧张，一切都顺其自然般。

或许是年纪使然，加上她此刻的淡妆与服饰映衬，与两年前那个鬼马精灵的小丫头相比，此时的沈木兮，气质内敛而清幽，容貌出落得越发精致，言行举止落落大方，即使家道中落，却也丝毫没有将她身上的气质磨灭，两年未见，她眉眼间的那抹优雅也愈发成熟了。

电梯停下，陈铭将她带去会客区："您先在这里坐一下，季总刚好在休息，我先去跟他通报一声。"

沈木兮兀自打量了一番周围的格局装饰，目光落在了那扇紧闭的黑檀木门上，将简历放到对面的茶几上说："不用了，既然他不在忙，那我自己去吧。"

陈铭愣了一下："沈小姐……"

"嗯，"沈木兮微笑，"谢谢你带我上来。"

高跟鞋在地板上发出清脆的撞击声，渐渐远了，陈铭看着她的背影轻叹口气，到底也是没再说什么。

沈木兮站在门外，轻提气，捏着手包的力度无意识收紧，指尖都微微泛了青。她深吸一口气，再吐出，将砰砰乱跳的心脏一压再压，转动门把手，将门推开一半。

迎面迅速涌来的黑暗与熟悉的烟草味道正与她撞了满怀。

视线像是受了无形的牵引，她朝沙发的方向看去。

他指间那抹猩红，像极了两年前，她离开的那个清晨。

坐在沙发上的那道身影闻声动了动，寒凉的目光不悦地朝门口看去。

沈木兮这才反应过来，她忘记了敲门。

只一眼，季遇白便愣住了。

她逆着光站在那里，视线透过沉沉浮浮的烟雾与孤冷的黑暗，准确地落在他的身上，从他夹着烟的手，缓慢地移动，像在虔诚地描摹着记忆里深处的那道轮廓，最后找到他的眼睛，两道视线在这并不明晰的空气里相遇。

房间本是昏暗的，窗帘紧闭，顶灯熄着，隔绝了任何光线来源，门推开，她出现了，周身泛着光，站在明暗的交界处，安安静静地看着他。

她的眼睛太静了，但他似乎在她的眼底看到了这些年来他一直苦苦寻觅却从未找到的东西，他很确定，此刻在她的眼睛中，他看到了他的救赎。

他恍惚了很长时间，他以为，自己又在做梦了，他的小仙女，又偷偷跑来梦里看他了，他明明曾许过愿，说不想再梦到她了，一定是许愿的时候，心还不够诚，他这么告诉自己。

他缓慢地站起身，却没朝她走近，他只是想更加清楚地看到她，只是看看而已。

他追逐着那道光亮，铺洒在她身后的光亮，看着她的脸、她的眉眼、她的唇……他熟悉的，她的一切的一切。可再看，又有些陌生了，她并不是他梦里最初的那副模样，她，长大了。

沈木兮反手将门轻轻关阖，手摸到墙边，将灯点亮。

黑暗瞬间被驱逐，亮意澄澄，均匀地落满每一处角落。

男人身形微顿，指间的烟，忽然扑簌着掉了。他缓缓地眨了眨眼，她还在，没有消失。

不是梦，不是错觉，不是恍惚。

他抿紧唇，微蹙起眉心，却一时不知道自己下一步该说什么，该做什么。不对，该赶她走的，可喉咙是被谁扼住了，为什么发不出一个音节？

沈木兮轻轻吸一口气，空气里全都是久违的烟草的味道，她朝男人笑了笑，声音平缓而冷静："季总，我是来应聘的，可是面试官硬把我推到你的办公室，我也很无奈。"

他深深地看着她，目光渐渐沉下去。

心里的两个念头在拼命揪扯，一个说，让她走，你忘记自己当年的承诺了吗？一个说，她回来了，别再欺骗自己了，丢掉的人，找不到，就放下好了。

沈木兮看得出来他在隐忍什么，她收了笑，叹口气："好吧，遇白，我在骗你，我是自己跑上来的。"

空气安静得过分，吸入鼻腔，压得令人莫名沉郁。

他还是不说话，她不知道，他是不想跟她讲话，还是真的太过惊讶，一时不知道说什么才好。可无论是哪种，这都不重要。

她一步步朝他走近，在他面前站定。

她发现，自己穿了高跟鞋，现在的身高站在他面前，下巴果然刚好高过他的肩膀，跟她预计的一样。

他眼眸很黑，眼圈却泛着淡淡的红，他盯着她，沉沉的，始终不发一言。

看到他的眼睛，她就知道，他的失眠一定是又厉害了。她忽然就有些自责，自己为什么一定要拖到现在，拖了半年那么久，为什么非要等到现在的年纪、季节和身份呢，既然结果都是一样的，她干吗不再早一点，也不至于让他痛苦这么久。

"遇白，"她轻声唤他，试探着，伸手慢慢抱紧他，下巴抵在他的肩膀，她笑一声，放松语气，"遇白，我找到蓝衫了。"

男人身体蓦然就僵了，在她的感知范围之内。

他没抱她，没给她任何回应，他还是那样站着，一动没动，若不是胸腔那颗心脏在她抱住他的那一刻就跳乱了节奏，她或许真的会难过与担忧，他的灵魂是不是已经死了。

她一只手还在用力攥着手包，空着的一只手搭在他的背上轻轻抚摸，是一种安抚。她闭上眼睛，呼吸着这熟悉的气息，继续说："年初的时候，我在成都的绍觉寺见到了蓝衫，她现在过得很幸福，已经结婚了，还生了一个宝宝，是个小男孩，长得和她一样漂亮。"她停下来，脸贴在他的衬衫上轻轻蹭了蹭。

男人僵硬的身体像是在她的这个动作里得到了释然，忽然就垮下来，像是身体里紧绷的弦断掉了。他缓慢地抬起手，回抱住她，一只手放在她的脑后，和那么多个日日夜夜一样，他掌心的温度原来从未改变。

她轻轻提气，眼眶已经红了："你知道我是怎么认出她的吗？其实现在想起来，我也觉得特别不可思议。那天下午，我刚跪在正殿蒲团上不久，听到身后有人喊了一声蓝衫，我回头去看，见她把孩子交到了一个男人怀里，然后跪在了我身边。我不知道自己为什么会生出那样强烈的直觉，可当时我就是特别确定，她就是你们一直在找的蓝衫。后来，我发现我的直觉是对的。那天，是她在给她的宝宝求平安符，那个男人，是她的老公，他们结婚三年了。"

像是身体里冰彻万年的海面被扔进了一支燃着熊熊烈火的火把，冰面崩裂、融化，热意在肆虐蔓延，灵魂也随之苏醒。季遇白忽然抱紧了她，头埋下去，靠在她的肩膀，闭上眼睛，沉沉地松了一口气。

这么多年了，那道一直横亘在身体里，沉重、生了锈、冰凉彻骨的枷锁，在她的一字一句间，轰然就碎开了，他甚至很清晰地听到了那碎开的声响，他觉得他终于解脱了。是他的小丫头，帮他找到了钥匙。

十二年了，他想要的，不过就是一句，她很好，她过得很幸福罢了。

这样的结果并不在他的预计之中，他只给自己留了两条路，找到她，什么都给她，守她一辈子；丢了她，那就赔给她下半辈子，她苦，她孤独，他都陪着。可如今，这第三种结果，她很好，很幸福，那么，是不是就代表着，他也同样可以？他无罪，对吗？

沈木兮慢慢挣脱出他的怀抱，低头从手包里翻出一张泛了黄的便笺。

"蓝衫的字迹，你一定认识，我怕你不相信我，所以让她写了一句话给你。"

季遇白接过去，便笺上是一句佛经：**菩提本无树，明镜亦非台，本来无一物，何处惹尘埃。**

便笺在他指间慢慢捏紧，再抬眼，他的眼圈已经猩红一片。

"其实最开始的时候我真的理解不了蓝衫为什么要做得这么绝对，她知道你们都在找她，可她宁愿远走他乡，也不让你们找到，见到她之前，我一直都觉得她很自私，可是后来，我慢慢也懂了……"沈木兮抬手去摸他的脸，温凉的指腹按在他潮湿的眼尾，"有些美好，如果没办法保持最初的模样继续，就让它戛然而止好了，她知道，她如果回来，你一定会对她负责，对她好一辈子，可那些负责，那种生活，她不想要，那会束缚你的一生，所以她只能逃到一个谁都不认识的地方重新开始，去过真正她想要的生活，她特意没再和你们中的任何人联系，既然重新开始，那就该互不打扰，她始终相信，时间能冲淡一切，你们终将幸福，她说，她从没恨过你，但那段感情，就停在那些年就好，不能再继续了。"说到这里，沈木兮吸吸鼻子，有些委屈地白他一眼，换了一种语气，"你怎么不问问我，我跑去寺庙里干吗啊？"

季遇白喉结微微动了一下，像是想说什么，他看着她，目光渐渐化开，却始终说不出一句话。

沈木兮赌气地捶捶他肩膀："如果你始终希望求得一个原谅，那我便陪你一起，我求了很多地方，我每次都会抱着你几年前给我写的便笺，还有你戴过的那只一次性口罩，对了，还有那张纸巾你还记得吗，上面有你的眼泪。后来在绍觉寺见到蓝衫我就知道，你这些年真是太自作多情了，还非给自己弄个什么约定，谁要你赎罪啊，你把自己赔给人家，不怕人家老公孩子找你拼命吗？你个大傻子！"说到最后，声音已然染上了哭腔。

那张便笺翩然飘落，像是只被放生的蝶。

季遇白捧住她的脸，埋首下去吻过她润湿的眼眸，再向下，含住她柔软的唇瓣，似是最虔诚地诉说着心底的思念。

茶几上的手机忽然响了起来，空灵的歌声打破了这道温存的旖旎，季遇白放开她，视线有些闪躲，果不其然，小姑娘眼底水亮一片："这首歌是我唱的？"

是什么让我遇见这样的你，那天夜里，她说，这是她想唱给他的。

季遇白低低地"嗯"一声，又吻了下她的唇角，从茶几上把手机捞过来。

随越。季遇白先看了眼一直探究地盯着自己的小姑娘，刻意往旁边移开几步，滑下接听。

沈木兮眼睛转了转，又恢复了那副狡黠的模样，一直看着他笑，就听他说了一句："嗯，她在我这……好……"

他刚收了线，沈木兮就直接跑过去，胳膊环住他脖子，得意地挑眉："越哥是不是主动叫你和好了？"

季遇白眸色渐凉："杨言给你讲了多少？"

沈木兮眨着眼睛想了想，煞有其事道："他给我从黄昏讲到第二天天亮，你自己去想吧，他能讲多少。"

远在郊区，抱着默默喂奶的杨言忽然打了个大大的喷嚏……

"你先给我说说，那首铃声是怎么设置的啊？又不是我专辑里的歌。"

"你晚上唱歌的时候我录下来的。"

"哇，你每天晚上都在录吗？看来我的忠实粉丝是位大叔呀！不对，你不是睡着了吗？我唱完之后你怎么按的停止？"

"前面几个月，睡着都是骗你的，后面，装着装着，就真的睡着了。"

沈木兮收起笑，有些失落地"哦"一声："看来我并没有治好你的失眠。"

季遇白低头笑了一下："不是喜欢陪我失眠？"

沈木兮挣开他的手，佯装不感兴趣地走开，装模作样道："谁喜欢陪你失眠啊？女人只有到二十二岁，皮肤就开始缓慢的衰老，熬夜是女人的天敌，我得早睡早起，还要按时晨跑才行。"

季遇白低笑，从背后把人拥进怀里，抱紧，抱了一会儿才发觉哪里有些不对劲，低头看了眼小姑娘脚上的恨天高，又看看她与自己此时的身高差距，没说什么，直接把人打横抱起，放去了沙发，又将高跟鞋脱下来，扔去旁边。

沈木兮踢着脚要踹他，被磨得红肿的脚丫却被男人的温热掌心包裹住，他轻柔地给她揉了会儿，见她不闹腾了，于是拎着人坐到自己腿上，眼睛看着她，声音压得不能再低："木兮，想我没？"

沈木兮委屈地皱着鼻子看他一会儿，又侧过身子从地上捡起手包，翻出一个小本本和一张银行卡说："这是我和小腾的户口本，你能帮我保管吗？银行卡里是出过两张专辑赚到的钱，不多，还不到二十万，木兮今年才二十二岁，不会理财，所以也交给你好了。"

季遇白看着她，慢慢就笑了，接过她手心这无比神圣的两样东西，下了一个肯定的结论："木兮，你今天是有备而来。"

"不，"沈木兮摇头，说得一本正经，"我其实并没有把握，毕竟我连蓝衫资本的法务专员应聘都没通过就被人赶到你的办公室了，作为职场新人的我十分恐慌，还以为应聘一个这么小的职位都需要被季总潜规则才行。"

她从善如流地演完，还抬手勾住他的脖子，狡黠地盯着他看。

季遇白眸色骤然一暗，微蹙起眉，勾着她的下巴带她靠近自己面前："木兮，这么久没见还是这么调皮？"

沈木兮瞬间破功，"咯咯"地笑了，拍他的手说："不玩了，不能搞办公室恋情。"

男人眸色更沉："真的想来公司上班？"

沈木兮悠闲地晃着脚丫说："不想，想做全职太太，会唱歌的全职太太。"说道，抱着他调整了自己的坐姿，把头埋去他的耳后，耳语，"我去看过白阿姨了，我还擅做主张地告诉她，八月份的时候，我会跟你一起去接她回家，遇白，你会生我气吗？"

再坚硬的防线恐怕都被她的耳语呢喃化开了吧，男人吻了吻她的发，轻声说："去之前，先把身份合法了吧。"

"好啊，"沈木兮毫不矫情，答应完，又演戏似的换了脸，"户口本都给你了，什么事情都要我主动，怎么办，我感觉自己好累啊，对未来的生活真是一点信心都没有。"演完，还吸吸鼻子，瘪起嘴，委屈地看着他。

男人拨了拨她耳边的微卷的发丝道："木兮，我们回家吧。"

沈木兮点点头，从他腿上跳下去说："还有一件事……"

她赤着脚跑去落地窗前，"哗啦"一声拉开了那道烟灰色窗帘，大团明媚灼目的阳光扑簌涌了进来，在原木地板上落下斑驳不一的光影。她站在那里，还是小小一个，柔软的长发垂在身后，她眯眼望着天，手指指着窗外，并不看他，脆声说："遇白，你的那片天也亮了，因为我把自己的天亮分了一半给你。"

是谁的声音，抚平了谁心底那道深深的伤口？

季遇白从身后抱住她，低下身子，发现已经习惯了小姑娘矮矮的身高，他将下巴抵在她的肩膀，朝她伸出一只手，手心朝上，承诺道："木兮，牵紧它，从天黑到天亮，从黄昏到黎明，从青春到白头。"

你送我一片天亮，我还你一个余生。渡你肆无忌惮，护你有恃无恐……

番外篇

01

沈木兮光着脚在季遇白的办公室晃悠了小半天。她第一次真切地感觉到，自己是完全融入进了他的生活，全部的生命中。就像是司影那天说过的，坦诚相待，近乎透明，没有一丝一毫的阴影与秘密。从未有过的心安。

陈铭带着餐厅服务生送餐进来的时候，沈木兮迅速调整了自己在沙发上跷着腿的坐姿，端端正正地坐好。

坐在几米之外翻看文件的季遇白朝这个方向扫过来一眼，弯唇笑了笑，眼底是浸满的宠溺与藏不住的疼爱，像是在看一个不谙世事、刚犯了错、见过家长后又欲盖弥彰的孩子。

沈木兮对他这种眼神极其不受用，朝他撇撇嘴，敷衍的语气："遇白叔——叔——吃饭了。"

陈铭强压制下去自己面上的惊讶，在门口站定，看向季遇白，微微颔首："季总。"

季遇白放下手里的文件，起身朝沙发走去，眼睛看着沈木兮，开口是对陈铭说："午餐放到这里吧。"

陈铭示意过服务生，然后绕去沙发另一端，在季遇白身边站定，将一直背在身后的手收回，手心捧了一个薄薄的木质盒子道："季总，您要取的东西。"

季遇白接过，随手放到了对面的茶几一角。

沈木兮好奇得眼睛都瞪大了，扒着他的胳膊凑过身子来问："什么东西，我要看。"

季遇白扣住那只紧紧钳着自己胳膊的小手说："先吃饭。"

沈木兮摇头道："你不知道我好奇心最大吗？你不让我看，我会吃不下去的，做什么都没心情。"

"有说让你做什么吗？"季遇白放松了手，指腹在她手背轻轻摩挲，"让你看，你会更没心情吃饭。"

沈木兮挑挑眉："那我宁愿不吃也要看。"

季遇白彻底放开她，身子朝后仰去，算是同意了："那就看吧。"

陈铭退回到一旁，心里同样按捺不住那份好奇，但其实也早已冒出一个不大确定的念头。

沈木兮直接顺着他的腿趴上去，又一不小心暴露了本性，是一个不像话的姿势，探着身子够到桌角，把那个精致的木质盒子捞过来，还放到他的腿上。

陈铭吞了下喉咙，目光灼灼地盯着她欲翻开金属扣的那只小手。

不巧，服务生已经摆好了餐具和菜品，这会儿兀自退去了门口，陈铭意犹未尽，转身的时候暗暗抓了抓眉角，结果刚拉开门，就听沙发那边传来一声惊呼："遇白，你怎么突然把户口本带来了？我要采访一下，你这是准备办什么大事吗？"

陈铭忍俊不禁，眼底是一抹完全舒展开的笑意，带着服务生离开，轻轻将门关上。

季遇白低笑，大手去摸她的头，顺着她的无理取闹说道："嗯，大事，特别重要的事，关乎法律和契约的大事。"

沈木兮把木盒子扔去一边，那个小本本抱在自己手里，换了一个姿势，直接翻身躺到了他的腿上，眼睛由下至上地看着他，很快又换上一种委屈的表情："遇白叔叔要去领证了吗？可是我都还不知道我的小婶婶是谁，木兮好伤心，怎么办？"

季遇白哈哈地笑起来，指尖在她精致的小脸上细细描摹勾画："木兮，送你去台湾是去唱歌的，现在我都在怀疑，你这两年是不是改学表演了？"他放低身子，欺压过来，眼睛停在她面容之下，咫尺的距离，"看吧，现在让你们认识一下，她在我的眼睛里。"

沈木兮心里又美了，认真地在他眼底停留了不过两秒，就抱着他的脖子，仰头在他唇角啄了一口，然后"咯咯"地笑起来，一如从前，是无忧无虑的，最纯粹的，也是这世上最动听的笑声。

这顿饭吃的是意料之中的心猿意马。

陈铭带人把桌上的餐具收走，将茶几清洁整理归位，沈木兮窝在沙发一角，正对着化妆镜擦唇膏。

陈铭看了眼倚在办公桌前喝水的季遇白，恭敬道："季总，民政局那边已经打好招呼，您下午直接过去就可以。"

季遇白轻轻点头，放下马克杯，走到沙发旁，直接把小姑娘刚取出的粉底盒子收走，扔回她的手包里，朝她伸出手道："先去休息会儿，睡醒了之后再把脸洗了。"

沈木兮气极了："不要，我要化妆，我不睡觉也不洗脸。"

季遇白眸色沉下来，直接俯身把人拎起来，抱去了休息室，扔到床上。

季遇白则躺到床外侧，舒展开一只手臂，对着小姑娘道："木兮，昨晚有没有失眠？"

沈木兮眨下眼睛，如实地点点头："真的没睡好，要不是化了妆，我现在的黑眼圈肯定特别明显，我是真的有好好做准备，怎么应付你们公司的 HR，如果被刷下去了，多丢人啊。"她说完，自己就乖乖地爬过去，枕着他已经为她展开的臂弯，轻轻抱住他。

季遇白把玩着她耳鬓那缕微卷的发丝，漫不经心的语气："最后不还是被刷了？丢人吗？"

沈木兮噌瑟地扬眉："那就不一样了，我现在就算丢也是丢你的人呀！"

季遇白点一下头说："的确是，丢就丢吧，反正我也习惯了。"

沈木兮轻轻地白他一眼，觉得这个问题不能再继续了，所以干脆选择缄默不语，小脸埋进他怀里，蹭了蹭，就老实了。

季遇白也不再说话，就这么抱着她，慢慢闭上眼睛。

天知道，她躺在他的怀里时，带给他的是怎样一种令他需求的心安。

真好，已经解开了那个心结，真好，她，也没有走远。

沈木兮昨晚的确是失眠到了很晚，说着不睡，但闻着这熟悉的气息与久违的温暖，她闭上眼睛没多会儿就有些意识昏沉了，这会儿仅剩最后一丝清明，迷迷糊糊地问了一句："遇白的失眠是不是又严重了？"

"嗯。"男人低低地发出一个单音节，声线也沉了，声音里是将睡未睡的困倦，"这两年，总是偏头痛，看了很多医生都没什么用。"

"唔……"沈木兮张口打了个哈欠，声音越来越轻，"因为他们都没我专业，我是你的私人小医生。"

男人将下巴抵在她发间轻轻揉了揉，很快，便安心入了眠。

下午是沈木兮先睡醒。

大概还在惦记着男人说过的睡醒后要洗脸，这会儿本想着先爬下床把妆补好，搭在腰间的那只手还没被完全拎起，季遇白就突然睁开眼睛，眼底是很浅的眸色，却又一瞬不瞬地盯紧她。

沈木兮立马偃旗息鼓，乖顺地躺了回去，抬手去摸他的脸，看着他眼皮抬出一道深深的褶子，眼底满是紧张而刻意压抑的情绪，她心口有微微的疼，软了声音："遇白，我睡醒了，你也睡醒了，这不是在做梦。"她马上凑过去，含住他的唇瓣轻轻咬了一口，"疼吧，真的不是做梦。"

"嗯。"他僵硬紧绷的身体在她这个动作里瞬间放松下来，眼睛缓慢地眨了一下，眼底情绪渐褪，却还是在盯着她看。

她摸着他的脸、他的鼻翼、他的眉眼，声音很轻，像在催眠一样的虚幻而柔软："以后我们会早睡早起，一周三次晨跑，还有啊，周末和假期我就不在家里跟你耗着了，我们出去旅行好不好？你不用再守着这座城市，这座城市一直都安安静静的没有变过，以后是它守着我们，我也会守着你，还有白阿姨。"

他弯了下唇角，眼眸里有一层薄薄的光在浮动："木兮，谢谢你回来，带给我这些。"

"唉，"沈木兮叹一口气，手慢慢垂下来，"其实现在这样跟我想象中的久别重逢的场景真的差很多，我以为我们两年不见面，现在突然待在一起，一定会特别陌生，起码应该适应个十天半个月的才能缓和，但是现在看来，好像真是我想多了。"她说到这里，还做实验似的抱了抱他，又松开，"就比如这样，我明明两年没有这样抱过你，但是现在抱一下，竟然觉得一点新鲜感都没有，好像每天都在抱，连心跳加速的感觉都没有。"

男人略一弯唇，不置与否。

"两年，你觉得自己走得很远吗？"他从旁边抽过一张湿纸巾，轻轻地给她擦着唇上的唇膏，"住的是我的公寓，开的是我的车，学校到公司，只有四十分钟的路，住的地方到公司，是二十分钟，每天晚上睡觉的时候，距离我，十分钟，就连去台湾，也是我投资的工作室，随越，是我从小一起玩到大的朋友。"

即使，没有今天的久别重逢，很多年之后，你仍旧还会在这样一张网里兜兜转转，你或许有一天会幡然醒悟，又或者一辈子都不曾发觉，你走出了很远，遇见了很多有趣新奇的人和事，却不知，那都是我提前为你铺过的路，一砖一瓦、一石一砾。

她眨着眼看着他，这所有的一切安排，他都说得云淡风轻，她的眼底却渐渐就红了："遇白，我知道你那次去台湾，回来之后为什么感冒发烧了，你去找越哥，越哥不理你，后来你就淋着雨，在他公寓外面等了一夜，对吗？"

季遇白轻抿唇，看了眼湿巾上面斑驳不一、淡淡的几片粉红，像是暗夜里璀璨的星辰，他捧过她的脸，再也没心情回答她任何问题，用力地吻了下去。

……

车停在民政局楼下的时候已经四点半。

沈木兮没由来的紧张，一下车就抓着季遇白的手用力收紧："待会儿要拍照，可是我不喜欢这套衣服怎么办？这明明是应付面试唬人用的，谁知道今天要来这里啊？"

季遇白淡淡看她一眼："那你把户口本随身带着，还直接交给我？"

沈木兮懊恼地咬紧嘴唇，脚下却忙不迭跟着男人的步伐："就是啊，谁知道我在发什么神经，干吗这么主动？"

季遇白忽然停下脚步，扣起她一只手腕，眼睛上下打量了一遍她的整体装束，微微蹙起眉："衣服有什么问题吗？"

"太成熟了，"沈木兮说着，还作势揪了揪自己的马甲衣领，脸色越发难看，"我明明不是这种风格的，应该走淑女名媛风才比较配我的气质。"

"淑女名媛风……"季遇白重复这几个字，忍不住笑了一声，"你在逗我？"

沈木兮摇摇头："我在逗待会儿拍照的人。"

季遇白这下彻底不理会她了。

走到大堂门口，她又一次停下脚步，紧紧地抓住男人的手，嗫嚅道："遇白，我……我……我要回家换衣服！"

"拍结婚写真的时候，婚纱随你选，"男人大步朝里走，"现在的衣服不是正合你意，办公室恋情？"

沈木兮吃瘪，任男人半拎着半牵着过去办手续，最后了，站在窗口外，看着工作人员拿出那枚钢戳，重重地盖到了小红本上，沈木兮连忙扯过男人的手心挡住自己眼睛，也不知是真的紧张还是又在演戏："完了，我完了，我真把自己卖给你了。"

02

沈木兮用了一周的时间才将自己已婚的事实完全消化掉。

大清早，她睁开眼睛迷茫地环视了一圈四周的装修布局，清醒过来之后就又开始捣乱，小手在男人身上寻宝似的左捏捏，右捏捏。

季遇白的失眠已经在逐渐好转，这会儿大脑还有几分迷茫，几乎是条件反射般，就想教训这个一大早就不老实的小丫头。

沈木兮收回小手，放到他的颊边，摸一摸，轻声道："你现在是在做梦，我来你梦里串门了，这不是真的，你可以继续睡了。"

季遇白缓缓一弯唇："那我也串个门好了，木兮，来我的梦里，可不是免费的。"

沈木兮瞬间破功，抿紧唇角眨了眨眼，她偏过头平复了一下自己的表情，又若无其事地转回来，抬手环住男人的脖子，甜甜地开口："好呀，老公。"

这下轮到季遇白凌乱了，他脸上表情很明显的僵硬了几秒，随即便移开了落在她面上的视线，改为由上而下地盯着她，倒想看看小丫头还能玩出什么新花样。

沈木兮连自己都搞不清楚这会儿究竟在高兴什么，跟他对视了一会儿，便自己摸索着去找他的另外一只手牵过来，把玩着他修长的指骨，嘴里也不停地低喃："我们都结婚了，可是为什么感觉和以前没什么区别呢？"不等男人回答，她又捏住他的无名指，"难道是因为没有戴戒指吗？"说到这里，她有些委屈地吸一下鼻子，"遇白，你都没有跟我求婚，就连领证都是我主动，不对，现在想起来，我都觉得自己连恋爱都没谈，怎么就突然成了你的小老婆呢？"

"小老婆——"季遇白低低地重复一遍这个称呼，忍不住笑了，"是后悔了吗？趁现在还没公开，后悔就走吧，财产分你一半。"

沈木兮眨了下眼睛，从他怀里钻出去，靠到床头，又从旁边摸来手机，若有所思地咬了咬嘴唇，然后指尖在屏幕上迅速编辑起来。

季遇白凑过去，靠到她身旁，歪着头问："做什么？"

"公开啊。"沈木兮晃了晃薄被下的小脚丫，似乎是有点热了，便直接把薄被给踢开，"我就再主动一次好了。"

季遇白无奈地敛眉："木兮，是你把我关到家里一个星期，不能去公司，连门都不能出，所以，戒指不是不买，关系也并不是不公布。"

"我知道啊。"沈木兮回答得漫不经心，指尖轻轻一点，按下发送，她得意地朝他晃晃手机，"第一位，通知完毕。"

季遇白拿过她的手机，看一眼，是发给司影的：*我和遇白已经领证了，准备好让默默改口吧，我不是小姨了，是小婶婶。*

季遇白笑了一声，把手机还给她："默默还不会讲话，所以来得及。"

沈木兮接过手机继续翻通讯录，找到随越：*我和遇白已经领证了，所以你要准备改口称呼我为老板娘了。*

季遇白在一旁看着，没来得及阻止，小丫头已经手快地按下了发送。

他屈指在她额头轻弹了一下，声音压低，佯装愠怒："没大没小。"

沈木兮不理会他，乐此不疲地继续翻通讯录，找出沈木腾：*我和遇白已经领证了，所以你要……*编辑了一半，发现不对劲，又删除，重新编辑：*我和你遇白哥哥已经领证了，所以你要准备改口叫他姐夫了。*

发完，看了眼时间，六点刚过几分钟，她把手机锁好，放回床头柜，看着季遇白说："我们来打赌，谁是第一个回复的，我猜一定不会是沈木腾。"

季遇白瞥了眼床头上刚好亮起一抹白光的手机，弯了下唇角。

震动声大概晚了两秒钟才在耳蜗响起，沈木兮转身去看手机，随即又不可思议地瞪大了眼睛："英国时差多少来着？"

季遇白淡淡地笑一笑，没说话。

沈木兮一滑下接听，那边就传来沈木腾酝酿已久的惊呼："姐，你是不是没睡醒？快用左手掐一下自己的右腿！我复习到半夜，刚想睡觉来着，一看你短信都给我吓醒了！"

季遇白闻言，便照做了，在她右腿内侧不轻不重地掐了一下。

沈木兮没有防备地痛哼一声，瞪着眼睛看他。

那边，沈木腾短暂地沉默了两秒钟，又爆发式地吼道："我要听遇白哥讲话，我想死他了！"

沈木兮："……"

这熊孩子到底是不是她亲生弟弟？

手机是堵着气扔到季遇白身上的，这人朝她弯起唇角笑得很戏谑，接着他把手机放去耳边，淡声叫了一声："小腾，是我。"说话间，眼睛始终看着旁边那张气呼呼的小脸。

电话那端前一秒还大嗓门嚷嚷的少年顿时惊呆了，听着这久违了的声音，一时间竟有些怔愣，但很快便作了回应，只是声音恢复了正常，似乎还被特意压低了，根本听不清电话里在讲什么。

沈木兮绷了没一分钟，便好奇地跟季遇白对视，就见他眉眼轻轻地弯着，唇角的笑容时不时扩大一些，平静地应着："嗯……是……我答应你。"

沈木兮越发好奇，身子挪挪，凑去他耳边。

季遇白瞥她一眼，直接把手机放去另一边耳旁，继续应道："对，是你姐主动的。"

沈木兮："……"

沈木兮大概猜到了个所以然，听到这句话，瞬时扑去他身上，直接把手机抢了回来，那边，沈木腾还在"哧哧"地笑，一时半会儿收都收不住，美得简直能上天，似乎嫁给遇白的人是他。

沈木兮对着手机听筒微张开嘴巴，大脑却是一片空白，想了想，竟一时不知道该说什么好。抿紧唇，她直接挂断通话，把手机扔去一边，身子还歪歪扭扭地压在男人身上没动唤，看向他的眼底像是烧起了两团火。

"我连娘家人都没了，全站你这边了！"

季遇白十分享受地把手压去脑后枕着，目光慢悠悠地从二人身姿上淡淡扫过，最后停留在她的眼睛里："有，什么时候被老公欺负了，给你遇白叔叔打电话，让他带你回家。"

沈木兮："……"

这神逻辑，沈木兮扶了扶额头，简直是……无言以对。

后背一直扭着，大概是有些不舒服，她直接换了姿势，改为坐姿，坐到了季遇白的腿上。她其实只是很单纯的一个举动，毕竟她还在为刚刚那句脑回路十分诡异的安抚暗自伤神。但季遇白却并不这么想，看着怀里这个已经是自己妻子的姑娘，眸色所深，慢慢低头想吻上她的唇……

床头就在这时响起一阵突兀的手机铃声，正打破了此时的氛围，沈木兮指了指声音传来的方位，嗔道："是你的手机，一定有重要的事情，我去帮你拿。"

季遇白指了下她脑袋，让她乖一点，自己起身，从床头捞过手机。

沈木兮凑过去看了一眼，是杨小爷的来电。

季遇白耐心缺缺，身子靠到床头，揉着眉角，滑下接听。

杨言是听司影讲完这二人领证的消息后便分秒没有耽搁的拨了电话过来询问事态真假，这会儿等他把想问的都问过了，的确得到了肯定的答复后，又隐约觉得季遇白的声音有哪里怪怪的，他看了眼身边的老婆孩子，皱眉想了想，恍然大悟，顿时换了一种语气，吊儿郎当地问："给我说实话，你们刚刚在做什么？"

季遇白瞥了眼身边一直扮恬静乖巧模样看着自己的沈木兮，一字一句冷冷道："做、想、做、的、事。"

杨言用力地拍了一下大腿："继续，待会儿我打电话检查！"

……

随越的电话姗姗来迟，不是打给她的，和杨言一样，都是直接拨去到了季遇白手机。

季遇白接着电话，眼睛看着她，回答得有些漫不经心，免不了还是这人往日里的习惯，语言简洁到只剩了"嗯，好，是……"

沈木兮愤愤地瞪着他，跟他对视，一直到最后了，才听他完整地念出一句话："纪然那边我来约，明天见。"等他收了线，就看着小姑娘，等她提问。

果然，小姑娘好奇地往他怀里扑："季……然？是谁？你妹妹？"

季遇白笑了一声，拨开她鬓角潮湿的发丝，看她刚被汗液浸透、白得近乎透明的小脸。他的眼底还是未完全褪去的缱绻，男人随意拢下来的额发微乱，遮过眉骨，此刻看进眼里，性感得一塌糊涂。

"我表弟，舅舅家的孩子，他姓白，白纪然。"顿了一下，又补充，"大你……三岁。"

沈木兮若有所思地"哦"一声："可是，你们的名字怎么会这么像？"

"妈妈和舅舅都姓白，这点需要解释？"

沈木兮摇头，也反应过来自己这个问题很傻："白纪然，他的名字很好听。"

"他是你未来的……"季遇白须臾片刻，沉吟，"未来的同门师弟。"

沈木兮惊讶，眼睛微微睁大："越哥要跟他签约吗？"问完，又想到另外一个问题，"他也玩音乐？"

"他自己组了一支乐队，因为某些原因，一直没出道，随越的工作室过段时间会搬来北京，公司后续也会扩大娱乐传媒这方面的领域。"季遇白耐心地给她解释，"所以他的乐队想出道，我会给他最好的资源，至于你，想唱歌就去，不想唱了，就跟我去公司，总裁办刚好空着一个会唱歌的法务职位。"

沈木兮被最后那句话哄得简直心花怒放，在他身上拱来拱去好一会儿，又想起自己的重点问题："你们是约了明天见面吗？我可以去吗？我想看看我未来师弟！"

季遇白目光微沉地睨她一眼："先保证，去了之后乖一点，不许捣乱。"

沈木兮当下就举起右手，手心朝他："我保证！"

……

太久没有出门，沈木兮一听季遇白待会儿要带自己去选购婚戒，便又开始了没完没了的纠结出行要穿的衣服。

季遇白索性点了一支烟，靠在衣帽间外边吞云吐雾边看着她。

"穿成这样会不会太少女？人家还以为你领了一未成年小孩呢？"

"这一件颜色会不会又太沉闷了，毕竟我一点都不像熟女。"

……

季遇白安静地吸完了一支烟，看她总算是不太满意地换好了衣服，是一条样式简约的黑色针织裙，修身，裙摆及脚踝，小姑娘很有主见地翻出一双白色板鞋，朝他撇嘴："我不穿高跟鞋，满足你的大男子主义，放心好了，我比你矮二十四厘米，一厘米都不会少。"

"只是怕你脚会痛。"季遇白失笑，觉得这个问题不可以任它自由发展了，只得解释一句，过去接了她手里的小白鞋，另一只手牵过她，往门口走，"你的身高很合适，亲起来比较舒服。"

沈木兮："……"这话说的，挑不出毛病。

到了地下车库，季遇白按开车锁，便直接把钥匙扔给了沈木兮，自己拉开副驾驶车门坐进去，美其名曰，身体乏了，需要休息。

沈木兮心里呵呵一声，谁逼着你给我侍寝了？

（全书完）

图书在版编目（CIP）数据

渡你一世安暖 / 北以著. -- 北京 : 中国广播影视
出版社，2019.12
ISBN 978-7-5043-8352-5

Ⅰ. ①渡⋯ Ⅱ. ①北⋯ Ⅲ. ①长篇小说－中国－当代
Ⅳ. ①I247.5

中国版本图书馆CIP数据核字(2019)第250271号

渡你一世安暖

北以　著

出 版 人	任道远
总 监 制	江　俊　杨阿里
图书策划	林　曦
项目统筹	王　萱　崔　帅
责任编辑	宋蕾佳
特约编辑	逯　荫
封面设计	南大古
责任校对	龚　晨

出版发行	中国广播影视出版社
电　　话	010－86093580　010－86093583
社　　址	北京市西城区真武庙二条9号
邮　　编	100045
网　　址	www.crtp.com.cn
电子信箱	crtp8@sina.com

经　　销	全国各地新华书店
印　　刷	北京凯德印刷有限责任公司

开　　本	880毫米×1230毫米　1/32
字　　数	309 (千) 字
印　　张	11.375
版　　次	2019年12月第1版　2019年12月第1次印刷

书　　号	ISBN 978-7-5043-8352-5
定　　价	42.80 元